KB120773

지상의 천사

이혜원 평론집

천년의 시작

시작비평선 0013 이혜원 평론집 지상의 천사

1판 1쇄 펴낸날 2015년 8월 17일
지은이 이혜원
펴낸이 이재무
책임편집 박찬세
디자인 이승희
펴낸곳 (주)천년의시작
등록번호 제301-2012-033호
등록일자 2006년 1월 10일
주소 100-380 서울시 중구 동호로27길 30, 510호(묵정동, 대학문화원)
전화 02-723-8668
팩스 02-723-8630
홈페이지 www.poempoem.com
이메일 poemsijak@hanmail.net

ISBN 978-89-6021-237-4 04810
978-89-6021-122-3 04810(세트)

값 22,000원

*이 도서의 국립중앙도서관 출판시도서목록(CIP)은 서지정보유통지원시스템 홈페이지(http://seoji.nl.go.kr)와 국가자료공동목록시스템(http://www.nl.go.kr/kolisnet)에서 이용하실 수 있습니다.(CIP 제어번호: CIP2015015087)

시작비평선 0013

지상의 천사

이혜원 평론집

천년의 시작

책을 엮으며

창작의 열기나 양적인 면에서 이 땅은 여전히 시의 나라라 할 만하다. 난숙한 자본주의 하에서도 그와 무관한 시의 생산이 전혀 위축되지 않는 기현상이 계속되고 있다. 덕분에 시 평론가로서 활동을 지속해 왔다. 시대에 역행하면서도 자신의 세계를 펼쳐 가는 시인들을 지켜보는 것은 의미심장한 일이다. 자발적 고난을 감수하면서 시의 길에서 멈추지 않는 그들은 이 시대가 결여한 자유와 자존의 지표라 할 만하다.

시대의 흐름을 거스르며 자신의 길을 고집하는 시인들의 모습은 여러 가지 면에서, 벤야민의 독특한 해석으로 더 유명해진 파울 클레의 그림 속 '새로운 천사'와 흡사하다. 파울 클레의 천사는 성화 속의 일반적인 천사들과 전혀 다르게 사자(使者)로서 신이나 인간과 함께 있지 않고 혼자 화면 전체를 차지하고 있다. 화면의 정중앙에서 눈길을 잡아끄는 이 천사는 사람의 머리에 새의 몸을 한 기이한 형상이다. 이상적인 인간의 모습에 날개까지 달고 있는 보통의 천사들과 달리 파울 클레의 천사는 머리가 몸 전체보다 더 클 정도로 균형이 맞지 않고 어색하다. 새로운 것은 분명하나 불안정하기 그지없는 이 천사는 벤야민에게 깊은 인상을 준다. 큰 얼굴에서도 단연코 돋보이는 휘둥그런 눈은 어딘가를 뚫어지게 바라보고 있다. 벤야민은 이 천사의 눈이 역사의 파국을 응시한다고 보았고 화면의 사방을 채운 얼룩을 역사의 잔해라 한다. 그는 더 나아가 이 천사가 지상에 머물며 산산이 부서진 잔해를 끌어모으려 하나 미래로부터 불어오는 폭풍 때문에 꼼짝하지 못한다고 상상한다.

미래의 폭풍을 등지고 지상에 굳건히 발을 디디려 하는 이 천사처럼 시인들은 시대의 흐름을 좇아가기보다 현재의 고통을 직시하려 한다. 지배자들이 선취하는 진보적 시간에 끌려가지 않고 역사의 흩어진 잔해를 끌어모아 진실을 파악하려 한다. 벤야민이 그런 것처럼 시인들은 시간의 연속성을 의심하고 불연속적인 시간에서 역사의 새로운 진실을 발견한다. 기억은 현재로 호출되어 새로운 시간으로 섬광처럼 발현한다. 박제된 기억에 생명을 불어넣으며 시인들은 기억의 연금술을 행한다. 그들의 눈은 현상과 그 너머까지 꿰뚫어 보려는 의지로 열려 있다. 큰 눈을 뜨고 이 땅의 파국을 견디는 시인들을 '지상의 천사'라 불러 보고 싶다.

이 책의 제1부에서는 시와 현실에 대한 시인들의 본질적인 질문을 살펴본다. 자유와 사랑과 창조를 향한 열망과 고통스러운 삶에 대한 처절한 대결의 양상을 통해 그들의 남다른 정신과 태도를 확인할 수 있다. 제2부에서는 시간과 관련된 시인들의 다양한 감각과 상상을 만나 본다. 객관적 시간의 좁은 테두리를 넘어서는 시적 시간의 광활한 지대를 접할 수 있다. 제3부에서는 필생의 시업을 통해 시인들이 도달한 독자적인 경지를 추적해 본다. 오랜 시 세계의 궤적을 따라가 보면 시가 곧 시인이라는 것을 알 수 있다. 제4부는 시집의 해설이나 서평을 모은 것이다. 한 권의 시집을 통해 분명하게 드러나는 개성의 차이를 살필 수 있다.

출판을 적극 추천해 준 (주)천년의시작의 편집 위원 선생님들께 감사드린다. 책의 제목을 정하는 데 결정적으로 도움을 주고 정성껏 책을 만들어 준 채상우 선생님께도 고마운 마음을 전한다. 보잘것없는 책으로 어지러운 세상에 티끌 하나를 더하는 것 같아 마음이 무겁다.

2015년 초하

이혜원

차 례

제2부 시간의 이미지들

제3부 감각의 깊이

제4부 삶과 꿈

일러두기

이 책의 본문 가운데 인용한 시와 글의 띄어쓰기는 현행 맞춤법과 (주)천년의 시작의 표기 원칙에 따라 일부 고쳤음을 밝힌다.

제1부 자유의 이행

자유의 이행으로서의 시
—김수영의 시

시의 위기에 대한 논란이 시작된 지 오래되었지만 우리 시는 여전히 건재한 것 같다. 적어도 생산론적 측면에서는 그러하다. 독자의 반응과 무관하게 시인들은 왕성하게 활동하고 있고 시 전문 매체 역시 풍성하게 증식하고 있다. 시를 읽는 독자의 수는 현저하게 줄었지만 시를 쓰고자 하는 욕구는 전혀 위축되지 않은 것으로 보인다. 애초부터 자본주의의 원리와는 거리가 멀었던 시였기에 자본주의의 위세가 심각한 현실로부터 비교적 자유를 누리고 있는 듯도 하다.

2000년대 이후 우리 시는 '미래파'를 둘러싼 논의와 '시와 정치'에 관한 논의를 두 개의 커다란 파고로 경험했다. 이는 모더니즘과 리얼리즘의 두 축이 계속해서 상충해 온 우리 시사의 흐름으로 보자면 새삼스럽지 않은 일이다. 실험성을 중시하는 모더니즘의 계열을 잇는 미래파의 유행 이후에 문학과 현실의 관련성을 중시하는 리얼리즘 계열의 논의들이 이어진 것이다. 문학의 자율성과 현실성에 대한 요구는 시대마다 길항작용을 하며 우리 시의 변화를 이끌어 왔다.

문학의 자율성과 현실성은 통합 불가능하지는 않지만 좀처럼 합일되기 힘든 특성이기도 하다. 문학의 자율성을 실현하려는 시들은 현실과 유리된 미학적 실험에 골몰하기 쉽고 문학의 현실성에 관심이 높은 시들에서 핍진한 육성은 미학적 요구를 압도한다. 현대시의 출발 이후에 대개의 시인들은 이 두 개의 거대한 자장 속에서 어느 한쪽으로 경도되어 있었고 이는 또한 집단적인 움직임을 형성하며 시사의 흐름을 결정해 왔다.

김수영의 등장은 대립적으로만 존재하던 이 두 개의 축을 하나로 통합할 수 있는 가능성을 열어 보이는 하나의 사건에 해당한다. 김수영은 미학적 가치에만 몰입하는 시나 현실적 가치에만 치중하는 시들을 모두 비판하면서 그 두 가지를 동시에 실천하는 것을 자신의 시가 나아갈 방향으로 삼았다. 김수영은 자유시의 궁극적 목적이 문학의 변화에 한정되지 않고 삶의 변화를 이끌어 내는 것이라는 가열찬 정신을 실천해 나간 혁명적 시인이다. 그가 모더니즘 계열과 리얼리즘 계열 양쪽에서 중요하게 다루어지는 것도 그 때문이다. 김수영으로 인해 문학의 자율성과 현실성은 모순 관계가 아닌 통합의 관계로 인식되기 시작되었다. 김수영 이후의 시인들에게 이 두 가지는 선택의 문제가 실천의 문제로 제시된다. 이로써 우리 현대시는 자유로운 정신으로 문학과 삶의 변혁을 이루고자 하는 자유시의 이상을 보다 뚜렷하게 의식하지 않을 수 없게 되었다. 미래파를 둘러싼 논의들에서 좀처럼 좁혀지지 않는 간극들, 시와 정치에 대한 논의들에서 쉽게 단정 짓지 못하는 지점들에서는 반세기 전에 김수영이 행했던 고민들이 해소되지 않은 채 반복되고 있다.

*

김수영에게 자유시는 정형시로부터의 자유라는 협의의 개념에 한정되지 않는다. 그에게 자유시는 문학과 삶의 혁명적 변화를 실천하는 최상의 방법이다. 시에서 자유의 실천은 그 기본적 질료인 언어의 자유에서 비롯되며, 언어의 자유는 그것이 담보하는 사유의 자유와도 분리되지 않는다. 사유의 자유를 통해 자기를 둘러싼 통념으로부터 해방되는 것은 스스로를 개혁하는 지름길이며 이는 삶의 근본적인 변화를 가능하게 한다. 김수영은 이 모든 변화가 분리되지 않는 하나의 작용이라고 보았으며 시를 통해 이것을 추구한다.

김수영이 시에서 언어의 자유를 실천하는 방법은 과격하고 실험적이다. 그의 시는 기존 시의 어법에서 가볍게 이탈한다. 그는 시가 잘 다듬어진 그리스 항아리처럼 군더더기 없고 조화로워야 한다는 통념을 거부한다. 오히려 불필요한 반복이나 과감한 생략이 유발하는 혼란과 생경함을 의도한다. 그의 시는 의미와 침묵의 경계에 아슬아슬하게 놓인다. 시의 언어는 의미에 충실한 과학적 언어의 반대편에서 작동하며 의미의 한계 너머로 침범하며 언어의 영역을 확장시킬 수 있는 전위의 역할을 담당할 수 있다. 언어는 시인에게 주어진 유일하면서도 강력한 도구이다. 시인은 후방에서 언어를 다듬는 세공사로서 충실하게 살아갈 수도 있고 전방에서 언어를 무기 삼아 의미의 경계를 해체하는 투쟁을 행할 수도 있다. 김수영이 택한 길은 후자이다. 그는 매끄럽고 안정된 언어보다 거칠고 위태로운 언어의 모험을 즐겼다. 언어의 결을 다듬고 형태를 매만지는 일은 기존 언어의 조직과 질서를 수용한 상태에서 가능한 일이다. 그렇게 매만져 놓은 언어들로 정돈된 미적 구조는 더욱 찬연히 빛난다. 그러나 김수영이 택한 길은 언어의 전방에서 의미의 새로운 영토를 개척하는 거친 싸움이다. 그는 언어와 의미의 견고한 조화에 균열을 일으키는 생경한 어법과 불편한 조합들을 시도하며 기존 언어의 영토를 맹렬하게 교란한다. 그는 자신의 시가 유리장 속의 예술품이 되는 것보다 현실과 시의 벽에 구멍을 내는 둔기가 되는 것을 꺼리지 않았다.

그는 시와 삶이 소통하고 시의 언어와 삶의 언어가 유리되지 않는 상태를 꿈꾼다. 김수영을 기점으로 우리 시에서 일상어와 시어의 경계는 급격히 흐려진다. 시는 더 이상 시적 언어를 질료로 빚어진 특별한 예술품이 아니라 일상어로 뒤덮인 삶 그 자체가 된다. "언어는 원래가 유치한 것이다/ 나도 그렇게 유치하게 되었다/ 그러니까 내가 그들을 사랑하지 않을 수가 없다/ 아아 모리배여 모리배여/ 나의 화신이여"(「모리배」)에서 알 수 있듯 일상어를 시로 끌어안는 김수영의 시도는 다분히 의도적인 것이었다. 지나치게 고상해진 시의 언어를 "원래가 유치"했던 언어의 본성으로 되돌리는 것이 자신의 일이라고 생각했던 것이다. '모리배의 언어'를 시의 언어로 받아들일 때 거기에는 시와 삶의 분리에 대한 거부가 작용한다. 그는 삶이 배제된 고상한 언어에서 느낄 수 없는 사랑을 모리배의 거친 언어에서 느낀다. 그것은 자신이 생활 속에서 행하는 언어와 다를 바 없으며 이런 언어를 끌어안을 때 시는 비로소 삶과 이어질 수 있다.

이제는 상식이 되어 버린 일상어의 시적 수용은 김수영이 행한 언어의 혁명에서 비롯된 것이다. 모두가 갇혀 있던 시어의 테두리를 허물고 일상어의 범람을 허용하면서 우리 시의 영역은 그만큼 확장된다. 시어와 일상어의 경계가 해체되면서 시는 그만큼의 자유를 누리게 된다. 시의 언어는 다른 어떤 언어보다도 자유로워야 한다는 신념이 이를 가능하게 한다. 여기에는 시는 문학의 언어이지만 일상의 언어이며 또 그 모든 경계를 넘어서는 언어라는 통찰이 작용한다. 김수영이 마지막으로 남긴 시 「풀」에서는 언어의 자유가 미학적·실천적 합일을 이루는 경지가 펼쳐진다. 즉물적 사실이 주술적 언어의 신비와 결합하고 관조적 시선과 역동하는 에너지가 일치하는 경이로운 언어가 그의 마지막 시에서 실현되었다는 점은 의미심장하다. 이는 언어의 자유를 향한 모험을 줄기차게 밀고 나가는 과정에서 주어진 빛나는 결실이다.

*

언어의 자유에 대한 추구는 더 근본적으로는 사유의 자유를 실현하기 위한 것이다. 자유로운 언어는 사유의 범주를 한결 넓혀 줄 수 있다. 시인들이 언어의 실험에 유난히 열심인 것은 언어가 허락하는 한 상상의 광활한 영토를 펼쳐 보이기 위함이다. 시는 다른 어떤 분야보다 상상과 언어의 자유가 광범위하게 허락되는 분야이다. 아이러니와 역설은 시에서 흔히 볼 수 있는 표현이다. 현실과 상상, 가능과 불가능, 삶과 죽음이 한 몸을 이루며 모순의 상태를 넘어서는 경지도 시에서는 열렬한 탐구의 대상이 된다. 시에서 이러한 초월적 지점에 대한 관심의 열도가 각별한 것은, 인식 불가능한 것의 경계를 정하지 않는 자유로운 정신에서 기인한다.

과학적 사유가 객관적으로 증명 가능한 사실의 확인을 목적으로 하는 것에 비해 시는 사실을 넘어서는 직관의 영역까지를 사유의 대상으로 한다. 시인들은 사물의 본성에 접근하기 위해 기꺼이 본능과 감수성을 작동시킨다. 다른 지적인 사유와 달리 시인들은 이성에 한정되지 않는, 다양한 감각이나 직관으로 파악된 사물의 본성을 사유의 대상으로 삼는다. 시인을 '견자(見者)'라고 하는데, 여기서 본다는 것은 시각적 차원을 넘어서 사물의 궁극적 이치를 간파하는 직관적 능력을 뜻한다. 시인에게 본다는 것은 사물의 본성과 분리되어 존재하는 사유를 사물의 핵심으로까지 이끌어 안팎의 경계를 넘어서는 상태라고도 할 수 있다. 이때 시인은 사물과 주객의 구분이 없는 완전한 합일의 경지에 이른다. 동양적 사유에서 '도(道)'라고 일컫는 심오한 깨달음의 경지와 유사한 상태라고도 할 수 있다.

김수영이 「공자의 생활난」에서 "동무여 이제 나는 바로 보마/ 사물과 사물의 생리(生理)와/ 사물의 수량(數量)과 한도(限度)와/ 사물의 우매(愚昧)와 사물의 명석성(明晳性)을// 그리고 나는 죽을 것이다"라고 할 때 '바로 보기'의 의미도 이와 다르지 않다. 김수영은 시를 통해 사물의 궁극적 이치를 파악하고자 했으며 바로 보는 것만이 이를 가능하게 한다고 생각한다. 그보다 중요한 다른 무엇도 찾지 못했기에 그 뜻을 이루면 "나는 죽을 것이다"며 사뭇 비장한 각오를 행한 것이다. 시인으로서 김수영의 운명은 바로 이 순간 확연해졌으며 이 점이 여기(餘技)로서 시를 쓰는 경우와 명백하게 차별화되는 지점이다.

사물의 본성까지 꿰뚫는 견자의 시선을 얻고자 하는 시인에게 자유의 추구는 필연적이다. 이성적 사유의 영역을 넘어 사물의 이면까지 관통하기 위해서는 남다른 직관과 상상이 필요하다. 이성의 울타리를 의식하지 않는 자유로운 정신이 없이는 경험적 차원의 사유를 넘어서기 힘들다. 일탈된 논리와 모순의 수용을 각오해야만 이성 너머에 있는 사물의 궁극적 이치에 도달할 수 있는 것이다. 보들레르가 '범우주적인 조응'을 위해 상상력을 필요로 한 것은 그 때문이다. 상상력은 만물의 근원적 혈연관계와 유현한 통일성을 직관적으로 포착할 수 있게 한다. 지극히 내밀하고 신비적이기까지 한 이 상태에 도달하는 데 있어 언어는 도움이 되기도 하지만 방해가 되기도 한다. 시의 모순어법은 언어로써 언어의 한계를 넘어서는 영역을 표현하는 데서 발생한다. 반어와 역설은 형언할 수 없는 자유로운 상상을 담아 보기 위해 비루하게 벌려 놓은 언어의 틈에서 작동한다. 미답의 사유 역시 언어 이외의 방법으로 표현할 수 없기 때문에 시인들은 이해 가능한 언어로, 그러나 특별한 방식으로 그것을 표출하려 한다. 자유시에서 다양하게 시도되는 어법과 단어들은 언어를 통해 초합리적 세계의 존재를 제시하기 위한 방법이다. 자유로운 사유와 언어의 운용을 통해 시는 기지의 세계 너머로 펼쳐져 있는 무한한 미지의 영토를 개척해 간다.

*

현대의 시인들에게 근원적인 것에 대한 추구는 자신의 실재에 도달하는 일과 분리되지 않는다. 인간은 소우주로서 하나의 세계를 이루고 있으며 자신의 이해를 통해 범우주적인 통일성에 도달할 수 있다. 자아는 삶그 자체만큼이나 불가지한 심연 속에 놓여 있다. 이성 너머의 세계에 대한 모험의 열정은 의식 저변의 무의식에 대한 관심과 무관하지 않다. 프로이트 이후 인간 정신의 신대륙으로 자리 잡게 된 무의식의 영역에 시인들은 매료된다. 시인들은 의식과 무의식에 한 발씩을 디디고 인간 정신의 광활한 영토를 탐색하려 한다.

초현실주의 시인들이 의식 저층의 무의식을 탐사하면서 인간 정신의 확장에 기여한 바는 각별하다. 그들은 꿈과 상상, 직관 등 인간의 고유한 정신 능력이 갖는 폭발적인 힘을 확신하였으며, 이를 통해 관습과 도덕의 높은 벽을 무너뜨리려 하였다. 의식 너머 무의식의 소리를 고스란히 복기하는 방식으로 그들은 욕망의 출구를 열어젖힌다. 억압되고 금지되었던 말들이 현실로 방출되면서 일으키는 파장은 무시하기 힘들다. 마주 보기 불편했던 많은 진실들이 표면으로 부상하면서 안온했던 기존의 질서는 근본적인 의혹에 휩싸인다. 초현실주의 시는 정신에 대한 경계 없는 탐사로 인간 본성에 대한 깊은 이해를 행하고 이로써 모든 억압으로부터 해방되는 상태를 꿈꾼다. 초현실주의자들이 추구한 자유는 현실의 차원에 국한되지 않는다. 현실 너머의 초현실, 의식 너머의 무의식까지 확장되는 드높은 자유의 의지로 인해 인간 정신은 전면적인 해빙기를 맞는다.

"욕망이여 입을 열어라 그 속에서/ 사랑을 발견하겠다"(「사랑의 변주곡」)

라고 할 때 김수영은 모든 억압을 넘어서, 무의식의 빗장까지 벗어 버리는 정신의 해방을 거쳐야 비로소 사랑이 가능하다는 생각을 드러낸다. 욕망의 검은 구멍을 들여다보겠다는 것은 '바로 보기'의 의지와 다르지 않은 것으로 자신의 실재와 그것을 억압하는 모든 세력을 간파하고야 말겠다는 뜻이다.

욕망의 가장 깊은 곳까지 이르고 마침내 그것과 일치가 되어 마음속의 뜻과 어긋나지 않는 말을 자유자재로 할 수 있게 되는 상태는 초현실주의 시인들이나 김수영 모두 바라 마지않았던 것이다. "중요한 것은 시의 예술성이 무의식적이라는 것이다. 시인은 자기가 시인이라는 것을 모른다. 그리고 그것은 시의 기교라는 것이 그것을 의식할 때는 진정한 기교가 못되기 때문에 그렇게 되는 것이다. 시인이 자기의 시인성을 깨닫지 못하는 것은, 거울이 아닌 자기의 육안으로 사람이 자기의 전신을 바라볼 수 없는 거나 마찬가지이다"(「시여, 침을 뱉어라」)에서 알 수 있듯 김수영은 의식의 차원을 넘어 욕망과 일치를 이룬 상태에서, 어떤 기교도 의식하지 않고 시인이라는 의식조차 없이 정신의 해방을 이루는 것이야말로 진정한 예술의 경지라고 본다. 참다운 시인이란 스스로를 개혁하여 자신의 실재에 도달한 자로서, 이때 그의 시는 자신의 온몸으로 행하는 자유의 이행인 것이다.

*

시인들이 절대적으로 추구하는 자유는 문학의 자율성을 확보하기 위해서뿐 아니라 현실에 대한 문학적 실천에도 불가결하다. 시인들은 자유에 의거하여 현실 너머에 있는 진정한 현실의 극대치를 상상하고 실현하려 한다. 그들은 자신의 실재에 도달하기 위해 욕망을 대면하기를 두려워하지 않으며 운명을 개선하기 위해 인간을 변화시키려는 시도를 멈추지 않는다. 앙드레 브르통은, 세계를 근본적으로 개혁하겠다는 시인 랭보의 극단적 의지가 노동자들을 해방시키려는 의지와 다르지 않다고 보았다. 랭보가 세계를 변화시키기 위해 사용한 새로운 언어는 더할 나위 없이 창조적이고 혁명적이며, 이는 노동자들을 해방시키려는 혁명의 의지와 결코 모순되지 않는다는 것이다. 인간의 정신적 해방은 기성의 질서에 균열을 내고 억압된 욕망을 분출시킴으로써 물질적 해방을 이끌 수 있다. 반면에 물질적 해방을 우선시하여 정신적 해방을 유보시킨다면 혁명 후의 사회는 여전히 근본적인 변혁이 결여된 채 억압의 구조를 반복하게 될 것이다. 그러나 정신적 해방과 물질적 해방이 동시에 달성되는 이상적인 상태는 좀처럼 실현되기 어렵다. 사회구조와 인간의 변화가 동시에 실현되어야 한다고 확신했던 초현실주의 시인들이 현실적인 시련을 겪으면서 유토피아적 이상을 꿈꾸는 데 그치게 되거나, 엘뤼아르 같은 시인이 초현실주의에서 이탈하여 공산주의를 선택하게 된 저간의 사정이 그 단적인 예라 할 수 있다.

시인의 꿈과 신비는 참다운 현실에 도달하겠다는 의지 없이는 자기만족이나 몽롱한 도피의 수단에 불과하다. 초현실적인 상상이란 참다운 현실에 대한 전망 없이는 현실에 드리운 장막을 더욱 두텁게 할 뿐이다. 그런가 하면 현실에 대한 직접적인 발언은 당위의 구호로 전락하여 참다운 현실의 가능성을 차단시키기 쉽다. 참다운 현실의 도래는 요원하다. 그러나 그것이 불가능하다고 생각하고 현실의 장막 속에 안주하는 자들에게 그것은 더욱 멀어진다. 성급하게 그것을 실현하려는 자들에게는 온전치 못하게 드러날 뿐이다. 쉽사리 이루기 힘든 꿈을 붙들기 위해서는 강한 확신과 용기가 있어야 한다. 계속 상상하고 기다려야 한다.

아들아 너에게 광신(狂信)을 가르치기 위한 것이 아니다

사랑을 알 때까지 자라라
인류의 종언의 날에
너의 술을 다 마시고 난 날에
미대륙에서 석유가 고갈되는 날에
그렇게 먼 날까지 가기 전에 너의 가슴에
새겨 둘 말을 너는 도시의 피로에서
배울 거다
이 단단한 고요함을 배울 거다
복사씨가 사랑으로 만들어진 것이 아닌가 하고
의심할 거다!
복사씨와 살구씨가
한번은 이렇게
사랑에 미쳐 날뛸 날이 올 거다!
그리고 그것은 아버지 같은 잘못된 시간의
그릇된 명상이 아닐 거다

—김수영, 「사랑의 변주곡」 부분

김수영은 참다운 현실이 "광신"이 아닌 "단단한 고요함" 속에서 배태된다고 믿었다. 현실에서 벗어나지도 않고 현실에 매몰되지도 않은 채 자신을 알아 가며 너무 늦기 전에 사랑을 깨닫게 될 때 그 환희의 순간은 열린다. 그때는 단단함과 고요함 속에서 인내한 모든 "복사씨"와 "살구씨"들이 사랑에 미쳐 날뛰는 황홀한 미래이다. 가장 작고 미천한 것들의 환희에 찬 세상이라는 이 상상은 불온하다. 그것은 불가능하고 위태로운 꿈이기 때문이다. "모든 전위문학은 불온하다. 그리고 모든 살아 있는 문화는 본질적으로 불온한 것이다. 그것은 두말할 것도 없이 문화의 본질이 꿈을 추구하는 것이고 불가능을 추구하는 것이기 때문이다”(「실험적인 문학과 정치적 자유」)라는 진술에서 김수영은 문학의 불온성이 지니는 의미를 정확하게 포착하고 있다. 불가능이 실현될 때까지 멈추지 않는 상상이야말로 문학이 지니는 전복의 힘이다.

*

“사람들이 아무리 이 말을 조잡하게 남용해 왔다 하더라도, 이 말은 조금도 더럽혀지지 않았다.” 앙드레 브르통은 ‘자유’에 대해 이렇게 말했다. 거꾸로 보면 이 말은 헤아릴 수 없이 많은 서로 다른 필요에 의해 무수히 더럽혀져 왔다고도 볼 수 있다. 서로가 자신의 깃발에 꽂아 휘둘러 오면서 빛바래고 때 묻은 이 말을 어찌해야 할까?

우리 시사에서 이 말이 겪어 온 사정도 다르지 않다. ‘자유’는 형식의 새로움을 뜻하기도 하고 내용의 가치로 강조되기도 했다. 내용과 형식의 이분법, 리얼리즘과 모더니즘의 대결은 우리 시사의 뿌리 깊은 증상이다. 시의 자유는 양자의 대립을 봉합하면서 우리 시의 새로운 방향을 제시할 수 있을까? 김수영은 그 가능성을 보여 주었다. 그는 내용과 형식을 한 몸으로 밀고 나가는 시를 추구했으며 그것이 곧 자유의 이행이라는 사실을 분명하게 의식했다.

김수영 이후에 우리 시는 이분법을 극복한 자유의 이행으로서의 시를 그리 성공적으로 수행해 왔다고 보기는 힘들다. 그렇지만 김수영이 촉발한 이 문제에서 자유롭지는 못하다. 시의 현실성을 추구하는 시인들은 자율성을 의식하고 시의 자율성을 추구하는 시인들도 현실성을 의식한다. “이주노동자와 비정규직 노동자들의 투쟁을 지지하며 성명서에 이름을 올리거나 지지 방문을 하고 정치적 이슈를 다루는 논문을 쓸 수도 있지만, 이상하게도 그것을 시로 표현하는 것은 쉽지가 않다"(「감각적인 것의 분배」)는 진은영의 고백은 시의 현실성과 자율성을 둘러싼 근본적인 고민을 내포하고 있다. 시 쓰기는 성명서 쓰기와는 확연히 다른 것이고 미학적 접근이 요청되기 때문이다. 미학과 정치가 어떻게 만나야 될 것인지는 앞으로도 우리 시의 중요한 과제가 될 만하다.

김수영을 통해 우리는 자유시의 정신과 형식을 통합적으로 인식할 수 있게 되었다. 또한 철학과 정치를 상회하는 시학의 고유한 영역을 발견할 수 있었다. 시는 철학보다 더 깊숙이, 정치보다 더 멀리 현실의 경계를 밀어낸다. 시는 불가능한 현실이 실현되는 그날까지 꿈꾸기를 멈추지 않는다. 자유는 그런 시에 무한 공급되는 정신의 에너지이다. 자유는 시로 인해 몸을 얻고 시는 자유의 전위로서 존재한다.

새로운 천사와 시민들의 합창

—허수경•심보선•이영광의 시

1. 시인과 시민

눈 밝은 상대를 만나 진가를 발휘하고 의미가 증폭되는 그림들이 종종 있다. 클레의 「새로운 천사」는 벤야민의 눈에 띄어 역사에 대한 의미심장한 상징이 되었다. 벤야민은 1920년에 클레가 그린 이 그림을 그 이듬해에 입수하여 생의 마지막 순간까지 소중하게 간직했다고 한다. 커다란 머리에 놀란 듯한 두 눈, 벌어진 입, 기괴한 새의 몸을 지닌 이 그림의 주인공은 제목처럼 '새로운' 개념의 천사이다. 이 천사는 아름답고 위엄 있는 기존의 천사 이미지와 전혀 다르다. 많이 어색하고 거의 우스꽝스럽다. 천사의 품격을 실추시키는 이 새로운 천사의 이미지에 벤야민은 어째서 매료되었을까?

이 그림의 천사는 그가 응시하고 있는 어떤 것으로부터 금방이라도 멀어지려 하고 있는 것처럼 보이도록 묘사되어 있다. 그 천사는 눈을 크게 뜨고 있고, 그의 입은 열려 있으며 또 그의 날개는 펼쳐져 있다. 역사의 천사도 바로 이렇게 보일 것임에 틀림없다. 우리들 앞에서 일련의 사건들이 그 모습을 드러내고 있는 바로 그곳에서 그는 잔해 위에 잔해를 쉬임 없이 쌓이게 하고 또 이 잔해를 우리들 발 앞에 내팽개치는 단 하나의 파국을 바라보고 있다. 천사는 머물러 있고 싶어 하고, 죽은 자들을 불러 일깨우고 또 산산이 부서진 것을 모아서는 이를 다시 결합시키고 싶어 한다. 그러나 천국으로부터는 폭풍이 불어오고 있고, 또 폭풍은 그의 날개를 꼼짝달싹 못 하게 할 정도로 세차게 불어오기 때문에 천사는 그의 날개를 더 이상 접을 수가 없다. 이 폭풍은, 그가 등을 돌리고 있는 미래 쪽을 향하여 간단없이 그를 떠밀고 있으며, 반면 그의 앞에 쌓이는 잔해의 더미는 하늘까지 치솟고 있다. 우리가 진보라고 일컫는 것은 바로 이러한 폭풍을 두고 하는 말이다.[1]

벤야민은 자기 앞에 닥친 역사의 폭풍 앞에서 꼼짝달싹 못 하면서도 거기에 머물며 죽은 자들을 일깨우고 산산이 부서진 것들을 모아 결합하고 싶어 하는 듯한 이 새로운 천사의 자세에서 자신이 지키고 싶었던 삶의 태도를 엿본 것이다. 이 천사의 몸은 머리에 비해 턱없이 작다. 역사의 폭풍을 헤쳐 나가기에는 무기력해 보인다. 그러나 천사는 놀란 눈과 벌어진 입, 활짝 펼친 날개로 힘을 다해 폭풍과 정면으로 마주한다. 주위에는 역사의 잔해가 가득하나 그는 한가운데서 버티고 서 있다.

클레의 그림에서 벤야민이 본 것은 무풍의 천국이 아닌 폭풍이 이는 역사 속에서 힘겹게 날개를 펼치고 있는 놀란 천사와 같은 자신의 숙명이었던 것이다. 미래를 향하여 자신을 떠미는 역사의 폭풍을 온몸으로 견디는

1 벤야민 저, 반성완 편역, 「역사철학테제」, 『발터벤야민의 문예이론』, 민음사, 1983, p.348.

지상의 천사. 날개 달린 몸으로 지상에 거처하는 이 천사의 운명은 저주받은 시인의 운명을 연상시키는 것이기도 하다. 보들레르가 시인을 비유했던 새 '알바트로스'는 가장 큰 날개를 지녔지만 어쩌다 좁은 배에 갇혀 선원들의 놀림감이 되어 버린다. 시인들 역시 천국의 이상을 품고 살지만 지상에 붙박여 살며 역사의 폭풍을 감내해야 하는 존재들이다.

우리 시는 정치적 상상력이 지배하던 1980년대 이후 비교적 오랫동안 역사의 폭풍에서 빗겨나 있었다. 정치적 상상력에 가려졌던 미학적 자율성의 실험이 활발하게 이루어졌다. 가령 1990년대의 '신서정'이나 2000년대 '미래파'의 활동은 개성과 지향점은 다르지만 이전 시기에 위축되었던 미학적 자율성을 개진하려는 움직임을 보여 준다. '미래파'의 파문 후에 우리 시에서 주목할 만한 변화는 시와 정치, 혹은 윤리에 대한 새로운 질문과 관심들이 증폭되고 있다는 점이다. 이와 함께 미학적 자율성의 축으로 한껏 쏠렸던 지렛대가 미학적 타율성 축으로 다소 중심을 이동하고 있는 양상이다. '삶에 저항하기'인 미학적 자율성과 '삶-되기'인 미학적 타율성이 모두 가능하다고 보는 랑시에르의 생각처럼, 최근 일군의 시인들이 이 양자를 분리시켜서 보지 않고 합치시키려 하는 시도는 특히 관심을 끈다. '순수'와 '참여'는 오랫동안 우리 시를 구획했던 단단한 장벽이다. 그러나 정치적 참여와 미학적 실험이 양립 불가능한 것이 아니고 오히려 긴장을 놓치지 않고 양자를 합일시키는 것이야말로 바람직한 방향이라는 인식이 확산되고 있다.

이는 일찍이 김수영이 보여 주었던 '온몸의 시학'을 연상시킨다. 김수영은 내용과 형식, 참여와 실험이 한 몸을 이루는 시의 가능성을 추구하였다. 그는 또한 시와 삶을 일치시킨 시인이다. 그에게 있어 시민으로서의 삶과 시인으로서의 삶은 분리되지 않는다. 소시민으로서의 삶에 대한 자조와 시민적 이상을 향한 의지는 김수영 시의 주요 내용이자 형식이다. 시민의 일상어가 직립해 있는 그의 시는 예술과 현실의 경계를 허물며 시의 미학적 범주를 확장한다. 『새로운 도시와 시민들의 합창』은 김수영이 참여했던 공동 시집의 이름이다. 여기에서 '시민'이란 국민과 변별되는 자유로운 개인 주체를 가리킨다. 시민으로서 역사적 긴장을 견지하면서도 개인의 자유를 고취하여 새로운 문명을 창달하고자 하는 의지를 표명한 것이다.

김수영의 시정신을 내포하고 있는 오늘의 시인들 역시 '시민'으로서의 삶과 '시인'으로서의 삶을 일치시키는 방법을 골똘히 모색하고 있다. 최근 그들을 시험에 들게 한 것은 '용산참사'라는 사회적 이슈이다. 공권력의 폭력이 횡행하던 전 시대의 악몽이 재현되는 역사의 폭풍 속에서 그들은 놀란 눈을 부릅뜨고 벌어진 입으로 절규하며 아직 남아 있는 이상의 날개를 퍼덕거린다. 강자가 더욱 교묘하게 강해지고 약자가 더욱 힘을 잃어 가는 불평등한 현실에 직면하여, 이런 시대에 시란 무엇이고 시인은 어떻게 살아야 하는가라는 근본적인 질문을 끌어안는다. 자신의 등 뒤에 도래할 미래의 새로운 얼굴을 그리며 어떻게 살고 사랑할 것인지 상상한다. 허수경의 『빌어먹을, 차가운 심장』(문학동네, 2010), 이영광의 『아픈 천국』(창비, 2011), 심보선의 『눈앞에 없는 사람』(문학과지성사, 2011)을 통해 그 구체적인 양상을 살펴보도록 한다.

2. 희망의 새로운 얼굴

허수경의 시에는 '울음'이 많이 나온다. 불우한 이웃들을 감싸며 함께 울어 주던 시인의 넉넉한 품은 오랜 이국 생활로 인해 더욱 확장되고 있다. 이제는 재난을 겪는 세계 곳곳의 도시들과 기아와 학살이 남아 있는 모든 장소가 울음의 이유가 된다. "네 눈에 눈물이 가득할 때/ 땅은 속으로 그 많은 지하수를 머금고 얼마나 울고 싶어 하나/ 대양에는 저렇게 많은 물들이 지구의 허리를 보듬고 안고 있나"(「밤 속에 누운 너에게」)에서 지하수는 땅의 눈물에 비유된다. 땅이 흘린 눈물이 지구의 생명을 유지시키는 것처럼 눈물은 삶의 필수적인 성분이다. 울음은 살아 있다는 증거이고 사랑이 남아 있다는 증거이다. "사랑이 떠나갔다는 걸 알았을 때 사람들의 가슴에서는 사막이 튀어나"(「비행장을 떠나면서」)온다. 사랑이 떠나고 눈물이 말라 버린 가슴은 더 이상 생명이 숨쉬기 힘든 사막이 된다.

클레의 '새로운 천사'를 둘러싼 모래 폭풍처럼 세계는 사막화의 위기를 맞고 있다. 환경의 변화로 실제 사막이 증가하고 있을 뿐 아니라 정치적인 이해관계도 더욱 삭막해져 어느 모로 보아도 사막화가 심각하게 진행 중이다. 세계 도처에서 목격한 위태로운 광경들로 인해 시인에게 삶은 '황무지'로 인식된다. 사람들은 땅의 눈물을 찾는 대신 석유를 찾아 땅을 헤집는다. "구멍을 뚫어야 지속되던 문명이 있었다고, 우주의 먼 곳에서 우주의 역사를 기록하던 빛이 있었다"(「오후」)는 묵시록적인 예언은 개발의 탐욕이 초래할 멸망의 징후를 경고한다. 황무지는 무분별한 욕망과 비정한 관계가 초래할 미래의 상징이다. 지구에 흐르는 물기를 모두 집어삼킬 때까지 그것은 탐욕스러운 팽창을 멈추지 않는다. 이토록 압도적인 모래 폭풍 속에서 시인은 다만 버티고 서서 마지막까지 날개를 접지 않는다. "미약한 약속의 생", "실핏줄처럼 가는 약속의 등불"(「너의 눈 속에 나는 있다」)을 밝혀 든다.

시인이 미약한 약속의 등불을 밝혀 들고 만나려 하는 자들은 가장 낮은 곳에서 살다 소리 없이 스러지는 "슬픔의 난민들"이다.

나는 전철문을 나서면서 대답한다 나는 고대 왕무덤에서 나온 토기였다가 그 토기의 입이었다가 텅 빈 세월이었다가 구겨진 음란 소설 속에 등장하는 창녀의 방 창문에 걸린 커튼이었지 은행 금고 안에 든 전쟁이었다가 아프가니스탄 고원에 핀 양귀비였다가 나는 실향민 수용소의 식당에서 공급해 주던 수프였다가 나는 빛으로 들어가는 입구에서 언제나 서 있기만 했던 시였지 그리고 일용 노동자로 눈 덮인 거리를 헤매던 나의 혈육이었어 저 멀리 용산참사의 시체가 떠내려가던 어떤 밤에 아무런 대항할 말을 찾지 못해서 울던 소경이었어

포도송이였어 그 들판에서 자라던 자줏빛 도라지꽃이었어 그래 아직도 살쾡이였어 도시의 검은 밤에 길을 건너던 산돼지였어 먼 사랑이었고 사랑의 그늘이었지 도시 골목의 어느 카페에서 마시던 유자차였고 그리고 웃으면서 헤어지던 옛 노래였지 나는 너에게 묻는다

너는 누구인가, 닫히는 전철문 앞에 서서 먼 구멍으로 들어가던 내가 사랑하던 너는 누구인가

—「열린 전철문으로 걸어간 너는 누구인가」 부분

전철문에서 우리는 무수한 사람들과 스치며 지나친다. 옷깃만 스쳐도 인연이라는 옛말을 상기한다면 전철문은 얼마나 많은 인연을 만들어 내는가. 한 사람은 나오고 한 사람은 들어갈 뿐 전혀 상관없이 냉담하게 스쳐가는 현실의 전철문을 바라보며 시인은 묻는다. 너는 누구인가라고. 연기(緣起)의 무한한 사슬 속에서 한때 "산청역의 코스모스"였다가 "말을 몰면서 아이를 유괴하던 마왕"이었다가 "근대 식민지의 섬에서 이제 막 산체스라는 이름을 받던 잉카의 아이"였다가 "나에게 멸치를 국제우편 소포로

보내 주던 현숙"이었을지도 모를 너의 전생을 상상한다. 이와 짝을 이루어 나는 누구인가를 자문해 본다. 나는 고대부터 현대까지, 토기부터 소경까지 그 무엇이라도 될 수 있었던 존재이다. 인연의 무한한 연속성을 떠올린다면 생물과 무생물, 적과 동지, 너와 나 사이에 그 어떤 경계도 놓일 수 없다. 너는 한때 내가 사랑하던 사람이었을 것이다. 이런 인연의 작용을 떠올린다면 용산참사 같은 일은 벌어질 수 없다. 나는 곧 너일 수 있거늘 그토록 극심한 차별과 폭력이 행해진 이유는 무엇인가? "말을 못 알아들으니 죽여도 좋다고 말하던/ 어느 백인 장교의 명령"(「빌어먹을, 차가운 심장」)과 같은 폭력적 이분법이 지배했기 때문이다. 주체와 타자의 명백한 구분은 차별과 억압을 발생시킨다. 말이 다르다는 것을 살육의 근거로 삼는 데는 이성 중심의 오만한 권력이 작용한다. 타자에 대한 이해와 존중에는 감성적인 반응이 수반되어야 한다. 레비나스는 감성을 '타인과 만나는 장소'라고 보았는데 이는 감성이 '상처'를 받을 수 있기 때문이다. 곤궁하고 무력한 타자의 얼굴은 주체에게 윤리적 명령을 행하고 자신만이 자유와 부를 독점하는 것에 대해 무언의 질책이 된다고 한다. 이러한 윤리적 감성은 너는 누구인가, 또한 나는 누구인가라는 근본적 질문에서 시작되며 타인의 고통에 상처받고 함께 우는 공감의 능력과 연결되는 것이다. 일용 노동자를 혈육으로 느끼는, 용산참사를 겪으며 아무 말도 못 하고 울기만 하는 '나'는 타자의 고통에 무감하지 못하는 열린 감성의 소유자이다.

나는 돌아오지 않았으면 하는 순간마다 새로운 얼굴이 내 앞에 나타나는 것을 느끼지, 울지 마 울지 마, 라고 누가 말할 때마다 새로 돋은 잎들이 울잖아 떨면서 지잖아 아이야,

나는 너의 미래였어, 어둔 골목길 불 밝힌 상점 앞에서 극렬한 도둑질을 하고 싶은 고양이 같은 나는 너의 과거였어

—「사탕을 든 아이야」 부분

클레의 '새로운 천사'는 역사의 폭풍을 견디며 서 있다. 힘겨운 날갯짓을 하는 그의 등 뒤로는 미래가 다가와 있다. 나의 뒤로는 나의 미래가 다가오고 있다. "돌아오지 않았으면 하는 순간마다 새로운 얼굴이 내 앞에 나타"난다. 그 얼굴은 타자였던 나의 또 다른 얼굴이다. 나는 너의 과거이고 미래이다. 나는 너이고 너는 나이다. 나의 울음은 너를 위한 것이자 나를 위한 것이다. 너는 나의 새로운 얼굴이며 미래의 희망이다. "울지 마 울지 마/ 여기는 이국의 수도 오늘 시장에 폭탄이 터지지 않으면/ 내일 이 시장엔 오렌지를 가득 실은 수레가 온다네"(「여기는 이국의 수도」)라는 믿음처럼 역사의 폭풍 뒤로는 미래의 얼굴이 환히 비친다.

허수경 시의 주조음인 울음은 전 세계와 우주의 약자들, 슬픔의 난민들과 함께한다. 시인의 고고학적 상상력은 눈물의 모든 지층을 투과한다. 시인의 울음은 급속히 사막화되고 있는 인간관계에 대한 윤리적·미학적 항거이다. 차별과 폭력을 행사하는 '차가운 심장'과 대결하는 공감과 연민의 몸짓이다. 황무지처럼 피폐해지는 인간관계에 직면하여 너는 누구이고 나는 누구인가를 근본적으로 질문하고 나와 너의 분리 불가한 인연을 확인한다. 잦은 질문의 형식, 산문체의 장황한 서술은 그 어느 것도 간명하게 규정될 수 없고 수다한 관계의 연쇄 속에 놓인다는 통찰과 관련된다. 약자에 대한 사랑과 타자에 대한 공감으로 충만한 허수경의 시는 황막한 시대를 넘어서는 감성의 윤리를 실천하고 있다.

3. 아픈 천국에서의 눈먼 사랑

이영광의 시에는 시대에 대한 규정이나 진단이 명료하게 드러나는 편이다. 시집 제목인 "아픈 천국"은 그 자체 이 시대에 대한 상징이다. 외양은 천국처럼 좋아졌지만 그 안에는 온통 아픈 사람들이 넘쳐난다는 게 핵심이다. 약육강식의 살벌한 생존경쟁 속에서 "커질 수만 있다면 문드러져도 좋아/ 살아남기 위해서라면 죽어도 좋아"(「대(大)」)라며 힘에 대한 무조건적인 숭배가 지배하는 세상이 되었다. 심지어는 "약한 자는 나날이 악해져 핏발 선 눈을 하고/ 더 약한 것들을 찾아다니는 세월"(「칼」)이 되었다.

이 "아픈 천국"에서는 왜 사느냐는 질문이 없다. 모두가 "열심히 살고 있다는 것/ 패잔병들도 전쟁 중이라는 것"(「포장마차」)이 이곳의 문제이다. 시인은 사는 것보다 살려고 마음먹는 것이 더 어렵다고 한다. 질문 없이 모두가 달려가는 곳으로 몰려가는 삶에 대해 질문한다. 이런 일방적인 몰입이 "살아남기 위해서는 죽어도 좋다"는 어리석은 역설을 낳는다고 본다. "죽도록 공부해도 죽지 않는다"는 신조로 죽기 살기로 달려가는 아이들은 또 어떤가? "죽도록 공부하라는 건/ 죽으라는 뜻이다"(「죽도록」)라고 시인은 단언한다. 모든 사람들이 죽을 지경으로 일하고, 공부하는 것이 아픈 천국의 병폐이다.

부음으로 가득한 조간은 죽음이 넘치는 "아픈 천국"의 현실을 증언한다. 이 시대의 부고란을 통해 죽음을 분석하며 시인은 여전히 폭행과 납치와 진압이 행해지고, 실종과 농성과 투신이 일어나는 폭력적 현실을 간파한다. "사람이 아니라고 여겨서" 죽이고, "사람입니다, 밝히지 못하고"(「유령 3」) 죽는 억울한 죽음들을 목도한다. 이 시집에서 두드러지는 유령의 이미지는 차별적인 인간관계를 반영하는 것이다.

저렇게도 깡마르고 작고 까만 얼굴을 한 유령이
이 첨단의 거리를 배회하고 있다니
쉼 없이 증식하고 있다니
그러므로 지금은 유령과
유령이 되지 않기 위해 몸부림치는 몸들의 거리
지하도로 끌려 들어가는 발목들의 어둠,
젖은 포장을 덮는 좌판들의 폭소 둘레를
택시를 포기한 당신이 이상하게 전후좌우로
일생을 흔들면서 떠오르기 시작할 때,
시든 폐지 더미를 리어카에 싣고
까맣게 그을린 늙은 유령은 사방에서
천천히,
문득,
당신을 통과해 간다

—「유령 1」 부분

유령은 주로 "첨단의 거리" 뒤편의 어두운 밤 풍경과 함께 출몰한다. 밤거리를 헤매는 인사불성의 취객이나 무력한 인간들은 누구라도 쉽게 유령이 될 수 있다. 도시의 번성과 비례하여 유령들도 급속도로 증식한다. 도시의 삶은 "유령과/ 유령이 되지 않기 위해 몸부림치는 몸"들의 대결이라 할 만하다. 유령의 존재를 결정짓는 것은 삶과 죽음이 아니라 적응과 도태의 여부이다. 첨단의 거리에 걸맞은 적응력을 보여 주지 못하면 살아서도 사람 취급을 받지 못한다. 시든 폐지 더미를 끌고 가는 노인은 이미 유령과 다를 바 없이 무시당하며, 부지불식간에 진짜 유령이 될 정도로 위험한 환경에서 죽음에 노출돼 있다. 도시의 밤거리를 배회하는 "깡마르고 작고 까만 얼굴"이 유령의 징표이다. 레비나스라면 이를 두고 가장 예리하게 주체의 양심을 파고드는 '타자의 얼굴'이라고 했겠지만 "아픈 천국"에서는 사람 취급도 받지 못하는 존재일 뿐이다. "무전/ 무직/ 무력/ 무죄의/ 무소속들이,/ 진흙으로 빚은 검은 얼굴들이 도처에서/ 제 발등을 돌로 찍으며"(「무소속」) 우는 이곳은 유령이 넘치는 살풍경이다.

이토록 삭막하고 불안한 곳에서 살려고 마음먹게 하는 것은 무엇일까?

눈 그친 뒷산 잡목 숲이 생가지 분지르는 소리 이따금씩 들려오고

놀던 아이가 별안간 넘어져 크게 울고, 젊은 어머니가 사색이 되어 뛰어나오기도 한다. 다친 몸을 더 다친 마음이 새파랗게 여미어 안고 간다.

실직과 가출, 취중 난동에 풍비박산의 세월이 와서는 물러갈 줄 모르는 땅

고통과 위무가 오랜 친인척 관계라는 곤한 사실이야말로 이생의 전 재산이리라. 무릎 꿇고 피 닦아 주던 젖은 손 울던 손.

사색(死色)이란 진실된 것이다. 아픈 어미가 그러했듯 내 가슴에도 창백한 그 화석 다발이 괴어 있어, 오그라들고 까무러치면서도 한 잎 두 잎 쉼 없이 꺼내 써 마침내 두려움 없는 한 장만을 남길 것이다.

—「아픈 천국」 부분

타인의 고통에 무감하지 않고 함께 아파하는 마음을 측은지심이라고 한다. 어린아이가 물에 빠지려 할 때 놀라서 잡아끄는 마음이 그것이다. 아이가 넘어져 울 때 어머니의 마음은 새파랗게 질려 사색이 된다. 아이의 몸과 어머니의 마음이 연결되어 있기 때문이다. 이런 마음은 넓게는 사람이 아닌 자연에까지 이른다. 나무의 생가지가 눈의 무게를 이기지 못해서

부러지는 소리에 마음이 쓰일 때도 측은지심은 발동한다. '고통'에 짝을 이루어 '위무'가 따라오지 않는다면 그 생은 얼마나 삭막한 것이랴. 고통과 함께하는 위무는 이생의 전 재산이라 할 만큼 값지다. 위무하고 사랑하는 '통증의 세계관'이야말로 "아픈 천국"의 현실을 견디게 하는 힘이다. 가장 가까운 곳에서 함께 있어 주고 받아 주는 '구두'와 같은 마음이 "쥐어 본 적 없는데도 놓을 수 없는"(「구두」) '희망'을 준다. 언제든 기다려 주고 어디든 함께 가 주는 구두와 같은 희망이 있었기에 그래도 다시 일어서고 또 어딘가를 향해 떠나려 마음먹을 수 있었던 것이리라. 자식에 대한 헌신적인 사랑이 "허공에의 눈먼 사랑"(「열한 살」)일지라도 그것을 멈출 수는 없다. 조건이 없고 합리를 결여하고 있다는 점에서 모든 사랑은 눈먼 사랑이다. 그것이 얼마나 슬프고 힘겨운 일인지 알면서도 시인은 통증에 끌리고 사랑을 놓지 못한다. 한사코 마음을 이끄는 찬란한 착란이라면 "물불을 가리지 않고 뛰어드는 것이,/ 저렇게 미치는 것이 옳겠지"(「물불」)라고 한다. 눈먼 사랑과 쥐어 본 적 없는 희망에 영원히 이끌리듯 생은 자꾸만 점화된다.

이영광은 섣불리 희망을 얘기하지 않는다. 사랑을 예찬하지 않는다. "시를 쓰면서 사나워졌습니다"(「칼」)라고 고백할 정도로 현실에 대한 감각은 날카롭고 강해졌다. 언어를 잘 다루고 감정이 풍부한 시인이지만 시인으로서의 자의식이 강해질수록 시와 삶의 관계에 대한 질문이 첨예해지고 있다. 폭력과 차별이 횡행하는 고통스러운 삶과 도처에 만연한 죽음의 징후들을 간파한다. 냉소와 풍자를 통해 현실을 통렬하게 비판하고 강력하고 인상적인 상징을 통해 시대를 규명한다. 시와 삶의 일치를 추구하면서 그의 시에는 부조리한 현실과 대결하려는 반어와 역설의 긴장감이 충만해지고 있다.

4. 내일을 위한 질문

심보선의 시에는 영혼이라는 말이 많이 등장한다. 천사라는 말도 드물지 않게 볼 수 있다. 시인은 지금 우리가 잃어버린 기억 중에는 맑은 영혼과 천사의 인도가 있었다고 상상한다. 불운한 현재에 비해 아름답고 평화로운 과거를 상정하는 시인의 경향은 상당히 낭만주의적이다. 또 하나 그의 시에서 긍정적인 의미로 쓰이는 중요한 어휘는 바로 '말'이다. 특히 좋았던 과거의 말은 대단히 풍요롭고 자유로웠던 것으로 본다. "살아간다는 것은 정말이지/ 무엇이든 아무렇게나 말할 권리를 뜻했다/ 그때는 좋았다/ 사소한 감탄에도 은빛 구두점이 찍혔고/ 엉터리 비유도 운율의 비단옷을 걸쳤다/ 오로지 말과 말로 빚은/ 무수하고 무구한 위대함들"(「호시절」)이 있었다는 과거에는 말이 희망이고 미래이다. 그에게 침묵은 죽음에 가깝고 말은 죽음을 넘어서 삶을 연다. 말은 곧 질문을 의미한다. 질문하지 않는 삶은 지루하고 정체돼 있다.

> 오늘이 왔다
> 내일이 올까
> 바람이 분다
> 바람이여 광포해져라
> 하면 바람은 아니어도 누군가 광포해질까
> 말하자면 혁명은 아니어도
> 혁명적인 어떤 일들이 일어날까
> 또 어떤 의문들이 남았을까
> 어떤 의문들이 이 세계를 장례식장의 커피처럼
> 무겁고 은은하게 변화시킬 수 있을까

또 어떤 의문들이 남았기에

아이들의 붉은 입술은 아직도 어리둥절하고 끝없이 옹알댈까

—「의문들」 부분

질문은 수동적인 사유에 끊임없이 균열을 내는 운동이다. "오늘이 왔다"에 '내일이 오겠지'가 이어진다면 동어반복에 다를 바 없지만, "내일이 올까"라는 질문의 형식은 전면적인 사고의 전환을 일으킨다. 이때 오늘과 내일 사이에는 무수한 변화의 가능성이 틈입한다. 질문이란 이처럼 자동적인 인식에 저항하는 창조적인 발상이다. 질문은 "바람이여 광포해져라"와 같은 명령문과는 대척점에 놓인다. 그것은 명령문에 대해서도 또다시 새로운 문제를 제기한다. 고정시키거나 제거하기 위한 명령문과 달리 의문문은 "이 세계를 장례식장의 커피처럼/ 무겁고 은은하게 변화시"킨다. 질문은 미래의 언어이다. 어리둥절하며 끝없이 옹알대는 아이들의 붉은 입술은 질문을 그치지 않는다. 그들의 질문에 의해 현재는 의혹에 차고 미래가 새로이 등장한다.

내일을 위해서는 오늘의 질문이 필요하다. 질문의 사도인 시인은 다짐한다. "나는 이제 잠자리에 누워/ 내일을 위한 중요한 질문 하나를 구상하리./ 영혼을 들어 올리는 손잡이라 불리는/ 마지막 단어만이 입맞춤의 영광을 누릴 수 있다는/ ?/ 로 끝나는 질문 하나를."(「나의 친애하는 단어들에게」) 이 같은 사랑스러운 상상 역시 말을 고르는 오랜 시간과 무수한 질문 끝에 가능한 것이다. "?"가 "영혼을 들어 올리는 손잡이"인 까닭은 자동화된 사유 너머로 깨어 있는 의식을 작동시키기 때문이다. 물음표 앞의 마지막 단어만이 이 영혼의 손잡이에 입맞춤하는 영광을 누리며 미래의 시간을 연다. 미래를 여는 질문은 단연코 소년들의 것이다. "소년이여, 너는 질문을 던진다/ 거대한 호기심이/ 손가락 끝을 집어 올려 우주로 향하

게 한다”(「소년 자문자답하다」)는 말처럼 질문을 던지는 거대한 호기심이 무한한 미래로 삶을 끌어간다.

그러나 현실에서 이러한 질문이 늘 희망찬 미래를 보장하는 것은 아니다. 현실에서 희망의 셈은 좀처럼 맞지 않는다. “불평등이란/ 무수한 질문을 던지지만 제대로 된 답 하나 구하지 못하는 자들과/ 제대로 된 질문 하나 던지지 않지만 무수한 답을 소유한 자들의 차이다”(「집」)라는 말과 같이 질문을 던지는 자들과 답을 소유한 자들은 일치하기 어렵다. 질문은 현실에 대한 의혹에서 발생하고 답을 가진 자들은 현실을 바꾸고 싶어 하지 않는다. 질문을 하는 자들은 대답은 없고 무참한 탄압이 벌어지는 현실에 고독하고 무기력한 상태로 빠져들고 답을 쥐고 있는 자들은 의문을 말살하기 위해 폭력도 서슴지 않는다. 용산참사는 이러한 두 세력이 극심하게 충돌하면서 발생한 비극이다. “언제나 배고팠던 입/ 먹기에 급급했던 입/ 그 남루한 입술들이 층층이 쌓여/ 높디높은 메아리의 첨탑을 일으켜 세우면/ 말 못 하고 외면했던 진실을/ 목구멍에서 소용돌이치며 솟구치는 진실을/ 우리는 말하기 시작하리”(「거기 나지막한 돌 하나라도 있다면—2011년 1월 20일 용산참사 2주기에 부쳐」)에서처럼 먹기에 급급했던 입이 진실을 말하기 위해 열려야만 변화가 가능하다. 진실을 말하지 못하는 침묵은 나쁘고 슬픈 것이다. 질문하지 않고, 말할 수 있는 것들을 말하지 못하는 삶은 불평등과 종속의 역사를 거듭한다. 약자의 고통에 끝내 울음을 터뜨리는 양심과 영혼에 대한 각성이 없이는 실패한 역사의 반복에서 벗어날 수 없다.

나는 왔다
태어나기 전부터 들어 온
기침 소리와 기타 소리를 따라
환한 오후에 심장을 별처럼 달고 다닌다는

인간에게로, 그런데
여기서 잠깐 질문을 던져 보자
두 개의 심장을 최단 거리로 잇는 것은?
직선? 아니다!
인간과 인간은 도리 없이
도리 없이 끌어안는다
사랑의 수학은 아르키메데스의 점을
우주의 배꼽으로 옮겨 온다
한 가슴에 두 개의 심장을 잉태한다
두 개의 별로 광활한 별자리를 짓는다

—「지금 여기」 부분

우리 모두가 "지금 여기"의 초라한 간이역에 잠깐 머물기 위해 먼 우주에서 이곳을 방문한 영혼들이라면 별처럼 달고 다닌다는 심장은 서로를 끌어안으려고 할 수밖에 없을 것이다. 그토록 광활한 우주를 헤매던 심장은 하나가 되고 싶어 안간힘을 쓸 수밖에 없다. 그것이 사랑이다. 사랑의 수학에서 두 개의 심장은 최단 거리의 직선이 아니라 하나의 점으로 합쳐진다. 이러한 태초의 기억을 알아채는 각성된 영혼과 이상과 현실의 괴리에 침묵하지 않고 끝없이 질문하는 열린 입이 있어야만 지금 여기의 삶은 다른 미래를 향해 조금 열릴 것이다.

심보선의 시에는 부정적 현실을 넘어서는 낭만적 상상이 가득하다. 그는 인간이 아름다운 영혼과 풍요로운 말을 향유할 수 있는 본성을 지녔다고 본다. 지금의 불평등한 현실은 모두가 우주의 귀한 별이라는 기억과 늘 처음처럼 질문하는 왕성한 호기심을 잃어버린 데서 기인한다. 이러한 본성을 환기시키기 위해 그는 천진한 상상과 질문의 형식을 활용한다. 천사와 영혼의 이미지에 실감을 부여하고 질문이 일으키는 사유의 변화를 치밀하게 재현한다. 충만하고 아름다운 인간의 본성과 그렇지 못한 현실을 대비시키며 새로운 미래를 꿈꾼다.

5. 미래의 고향을 꿈꾸는 자들

개성이 확연하게 다른 이 세 시인의 공통점은 미적 자율성과 타율성을 선택의 문제가 아닌 하나의 과제로 인식하고 있다는 점이다. 시와 삶이 일치되며 삶의 태도가 미학적 특질과 유리되지 않는 신개지를 개척하고 있다. 이 시대 시인이란 무엇인가에 대한 근본적인 질문을 끊임없이 행하는 것도 이들의 공통점이다. 아직도 폭력이 횡행하는 현실에서 가능한 시가 어떤 것인지를 모색한다. 이들에게 시는 현실적인 어떤 일들도 할 수 없는, 무위의 아름다운 일탈이다. "시인들은 영원히 딴 곳을 보고 있"(이영광, 「시인들」)기 때문에 모두가 몰려가는 대열에서 벗어나 반대 방향을 주시한다.

하이데거가 시인들에 대해 관심을 기울인 이유는 그들이 근원에 대한 각별한 견인력을 보여 주기 때문이었다. 그는 시인을 귀향자에 비유한다. 귀향자는 고향을 떠나 오랜 편력 끝에 다시 고향으로 돌아가는 자이다. 고향을 떠나 보지 않은 사람들은 오히려 감지하지 못하는 고향의 본질을 귀향자는 예리하게 파악한다. 귀향자는 고향의 고유한 특성을 탐색하고 드러내고자 한다. 귀향자로서 시인은 진정한 고향을 발견하고 향유하는 일을 홀로 하지 않고 남들과 더불어 하려 한다.

우리 시인들에게도 고향은 마음의 가장 깊숙한 곳에 자리 잡고 있는 존재의 본향이다. 타향과 타국을 오랫동안 떠돌면서도 늘 강력하게 끌리는 곳이다. 허수경에게 고향은 "생애 동안 해 온 모든 배반의 시작이었고/ 거짓의 모태였고 그리고 아직도 알 수 없는 먼 죽음의 시작"(「고향」)이다. 죽음의 냄새가 물씬 풍기는 천년 고도의 품속을 벗어나고자 그리도 애썼지만 시인에게 고향은 아직도 취나물 한 접시에도 전신으로 다가오는 감각의 본원이다. 이영광의 고향은 "어쩌다 혈육이 모이면 반드시 혈압이 오르던"(「버들집」) 갈등의 장소이지만 미워하면서도 돌아가면 어느새 그들과 하나가 되는 곳이다. 그에게는 "집이 아프면// 혼자 찾아들어 와 놀던 곳/ 훌쩍이던 곳/ 고향보다 더 깊은 곳"(「고향보다 깊은 곳」)이 있다. 그곳은 상처받은 마음을 치유해 주는 근원적 장소이다. 심보선은 자신이 고향을 상실한 이방인이라는 의식이 강하다. 그러면서도 애처롭고 절박한 자신의 말에 귀를 기울여 주는 진정한 고향을 찾으려는 바람은 누구보다도 간절하다. "나의 문디여,/ 세계 중의 세계여,/ 내가 끝내 돌아갈 미래의 고향이여,/ 너는 지금 과연 어디에 있는가"(「Mundi에게」)라며 미래의 고향을 꿈꾼다.

이들은 오래전 고향을 떠나 삭막한 도시를 배회하고 있다. 시민으로서 누려야 할 최소한의 자유와 평등을 위해 목소리를 높인다. 공동체의 가치가 심각하게 왜곡되고 피폐해진 시대에 은폐된 심연을 간파하고 진정한 고향으로 귀환해야 할 시인의 사명을 자각한다. 이들의 희망은 시민으로서의 안녕과 번영에 그치지 않는다. 이들은 "끝내 돌아갈 미래의 고향"을 꿈꾼다. 그곳은 모두가 함께 가야 할 마음의 본향이다. 시인들은 '새로운 천사'처럼 한껏 펼친 날개로 역사의 폭풍에 대항하며 미래의 고향을 향해 가고 있다.

유토피아, 현실의 원근법

1. 상상의 축조술

'유토피아'는 토머스 모어가 처음 만들어 냈지만, 지금은 보통명사처럼 흔히 사용되는 말이다. '아무 데도 존재하지 않는 곳' 또는 '이상향'이라는 개념은 현실과 다른 차원의 세계를 상상할 때 누구든 떠올릴 만한 것이기 때문이다. 토마스 모어의 유토피아는 정치·법률·관습 등 사회의 제반 조건이 분명하게 규정되어 있는 체계적인 국가로 묘사되지만, 보통명사로서 유토피아는 현실에서 떨어진 상상의 공간 또는 이상국을 뜻한다.

서구의 문학에서 유토피아에 대한 상상은 하나의 장르를 형성할 정도로 왕성하게 출현해 왔다. 유토피아 문학은 근대적인 이성에 근거한 합리적인 제도의 실현을 꿈꾸는 적극적인 상상의 산물이다. 유토피아는 인간의 힘으로 만들어 낸 세계라는 점에서 신이 내려 준 낙원과 다르다. 유토피아는 인간의 자율성과 능력에 대한 신념이 바탕을 이루는 휴머니즘의 산물이다. 문학은 유토피아의 기획을 마음껏 펼칠 수 있는 광활한 지적·상상적 영토이다. 유토피아의 상상 속에서 많은 현실적 제약을 넘어서는 이상적인 사회제도와 기술 문명을 극한까지 추구해 볼 수 있다. 현실의 결핍이 꿈을 낳고, 꿈꾸던 것이 현실로 실현되며 역동적으로 작용한다. 공상과학소설에서 묘사되었던 고도의 기술 문명이 속속 현실화되는 것이 한 예가 될 것이다. 그러나 사회제도의 문제는 한층 복잡하다. 모든 구성원을 만족시키는 이상적인 사회는 아직 이루어진 적이 없다. 심지어 토마스 모어의 유토피아도 오늘날의 관점에서는 이상국이라 단언하기 어렵다. 유토피아 문학은 바로 그 결핍의 자리에서 발생한다. 현실에 대한 비판적 시각이 역상으로 맺혀 유토피아적 비전을 낳는다. 유토피아의 축조술은 현실에 대한 비판적 분석과 보강 계획을 설계의 축으로 삼는다. 유토피아는 현실에 '없는' '이상적'인 세계이다. 그것은 현실의 결핍이 증폭된 꿈의 공간이다.

우리 현대시에서 유토피아는 서구의 문학에서와는 조금 다른 양상으로 나타난다. 서구의 문학 특히 소설에서 유토피아는 상상의 기획이긴 하지만 상당히 구체적이고 체계적인 질서를 지닌 하나의 세계로 그려진다. 이에 비해 우리 현대시에서 유토피아는 현실에 대한 반작용의 표현으로, '지금, 여기'와는 거리가 먼 이상을 투사하는 공간으로서의 의미가 크다. 이성적이고 구체적인 기획이라기보다 직관과 감성에 좌우되며 낭만성이 강하다. 우리 현대시에서 유토피아는 현실의 결여에 대한 문제의식과 이상의 상상적 실현이라는 문학의 보편적 속성을 함축하고 있다. 이상 세계에 대한 면밀한 구상과 실천의 의지를 보이기보다 현재와 다른 과거나 미래에 대한 막연한 동경을 표명한다는 점에서 낭만주의적인 성격이 짙다. 그러므로 우리 현대시에 나타나는 유토피아는 토마스 모어 식의 구체적인 이상국이 아니라 광의의, 보통명사로서의 이상향에 가깝다. 중요한 것은 유토피아적 상상의 양태보다 그러한 상상이 발생하게 되는 동기와 과정에 있다. 현실의 결여에 대한 비판적 의식이 전면적으로 드러나는 상상이라는 점에서 디스토피아는 유토피아와 결코 분리할 수 없는 문제적 공간이다. 디스토피아는 유토피아의 그림자이며 더욱 엄혹한 현실의 거울이다. 안타깝게도 우리 시에서는 유토피아에 대한 적극적 상상보다 디스토피아적인 현실의 재현이 더 활발하게 나타난다.

여기서는 현실의 결여에 대한 문제의식이 유토피아 또는 디스토피아라는 공간 개념으로 드러나는 시들을 포괄적으로 살펴볼 것이다. 먼저 유토피아적 세계를 드러내는 시들이 현실에 대해 어떤 태도와 거리를 지니는지, 그들이 지향한 세계의 특징은 무엇인지를 들여다보고, 다음으로 디스토피아적인 세계를 그린 시들에서 현실은 어떻게 해석되고 재구성되는지를 따져 볼 것이다.

2. 그리운 유토피아

우리 현대시에서 유토피아에 대한 선명한 의식과 활달한 상상을 드러내는 시들을 찾기는 쉽지 않다. 이상 세계에 대한 상상이 독자적인 개성을 이루며 하나의 세계를 확보하는 경우가 드물다. 대부분 현실에 대한 부정이 배태한 막연하고 초월적인 이상 공간에 가깝다.

낭만적 열정으로 가득한 이상화의 시 「나의 침실로」에서도 이상향은 현실도피적인 초월의 공간이다. "마돈나! 날이 새련다 빨리 오려무나, 사원(寺院)의 쇠북이 우리를 비웃기 전에./ 네 손이 내 목을 안아라, 우리도 이 밤과 같이 오랜 나라로 가고 말자"의 "오랜 나라"는 다름 아닌 "나의 침실"이고 현실에서 벗어날 수 있는 꿈의 공간이다. "오랜 나라로 가고 말자"라고 할 때의 자기 방기적인 태도와 어조는 화자가 추구하는 이상향이 결코 현실을 넘어서는 근본적인 대안이 될 수 없음을 암시한다. "내 침실이 부활의 동굴임을 네야 알련만"에서도 이 시의 이상향이 두 사람만의 폐쇄적이고 한정된 공간이라는 사실을 간파할 수 있다. 이 시의 화자는 진정한 부활과 이상을 도모하기에는 너무나 엄혹한 현실의 중압으로 인해 도피에 불과한 소극적인 이상향을 꿈꾸는 데 그친다.

아득한 명상의 작은 배는 가없이 출렁거리는 달빛의 물결에 표류되어 멀고 먼 별나라를 넘고 또 넘어서 이름도 모르는 나라에 이르렀습니다

이 나라에는 어린 아기의 미소와 봄 아침과 바닷소리가 합하여 사람이 되었습니다

이 나라 사람은 옥새의 귀한 줄도 모르고 황금을 밟고 다니고 미인의 청춘을 사랑할 줄도 모릅니다

이 나라 사람은 웃음을 좋아하고 푸른 하늘을 좋아합니다

명상의 배를 이 나라의 궁전에 매었더니 이 나라 사람들은 나의 손을 잡고 같이 살자고 합니다

그러나 나는 님이 오시면 그의 가슴에 천국을 꾸미려고 돌아왔습니다

달빛의 물결은 흰 구슬을 머리에 이고 춤추는 어린 풀의 장단에 맞추어 우줄거립니다

—한용운, 「명상」 전문

한용운의 이 시는 이상향에 대한 형상화가 비교적 구체적인 편이다. 화자가 이상향에 이르는 방식은 '명상'이라는 정신적 작용에 의거한다. "멀고 먼 별나라를 넘고 또 넘어서" 도달한 "이름도 모르는 나라"는 현실과

가장 먼 거리에 있는 이상국이라고 할 수 있다. 명상의 자유로운 정신 활동을 통해 도달한 이 나라는 상상이 허용하는 가장 이상적인 세계이다. 이 나라는 '사람'의 본질부터 다르다. 이곳 사람들은 순수하고 무구하며 청명한 본성을 부여받은 것으로 그려진다. 가장 흥미로운 대목은 이 나라 사람들이 "옥새의 귀한 줄도 모르고 황금을 밟고 다니고 미인의 청춘을 사랑할 줄도 모릅니다"라는 구절이다. 세속의 권세와 부귀와 욕망으로부터 자유롭다는 것이다. 토마스 모어의 『유토피아』에도 황금을 하찮게 여기고 권세와 무관하게 살아가는 사람들이 나오지만 그것이 제도에 의해 행해지는 것에 비해 이 시에서는 구성원들의 천부적인 성품과 무욕이 강조된다. 이 나라 사람들은 한마디로 천상의 사람들인 것이다. 화자가 명상을 통해 도달한 이 세계는 속계에서 해탈한 자들의 천국에 가깝다. 이 완벽한 탈속의 세계에서 화자는 애써 귀환한다. 그에게 있어 진정한 이상국은 '님의 가슴'에 꾸며진 천국이기 때문이다. 한용운에게 진정한 이상향은 님과 함께 할 때 가능하며 스스로 만들어 가야 하는 것으로 분명하게 인식된다. 따라서 이 시에서 그려진 이상향은 님의 존재와 가치를 확인하는 계기로서 의미가 있다. 님은 현실 속에 존재하며 현실의 고난과 역경을 극복하는 자리에서 만날 수 있다. 한용운에게는 님이야말로 진정한 이상향인 것이다.

신석정은 유토피아에 대한 지속적인 염원을 드러낸다. "어머니/ 당신은 그 먼 나라를 아십니까?// 깊은 삼림지대를 끼고 돌면/ 고요한 호수에 흰 물새 날고/ 좁은 들길에 야장미(野薔薇) 열매 붉어// 멀리 노루 새끼 마음 놓고 뛰어다니는/ 아무도 살지 않는 그 먼 나라를 아십니까?"(「그 먼 나라를 아십니까?」)라는 목가풍의 시들이 평화로운 이상 세계에 대한 낭만적 동경을 내포하고 있다. 그에게도 역시 이상향은 "그 먼 나라"라는 절대적인 거리감으로 표출된다. 그의 시에서 주목해 볼 것은 이러한 이상향이 "아무도 살지 않는" 곳이라는 점이다. 동서양의 온갖 아름다운 전원 풍경이 혼합되어 있지만 사람의 그림자는 보이지 않는 이 고적한 유토피아는 복잡다단한 현실에 대한 역상(逆像)으로서의 의미가 크다.

우리 현대시에서 유토피아는 미래의 대안이라기보다 현실에 대한 부정의 의미가 강하다. 현실과 멀리 떨어진 '먼 나라'나 '꿈나라' 같은 막연한 공간이며 현실과 절연되어 있다. 구체적인 상상과 이성으로 기획된 세계라기보다 현실에서 결여된 이상과 낭만적 동경을 투사하는 정서적 공간이다. 현재의 상실과 결핍의 양상에 몰입하다 보니, 현재의 문제를 개선하여 미래의 설계에 반영하려는 진취적인 성향보다는 과거 또는 본질적 가치로 회귀하려는 성향이 강하다. 이는 외세에 의해 삶의 터전을 빼앗기고 타율적인 통치의 억압을 견뎌야 했던 민족적 경험과 무관하다고 보기 힘들다. 잃어버린 땅과 가치를 되찾는 것이 급선무였던 시대였기 때문에 유토피아적 전망 또한 과거와 본질을 추구하려는 방향성을 띤 것으로 보인다. "그러나 집 잃은 내 몸이여,/ 바라건대는 우리에게 우리의 보습 대일 땅이 있었다면!"(김소월, 「바라건대는 우리에게 우리의 보습 대일 땅이 있었다면」)이라는 소박한 꿈이 간절한 희망이었던 시절에 유토피아는 다름 아닌 잃어버린 집과 땅을 회복한 세상인 것이다.

> 어진 사람이 많은 나라에 와서
> 어진 사람의 짓을 어진 사람의 마음을 배워서
> 수박씨 닦은 것을 호박씨 닦은 것을 입으로 앞 이빨로 밝는다
>
> 수박씨 호박씨 입에 넣는 마음은
> 참으로 철없고 어리석고 게으른 마음이나
> 이것은 또 참으로 밝고 그윽하고 깊고 무거운 마음이라
> 이 마음 안에 아득하니, 오랜 세월이 아득하니 오랜 지혜가 또 아득하니

오랜 人情이 깃들인 것이다

泰山의 구름도 黃河의 물도 옛 임금의 땅과 나무의 덕도 이 마음 안에 아득하니 보이는 것이다

—백석, 「수박씨, 호박씨」 부분

백석의 시에서는 이상향에 대한 선호가 뚜렷하게 드러나는 편이다. 그는 자신의 기억 속에 남아 있는 고향의 모습, 원시적인 공동체의 삶을 복원하고 싶어 한다. 이상향이라고 하기에는 너무 소박한 삶의 모습이지만 그러한 본래의 삶조차 붕괴되어 묘원해진 현실의 처지를 짐작해 볼 수 있다. 고향을 잃고 떠도는 삶을 지속하면서도 그는 자주 자신이 꿈꾸는 세계를 상상 속에 펼친다. 위의 시에서는 수박씨와 호박씨를 입안에서 굴리는 잠깐의 한가로운 시간을 틈타 이상국의 평화로운 삶을 그리고 있다. "수박씨 호박씨 입에 넣는 마음"이 어진 사람들이 많은 이상국의 상상을 이끈다. 모두가 소박하고 한가한 마음을 지니고 사는 이 나라는 덕으로 다스리는 요순시절을 연상시킨다. 욕심이 없어 모두가 평화롭고 인정 넘치게 사는 이 나라는 시인이 꿈꾸던 공동체적 삶의 원형에 가깝다.

사람과 사람, 사람과 자연이 평화롭게 공존하는 세계는 백석뿐 아니라 많은 시인들에게도 이상향의 이미지로 나타난다. "빨랫줄에 빨래가 날고/ 사슴도 줄을 타고 함께 뛰었지/ 그때만 해도/ 사슴이 장대에 올라 해금을 켜는 걸/ 들었지/ 듣다가 듣다가/ 항아리 속으로 저녁이 뛰어들어/ 술을 익혔지/ 처마가 기울고 들판이 기울어/ 함께 들었지/ 그때만 해도/ 유월은 목단하고/ 매화는 파랑새하고/ 연애했지"(최정례, 「사슴이 장대에 올라」)에서는 발랄한 상상력으로 사물과 사물, 사물과 자연, 자연과 인간이 혼융하는 대화합의 장을 그려 낸다. 이렇게 차별 없는 화합과 공존이 가능했던 시기는 "그때"라는 머나먼 과거의 시간이다. "우리의 대가족제도란

필시 그걸 두고 하는 말이었을 것이니/ 마당귀에 두엄자리를 만들고/ 지린 오줌 한 방울도 아무 데나 흘리지 않던/ 쇠똥구리들, 똥장군 지고/ 밭일 가시던 우리 할아버지 때는"(손택수, 「쇠똥구리는 다 어디로 갔을까」)에서도 사람과 자연 사이에 차별이 없고, 서로가 공동체를 이루어 함께 생존하는 화합의 세계를 그린다. 이 시에서도 역시 이러한 세계는 "우리 할아버지 때"라는 먼 과거에나 가능했던 것으로 나타난다. 여기서 "대가족제도"란 인간 세상뿐 아니라 인간과 자연까지 하나의 공동체를 이루어 살아가는 상태를 뜻한다.

과거 회귀적이라는 것과 함께 자연 지향적인 것도 우리 시에 나타나는 이상향의 특성이라 할 만하다. 자연 또한 과거처럼 본원적인 삶을 구성하는 조건으로 여겨진다. 자연은 '무릉도원'이나 '청산' 등의 동양적 이상향의 관념에서 바탕을 이룰 뿐 아니라 외세와 함께 시작된 근대의 풍경과 상반되는 공간으로 인식되었던 것이다.

> 나라가 없어 산속에 들었다가
> 나라가 있어도 그저 산속에 사네
> 성안엔 새 깃발 보이나 제 것만이 아니요
> 거리엔 에레미아의 슬픈 노래 아직 걷히질 안 했다
> 내 갈 길은 수풀 속, 山有花 피는 곳
> 게서 달로 벗하자, 바람으로 벗하자
> 山中엔 自由가 있네
> 靈氣 도-네
>
> —김동환, 「山家抄」 부분

묻히리란다. 靑山에 묻히리란다.

靑山이야 변할 리 없어라.

내 몸 언제나 꺾이지 않을 無垢한

꽃이언만,

깊은 절 속에, 덧없이 시들어 지느니

생각하면, 갈가리 찢어지는 내 맘

서러 어찌하리라.

—신석초, 「序詞」 부분

논에는 논에 넘치는

넘실거리는 햇빛

그 구수하고 향기로운

마른 흙냄새는

마음이 단순한 자만이 아는

향기의 세계 (아아 영혼의 향기)

—박목월, 「밭에는 밭 냄새」 부분

이상향으로 등장하는 산 또는 자연은 구체적인 삶의 공간이라기보다 현실과의 대척점으로 존재하는 상징적인 관념의 공간이다. 김동환의 시에서 "산속"은 주권을 빼앗긴 '나라'의 현실에서 벗어나 '자유'를 누리기 위해 찾은 곳이다. 그곳은 더 나은 미래를 위해 발견한 이상적 장소라기보다 최소한의 자유를 누리기 위해 찾아간 도피처에 가깝다. 이는 기본적인 삶의 조건조차 허락되지 않는 현실에 대한 부정과 저항으로서 의미가 있다. 신석초 시의 "청산" 역시 적극적으로 추구한 이상향이라기보다 "변할 리 없"다는 가치로 선택한 소극적 이상향이다. 박목월 시의 목가적 자연 역시 "마음이 단순한 자"로서 선택하는 평화로운 공간이다. 이들에게 자연은 복잡다단한 현실과 달리 영혼의 안식을 취할 수 있는 "마음"의 거처인 것이다.

이처럼 우리 시인들은 현실에 대한 부정의 방법으로 과거의 시간 또는 본향으로서의 자연으로 회귀하려고 하는 낭만적 경향이 강하다. 현재는 불행하고 결핍된 시간이라는 의식이 종종 과거와 자연에 대한 동경을 일으킨다. 아놀드 하우저에 의하면 실향성과 고립의 감정은 19세기 초 낭만주의자들의 특성이라고 하는데, 우리 시에서는 이런 경향은 국권 상실기와 근대화가 맞물리는 시기에 시작되어 산업화가 급격하게 이루어지는 이후의 시기까지 지속적으로 매우 흔하게 나타난다. 우리 시의 유토피아적 상상은 낭만적이고 회귀적인 속성이 강하다. 자연은 근대화된 현실에서 잃어버린 마음의 본향으로서 언젠가 돌아가야 할 궁극의 거처로 인식된다. "이제 시인은 숲으로 가지 못한다지만/ 아직도 숲 속 골짜기에는/ 산 절로 물 절로 하는 호수들이 있긴 있는 것이다"(고재종, 「여름 다저녁때의 초록 호수」) 라고 할 때 '숲' 즉 자연은 이제는 멀어져 버린, 그러나 되돌아가야 할 마음의 거처로 자리 잡고 있다. "아무런 욕심이 없어야만 열릴 것 같은/ 깊고 그윽하고 투명한 숲 속의 호수"는 자연이라는 이상향에 대한 동경과 마음의 자세를 보여 준다. 우리 시인들에게 유토피아는 현실에서 초연한 무욕의 마음으로 열어야 하는 낭만적이고 이상적인 장소, 자연을 함축하고 있는 근원적 공간에 가깝다.

3. 견고한 디스토피아

우리 현대시에서 유토피아가 낭만적이고 관념적인 양상을 띠는 것에 비해 디스토피아는 구체적이고 분명한 형상을 드러낸다. 유토피아의 상상에서 정서적인 상태가 중요한 비중을 차지하는 것에 비해 디스토피아의 상상에서는 객관적이고 정밀한 묘사가 주를 이룬다. 유토피아가 현실과 멀리 떨어진 원경으로서 전체적인 구도로 파악되는 것에 비해 디스토피아는 현실에 근접해 있으면서 현실의 한 단면을 극단적으로 부각시키거나 왜곡시킨 그로테스크한 형상을 보인다. 유토피아가 오목거울의 중심에 잡힌 이미지처럼 전체의 구도를 축소시켜 보여 준다면 디스토피아는 볼록렌즈의 중심에 비친 과장된 이미지처럼 전체의 한 부분이 확장되어 나타난다.

서구문학에서는 과학기술과 문명이 유토피아 구축의 기반으로 작동하는 것에 비해 우리 문학에서 그것은 오히려 디스토피아의 상상과 더 밀접하게 관련된다. 각 시대를 선도해 가는 첨단의 과학기술과 문명은 미래의 비전을 제시하기보다 불길한 징후로 인식된다. “민들레와 제비꽃의 물가는 허물어져/ 연탄재와 고철들과 비닐 조각들로 어지럽다/ 능수버들 허리 꺾어진 곳 몇 집의 술집들 철거되고,/ 술집들 더욱 변두리로 작부들 데리고 떠나가고,/ 저 물에 빌딩과 거대한 타이프라이터와 시장이 비쳐 온다”(이하석, 「깊은 침묵」)에서 묘사되는 디스토피아의 경우 이제는 이미 과거의 풍경이 되어 버렸다. 그러나 이 시가 쓰인 당시 상황으로 볼 때 “저 물에 빌딩과 거대한 타이프라이터와 시장이 비쳐 온다”는 구절이 던지는 묵시록적 전망은 상당히 묵직하다. 현실에 대한 객관적 소묘가 곧 디스토피아의 형상이 될 정도로 문제의식이 날카롭다. 이 시에서는 도시 주변부의 부패상에 대한 면밀한 관찰을 통해 문명의 폐해를 간파한다. 각종 문명의 폐기물이 자연을 몰아내고 변두리 인생은 점점 더 주변부로 밀려난다. 이러한 세계의 중심을 차지하는 것은 거대 자본이다. 주변부에서는 접근도 할 수 없는, 물에 비친 그림자만으로 짐작해야 하기 때문에 더욱 압도적인 것으로 보이는 이 디스토피아의 심장은 여전히 막강한 힘을 행사하고 있다.

내 몸의 사방에 플러그가

빠져나와 있다
탯줄 같은 그 플러그들을 매단 채
문을 열고 밖으로 나온다
비린 공기가
플러그 끝에 주렁주렁 매달려 있다
곳곳에서 사람들이
몸 밖에 플러그를 덜렁거리며 걸어간다
세계와의 불화가 에너지인 사람들
사이로 공기를 덧입은 돌들이
둥둥 떠다닌다

—이원, 「거리에서」 전문

이원의 디스토피아적 전망의 핵심은 '전자사막'에서의 유목으로 비유되는 첨단 과학 문명 시대의 삶이다. 이 시에서는 공상과학영화의 이미지와 흡사하게 온몸에 플러그를 매단 사람들이 오간다. 그들에게 플러그는 "탯줄"만큼 절대적인 탄생의 조건을 이룬다. 이곳에서 사람들은 태어날 때부터 전자장치가 체화된 삶을 살아가야 하는 것이다. "세계와의 불화가 에너지인 사람들"과 "공기를 덧입은 돌들"이 부유하는 이 불안하고 삭막한 세상은 명백한 디스토피아이다. 상당히 그로테스크하게 묘사된 이 세상은 한편으로 이미 각종 전자 기기 없이는 생활이 불가능해진 오늘날의 현실과 크게 다르지 않아 보인다. 이 시에서 구상화된 전자 신체의 이미지는 기술 문명의 절대적인 지배 하에 있는 현대인의 삶에 대한 비판적인 인식을 반영한 것이다.

우리 현대시에는 유토피아적 상상보다 디스토피아적 상상이 점점 더 왕성하게 행해지고 있다. 개인의 존재를 압도하는 거대 문명과 자본의 위력을 체험하면서 그것을 현실로 감지하기 때문에 더욱 실감 나는 묘사가 가능한 것이다. 디스토피아의 묘사에는 현실에 대한 냉소와 반어가 깃들어 있다. 비틀려 기괴하게 드러나지만 부정할 수 없는 현실의 단면들이 무수한 디스토피아들로 그려진다.

움푹해라 내 욕망은
밥숟갈을 닮았다
천만 개의 숟갈이 한 냄비에 덤비듯
꿀꿀거리고 덜거덕대는 서울에서
나도 움푹한 욕망 들고 뛰어가고
보름달 뜨면 먹고 싶어라

—최승호, 「밥숟갈을 닮았다」 부분

압구정동 현대아파트는 욕망의 평등 사회이다 패션의 사회주의 낙원이다 가는 곳마다 모델 탤런트 아닌 사람 없고 가는 곳마다 술과 고기가 넘쳐나니 무릉도원이 따로 없구나 미국서 똥구루마 끌다 온 놈들도 여기선 재미 많이 보는 재미 동포라 지화자, 봄날은 간다

—유하, 「바람 부는 날이면 압구정동에 가야 한다 2—욕망의 통조림 또는 묘지」 부분

광고의 나라에 살고 싶다.
사랑하는 여자와 더불어
아름답고 좋은 것만 가득 찬
저기, 자본의 에덴동산, 자본의 무릉도원,
자본의 서방정토, 자본의 개벽세상

—함민복, 「광고의 나라」 부분

우리 시인들에게 디스토피아로 인식되는 현실의 문제는 그것이 끔찍한 형상을 지녀서라기보다 제어할 수 없이 강력하고 매력적인 '욕망'의 발원지라는 사실이다. 위의 시들에서 디스토피아는 유토피아보다 더 강한 인력을 발휘한다. 이 세계로의 이끌림은 강제된 것이 아니라 자발적이다. 최승호의 시에서 욕망의 집결지인 서울은 "천만 개의" 숟가락들이 달려드는 거대한 냄비의 형상으로 상징화된다. 가장 기본적인 생존 욕구인 식욕만큼이나 대도시의 욕망은 강렬하고 직접적이다. 유하의 시에서 '압구정동'은 욕망의 도가니와도 같은 문제적 장소이다. 자본주의의 물질적 욕망이 포화를 이루는 이곳은 "욕망의 평등 사회"이며 "패션의 사회주의 낙원"이라는 아이러니를 유발한다. "술과 고기가 넘쳐나니 무릉도원"이라며 화자의 능청과 반어는 계속된다. 허영과 위선과 환락이 넘치는 이곳은 욕망의 과부하 상태인 도취적 디스토피아이다. 함민복의 시에도 날카로운 반어가 자리 잡고 있다. "아름답고 좋은 것만 가득 찬" "광고의 나라"는 허위와 환상이 지배하는 또 다른 디스토피아이다. 유토피아와 디스토피아를 전도시키는 이 시들의 반어법은 욕망이 지배하는 현실의 거대한 힘을 의식하면서 비판적으로 저항하는 방식이다. 여기에는 욕망의 세계에 포섭되어 있는 자신의 한계를 인정하면서도 그 허위를 꿰뚫어 보려는 날카로운 통찰력이 작용하고 있다.

우리 시인들에게 디스토피아는 압도적으로 개인을 통제하는 거대한 힘이나 제도로 인식된다. 근래의 시들에서 이런 경향은 더욱 뚜렷하게 감지된다. 기척도 없이 그러나 전면적으로 개인의 삶을 장악하고 지배하는 거대한 권력과 제도야말로 디스토피아의 기반을 이룬다.

그건 오래된 이야기

옛날에 살인자는 아홉 개의 산, 들, 강을 지나

달아났다

흰 밥알처럼 흩어지며 달아났다

그건 정말 오래된 이야기

달빛 아래 가슴처럼 부풀어 오르며 이어지는 환한 언덕 위로

나라도,

법도, 무너진 집들도 씌어진 적 없었던 옛적에

—진은영, 「오래된 이야기」 부분

지금 검은 사슴 건너간 물에 엎드린 사내처럼 너무도 조용한 당신, 황혼의 욕조 속에서 팅팅 불은 당신의 몸을 건져 내며 그들은 간단하게 멸종 이후의 삶을 요약할 것이다. 딱딱한 귓가에 매달린 웃음의 흔적, 손가락마다 찍혀 있는 검은 바코드. 영원히 아름다운 K여, 제국은 당신을 사랑한다.

—이기성, 「산책」 부분

이 두 편의 시에서 묘사되고 있는 세상을 비교해 보자. 위의 시에서는 살인자가 달아나는 상황을 그리고 있다. "오래된 이야기" 속에서 살인자는 피해자 가족들의 손길을 피해 온 천지로 달아나며 원한이든 사연이든 감정적인 앙금을 털고 운이 좋으면 화해를 이루고 목숨을 구할 수도 있었다. 아직 나라도 법도 없던 시절에 처벌은 개인적 차원에서 이루어졌을 것이기 때문이다. 그러나 나라와 법이 생겨나고 용감한 병정들로 살인의 장소를 지키게 하면서 살인자에 대한 처벌은 가차 없이 신속하게 이루어진다. 살인자는 더 이상 "달빛 아래 가슴처럼 부풀어 오르며 이어지는 환한 언덕 위로" 숨을 방도가 없다. 개인의 원한이나 사연은 국법의 엄중함 앞에 한없이 무력해진다. "오래된 이야기" 속 세상과 달리 나라와 법이 지배

하는 세계는 디스토피아에 가깝다. 뒤의 시에서는 "제국"의 처단에 목숨을 잃은 자를 묘사하고 있다. 제국의 처벌 대상이 된다면 결코 그 감시의 눈길을 피할 수 없다. "허공에 매달린 창마다 불쑥 튀어나온 총구처럼 제국은 천 개의 눈을 반복"하기 때문이다. 제국은 개인의 일거수일투족을 놓치지 않는 눈을 가지고 있다. 제국의 처벌은 단호하고 가혹하다. 제국이 제거하는 개인은 단순히 '죽음'에 그치지 않고 "멸종"이라는 극한의 종말을 맞는다. 제국의 일원으로 하나의 기호에 해당하던 개인은 바코드의 삭제로 영원히 사라진다. 살인자의 도주가 이루어졌던 「오래된 이야기」 속의 허술한 세상과는 극과 극을 이루는 장면이다. 두 시 모두 개인을 지배하는 강력한 제도를 디스토피아적인 상황으로 파악하고 있다.

위의 시들은 모두 알레고리적인 설정으로 제도와 규율이 지배하는 세계의 문제점을 뚜렷하게 부각시킨다. 제도와 법이 지배하는 이러한 삭막한 세상은 그러나 현실의 일상과 그리 먼 것은 아니다. 이장욱의 「동사무소에 가자」는 지극히 사소한 일상적 경험에서 제도로서의 삶의 문제를 간파하고 있다. 이 시는 "동사무소에서 우리는 전생이 궁금해지고/ 동사무소에서 우리는 공중부양에 관심이 생기고/ 그러다 죽은 생선처럼 침울해져서/ 짧은 질문을 던지지/ 동사무소란/ 무엇인가"라는 질문으로 시작된다. 이는 아무도 심각하게 생각해 보지 않은 질문이다. 동사무소란 무엇인가? 주민들의 생사와 거주에 관련되는 각종 서류를 떼어 주는 곳이다. 동사무소란 개인의 존재를 증명해 주는 곳이다. 그렇지만 동사무소의 업무 처리는 지극히 단순하고 사무적이다. "동사무소는 간결해/ 시작과 끝이 명료해/ 동사무소를 나오면서 우리는/ 외로운 고양이 같은 표정으로/ 왼손을 들고/ 왼발을 들고"라며 허탈해하는 이유는 개인의 존재가 이토록 간명하게 다루어지는 제도에 대한 근본적인 회의 때문이다. 제도의 모세혈관에 해당하는 동사무소에서부터 철저하게 기계적으로 처리되는 개인의 삶을 직시하고 이러한 세계의 운용 방식에 대해 의문을 던지는 것이다.

> 말을 못 알아들으니 죽여도 좋다고 말하던
> 어느 백인 장교의 명령 같지 않나요
> 이름 없는 세월을 나는 이렇게 정의해요
> 아님, 말 못하는 것들이라 영혼이 없다고 말하던
> 근대 입구의 세월 속에
> 당신, 아직도 울고 있나요?
>
> 오늘도 콜레라가 창궐하는 도읍을 지나
> 신시(新市)를 짓는 장군들을 보았어요
> 나는 그 장군들이 이 지상에 올 때
> 신시의 해안에 살던
> 도롱뇽 새끼가 저문 눈을 껌벅거리며
> 달의 운석처럼 낯선 시간처럼
> 날 바라보는 것을 보았어요
>
> —허수경, 「빌어먹을, 차가운 심장」 부분

허수경의 시는 제도의 구성원을 통치의 대상으로만 삼을 때 발생하는 폭력의 메커니즘을 보여 준다. 제국주의는 강압적인 제도 운용의 극단적 형태이다. 단지 자신과 다르다는 이유로 무력을 행사하는 폭력적인 지배의 원리가 "근대 입구의 세월"부터 내내 자행되어 왔다. "이름 없는 것들"이라는 이유로, "말을 못 알아들으니"라는 이유로 일방적인 지배를 행사하는데는, 주체와 타자를 가르고 차별하는 근대적 사유가 철저하게 작용하고 있다. 이러한 차별로 인해 인간이 자연에 대해, 점령자가 피점령자에게, 자신만의 논리로 명령하고 학살하는 폭력이 가능했다. 무력을 행사하는 장군들은 끝없이 "신시(新市)"를 지으며 자신의 영토를 확장해 왔다. 이러한 전형적인 제국주의의 통치 방식은 아직도 지구상의 한쪽에서 실제 행해지고 있으며 여전히 지배적인 통치술로 변형을 거듭하고 있다. 또 하나의 신시가 건설되는 현장에서 마주친 도롱뇽의 눈은 무엇을 의미하는가? "달의 운석처럼 낯선 시간처럼" 거리가 먼, 저 무구한 눈은 레비나스가 말한 '타자의 얼굴'처럼 우리의 양심을 찌른다. 저 무방비의 생명과 약자의 존엄성을 무시하는 한 윤리의 무중력 상태, 폭력이 지배하는 디스토피아는 피할 수 없는 현실이 된다.

4. 새로운 유토피아를 꿈꾸며

우리 현대시에서 유토피아는 멀고 디스토피아는 가까운 것으로 나타난다. 현실에서 멀리 떨어져 있는 유토피아에 대한 상상은 막연하고 낭만적이다. 우리 시에서 유토피아는 마음껏 상상해 본 미래의 기획이라기보다 '지금, 여기'와는 다른 마음의 안식처이다. 유토피아의 상상을 통해 새로운 세계를 꿈꾸기보다 잃어버린 가치를 되찾으려 한다. 그러다 보니 과거 회귀적이고 자연 지향적인 경향이 강하게 나타난다. 유토피아를 통해 얻은 것은 미래를 향한 꿈이라기보다 현실의 거부와 마음의 위안이다. 디스토피아의 상상은 더욱 냉철한 현실 인식에 기반을 둔다. 현실의 환부를 살피는 정밀한 시선과 병폐의 뿌리를 간파하는 예리한 판단력이 작용한다. 디스토피아는 환부의 확대로 인해 다소 과장되게 그려지지만 현실의 근본적인 구조, 곧 제도가 그 중핵에 해당한다는 사실을 포착하고 있다. 유토피아적 상상에서 도피의 대상으로 삼는 것도, 디스토피아적 상상에서 문제의 핵심으로 삼는 것도 모두 개인을 억압하고 지배하는 현실의 제도이다. 현대시의 출발 지점에서 외세와 함께 시작된 근대, 강력한 통치와 함께 진행된 산업화, 급속도로 발전해 온 과학기술은 개인의 자유와 능동적 의지를 압박하며 제도에 대한 거부감을 증폭시켜 왔다. 자발적인 미래 설계와 희망찬 기획을 도모하기에 우리 현대사의 진행은 너무 지난하고 급박했던 것이다. 이런 어려운 시기를 통과하면서도 지속되었던 유토피아를 향한 낭만적 열정과 동경이 갖는 의미는 결코 작지 않다. 최소한의 자유와 안식을 희망하는 소박한 유토피아의 꿈은 그것조차 허용되지 않는 현실에 대한 불만과 부정을 내포한다. 현실의 디스토피아적 재현이 갖는 비판적 기능은 더 말할 나위가 없다.

이제 또 다른 시대가 열리고 있다. 지금까지보다 더 급변하는 현실이 예측된다. 앞으로는 현실 비판에서 멈추지 않고 이상적인 미래를 설계하는 새로운 유토피아 문학을 만나 보고 싶다. 앞선 시인들이 그토록 갈구했던 자유를 상상의 영역에서 마음껏 누려 보는 것은 어떨까? 상상은 현실의 산물이지만 또 현실을 이끌어 가는 견인력이기도 하다. 미래는 꿈의 설계에 근간을 둔다. 제도가 그토록 위력적이라면 지금보다 나은 제도를 만들기 위해 상상력을 발휘해야 하지 않을까? 디스토피아에 대한 상상의 비판력과 유토피아에 대한 상상의 기획력이 견인하며 새롭게 열리는 활기찬 시의 신세계를 꿈꾸어 본다.

고통에 대한 질문으로서의 시

1. 고통이라는 현상

고통의 사전적 정의는 '몸이나 마음의 괴로움이나 아픔'이다. 정신적 '괴로움(suffering)'과 육체적 '아픔(pain)'을 구분해서 사용하는 서양과 달리 우리말에서 양자는 그다지 뚜렷하게 구분되지 않는다. 고통에 관한 한 몸과 마음의 반응은 긴밀하게 연관되는 것이어서, 몸이 아픈데 마음이 즐겁거나 마음이 괴로운데 몸이 상쾌하기는 어렵다. 따라서 괴로움과 아픔은 서로 다른 성질의 느낌이라기보다는 느낌의 정도 차를 나타내는 것으로 볼 수 있다. '몸이 괴롭다'거나 '마음이 아프다'라는 말이 어색하지 않은 것은 그 때문이다. 괴로움에 비해 아픔은 보다 직접적이고 강렬한 감각이다. 그런데 괴로움에서 아픔에 이르는 고통의 정도는 매우 상대적인 것이어서 정확하게 표현하기 힘들다. 고통은 다른 경험으로 설명할 수 없는 기본적인 경험이기 때문에 '송곳으로 찌르는 것 같은' 식의 '작용자의 언어'로 표현할 수밖에 없다. 그것은 또한 다른 경험들과 달리 그 원인으로부터 도피하려는 강력한 행동이나 호소를 유발한다.[1] 가령 쾌락과 비교해 볼 때, 쾌락은 지속적이지도 않을 뿐더러 그로 인한 필연적인 행동이 수반되지 않는 것에 비해 고통은 오래도록 지속되며 반드시 그로부터 벗어나기 위한 행동을 유발한다.

그토록 벗어나고 싶어 하는 고통의 굴레에서 해방된다면 어떤 결과가 나타날까? 아이러니하게도 그 결과는 그다지 다행스러워 보이지 않는다. 고통을 느끼지 못하는 사람들은 위험에 대한 방어 능력이 낮아 오래 살지 못하며, 타인의 고통에 대해서도 감지할 수 없어 극도로 잔학해질 수 있다는 보고가 있다. 고통을 지각하는 능력은 자신을 주체로서 각성시키며 공감을 바탕으로 하는 인간관계와 도덕과 문화의 양성을 가능케 한다. 종교와 문화의 발상에는 고통에 대한 강렬한 질문과 답변이 내재해 있다. 지속되는 고통은 그로부터 벗어나고자 하는 행동을 유발할 뿐 아니라 그것의 원인에 대한 질문과 해결을 위한 모색을 자극한다. 불교를 비롯한 대다수의 종교가 삶의 원인으로서 고통을 발견하였으며, 인류 문화의 거개는 고통의 해결 과정에서 발화되었다 해도 과언이 아니다.

아도르노는 고통에 대해서 언급되게 하는 요구가 모든 진리의 조건이며, 고통은 가장 주관적인 경험이지만 그 표현은 객관적으로 매개된다고 했다.[2] 고통에서 벗어나고자 하는 강한 욕구와 호소는 언어를 필요로 한다. 물론 고통은 지극히 주관적이며 언어로 온전히 표현되기 어려운 것이지만, 타인의 도움을 절실히 필요로 하는 상태이기 때문에 언어를 최상의 매개로 한다. 비명이나 울음 같은 극단적인 언어에서부터 구체적인 표현과 근본적인 질문에 이르기까지 고통은 다양한 언어를 산출한다.

---

1 손봉호, 『고통받는 인간』, 서울대학교 출판부, 1995, p.25.

2 손봉호, 같은 책, p.76.

고통은 주관적인 성향으로 인해 철학적 사유보다는 종교적 질문의 대상이 되어 왔다. 문학의 경우는 상당한 친연성을 유지해 온 편이다. 삶의 구체적인 면모와 관련되는 문학에서 고통은 상존하는 질문의 근거가 된다. 그러나 '슬픔'이니 '절망'이니 '상처'니 하는 유사한 주관적 감정들이 갖는 문학적 밀도에 비해 고통의 그것은 덜해 보이는 듯하다. 고통이 갖는 애매한 속성과 넓은 함의 때문일 것이다. 그러나 삶에 대한 근원적인 질문과 닿아 있다는 점에서 고통에 대한 문학적 표현의 의미는 각별해진다. 여기서는 현대시에 나타나는 고통의 양상과 의미를 통해 삶에 대한 통찰로서 고통에 대한 사유가 도달한 지점을 살펴보고자 한다.

2. 고통의 육체적 차원

고통은 육체의 감각으로 표출될 때 가장 강렬한 인상을 준다. 육체적 고통은 몸을 가진 존재라면 벗어날 수 없는 원초적이고 직접적인 통증이다. 고통이 '슬픔'이나 '절망' 등의 다른 부정적 감정과 크게 다른 점은 그것이 구체적인 감각과 연결된다는 것이다. 물론 슬픔이 눈물을 유발하고 절망이 한숨을 낳기도 하지만 고통의 감각은 훨씬 즉각적이고 직접적이다. 특히 불가피하게 닥쳐오는 육체의 고통은 살아 있는 존재로서의 통렬한 자각을 불러일으킨다.

삽날에 목이 찍히자
뱀은
떨어진 머리통을
금방 버린다

피가 떨어지는 호스가
방향도 없이 내둘러진다
고통을 잠글 수도꼭지는
어디에도 보이지 않는다

뱀은
쏜살같이
어딘가로 떠난다

가야 한다
가야 한다
잊으러 가야 한다

—이윤학, 「이미지」 전문

이윤학의 시처럼 고통스런 삶의 장면이 자주 그려지는 경우는 없을 것이다. 고통에 관한 감도에 있어 그는 놀랄 만큼 예리하다. 자신을 비롯한 모든 사물의 현상과 기미에서 그는 고통을 발견한다. 위의 시는 고통에 관한 기억할 만한 선명한 '이미지'를 제시한다. 삽날에 목이 찍힌 뱀이 허둥거리며 사라지는 장면은 쓰라린 통증을 일으키며 삶의 비애를 현시한다. 그의 좋은 시들은 인상적으로 포착된 현상의 사실적 소묘만으로 삶의 비극적 본질과 직면하게 한다. "거꾸로 박혀 있는 어두운 산들이/ 돌을 받아먹고 괴로워하는 저녁의 저수지// 바닥까지 간 돌은 상처와 같아/ 곧 진흙 속으로 들어가 섞이게 되네"(「저수지」)에서도 시인 특유의 내밀한 시선은 고통과 상처로서의 삶의 밑바닥까지 이른다. 고해로서의 삶은 육체에 가해지는 폭력으로 비유될 때 가장 선연하게 의미를 드러낸다. 고통을 잠글 수도꼭지를 잃고 하염없이 돌진하는 뱀의 몸이나 꾸역꾸역 돌을 받아먹는 저수지는 육체에 가해지는 고통처럼 통렬한 감각을 제공한다.

육체에 폭력적으로 침입하는 고통은 불가항력적인 삶의 위력을 각성하게 한다. 시인이어서 고통에 민감할 수도 있겠지만 고통이 시인의 운명을 낳기도 한다. 스스로 자신의 시를 '병시'라고 명명하는 박진성은 병으로 인한 참담한 고통을 통해 삶의 진면목을 적나라하게 대면한다. "아저씨 병원 좀 데려다 주세요 호흡의 갈피마다 일그러진 나뭇잎 펄럭이구요, 솟아올랐다가 공중부양에 실패한 신경줄이 나를 이 거리에 묶어 두고 있어요"(「목숨」)라는 절박한 호소는 생사를 넘나드는 극심한 몸의 고통을 경험해 본 자의 것이다. 고통의 표현은 언제나 비유를 동반할 수밖에 없기 때문에 역설적으로 문학과 가까워진다. 오랜 기간 상존하는 병은 고통의 다양한 층위와 양태를 변별할 수 있게 하고 급기야는 독자적인 표현을 얻게 된다. "아라리가 난거랑께 의사 냥반, 까운에 환장허겄다고 달라붙는 햇살이 아라리가 나서 꽃잎을 흔들자뉴 오메 發病 원인은 불안 강박 우울 공황 발작, 이런 게 아니라 아라리가 나서 그렇탕께"(「아라리가 났네」)에서처럼 시인은 자신의 병을 '아라리'가 난 것이라 한다. 발병의 상태를 '아라리'라는 신명 혹은 접신의 상태에 비유하면서 극복해 보려는 것이다. 그는 또한 자신의 병을 통해 타인의 병을 들여다보는 동병상련의 감정을 통해 타자의 삶에 다가가는 태도를 보인다. 자신을 발견하고 세상과 소통하는 방식으로서 병을 받아들이는 것이다.

'당해 보지 않으면 모른다'는 말은 고통의 체험에도 적중한다. 고통의 체험을 통해 사람은 그와 유사한 현상에 대해 이해할 수 있게 된다. "새가 앉았다 떠난 자리 가지가 가늘게 흔들리고 있다// 나무도 환상통을 앓는 것일까?/ 몸의 수족들 중 어느 한 부분이 떨어져 나간 듯한, 그 상처에서/ 끊임없이 통증이 배어 나오는 그 환상통"(김신용, 「환상통」)이라고 할 때 시인은 나무의 흔들림에서 자신이 경험했던 통증을 떠올린다. 환상통은 대개 팔이나 다리를 절단당한 사람에게서 나타나는 것인데, 절단되어 실재하지 않는 부분에서 통증을 느끼는 현상이다. 이 시인의 경우는 한 몸처럼 밀착되었던 지게가 사라진 어깨에서 심한 환상통을 느낀다. 뼛속까지 파고든 고된 노동의 흔적이 유발하는 통증이다. 생물학적으로 설명할 수 없는 이 특이한 현상을 경험한 시인은 자연의 미묘한 떨림에서도 동일한 통증을 연상한다. 고통의 경험이 자신을 넘어서 세상과 교감할 수 있는 근거가 되고 있다.

> 깊은 밤, 유리벽 저편에
> 그녀도 있다
> 아픈 몸은 호미처럼 굽었다
> 그림자는 몸을 물고 굳게 눈을 감았다
>
> 그녀의 몸이 허공을 치며 흔들거린다
> 몇몇 생각들은 쉽게 몸을 놓지 않고
> 깊은 상처에 소금처럼 쓸리는 오래된 질문들
>
> 의미를 찾지 못한
> 생생한 고통의 날들 되밀려온다
> 그녀 앞 신생아들의 몸도
> 필생의 물음표로 꼬부라져 있다
>
> —조은, 「新生」 부분

혹독한 육신의 고통은 삶에 대한 근본적인 의문을 제기한다. 조은의 시에서 매우 예리하게 묘사되는 육신의 고통은 주체의 뿌리까지 흔드는 불가해한 삶에 대한 치열한 성찰을 담고 있다. 고통으로 몸부림치는 주체에게 육체는 감당할 수 없는 짐 덩어리에 가깝다. 자신의 몸을 주체할 수 없는 상태만큼 주체가 무력감을 느끼는 경우가 또 있을까? 극심한 육체의 고통을 통해 주체는 자신의 의지를 넘어서는 압도적인 운명의 무게를 접하게 된다. 고통으로 웅크린 몸과 인큐베이터 속 신생아들의 구부러진 몸은 삶의 근원적 의미를 묻는 물음표를 연상시킨다. 이 물음은 '모든 것이 고통이다(일체개고(一切皆苦))'라는 답변을 내포한다. 고통은 생과 사를 잇는 끊을 수 없는 고리이다. 생로병사의 과정에서 필연적으로 겪게 되는 육체의 고통은 고해(苦海)로서의 삶에 대한 명백한 증거이다. 감각적으로 선연한 육체의 아픔은 그것이 없었다면 한결 약화되었을 이런 질문, 삶을 이끌어 가는 무엇인가라는 근원적 질문으로 작동한다. 그리고 타인의 아픔에 무심하지 않고 모든 존재가 공유하는 삶의 증거로서 고통을 공유할 수 있게 한다.

3. 고통의 정서적 차원

고통을 규정하기 어려운 이유는 그것이 육체와 정신에 두루 작용하는 현상이기 때문이다. 그것은 또한 지극히 주관적인 반응으로 나타나기 때문에 그 원인과 정도를 명확하게 측정하기 어렵다. 고통이 통증이라는 육체적 반응을 동반할 경우에도 그 원인은 가지각색이다. 외상이 전혀 없어도 극심한 통증으로 고통스러워하는 경우도 드물지 않게 볼 수 있다. 심리상태가 고통과 얼마나 밀접한 관계를 갖고 있는가를 보여 주는 단적인 예는 상심(傷心)으로 인해 괴로워하거나 심지어 죽음에까지 이르는 많은 사례들에 나타난다. 특히 실연(失戀)으로 인한 고통은 보편적 체험에 가깝다. 이는 문학에서 가장 익숙하게 만날 수 있는 주제이기도 하다. 문학은 의학에서 배제된 고통의 정서적 차원에 대한 임상 보고라 할 만큼 이 분야의 풍부한 사례들을 내장하고 있다. 문학에 나타나는 사랑과 고통의 상관관계는 별도의 고찰이 필요할 만큼 친연성이 강하다. 동서고금을 막론하고 실연과 이별의 아픔을 노래한 시는 정서적 감도의 절정을 보여 준다. 예리한 시어로 묘사되는 마음의 고통은 그것이 육체 못지않은 고통의 발원지라는 부정할 수 없는 증거이다.

학미산 다녀온 뒤 내려놓지 못한 가시 하나가 발목 부근에 우물을 팠다
찌르면 심장까지 닿을 것 같은

사람에겐 어디를 찔러도 닿게 되는 아픔이 있다 사방 돋아난 가시는 그래서 언제나 중심을 향한다

조금만 건드려도 환해지는 아픔이 물컹한 숨을 여기까지 끌고 왔던가 서둘러 혀를 데인 홍단풍처럼 또한 둘레는 꽃잎처럼 붉다

—신용목, 「우물」 부분

신용목의 시는 사랑의 상실이 가하는 고통에 인상 깊은 감각을 부여한다. 온몸의 통각이 곤두선 듯 아픔을 감지하는 감각은 예민하기 그지없다. 마음의 상처가 몸에 가하는 통증을 그는 "가시"라고 표현한다. 사랑의 기억을 뒤로하고 걷는 발걸음은 온전하지 못하다. 사랑의 가시는 그래서 항용 "발목"에 "우물"을 판다. 발목의 통증은 상실감의 진원지인 "심

장"까지 치밀어 온다. 발목에서 심장에 이르는 거대한 가시의 이미지는 기억할 만한 인상을 남긴다. 발목에서 심장까지 치밀어 오르는 아픔을 통해 시인은 "사방 돋아난 가시는 그래서 언제나 중심을 향한다"는 발견에 이른다. 그 아픔은 실상 진원지인 심장에서 온몸을 향해 뻗어 가는 것이리라. 마음의 아픔이 몸의 아픔으로 치환되는 생리작용은 이토록 여실하다. "조금만 건드려도 환해지는 아픔"에서 감각적으로 드러내는 통증은 상실감이 일으키는 예리한 정서적 각성의 상태를 보여 준다. "어둠을 길들이던 달빛이 어둠이 될 때까지/ 내가 깎은 내/ 마음의 절벽을 긁어내리는 손/ 톱/ 자/ 국"(「목련꽃 지는 자리」)에서도 육체적 표현을 얻은 상실감은 더욱 실감을 이룬다.

최승자는 사랑이 야기하는 고통과, 흉터로 남은 그것의 흔적을 그리는 데 있어 확실한 개성에 도달한다.

> 종기처럼 나의 사랑은 곪아
> 이제는 터지려 하네.
> 메스를 든 당신들.
> 그 칼 그림자를 피해 내 사랑은
> 뒷전으로만 맴돌다가
> 이제는 어둠 속으로 숨어
> 종기처럼 문둥병처럼
> 짓물러 터지려 하네.
>
> —최승자, 「이제 나의 사랑은」 전문

최승자 시에서 뿌리 깊은 삶에 대한 부정적 인식은 사랑으로 인한 상실감과 직결된다. 그녀의 시에서 사랑은 삶에 대한 열정의 다른 이름이다.

시인에게 사랑은 삶의 의지와 같은 것이다. 그러니 살아 있는 한 사랑하지 않을 수 없는 것이다. '종기처럼 곪아 가는 사랑'을 버리지 못하고 끌어안는 것은 그것이 곧 삶이기 때문이다. 시인은 천형과도 같이 치명적인 자신의 사랑을 '문둥병'에 비유한다. 흉하기 그지없지만 버릴 수도 없는 육신처럼 사랑은 고통스럽다. 환부를 제거할 수 있는 메스를 구태여 피하는 태도는 사랑 없이 살 수 없다는 자각에 기인한다. 상처가 곪아 자신을 삼켜 가는데도 포기하지 않는 사랑의 방식은 삶에 대한 시인의 응전력이기도 하다.

"참으로 알 수 없는 날에 나는/ 또다시 치명적인 사랑을 시작하고,/ 가리라/ 저 앞 허공에 빛나는 칼날/ 내 눈물의 단두대를 향하여/ 아픔이 아픔을 몰아내고/ 죽음으로 죽음을 벨 때까지/ 마침내 뿜어 오르는 내 피가/ 너희의 잔에 행복한 포도주로 넘치고/ 그때 보아라 세상의 어머니 아버지여/ 내가 내 뿌리로 아름답게 피어오르는 것을/ 나의 불모가 너희의 영원한 풍요가 되는 것을"(「슬픈 기쁜 생일」)에서 시인이 헌신적으로 몰입했던 사랑의 의미는 더욱 확연하게 드러난다. 상처받기 싫어하는 이기적인 사랑, 쉽사리 환부를 도려내는 편리한 사랑이 만연하는 시대에 대한 대속과도 같이 그녀는 "치명적인 사랑"을 선택하고 그로 인한 고통과 희생을 세상의 정화와 풍요를 위해 바치려 한다. 목적 없이 순수하고 간단없이 치열한 사랑을 자신의 몫으로 삼고 그로 인한 격심한 고통을 감수하는 것이다.

비장감마저 도는 최승자의 사랑에 비해 허수경의 사랑은 아득하고 처연하다.

> 한참 동안 그대로 있었다
> 썩었는가 사랑아
> 사랑은 나를 버리고 그대에게로 간다

사랑은 그대를 버리고 세월로 간다

잊혀진 상처의 늙은 자리는 환하다

환하고 아프다

—허수경, 「공터의 사랑」 부분

가락이 살아 있는 이 시는, 마치 강물의 흐름처럼 최후까지 지속적인 '세월' 곧 시간의 승리를 인정하는 듯하다. 세월의 면면함에 비해 사랑은 얼마나 한시적인 것인가? '나'도 '그대'도 버리고 사랑은 '세월'을 향해 흘러간다. 그러니까 세월을 극복하는 사랑은 없다는 것이다. "상처의 늙은 자리"조차 환할 정도로 뜨거웠던 한때의 사랑은 "환하고 아"픈 통증을 일으킨다. "공터에 뜬 무지개"처럼 실감 나지 않는 이 오래된 사랑의 기억은 오히려 고통스러운 육체의 감각으로 선명하게 되살아난다. 이 또한 몸과 마음의 고통이 얼마나 긴밀하게 연결되어 있는지를 보여 주는 증거이다. 이처럼 시인들은 특유의 감각과 언어로 사랑의 고통이라는 난해한 현상에 뚜렷한 실감과 의미를 부여한다.

4. 고통의 존재론적 차원

고통은 피하고 싶은, 그러나 피할 수 없는 현상으로서 강도가 높은 경험이기 때문에 삶에 대한 근본적인 질문을 불러일으킨다. 고통 앞에서 무기력해지는 육체나 정신을 경험하면서 인간은 보다 높은 차원에서 자신을 이끄는 힘에 대해 감지하게 된다. 자신의 의지와 상관없이 침범하는 고통은 두려움과 함께 그것의 근원에 대한 의문을 갖게 한다. 고통에 이어지는 당혹감이나 절망 또는 분노로 인해, 삶을 이끌어 가는 부정적인 힘에 대해 사유하게 된다. 쾌락이 한시적인 데 비해 고통은 지속적이어서 삶의 지배적인 양상으로 인식된다. 고통이 있기에 살아 있다고 할 수 있을 정도로 그것은 삶의 부정할 수 없는 징표이다. 삶의 고통에 대한 존재론적인 질문은 종교에서 가장 진지하게 행해지며 문학에서도 그에 못지않은 다양한 질문들이 행해진다. 고통의 근원에 대한 답을 찾고 그로부터 해방되는 데 중점을 두는 종교에 비해 문학에서는 고통의 현상에 주목하고 그 의미에 천착하는 경향이 강하다. 삶 전체에 편재되어 있는 고통의 양상을 통해 그것에 의해 이끌리는 삶의 원리를 간파한다.

> 언제나 하늘은 빈 바구니로 내려왔다
> 바구니가 비었으니 아직 살아 있나 보다
> 여인은 다시 밥바구니를 하늘로 올려 보냈다
> 아, 뭉클한 밥바구니가 한입에 하늘로 꺼져 들어가곤 하였다
> 옷을 넣어 보내면 금방 피고름 빨래가 되어 내려왔다
> 여인의 몸도 점점 꺼져 들어갔다
> 기약 없는 세월은 물같이 흘렀고 그 물가에서
> 여인은 시름없이 빨래를 하였다
> 물은 날마다 더럽혀져 갔다
> 그 물이 흘러가는 어디선가 다시 근심 많은 여인들이
> 더럽혀진 물로 밥을 짓고 빨래를 하고……
> 빈 바구니 속에서 아이는 끊임없이 울었다
> 여인은 바구니처럼 웅크리고 앉아 꼼짝할 수 없었다
> 아이들이 자라 여인을 버리고
> 다시 이 지상을 떠날 때까지

날마다 바구니 가득 그렇게 오르고 싶었던 하늘
오, 저 밑 버림받은 세상에는
몸 움푹움푹 패인 바구니 같은 늙은 여인들만 남아 뒹굴고 있었다

—송찬호, 「바구니」 전문

"밥바구니"와 "피고름 빨래"가 오르내리는 '바구니'의 이미지는 고통으로 점철되는 삶에 대한 탁월한 비유이다. "뭉클한 밥바구니가 한입에 하늘로 꺼져 들어가곤 하였다"는 장면은 절박하기 그지없는 삶의 장을 적나라하게 드러낸다. "옷을 넣어 보내면 금방 피고름 빨래가 되어" 내려올 정도로 삶은 혈전의 장이다. 여인들이 희망을 담아 올려 보내는 바구니는 매번 피고름 바구니로 되돌아온다. 탄생과 생존의 의미에 대해 이보다 더 선명한 비유가 있을 수 있을까? 이 시는 고통으로서의 삶에 대한 전체적인 통찰을 인상 깊은 상징적 구도로 드러낸다. 관념적이고 사변적인 언어로는 표현하기 힘든 직접적인 느낌을 선연하게 그려 보인다.

날마다 피고름이 되어 내려오는 바구니이지만 그래도 끊임없이 밥을 채워 올려 보내는 것이야말로 삶이 지속되는 원리라 할 수 있다. 그 헛된 노역이 송찬호의 시에서는 눈물겹게, 거의 성스러운 경지로 그려진다. 시인들은 삶이 처음부터 끝까지 고통이라는 사실을 일찌감치 간파하지만 고통과 대면하는 태도는 상이하다. 고통을 필연적인 것으로 감수하기도 하지만 숙명적인 고통을 감지하고 허무주의에 이르기도 쉽다.

어디로 흘러가느냐, 마음 한 자락 어느 곳 걸어 두는 법 없이
희망을 포기하려면 죽음을 각오해야 하리, 흘러간다 어느 곳이든 기척 없이
자리를 바꾸던 늙은 구름의 말을 배우며

> 나는 없어질 듯 없어질 듯 生 속에 섞여 들었네
> 이따금 나만을 향해 다가오는 고통이 즐거웠지만
> 슬픔 또한 정말 경미한 것이었다
>
> —기형도, 「植木祭」 부분

기형도는 삶이 고통에 전유되어 있다는 것을 너무 일찍 알아 버린 탓에 허무주의와 힘겨운 싸움을 벌여야 했다. 그에게 삶의 고통과 대면하는 것보다 더 두려운 것은 그것이 끝도 없이 반복되리라는 사실이다. "감당하기 벅찬 나날들은 이미 다 지나갔다/ 그 긴 겨울을 견뎌 낸 나뭇가지들은/ 봄빛이 닿는 곳마다 기다렸다는 듯 목을 분지르며 떨어진다// 그럴 때마다 내 나이와는 거리가 먼 슬픔들을 나는 느낀다/ 그리고 그 슬픔들은 내 몫이 아니어서 고통스럽다"(「노인들」)고 그는 고백한다. "감당하기 벅찬 나날"을 끝까지 견뎌 내고 마른 가지를 힘없이 떨구는 겨울나무들에서 그는 안쓰러움과 비애를 느낀다. 그리고 자신이 감내해야 할 오랜 삶을 고통스러워한다. 희망을 포기하려면 죽음을 각오해야 한다는 엄정한 사실을 인정하지만 고통과 슬픔마저도 미미하게 느껴지는 압도적인 허무 의식 앞에서 망연해 한다. "없어질 듯 없어질 듯" 생 속에 섞여 드는 정도로 삶에 대한 그의 태도는 수동적이다. 허무주의에 침윤된 시인은 생과 사의 경계에 위태롭게 자리한다.

고통에 대한 각별한 자각과 고통스러운 삶에 대한 다양한 태도는 인간만이 지니는 특성이라고 할 수 있다. 인간은 자신이 겪은 고통의 체험을 만물의 삶과 죽음을 포괄하는 존재론적 차원으로 확장시켜 이해하려 한다. 고통의 깊은 뿌리를 발견한 자의 시선은 모든 존재의 상처에 가닿는다.

영휘원의 오래된 산사나무 둥치
회갈색 껍질이 열십자로 갈라져 있다

열십자의 흉터
불에 덴 자국
잊혀지지 않는 기억들

흉터,
모든 기억이 흉터라면
우리 몸은 흉터의 성전

—조용미, 「벌어진 흉터」 부분

시인은 "열십자로 갈"라진 고목의 둥치를 상처의 흔적으로 본다. 고목의 온몸을 가르는 커다란 흉터를 보며 고통으로서의 삶을 떠올리는 인간적 관점을 투사한다. "모든 기억이 흉터"일 정도로 고통은 삶의 전모를 지배한다. 그 모든 고통을 고스란히 감내하고 "열십자"의 표식을 내보이는 고목은 "흉터의 성전"인 몸을 연상시킨다. 아프게 벌어진 고목의 흉터에서 시인은 "오래 참아 온 비명"을 듣기도 한다. 이 모든 것이 너무나도 인간적인 관점일지라도, 고통을 삶의 본질로 인식함으로써 인간은 자신뿐 아니라 타인과 나아가 자연 만물을 측은지심으로 돌아볼 수 있게 된다. 일생을 지배하는 고통이라는 특별한 경험은 나고 죽는 모든 생명의 원리에 대한 존재론적인 성찰을 가능케 한다.

5. 고통에 대응하는 방식

육체와 정신이라는 인간의 모든 영역, 탄생부터 죽음이라는 생애의 모든 시간에 걸쳐 고통은 피할 수 없는 삶의 조건으로 자리 잡고 있다. 고통은 육체적·정서적·존재론적 차원에서 두루 작용하며 또 서로 밀접하게 관련된다. 시인들의 예민한 감수성은 고통의 현상과 의미에 남다른 통찰력을 드러낸다. 시는 고통을 가라앉히는 진통제가 되지도 못하고 고통을 극복할 수 있는 발명과도 거리가 멀다. 그러나 시는 삶에 편재하는 고통의 다양한 양상을 제시함으로써 그것을 삶의 보편성으로 공감하게 하고 그 근원에 대한 진지한 질문을 통해 삶의 원리를 통찰하게 한다.

고통에 대응하는 태도는 각양각색이다. 그것을 적극적으로 대면할 수도 있고 수동적으로 감내할 수도 있다. 적극적 대응은 삶에 대한 긍정을 향할 수도 부정을 향할 수도 있다. 고통에 비례하여 삶의 의지가 강화되는 종교적, 또는 지사적 성향의 시들에서 적극적 긍정의 태도가 나타난다. "죽는 날까지 하늘을 우러러/ 한 점 부끄럼 없기"를 다짐하고 실천했던 시인 윤동주는 모든 죽어 가는 것들에 대한 사랑을 자신의 소명으로 삼는다. 그는 "잎새에 이는 바람에도" 괴로워하는 측은지심으로 모든 연약한 생명에 가해지는 고통을 직시하고 삶의 길을 모색한다.

고통에 대한 적극적 대응이 삶에 대한 강한 부정으로 표출되기도 한다. 자살은 고통을 극복하기 위한 적극적 대응이 극단적으로 삶의 부정을 향하는 경우이다. 극심한 고통으로, 또 그것이 해결될 가능성이 전혀 없다는 절망감으로 인해 선택되는 자살은 고통이 죽음보다도 부정적일 수 있음을 증명한다. 자살 시도를 고백한 시 「유서를 쓰며」에서 김승희는 그 절체절명의 순간에 "어머님께 매를 맞으면서/ 처음 글씨를 배웠던 일이,/ 첫애를 낳을 때의/ 그 무시무시한 고통과/ 현란을 극한 사랑의 고마움이" 생각나 살기로 결심했다고 한다. 고통의 경험이 삶의 동력이 될 수 있음을 보여 주는 단적인 예이다. 고통은 죽고 싶은 마음을 일으키기도 하지만 살아야겠다는 의지가 되기도 한다. 격심한 고통의 순간에 함께했던 사랑의 기억이 삶의 충동을 일깨우는 것이다. 이처럼 고통으로 고통을 넘어서는 역설은 얼마든지 성립할 수 있다.

많은 경우는 고통을 수동적으로 감수하는 편이다. 그런데 수동적인 대응도 다양한 양상을 띤다. 허무주의는 수동적인 태도가 삶의 부정 쪽으로 기운 경우이다. 허무주의와는 다른 방식으로 고통을 수용하는 경우를 주목할 만하다.

고통의 시학에서 일가를 이룬 최승자의 경우는 삶의 동반자에 가까운 그것을 담담하게 받아들인다. "고통은 내 몸에 닿아 극대화되지만/ 그러나 나를 잠시 비워 두고/ 낮게 낮게 포복해 가면/ 가느다란 물줄기처럼 약해져/ 저 먼 어느 지맥 속에선가/ 나의 고통인 듯 그의 고통인 듯/ 고통인 듯 즐거움인 듯,/ 들리누나 사방팔방으로/ 물 흐르는 소리. 졸졸 자알잘,/ 아득하게 슬픈 기쁜 이쁜 물소리"(「脈」)라고 할 수 있을 정도면 고통에 도통한 경지라고도 할 수 있을 것이다. 자신의 고통에 조금만 거리를 두면, 온 세상에 가득한 고통의 소리를 들을 수 있다. 누군가와 함께할 수 있는 고통은 "고통인 듯 즐거움인 듯" 다감하다. 고통의 체험은 세상을 향해 자신을 열고 타자와 공감할 수 있는 소통의 방식이 될 수 있다.

부정할 수 없는 삶의 조건이라면 기꺼이 받아들이고 즐거이 함께하는 방법이 있다. 일찍이 정현종이 제안했던 '고통의 축제'는 어떤가?

> 나는 祝祭主義者입니다. 그중에 고통의 축제가 가장 찬란합니다. 합창 소리 들립니다. 「우리는 행복하다」(까뮈)고. 生의 기미를 아는 당신을 사랑합니다. 안녕.
>
> —정현종, 「고통의 축제」 부분

문학은 삶의 기미에 민감하다. 삶이 고통에서 벗어날 수 없는 것이라면 그것을 감옥이 아닌 축제로 상상하는 것이 문학의 힘이다. 불행 속에서 행복을 맛보는 것이 문학의 방식이다. '고통'과 '축제'의 결합 속에 문학의 길이 있다.

사막을 건너는 사랑

1. 이 시대의 연애시

시의 긴 역사 속에서도 사랑을 노래하는 시들의 전통은 오래되었다. 왕후장상이나 필부필부를 막론하고 남녀 간의 애틋한 정서는 감정의 유로로써 적합한 시의 형식을 즐겨 선택하였던 것이다. 고대의「황조가」로부터 고려가요, 시조에 이르기까지 연정을 노래한 시들은 공식 문화의 뒤편에서 가장 내밀하고 절실한 개인의 정서를 표출하는 출구로서 기능해 왔다. 현대시의 흐름 속에서 연애시들은 보다 자유롭고 다채로운 양상을 띤다. 국난의 시기에는 연애시의 외양에 애국의 열정을 담기도 했으며, 자유와 양심의 요청을 사랑의 실천과 관련짓기도 하였다. 관능과 감각의 극치로써 사랑을 묘사하는 시들이 있는가 하면, 사랑에 작용하는 교묘한 관념과 억압의 그늘을 드러내는 시들도 있다.

1990년대 이후 우리 연애시는 주로 '몸'에 대한 자각과 관련되어 억압된 욕망을 발견하고 분출하거나 성적 불평등에 저항하는 강한 자의식을 보여 준다. 우리 시에서 낭만적 사랑의 자취는 점점 희미해지고 있다. 낭만적 사랑이 근대적 노동 구조의 산물이라거나 섹슈얼리티가 사회 전면에 편재하는 권력의 장치라는 획기적인 담론들은 성과 사랑을 둘러싼 환상을 상당 부분 제거한다. 젊은 시인들은 더 이상 낭만적 사랑의 미혹에 사로잡히지 않는다. 주체의 해체와 전위(轉位)에 골몰해 있는 그들의 시선은 주체를 넘어 타자와 소통하려는 연애의 범주에 닿지 않는다. 연애시의 최소 조건은 주체를 열어 대상과 접촉하려는 소통의 열망이다. 정체성에 대한 회의에 빠져 있거나 소통의 결과를 두려워해서는 결코 다가갈 수 없다.

물신의 위세가 정신을 압도하고 미만한 권력이 개인의 무의식까지 침투하는 이 시대에도 연애시는 쓰일 수 있는가? 최근의 연애시는 이러한 근본적인 질문을 반영하듯, 더 조심스럽고 힘겨운 운신을 보인다. 사랑의 기쁨보다는 이별의 슬픔을 노래하고 절정의 순간보다는 외로움을 토로하는 것이 연애시의 보편적인 방식이긴 하다. 두 사람이 하나가 되는 일은 불가능하지만 그렇게 믿는 것이 사랑의 관념이라고 라캉은 말한다. 완전한 결합의 열망은 결코 관념과 환상의 차원을 넘어설 수 없다. 영원히 충족 불가능한 욕망으로 인해 오히려 지속될 수 있는 것이 사랑의 역설적인 존재 방식이다.

사랑의 본질이 이러할 뿐더러 가속화되는 사회 변화로 인해 현대의 사랑과 성은 전통적인 방식과 달라지고 있다. 앤소니 기든스에 의하면 현대 사회의 인간관계는 이전과 달리 더 이상 관습이나 전통에 따라 유지되지 않고 개인이 부여하는 의미와 관계의 내적인 속성에 따라 지속 여부가 결정된다. 타인과의 관계에서 정해진 방식이 없이 끊임없이 고민하고 협상해야 하는 것은 힘겨운 선택의 과정이라 할 수 있다. 외적인 관계보다는 관계 그 자체의 내재적 속성에 따라 유지되거나 변화하는 이 관계를 기든

스는 '순수한 관계'라고 한다. 자율성이 강화됨으로써 매번 선택과 갈등의 국면에 맞닥뜨리게 되는 이 시대의 사랑법에 시인들은 어떻게 반응하고 있는가? 최근의 연애시들을 통해 사랑의 환희와 좌절, 욕망으로 분출되는 시인들의 의식과 태도를 들여다보도록 하자.

2. 오, 가슴 환한

개인적 친밀감에 기초한 '순수한 관계'는 사막 같은 이 시대의 인간관계에서 애정의 갈증을 해소할 수 있는 절실한 방침이 될 수 있다. 에로티시즘은 사랑하는 사람들이 형성하는 원초적인 에너지의 장이다.

> 사랑이 풀꽃 반지를 만드는 때가 오면
> 가로등 지지지 제 몸 지지는 소리를 내고,
> 사랑이 배를 놓아 첫날밤 같은 한순간을 미끄러지면
> 부끄러움은 돛처럼 쫑긋한 귀가 서 있었다
>
> —황학주, 「베네치아의 연인」 부분

관능과 낭만이 이처럼 아름답게 결합할 수도 있다. 사랑의 시작은 늘 열정적 연소를 준비하고 배가 미끄러지듯 열락의 순간을 향해 간다. 그러나 이 시의 황홀한 몰입과 도취의 순간은 어디까지나 '과거'의 것이었음을 주목하자. 이 시는 희열로 들뜨던 사랑의 '기억'을 그리고 있는 것이다. 황학주의 시들은 절정의 순간을 되새기는 회상의 시점을 보여 준다. 돌이켜 볼 때 더욱 감미롭게 확산되는 낭만적 열정을 그린다. 그에게는 쾌락의 순간이 남긴 마음의 흔적이 더욱 의미 있는 것이다.

너의 입술이 내 눈썹을 지나가자
하얀 당나귀 한 마리가 설원을 걷고 있었다

나의 입술이 너의 귀 언저리를 지나가자
검은 당나귀 한 마리가 석유밭을 걷고 있었다

바람이 불었다
거리의 모든 쓰레기를 몰고 가는 바람

—허수경, 「입술」 부분

허수경의 최근 시들은 에로티시즘을 통한 타자와의 소통 가능성을 인상 깊게 탐색한다. 입술은 마음과 몸의 접촉이 동시에 일어날 수 있는 장소이다. 그것은 언어의 소통에서 육체의 소통으로 자연스럽게 옮겨 가는 점이지대이다. 인용 시의 앞부분에서 '너의 입술'은 '세기말'이라고 하고, '나의 입술'은 '세기초'라고 한다. 차이와 대립이 내재하더라도 사랑은 가능하다. 다음 장면에서 입술은 두 사람이 나누는 육체의 대화를 담고 있다. 인용 시의 감각적 묘사는 관능적 사랑의 낭만과 열정을 그려 낸다. 두 사람의 대화에서 시작된 시는 "말하지 않았다/ 입술만 있었다"로 끝난다. 관능의 세계로 향한 입술은 대화에서의 차이와 대립을 넘어서 충만한 합일의 상태에 이른 것이다. 그것은 "거리의 모든 쓰레기를 몰고 가는 바람"처럼 막강하다. 서로에게 몰입하는 관능의 절대적 순간은 대립적 관계를 일시에 해소한다. 그녀의 시 역시 회상의 시점을 취하고 있다. 꿈결처럼 완전히 충만했던 사랑의 순간을 되살리고 있는 것이다.

저벅저벅 걸어가는 시푸른 관능의 힘,

사랑이 아니라면 오늘이 어떻게 목숨의 벽을 넘겠나

치대지는 아욱 풀잎 온몸으로 거품을

끓이는 걸 바라보네

치댈수록 깊어지는 이글거리는 풀잎의 뼈

오르가슴의 힘으로 한 상 그득한 풀밭을 차리고

슬픔이 커서 등이 넓어진 내 연인과

어린것들 불러 모아 살진 살점 떠먹이는

아욱국 끓는 저녁이네 오, 가슴 환한.

—김선우, 「아욱국」 부분

김선우의 시에서 관능은 근원적인 생명력과 상통한다. "오, 가슴 환한" 오르가슴의 열락조차도 "목숨의 벽을 넘"는 결연한 의지를 내포한다. 치댈수록 시퍼렇게 살아나는 아욱처럼 질기게 이어지는 생명의 경이를 발견한다. 그녀의 시에서 모성은 모든 생명의 원천이다. "오르가슴"을 "오, 가슴"으로 받아 내는 모성은 관능보다 더 깊은 생명의 본성을 발현하고 있다. 가슴이 환히 열리는 관능의 체험은 주체를 넘어서 타자와 화합할 수 있는 각별한 소통의 방식이다. 그것은 대립과 갈등의 벽을 넘어 사랑과 생명을 추동시킨다.

3. 그 잠시 꽃이자 향인 것

그러나 관능과 도취의 순간은 짧고 사랑은 늘 불안하다. 순간을 넘어서 지속되는, 몸과 마음의 완전한 결합은 불가능하다. 불가능하기에 사랑은 영원히 지속되는 것이리라. 대개의 연애시는 짧은 도취 후의 긴 이별 속에서 쓰여진다. 사랑의 자취를 반추하면서 현재의 고통이나 상처를 들여다본다. 도취의 순간은 말이 필요 없는 법이지만 사랑이 지나간 뒤에는 할 말이 많다.

서동욱의 「이별의 노래」는 사랑에 빠져 있는 순간까지도 좇아다니는 이별의 예감을 그리고 있다. 시 속의 화자가 "목숨을 구하는 약이라도 되는 듯 네 이름을 혀 위에 올려놔 본다"고 문자를 보내면 "그럼 내가 약장수네?"라는 답신이 온다. "이곳은 죽는 길 그러면서 너는 벼랑 위를 사뿐사뿐 건너간다". 어떠한 사랑도 죽음의 벼랑을 넘어설 수 없기에 모든 사랑은 불길하다. 사랑은 그저, "너는 태양 속에서 마개를 연 환타 한 병 같은 미소를 남기고, 벼랑 뒤로 사라진다"에서처럼 지울 수 없는 감각과 예감으로 남는다. 절정의 순간조차도 이별을 예비하는 시간이 되는 것은 사랑의 욕망이 충족될 수 없음을 절감하기 때문이다.

「기원도 없이 쓸쓸하다」에서 박정대는 "영원하지 않은 것들을 나는 끝내 사랑할 수가 없어" "나는 사랑보다 먼저 생보다 먼저 쓸쓸해진다"고 노래한다. 영원하고 강렬한 사랑을 꿈꾸는 그의 시는 낭만주의적인 열정을 담고 있다. 사랑에 대한 동경이 강렬하기에 그것이 남기는 상처는 더욱 크다. 그에게 사랑은 전 존재를 삼키는 '상처'이다. 「월식(月蝕)」에서는 "상처가 사랑이라면/ 상처투성이의 삶이 사랑이라면/ 죽기 전에 나, 누워서 사랑 하나 완성할 수 있을까"라고 하여 상처를 안고 완성되는 처절한 사랑을 그리고 있다. 월식은 온몸이 삼켜지는 고통 속에서 완성되는 달의 사랑이다. 이처럼 전 존재를 내던지는 사랑이야말로 시인이 꿈꾸는 '순결하고 열렬한 사랑'이다. 그러나 그러한 사랑조차도 영원할 수는 없다. 무자비한 시간의 궤도를 이탈할 수 있는 사랑은 없다. 사랑이 쓸쓸해질 수밖에 없는 것은 이 때문이다.

장석남의 시에서 사랑은 이별 후의 그리움 속에 깃들어 있다. 연정에 휩싸인 상태의 미묘한 감정의 파장을 그처럼 예민하게 포착하기는 힘들다. 그리움의 대상은 삶의 전면에 스며들어 함께 살아간다. "내가 사랑한, 아마도 저승까지 갈, 바지와 홑조끼와 스웨터를 골라 사듯 사랑은 그네는 조바심으로 또 서편에서 서편에서 잡아끌어 당기는 것 같고 근데도 빙긋이 그저 그만그만히 바로 가진 못하여 하늘 정수리를 향하여 떠올라 가는 것 같고……"(「달밤」)에서 '그네'는 달처럼 '나'를 이끌며 곁에 머문다.

> 떨림 속에 집이 한 채 앉으면 시라고 해야 할지 사원이라 해야 할지 꽃이라 해야 할지 아님 당신이라 해야 할지 여전히 앉아 있을 뿐입니다.
>
> 나의 가슴이 이렇게 떨리지만 떨게 할 수 있는 것은 멀고 멀군요. 이 떨림이 멈추기 전에 그 속에 집을 한 채 앉히는 일이 내 평생의 일인 줄 누가 알까요.
>
> —장석남, 「오막살이 집 한 채」 부분

그리운 '당신'으로 인해 생겨난 '떨림'은 그에게 시의 기원이기도 하다. 내면의 파동이 넘쳐 시를 이룬다는 이런 생각에는 역시 낭만주의적인 정념이 깃들어 있다. 사랑으로 인한 '떨림'은 영혼과 육체를 포함한 전 존재를 흔드는 근원적 에너지를 입증한다. 그것이야말로 삶을 유지하고 시를 생산하는 동력이다. 「편자 신은 연애」의 "잊을 만하면 으르렁 으르렁대는 한밤의 보일러 소리"라는 절묘한 비유로 그것이 여전히 작동 중인 에너지임을 알 수 있다.

이규리의 시에서 연정은 한결 담담하게 반추된다. 아련하게 남아 있는 연애의 체험은 기억의 창고를 풍요롭게 채우는 자취일 뿐이다. 어떤 대상이든 가볍고 감각적으로 포착하는 시인에게 "모든 애인은 꽃다발이었다가/ 꽃다발 속 발목 없는 꽃이었다가/ 코끝에 대어야만 맡을 수 있는 향이었다가/ 버릴 때는 수고인 꽃의 배후"로 기억된다. "그 잠시 꽃이자 향인 것"이 환기시키는 기억은 지리멸렬한 삶에서 벗어나 잠깐이나마 생동하는 순간을 보장한다. 「님짜장」에서는 '스님짜장'의 앞 글자가 빠져 '님짜장'이 된 입간판을 보며 "우리에게 님은 잃어버린 지 하 오래여서/ 이때만이라도 님을 한번 생각해 보란 뜻 아닌가 해서" 오독(誤讀)한 경험을 다루고 있다. 시인에게 연애의 기억은, 아련하지만 그래서 더 신선하게 다가오는 감각적 향취이다. 연정의 자취는 강렬하게, 또는 예리하게 적막한 삶으로 스며든다.

4. 피 흘리는 벽들이 서로의 가슴을 칠 때

사랑은 타자와 나누는 공감과 화합을 전제로 한다. 그 반대편에 놓이는 반목과 대결은 좀처럼 변하지 않으며 폭력으로 확산되기 쉽다. 사랑이 내밀한 개인의 영역을 벗어나기 힘든 것에 비하여 증오는 빠르게 전파된다. 사랑 밖의 세상은 거칠고 파괴적이다. 최근의 시들에서 사랑 저편의 세상은 개인의 존립을 전면적으로 뒤흔드는 거대한 힘의 횡포를 드러낼 때가 많다.

허수경의 「폭풍여관」에서는 학살과 기아와 퇴폐 등 현대 문명의 병폐와 미약한 인간 존재를 대비시키고 있다. "나무들이 뽑힌 자리에 지붕이 날아간 자리에/ 우리는 여관을 열어 잠시의 몸을 의탁하고 있었네/ 서로 안고 있었지 젖은 강아지 한 마리 머루 같은 눈을 하고/ 우리 품 안에서 떨고 있었지"에서처럼 "폭풍여관"은 광포한 힘에 휘둘리는 연약한 생명의 존재를 상징한다. "사랑하는 사람들의 눈은 언제나 젖어 있었지/ 기다리는 사람들의 발목은 언제나 아팠지"에서 알 수 있듯 사랑은 힘겨운 기다림의 연속이다. 시인의 사랑은 개인적 차원을 넘어 세계 도처의 비극적 현실을 감싸 안는다. "완숙도 미숙도 아닌 나와 불화하는 모든 내전의 기록들"과 세상의 모든 불우의 상처를 공유하며 처연하게 바라본다. 자신 혹은 타인과의 불화를 견디며 고통스러워하는 사람들에게 '우리'라는 동류의식을 느끼며 한 몸을 이룬다.

최정례의 「레바논 감정」에서도 모든 욕망하는 주체와 타자가 중첩되며 공존하는 양식을 그린다. "될 수 없는 무엇이 되고 싶어/ 그들은 거기서 나는 여기서 죽지요/ 그들은 거기서 살았고 나는 여기서 살았지요/ 살았던가요, 나? 사막에서?/ 레바논에서?"에서 제기하는 것처럼 모든 욕망하는 존재들은 될 수 없는 무언가를 꿈꾸며 생멸을 거듭한다. 그렇다면 "폭탄 구멍 뚫린 집들을 배경으로/ 베일 쓴 여자들이 지나가지요/ 퀭한 눈을 번득이며 오락가락 갈매기처럼/ 그게 바로 나였는지도 모르지요"라는 상상이 가능하다. "내가 쓴 편지가 갈가리 찢겨져/ 답장 대신 돌아왔을 때" 처럼 믿을 수 없는 일이 일어나고 "세상의 모든 애인은 옛 애인이" 된다. 사막 같은 현실을 견디며 살고 있는 '그들'이나 '나'는 모두 "레바논 감정"을 공유한다.

「그녀의 입술은 따스하고 당신의 것은 차거든」에서는 사막 같은 일상의 감옥을 그린다. 저지방 우유, 고등어, 클리넥스, 고무장갑 등의 자질구레한 일상 용품을 사서 차에 싣고 돌아오는 중에 옆의 차가 튀어나와 사고가 나고 옆 차의 남자는 욕을 하며 재빨리 바닥에 흰 스프레이를 뿌린다. 자동차 스피커에서는 계속 「플리즈 릴리즈 미」가 흘러나온다. "이런 삶은 낭비야, 이건 죄악이야,/ 날 놓아줘, 부탁해, 제발 다시 사랑할 수 있게 날 놓아줘"라는 속마음이 그대로 전달된다. 지루하게 반복되거나 악다구니를 쓰며 살아가는 삭막한 일상은 어느새 차갑게 식어 버린 사랑과 같다. 「플리즈 릴리즈 미」라는 노래조차 기계적으로 반복되는 장면 속에서, 사랑을 되찾고 싶다는 절규는 공허하게 들린다.

> 그러니 총 대신! 빌딩 대신! 군함 대신! 지폐 대신!
> 건널목을 둥글게 휘어 놓고
> 꽃잎 물고기와 사슴을 불러 해금을 켤까요
> 그대와 그대가 사랑을 나눌 때
> 그대와 그대 곁에서
> 그대들 위해 군함을 쪼개 모닥불을 지필까요
> 무릎뼈 위에 먹을 갈아
> 은행잎 댓잎 위에 번갈아 편지를 쓸까요 오세요. 그대.
>
> 피 흘리는 벽들이 서로의 가슴을 칠 때
> 진동으로 생겨난 샛강 같은 골목들
> 그대와 나의 혈관을 이어 across the universe!
>
> —김선우, 「Everybody Shall we love?」 부분

이 시에서는 삭막한 도시와 난폭한 문명을 넘어서는 사랑을 제안한다. 고려가요 「청산별곡」과 「만전춘」의 패러디를 통해 순수하고 농염한 관능을 펼쳐 보인다. 총, 빌딩, 군함, 지폐 등 무자비하고 삭막한 현대의 물질문명에 비해 꽃잎, 물고기, 사슴의 존재는 미약하지만 아름답기 그지없다. 군함을 쪼개 모닥불을 지피는 일대 전환이 이루어지지 않고서는 온 세상에 팽만한 전쟁과 폭력의 공포에서 벗어날 수 없다. "피 흘리는 벽들이 서로의 가슴을 칠 때" 그 격렬한 고통을 공유하면서 '그대'와 '나'는 겨우

하나가 된다. 그리하여 "망가진 빗장뼈 위 백척간두의 칼끝"에 올라 처절한 '사랑 노래'를 부른다. 그것은 "그대와 나의 해골을 안고 뒹"구는 너무 늦은 사랑 노래가 될 수도 있다. 이렇듯 이 시대의 사랑은 거대한 폭력의 그림자 밑에서 안쓰럽게 서로를 확인해 간다.

5. 마음의 국경선 너머

사랑이 상처와 결핍으로 귀결된다는 점을 알면서도, 낭만적 사랑이 도취와 환상임을 알면서도 시인들은 여전히 그것을 노래한다. 사랑을 가로막는 삭막한 일상과 잔혹한 문명을 직시하면서도 힘겹게 그것을 추구한다. 그것마저 없다면 삶은 더욱 사막 같아질 것이다. 사랑은 고립된 주체들이 자신을 열고 세상을 향해 나갈 수 있는 최초의 출구이다. 그것 없이는 자신에게서 한 발자국도 벗어나지 못하는 폐쇄적인 상태에 머물 수밖에 없다.

채호기는 "그대와 나를 잇는 교량이 끊어졌을 때/ 그제야 내가 고립된 섬이란 걸 알았어요"(「폭풍의 섬」)라는 고백으로 사랑을 잃은 주체가 빠지는 고립무원의 상태를 보여 준다. 사랑하는 사람들끼리 눈에서 눈으로 "그토록 실어 날랐던 것"이 두 사람을 이어 주는 '교량'임을 깨닫게 된다. 그것이 끊어질 때 주체는 오갈 데 없는 섬이 된다. "나 혼자 도저히 자급자족할 수 없는 그 무엇 때문에,/ 절망 같은 까마득한 절벽을 돛 삼아/ 파도를 헤치며 그대에게로 거듭 항해하고 싶었어요"에서는 영원히 지속될 수밖에 없는 사랑의 동기를 파악할 수 있다. 완전한 사랑에 대한 기대는 결코 충족될 수 없지만 사랑의 남긴 상처와 공허는 더욱 견디기 힘든 것이다. 두 사람 사이를 오갔던 시선의 교량은 고립된 주체를 결핍된 것으로 깨닫게 한다. 고립된 섬을 넘어서 소통할 때 전혀 다른 세계를 꿈꾸게 한다. 그래서 사랑은 다시 시작된다.

황학주 시에서 사랑은 기억에 생명을 부여하는 방식이다. 선연하고 아름답기 그지없는 도취의 순간들도 결국은 "옹이 박힌 허리 근처"처럼 기억으로 새겨진다. 「저녁의 연인들」은 기억 속에서 다시 자라는 사랑을 인상적으로 그려 낸 시이다. 마음은 너무 작아 제 마음에서 한번 멀리 벗어나기도 힘든 것이지만 사랑을 통해 놀랍게 확장될 수 있다. 마음은 사랑하는 사람을 좇아 커지고 넓어진다. 더구나 마음은 사랑을 '쉬고' 되돌아보는 시간에 더욱 자랄 수 있다. 마당가에 세워 둔 올리브나무가 자라듯 세월과 더불어 사랑도 자라난다. 시인은 순간의 열정이 지나간 후에도 오랜 세월을 두고 자라나는 사랑의 이미지를 발견한다. 인생의 황혼에 더욱 깊어지는 사랑과 마음의 궤적을 그려 낸다.

> 우리는 마침내 서로 다른 황혼이 되어
> 서로 다른 계절에 돌아왔다
> 무엇이든 생각하지 않으면 물이 돼 버려
> 그는 零下의 자세로 정지하고
> 그녀는 간절히 기도를 시작하고
> 당신은 그저 뒤를 돌아보겠지만
>
> 성탄절에는 뜨거운 여름이 끝날 거야
> 우리는 여러 세계에서 모여들어
> 여전히 사랑을 했다
> 외롭고 달콤하고 또 긴 사랑을
>
> —이장욱, 「우리는 여러 세계에서」 부분

사랑은 변하는 것이고 모두에게 다른 것이다. "서로 다른 황혼이 되어/ 서로 다른 계절에 돌아"와서도 사랑은 여전히 계속된다. 주체와 타자의 순수한 소통이라는 사랑의 고전적 정의는 주체의 정체성이 끊임없이 의심되는 이 시대에는 적합하지 않다. 기든스가 주체와 타자의 일체감을 강조하는 낭만적 사랑보다 '합류적 사랑'을 강조하는 것은 그 때문이다. '합류적 사랑'이란 두 개의 지류가 합쳐져 하나의 강물로 흐르듯, 각기 달랐던 두 사람의 정체성을 인정하는 가운데 다가오는 미래를 향해 사랑의 유대를 공유하고 새로운 정체성을 형성해 가는 사랑을 뜻한다. 낭만적 사랑이 주체와 타자의 이상적 결합을 꿈꾸지만 궁극적으로는 실현 불가능하다는 절망에 직면하는 것에 비해 합류적 사랑은 서로의 차이를 인정하며 능동적으로 실천해 가는 것이다. 위의 시에서 '우리'는 서로 다른 삶을 지나 여러 세계에서 모여들었지만 "여전히" 사랑을 한다. 이 사랑은 서로의 차이를 인정하며 각자의 방식으로 행하는 사랑이다. 낭만적 열정이나 이상이 소거된 후에도 사랑은 계속 요청되는데 그것은 변화하는 주체들이 이루는 미묘한 소통의 방식이다.

> 낯선 날들이 다가와 그대와 나는
> 생 속에서 사랑도 모르고 사랑하리
> 서로의 냄새에 취해 아, 아무것도 모르고 사랑하리
> 사랑하며 걸어가리
> 걸어가며 노래하리
> 마음의 국경선을 지나
> 이제사 우리, 가까스로 생의 접경지대에 당도했으니
>
> —박정대, 「생의 접경지대」 부분

우리의 미래는 알 수 없는 새로운 사랑을 향해 열려 있다. 그것은 이제까지의 사랑과는 다른 어떤 것이리라. 그러나 그때에도 사랑은 "마음의 국경선"을 넘어서 "생의 접경지대"에 이르는 최고의 지름길이 될 것이다. 사랑하고 노래하며 마음의 국경선을 넘는 시인들은 살육과 증오가 난무하는 문명의 야만과 대결하며 소통과 화합의 가능성을 탐색하고 있다.

환상의 시적 가능성

—김혜순, 서대경의 시

'환상'과 '소설'의 결합이 자연스럽고 빈번한 것에 비해 '환상'과 '시'의 결합은 그렇지 않다. 시는 다른 어떤 장르보다도 상상력이 활발하게 작동하는 장르이지만 '환상시' 같은 말은 별로 쓰지 않는다. 이는 시에서 '상상' 또는 '환상'은 특별한 경향이라기보다 기본적인 작동 원리에 가깝고, 서술상의 경계가 뚜렷하지 않기 때문이기도 하다.

그러나 시에서도 상상의 일반적인 범위를 넘어서 환상이 주를 이루는 경우가 있다. 이런 시에서 상상은 비유의 매개로 쓰이는 정도에서 벗어나 시 전체를 압도하며 중심 이미지를 이끌어 간다. 그러한 상상이 현실과 뚜렷하게 구별되는 다른 세계를 펼쳐 보일 때, 그것을 '환상적'이라고 할 수 있을 것이다.

우리 시의 환상성은 1990년대 이후 활발해지기 시작한다. 현실적 상상력이 고조되었던 1980년대와 달리 현실을 지배하는 객관적 진리에 대한 믿음이 흔들리기 시작하는 1990대부터 초현실적인 상상력과 환상이 확산된 것이다. 객관적 현실의 절대적인 자리로 환상이라는 또 다른 현실이 출몰하기 시작한다. 탈근대, 탈중심의 지각 변동과 함께 현실 너머의 초현실, 의식 너머의 무의식이 감추어졌던 진리의 영역으로 새로운 탐구의 대상이 된다. 환상의 적극적 개입과 함께 우리 시는 전례 없이 과감하고 새로운 차원을 향해 열리게 된다.

죽음을 관통하는 투명한 시선

김혜순은 우리 시의 환상성을 지속적으로 또한 다각도로 실험해 온 시인이다. 아직 시에서 환상의 적극적 도입을 찾아보기 힘들었던 1990년대 초부터 김혜순의 시에서는 환상을 전면에 드러내는 획기적인 시도들을 볼 수 있다. 시인은 독특한 시선으로 현실과 환상의 경계를 허문다. '몸'이라는 즉물적인 대상마저도 김혜순의 시에서는 새롭게 드러나고 해체되었다. 주체와 타자의 고정된 관계에서 벗어난 자유로운 시선이 현실과 환상의 경계를 넘어선 초유의 이미지들을 창출한다.

최근 시에서 시인의 관심은 '죽음' 너머의 세계에 집중된다. 죽음이라는 초경험적인 미지의 세계조차 김혜순의 시에서는 눈앞에서 펼쳐지는 듯, 손에 잡힐 듯 선연한 감각으로 드러난다.

「결혼기념일」에서는 시인 특유의 폭발적인 연상 작용이 펼쳐진다. 결혼식 장면에서 죽음을 떠올리게 하는 촉매는 폭설이다. "폭설 알갱이 한 알 한 알"이 아이를 낳고, 병을 앓고, 늙어 가고, 죽어 가는 일생의 모든 장면들을 투영한다는 기발한 상상이 발동한다. 전 생애를 비추는 마녀의 유리구슬처럼 폭설 알갱이마다 생의 여러 순간들이 펼쳐지는 장면은 환상적이다. 폭설의 알갱이는 현실과 환상의 경계를 지우고 환상의 세계를 자연스럽게 열어 놓는다. 결혼 이후의 삶이 결국 죽음으로 이어지는 시간이라면, "너는 마치 장송곡에 맞춰 무덤으로 걸어 들어가는 사람의 모습"이라는 표현이 과장된 것만은 아니리라. 이토록 활달한 상상은, "은하 저 멀리 네 결혼식이 생중계되고 있다면"이라는 범우주적 연상에 의하면, 지극히 당연하다. 은하에서 결혼식이 중계되는 시간이라면 이미 지구별은 사라져 있을 것이고 "후생의 후생"조차 거듭된 이후일 테니 말이다. 그러니 "영원히 사랑하겠느냐는 물음"에 대한 답은 "과거의 현재와 미래의 현재와 현재의 현재"를 모두 포함하는 막중한 것일 수밖에 없다. "영원"이라는 매듭 풀린 시간 앞에서 결혼의 약속은 한없이 무거워진다. "열여섯 외할머니"가 가마 타고 시집가서 느꼈던 두려움뿐 아니라 그 이전 몇 생애를 반복해 온 모든 결혼의 무게가 얹히는 것과 같이. 결혼이라는 또 다른 생의 출발점에서 느끼는 두려움은 죽음에 대한 두려움과 상통한다. 아직 겪어 보지 않았지만 압도적인 지배력을 갖는 시간들이기 때문이다. 실감 나지 않지만 아득하게 다가오는 그 시간들을 표현하기 위해 시인은 윤회와 영원과 같은 초경험적인 시간 개념을 끌어온다. 또한 언제나 그렇듯 이토록 모호한 관념조차 선연한 이미지들로 표출한다. 결혼 행진을 하는 신부의 발걸음이 무덤으로 걸어 들어가는 장면과 겹쳐지고, 결혼식 날 쏟아지는 폭설 알갱이마다 죽음에 이르기까지의 삶의 장면들이 투영된다. 결혼 행진의 짧은 한순간이 윤회를 거듭한 영원의 시간으로 이어지도록 펼쳐 놓는 시간의 마술이 환상적이고 장쾌하다. 그 속에 결혼의 환상에 대한 부정이 통렬하게 작동하고 있긴 하지만.

「열두 번째 날—월식」에서는 죽음에 대한 두려움이 훨씬 분명하게 나타난다. 이 시에서는 방문 앞에 서 있는 까맣고 큰 새의 환영이 현실과 환상의 경계를 열어 놓는 역할을 한다. 죽음으로 인도하는 전령처럼 검은 새가 나타나자 죽음의 세계가 펼쳐진다. 죽음은 땅바닥에서 무언가 곧추서려는 것처럼, 무언가 발을 잡아당기는 것처럼, 거울에서 모르는 얼굴이 나타나는 것처럼 느닷없고 공포스럽다. 화자는 아직 삶 쪽에 있지만 죽음의 공포에 사로잡혀 있다. "종일 영화관은 깨어졌는데 어쩐지 영화는 계속 상영되는 벌판에 서 있는 것" 같다는 말은 현실에 있으면서도 환상에서 벗어나지 못하고 있다는 뜻이다. 지구의 그림자에 달이 검게 가려지는 월식처럼 화자의 현실은 죽음의 그림자에 뒤덮여 있다. 음식을 씹어도 실감이 없고 몸의 감각도 느껴지지 않는 이러한 상태는 죽음에 사로잡혀 있는 형국이라고 할 수밖에 없다. 이 시의 마지막 부분에서는 현실과 환상이 모호한 상태에서 또 한 번 환상이 출현한다. 아무것도 없었던 빈 탁자를, "매일 매일은 죽음의 이브입니다"라며 웅변가가 내리치는 장면이 그것이다. 마치 상징계에 느닷없이 출현하는 실재계처럼, 그것은 적나라한 진실을 드러낸다. 매일의 삶이 죽음을 향해 있다는 사실보다 더 명백한 진실은 없을 것이다. 죽음에 대한 공포는 월식처럼 삶을 잠식한다. 죽음은 그처럼 삶에 깊숙이 침투해 있다.

「열두 번째 날—월식」이 아직 삶 쪽에서 바라본 죽음을 그리고 있다면 「열여섯 번째 날—나체」는 막 삶을 벗어난 상태를 그린 듯하다. 영혼이 방금 육신의 옷을 벗고 가볍게 날아오르는 상태가 이런 것이 아닐까? 이 맑음은 빛으로만 가득하여 그림자가 없다. 한없이 높아져 하나님과 대면할 정도이다. 이는 일평생 잘 자고 눈을 떴을 때 몸의 화학 성분들이 확 바뀐 듯 새로워진 느낌이라고 한다. "너는 이제 죽었으니/ 너는 이제 신발을 벗어라"라는 목소리를 통해 죽음은 비로소 확연해질 것이다. "태초부터 네 속에 숨어 살던 그 맑음"은 죽음을 통해 비로소 본연의 상태로 돌아가 오롯이 드러나게 된다. 이 시에서는 죽음 이후라는 초현실적인 환상의 세계를 섬세하게 구현하고 있다. 육신을 벗은 영혼의 맑음을 다양하고 감각적인 이미지를 통해 표출한다. 단순한 상상보다 훨씬 적극적인 환상의 작용을 통해 현실 너머 미지의 세계를 감각화하고 있다.

「열아홉 번째 날—겨울의 미소」는 죽음 이후의 육신의 상태를 연상시킨다. 영혼의 맑음이 빠져나가고 차가운 땅에 누워 있는 육신이 느끼는 감각이 이러할까?

> 춥다, 따뜻한 몸에서 나왔으니
> 밝다, 어두운 몸에서 나왔으니
> 외롭다, 그림자를 잃었으니
>
> 차갑다, 화분 갈 때 꺼내 놓은 흙처럼
> 환하다, 얼음장 밑에서 물고기가 쳐다보는 햇살처럼
> 뜨겁다, 얼어붙은 무쇠 문고리에 입술이 닿은 듯
> 다시 춥다, 알뿌리 같은 심장이 반쯤 얼었다

이 시는 주된 감각과 그것을 형용하는 말들의 연쇄를 통해 묘사 대상에 대한 호기심을 고조한다. 이토록 다양하고 모순적인 감각을 지닐 수 있는 존재란 과연 무엇일까? "그래도/ 괜찮다/ 이미 죽었으니// 네가 너를 벗은 자리를 영하(零下)가 붙들었다"라는 진술 속에 그 답이 있다. 그것은 죽어 차가운 흙 속에 묻혀 있는 자의 감각이었던 것이다. 이 시에서 낱낱의 선연한 감각 이상으로 중요한 것은 죽은 자의 육신이 거하는 세계를 하나의 실감으로 통합하는 시선이다.

죽음의 세계까지 꿰뚫어 보려는 이 예리한 시선의 근저에는 현상의 심층에 도달하려 하는 치열한 정신이 자리 잡고 있다. 이 시인에게 있어 본다는 것은 육안의 차원이 아니라 심안의 차원에 속한다. 「마흔 번째 날—이렇게 아픈 환각」에서는 이를 "안경 안의 세계"를 보는 것이라 표현하고 있다. 이 세계는 현실의 바깥이 아니라 안쪽이며, 의식보다 깊은 무의식이 자리하고 있는 곳이다. 자신의 내부를 들여다보게 될 때 만나는 것은 출렁이는 본능, 제어되지 않고 증식하는 괴물 같은 모습, 분노와 불안과 공포로 가득한 심리이다. 이 시에서는 억압돼 있던 무의식의 적나라한 면모가 구체적인 형상을 띠며 실감 나게 표출된다. 그 세계의 그로테스크한 광경을 시인은 "아픈 환각"이라고 한다. 차마 받아들이기 어려운 괴이하고 병적인 상태가 어지럽게 펼쳐지고 있기 때문이다. "네 목소리들이 증발하지 않고 모여 사는 숲"에서는 무의식의 두터운 지층과 거기 고여 있던 억압된 욕망이 소란스럽게 발현된다. "네 구멍에서 백 번째 백한 번째 네가 피어나는 밤", "평생 동안 네게서 죽은 네가 모두 깨어나는 밤", "어제 죽은 너와 그저께 죽은 네가 줄넘기를 하는 밤"의 광란이 그곳에서 벌어지고 있다. 꿈이 또 다른 현실이라면 "잠의 우물 밑바닥"에는 얼마나 많은 "죽은 네"가 쌓여 있을 것인가. 현실의 외피 안쪽에서는 그들이 모두 깨어나 꿈틀거리는 무의식의 거대한 세계가 펼쳐진다. 환상조차 명료하게 포착하는 시인 특유의 시선으로 인해 이 시는 무의식의 진풍경을 연출한다.

삶 너머의 죽음, 의식 너머의 무의식을 관통하는 시인의 시선은 '너'를 향해 열려 있다. 최근의 많은 시들이 '너'라는 타자를 바라보는 주체의 시선을 담고 있다는 점을 주목할 필요가 있다. 이는 라캉이 무의식적 환상 또는 근본 환상이라고 한 현상처럼, 주체가 타자의 장소에 서서 자기 자신을 대상으로 바라보는 방법이다. 환상의 구조는 동일한 인물에게 대상과 주체와 타자의 위치를 할당하고 이때 '타자로서의 주체'는 '모든 것을 보는 눈'을 갖게 된다. 환상의 구조 속에서 '모든 것을 보는 눈'의 절대성을 확보한 주체는 삶의 표층 너머 깊숙한 지층을 꿰뚫어 본다. 그곳에는 죽음이나 무의식처럼 근원적으로 우리의 삶을 지배하는 미지의 세계가 자리 잡고 있다. 김혜순의 시에서 환상은 그 미지의 세계를 매혹적으로 재현하는 감각적인 스크린이다. 그 스크린에서는 삶의 심층에서 끌어낸 낯선 진실들이 선명하게 펼쳐진다.

환상적 서사의 사실성

김혜순 시에서는 환상이 주로 감각적인 이미지의 연쇄를 이루는 것에 비해 서대경 시에서는 환상이 서사적 구조와 함께 발현되는 경우가 많다. 김혜순 시에서는 현실과 환상의 경계가 감지되는 것에 비해 서대경의 시는 전체가 환상으로 구축되어 있다. 김혜순의 시가 현실에서 바라본 환상을 그리고 있다면 서대경의 시는 환상의 안쪽에서 현실을 재구성해서 보여 준다. 서사적 흐름이 뚜렷한 서대경의 시에서 낯선 느낌을 주는 것은 이미지의 단편들이 아니라 전체적인 분위기이다.

「절단」의 1연은 기계로 가득한 작업장의 풍경을 그리고 있다. 의수로 종이컵을 움켜쥔 '나'와 손가락이 두 개만 남은 동료가 담배를 주고받는 장면에서 기계와 절단된 신체의 대비가 두드러진다. 2연에서는 담뱃갑을 떨어뜨린 '나'가 그것을 훔친 거렁뱅이 소년과 벌이는 추격전이 펼쳐진다. 거렁뱅이 소년의 두 다리도 절단되어 있어 절단의 이미지는 더욱 강화된다. 기계로 가득한 이 어두운 세계는 도처에 사지가 절단된 사람들과 그들을 감시하는 "검은 늑대"의 눈길이 가득하여 삭막하기 그지없다. 마지막 연은 작업장 바깥의 풍경을 그리고 있다. 그곳에는 중절모를 쓴 사람들이 걸어 다니고 기차가 맹렬한 속도로 지나간다. 모자 쓴 사람들 사이에서 '나'는 작업복 바지에 빈 소매를 쑤셔 넣은 채 서 있다. 필름느와르의 우울한 분위기를 연상시키는 이 시는 기계로 가득한 도시와 절단된 신체의 이미지를 통해, 현대 도시의 삭막한 메커니즘을 뚜렷하게 암시한다. 이곳은 기계들의 움직임으로 작동하며 인간은 그 부속품으로 소모되거나 희생당한다. 기계문명의 상징인 기차가 맹렬한 속도로 지나가는 장면에서 이러한 움직임이 좀처럼 멈추지 않으리라는 것을 예측할 수 있다. 이러한 상황에서 중절모를 쓴 사람들과 절단된 신체를 끌고 다니는 사람들 사이의 차별은 점점 고착화될 것이다. 이 시에서 그려지는 어둡고 기괴한 도시의 디스토피아적 환상은 현실과 그리 다르지 않다. 화려하고 풍족한 도시의 이면에는 이 시에서 묘사하고 있는 우울한 장면들이 실재하기 때문이다.

「요나」에서는 이 디스토피아적 도시를 배경으로 한 듯한 가난한 연인들의 사랑을 그리고 있다. 검고 추운 도시에서 갈 곳 없는 그들이 함께 있을 수 있는 방법은 순환선 열차를 타고 밤새도록 도시를 떠도는 것뿐이다. "요나, 들어 보렴, 검은 밤, 빈 겨울 가지, 도로의 불 밝은 곳으로, 우리의 죽음이 긴 꼬리를 끌며, 어둡게 반짝이며, 멀어져 가고 있어"라는 구절로 보아 이 시는 두 연인이 죽은 후, 함께했던 시간을 회고하는 시점으로 쓰여 있다. 죽은 자의 목소리로 연인과 함께 눈을 감을 때까지의 시간을 그리는 독특한 진술로 인해 이 시는 신비롭고 환상적이다. 그러나 「절단」이 그렇듯, 분위기가 몽환적인 것에 비해 배경을 이루는 도시의 풍경은 매우 사실적이다. "순환선 열차", "기나긴 터널", "우뚝 선 철탑", "수많은 역", "대합실의 추위"는 현실의 도시에서 가난한 연인들이 보거나 겪을 장면들과 다르지 않다. 이 춥고 삭막한 도시에 유폐된 연인들은 요나처럼 "시간의 푸르스름한 숨소리"를 들으며 잠들어 간다. 여러 시에서 반복적으로 등장하는 '요나'는 컴컴하고 무거운 도시에 갇힌 연약한 존재들이다. 물고기의 배 속에 갇혀 임사 체험을 하는 성서 속의 요나와 흡사하게 그들 역시 절대적인 폭력의 공간 속에서 위태롭게 존재한다. 서대경의 시에서 시간은 뚜렷한 경계를 갖지 않고 "푸르스름한 숨소리" 같은 초현실적인 느낌으로 드러난다. 과거와 현재와 미래가 뒤섞인 듯한 그 시간에서 중요한 것은 영원히 반복될 것 같은 느낌이다. 숨소리가 그렇듯 시간은 중단 없이 지속되는 반복적 리듬이다. 서대경 시의 도시가 디스토피아적인 이유는 변함없이 계속될 것 같은 압도적인 분위기 때문이다.

「고아원」 역시 삭막한 도시에서 소외된 존재들을 그리고 있다. 어른들이 기계에 종속되어 노동에서 소외되어 왔다면 고아원의 아이들은 어른들이 노동에 매몰되면서 보살피지 못하여 이중으로 소외된 존재가 된다. 이 시 역시 서사적 구조가 뚜렷한데, 고아원에서 벌어진 비극적인 사건이 그 중심을 이룬다. 이 사건의 중심에 있는 문제적 인물은 벽을 타고 기어오르는 재주가 남다른 한 아이이다. 원장으로부터 "진창 속 구더기" 취급을 받는 고아들 중에 새처럼 또는 말처럼 날아오르려는 아이가 있다는 것은 묵과할 수 없는 일이다. 원장은 경찰까지 동원하여 이 아이를 잡아 내린다. 아이를 진창 속에 가두려는 원장과 끊임없이 날아오르려는 아이의 대립은 굴뚝을 오르던 아이가 불길에 갇혀 죽으면서 끝이 난다. 이러한 결말 구조에서도 역시 서대경 특유의 암담한 분위기, 전망이 부재하는 닫힌 공간의 압도적 무게를 감지할 수 있다.

이 안타까운 사건의 주인공은 「굴뚝의 기사」에 다시 등장한다. 그런데 이 시에서는 관찰의 대상이 아닌 화자로 나타난다. "불길 속에서 아이의 잿빛 망토가 펄럭였다."(「고아원」)로 암시되었던 '굴뚝의 기사'는 영원히 굴뚝을 타고 오르며 '검은 불과 뼈'의 노래를 부른다. "검다"와 "춥다"를 반복하는 그의 파편적인 노래에는 좌절된 꿈과 아픈 상처의 기억이 각인되어 있다. 죽어서도 굴뚝의 덫에 갇힌 듯 좁고 길게 이어지는 말들, 검은 재처럼 점점이 이어지는 잦은 마침표들은 '굴뚝의 기사'가 겪었던 비극을 가시적으로 드러내 준다.

'굴뚝의 기사'가 여러 시에서 반복되면서 상징성을 띠는 것 이상으로 '요나'는 서대경의 시에서 상징의 핵심을 이룬다. 「고아원」의 마지막 장면에서는 다시 '요나'가 등장한다. 자기 이름도 몰랐던 여섯 살짜리 이 여자아이는 원장 손에 이끌려 부모가 되어 줄 사람들에게 넘겨진다. "창밖으로 굴뚝이 보였다. 굴뚝 위에 걸터앉아 다리를 흔들고 있는 내가 있었다. 나는 고개를 돌렸다"라는 의미심장한 구절에서는 환상의 개입이 적극적으로 이루어지고 있다. 굴뚝을 타고 오르다 희생된 아이가 요나를 통해 드디어 바깥세상으로 나가게 되는 듯한 느낌을 주기 때문이다. 성서의 요나가 그랬듯이 서대경 시에서 요나는 죽음을 넘어서 생을 거듭하는 존재이다.

「요나」에서 생을 거듭하는 요나의 존재는 보다 분명하게 드러난다. 이 시의 서사적 흐름은 흡혈귀 친구의 이야기에서 출발하여 요나 이야기로 이어진다. 중심인물들이 모두 비현실적인 존재들이지만 담담하고 사실적인 어조로 묘사되기 때문에 기이한 현실감을 준다. 가령 "그는 인간의 피를 먹지 않고 박쥐의 피를 마시는데, 내가 목덜미를 들이밀며 한 모금 해보라고 농을 걸면 질색을 하곤 한다. 그는 대체로 인간을 혐오했고, 순수한 박쥐의 검은 피만을 원했다" 같은 표현에서 인간과 흡혈귀의 위치는 자연스럽게 전도된다. 이 시에서 흡혈귀는 인간보다 더 순수하고 인간적이다. 이 흡혈귀가 사랑하는 여인이 바로 요나이다. "그녀의 눈은 크고 고요했고, 마치 꿈과 현실이 뒤섞여 있는 듯 초점이 없었다"에서 요나의 비밀이 드러난다. 요나는 꿈과 현실, 삶과 죽음에 걸쳐져 있으며 재생을 거듭하는 존재이다. 아니 그녀는 도시의 꿈 자체이다.

> 이 도시가 나의 꿈이라고, 나는 이 도시를 꿈꾸고 있고, 또한, 당신을 꿈꾸고 있다고요 당신도, 당신의 흡혈귀 소설가 친구도, 그의 소설도, 고아원도, 사무실도, 지금 이 순간도 내가 꿈꾸는 환상일 뿐이에요

요나의 직접적인 진술이 이어지는 부분에서 이런 점은 좀 더 분명하게

드러난다. 요나는 도시의 모든 꿈에 존재한다. 물고기 배 속의 요나처럼 그녀는 거대도시의 한가운데서 도시의 꿈을 살아간다. 환상이 현실이 되고 현실이 환상이 되는 무수한 시간의 반복 속에서 요나의 생은 거듭된다. 이 시의 마지막 부분에서 다시 고아원이 나타나고 거기에서 어린 요나가 나타나는 것은 당연하다. 그녀는 도시의 꿈속에서 영원히 되살아나는 존재이기 때문이다.

서대경의 시는 현실의 삭막함을 극단화한 듯한 디스토피아적인 환상으로 가득하다. 뚜렷한 서사적 구조와 명료한 진술로 사실성이 강하면서도 이야기 전체가 환상적으로 구성되어 있는 독특한 방식이 돋보인다. 이 사실성이 강한 환상의 세계를 통해 시인은 현실의 기괴함과 비정함을 더욱 극적으로 부각시킨다. 그는 요나, 굴뚝 소제부 같은 문학의 전통적 상징뿐 아니라 필름느와르나 흡혈귀 영화 같은 대중문화의 코드도 두루 활용한다. 그는 시적인 것과 서사적인 것, 고급문화와 대중문화의 경계를 자유롭게 넘나들며 현실에 대한 예리한 통찰을 인상 깊게 드러낸다.

우리 시에서 환상에 대한 관심은 별로 크지 않았다. 또 대개는 부정적 현실의 대립 개념으로 유토피아적인 환상을 드러내는 정도였다. 시에서 환상의 미학적 가능성이 적극적으로 모색되기 시작한 것은 1990년대 이후이며 점점 더 다양한 방식으로 시도되고 있는 추세이다.

김혜순과 서대경은 환상을 도입한 시적 실험에서 앞서 나가는 시인들이며 그 미학적 성취 또한 뚜렷하다. 그들의 시에서 환상은 현실의 반대 개념이라기보다 현실의 심층을 명징하게 포착해 내는 방법이 된다. 김혜순의 시에서는 특히 삶의 도처에 편재하는 죽음의 징후들을 깊숙이 투사하는 탁월한 감각이 돋보인다. 시인은 죽음을 미지의 영역으로 치부하지 않고 적극적인 상상과 함께 감각적으로 환기시킨다. 서대경은 현실의 치부를 선연하게 드러내는 환상적 서사의 구성력이 뛰어나다. 그의 환상적 서사는 사실성이 강한 2차 세계를 실감 나게 창조하여 독특한 리얼리티를 확보하고 있다. 환상은 두 시인에게서 모두 삶의 심층에 근접할 수 있는 유용한 방편으로 작동한다. 그들은 환상의 미학적 가능성을 다각도로 실험하며 우리 시의 신개지를 개척해 가고 있다.

시적 창조의 혈맥

1. 영향의 불안과 매혹

많은 시인들이 창조적 영감으로 가득한 한 편의 시를 꿈꾼다. 그 누구의 손길도 닿아 본 적이 없는 완벽하게 순결한 한 편의 시. 한 편이 어렵다면 단 한 구절이라도 오롯이 자신만의 언어로 이루어진 시를 쓰고 싶어 한다. 창조적 개성을 중시하는 이런 낭만주의적 경향은 유난히 시인들에게 뿌리 깊게 잔존하고 있다. 이는 언어의 미학적 극한을 추구하는 시의 장르적 속성과 무관하지 않을 것이다.

헤럴드 블룸은 문학적 선배의 영향에서 벗어나고자 의식적이건 무의식적이건 선배의 작품을 왜곡하거나 오독하는 현상을 '영향의 불안'이라고 명한 바 있다. '영향의 불안'은 창작의 과정에서 일어나는 강력한 영향 관계와 그로부터 벗어나고자 하는 의지의 대결을 압축하고 있다. 헤럴드 블룸은 선배 작가들의 영향력을 홍수에 비유한다. 후배들의 상상력은 홍수

같이 밀려오는 선배들의 영향력에 압도당해 익사할 수도 있지만 이러한 홍수를 철저히 회피한다면 상상적인 활동이 가능하지 않다고 본다. 그의 생각처럼 너무 많은 영향력이나 너무 적은 영향력은 똑같이 위험하다. 영향의 덫에 걸린 후배들은 창조의 영토에 단 한 발자국도 들여놓지 못하고 선배들의 그림자에 묻히고 만다. 반면에 선배들의 성취에 무지한 채로 나갈 수 있는 보폭 역시 지극히 협소하기 쉽다. 그러나 「헐리우드 키드의 생애」에서처럼 기존 텍스트의 영향에 무의식까지 점령당한 극단적인 경우를 제외한다면, 대개의 경우 영향과 창조는 유기적으로 작용한다. 후배들은 선배들의 성취에 매혹되면서도 영향에 대한 불안을 작동하여 상이한 개성을 창출해 낸다.

영향의 흔적이 잘 드러나는 시의 경우는 영향에 대한 매혹과 불안이 더욱 민감하게 작동한다. 선배들의 시가 보여 주는 경이로운 사유나 언어는 매혹과 경탄의 동기이자 선망과 극복의 대상이 된다. '내 시 속에 또 다른 시인이 걸어 들어왔다'에서 많은 시인들이 고백하듯이 시인의 개성은 독존적으로 형성되는 것이 아니라 선배 시인들과의 혈맥과 같은 친연성을 통해 생성된다. 운명처럼 접하게 된 한 편의 시가 시인의 길로 이끌기도 하고 평생의 지침이 되어 주기도 한다. 때로는 영매처럼 압도적으로, 때로는 스승처럼 자애롭게, 때로는 외우처럼 긴장되게 다른 시인의 정신과 언어가 시 속으로 들어와 육화된다. 많고 많은 시와 시인 중에 특별하게 선택되어 다른 시의 일부가 된 경우, 그 사이에는 필연적인 친연의 혈맥이 자리 잡고 있다. 강렬한 매혹과 불안은 잠재된 욕망을 반영한다. 혈연관계가 그러하듯이 시인들 사이의 정신적 혈맥 역시 가장 닮았으면서도 동시에 극복하고 싶은 대상으로 형성되기 때문이다.

시인들이 고백하고 있는 시적 창조의 혈맥에 해당하는 선배 시인들은 다양하다. 가까이는 문단의 스승이나 친우로부터 멀리는 다른 시대, 다른 나라의 선배들까지. 선배들이 시 속에 자리 잡는 방식은 다양하다. 육성이나 시, 태도나 관계 등 다양한 접점으로 친연의 정도를 증명한다. 여기서는 친연성의 양상을 크게 세 가지로 나누어, 정신이나 태도에 반영된 경우, 발상이나 언어에 반영된 경우, 직접적인 친교의 경험이 반영된 경우를 살펴볼 것이다.

2. 정신의 육화

선배 시인들의 정신이나 태도를 수용하는 경우는 그 영향이 직접적으로 드러나기보다는 근본적으로 작동한다. 보이지는 않지만 전신을 지탱하는 뼈대처럼 그 작용은 결정적이다. 근본정신이나 태도에 큰 영향을 미친 시인으로 이상과 김수영이 등장하는 것은 놀랍지 않다. 그들의 강력한 개성은 흉내 낼 수는 없지만 닮고 싶은 것이기 때문이다. 그들은 창조의 동력 중에서 가장 강력한 부정의 방법을 적극적으로 실천한 시인들이다.

시인일 뿐 아니라 이상 시 연구자로서 오랫동안 그의 시를 접해 온 김승희는 이상 시의 요체로 형태적 특이함보다는 '부정성의 정신'을 든다. 시인이 이상으로부터 영향 받은 바 역시 삶 전체를 걸고 온몸으로 부정의 정신을 실천해 가는 태도이다. 「유목을 위하여 1」은 이상의 영향이 상당히 직접적으로 드러나는 시이다. 이상의 「오감도」에 등장하는 '아해' 대신 이 시에는 '토끼'가 등장한다. '무서운 아해'와 '무서워하는 아해'들의 숨 막히는 질주와 마찬가지로 '몰리는 토끼'와 '모는 토끼'들의 '파시스트적 질주'가 그려진다. 이상의 시가 식민 치하의 파놉티콘과 연관된다면 김승희의 시는 1990년대의 고도 자본주의의 파놉티콘을 의식한 것이다. 김승희의 시는 또한 이상의 시에 더해 '젠더적 양식의 모순'과 '센티멘털리즘', 더불어 분석적 자의식까지 곁들이고 있다. 이상에게 배운 부정의 정신을 견지하되 자신의 시대와 성차와 개성을 반영한 것이다.

이수명은 이상의 시 「절벽」을 우연히 펼치게 된 순간 접신하는 것처럼 시를 맞이하게 되었다고 고백한다. 이상을 통해 "시를 읽고 쓰는 것이 이렇게 은밀한 것임을, 아주 멀리로 나아가는 것임"을 알게 된 것이다. 이상처럼 이 시인도 아주 멀리 나가 본다. 현실/환상, 삶/죽음, 유/무, 진실/농담 사이의 빗금을 열고 임계 지점에 이르는 극한의 언어를 실험해 본다. 「왜가리는 왜가리 놀이를 한다」는 그러한 실험의 대표적인 예이다. "왜가리는 하나다./ 왜가리는 둘이다/ 왜가리는 셋이다./ 왜가리는 없다"에서 '왜가리'는 이상의 '아해'의 또 다른 변종이다.

김영승은 이상의 "자조와 허무의 삶의 태도"와 김수영의 "고통과 모욕"에 대한 예리한 자의식에 경도된 적이 있다고 한다. '권태'를 자신의 시집 제목으로 삼았을 정도이니 이상의 영향이 적다고 할 수 없다. '李霜 克服!'을 사방에 써 놓았을 만큼 이상은 매혹과 타도의 대상이었다. 김수영도 한때 그의 정신적 선조였다. 「오이」는 김수영 시 「풀」의 패러디에 가깝다. '풀'은 '눕는 것'으로 '오이'는 '오르는 것'으로 자신의 존재를 항변한다. "오이는// 공중에// 떠 있다"는 "풀뿌리가 눕는다"와 짝을 이루며 삶의 궁극적 지점을 지목한다. 이 시인은 부정의 선조들에게서 그 정신뿐 아니라 위트와 전복의 기술까지 체득하고 있다.

최영철은 "자신의 소시민성을 만천하에 내팽개치는 용기"를 보여 준 김수영에게서 혁명보다 더 큰 충격을 느낀다. 일상이라는 누추하고 답답한 감옥이 '준엄한 자기 응시'를 통해 새로운 자아로 거듭나는 공간이 될 수 있음을 깨닫는다. 「오체투지」는 이러한 발견의 순간을 담은 시이다. 공습경보가 울려도 소집 명령이 떨어져도 전투기가 날고 폭탄이 떨어져도 끄떡없이 밥을 먹는 이 시의 화자는 일상성에 매몰된 왜소한 자아를 극적으로 표현한 것이다.

이상이나 김수영이 차갑고 두려운 선배라면 백석은 온화하고 친근한 선배에 가깝다. 언젠가의 설문 조사에서 백석은 시인들이 가장 좋아하는 시인으로 선정된 바 있다. "가난하고 외롭고 높고 쓸쓸한" 그의 삶 자체가 시인의 한 전범을 이루는 듯하다. 장석주는 백석의 핍진한 삶과 그의 시가 선사하는 오감의 흥겨움에 한없이 매료된다. 자신 또한 이 시대에 흔치 않은 전원 속의 삶을 택해 시와 삶의 일치를 이루고 있다. 그의 시 「태양초」에 등장하는 "가난하고 천하면서 빳빳한 것"은 백석의 시에 자주 등장하는 초라하고 천대받는 사물들과 상통한다. 백석이 그러했듯이 이 시인 역시 소외되었던 대상을 전면에 끌어들여 풍성한 감각으로 생명을 부여한다.

김현승 역시 시뿐 아니라 삶의 염결성으로 인해 더욱 돋보이는 시인이다. 정호승은 "맑고 깨끗한 삶을 지향하는 시인의 순결한 정신세계"를 흠모하고 존경한다. 난초 가득한 방에서 난초 향기가 옮듯이 정신의 스승을 만난 후 지은 그의 시에서는 김현승 식의 겸양과 청백의 기풍이 느껴진다. "복사꽃 살구꽃 찔레꽃이 지면 우는/ 너의 눈물은 이제 달디단 꿀이다/ 나의 눈물도 이제 너의 달디단 꿀이다"(「꿀벌」)에서처럼 자연스레 김현승 시의 고결한 정신이 농축된 한 방울의 눈물을 떠올리게 한다.

3. 감각의 육화

훔치고 싶을 정도로 탐나는 시가 있다면 어떻게 해야 할까? 넘어서거나 달라져야 한다. 선배의 뛰어난 시는 창조의 영감을 자극하여 또 다른 좋은 시들을 이끌어 낸다. 앞선 시의 아름다운 시구나 인상적인 시어, 빛나는 이미지들에서 촉발된 새로운 시들은 그것을 감각적으로 육화하여 또 다른 창조의 자양분으로 삼는다.

남다른 언어 감각을 지닌 오탁번 시인은 선배 중에서도 언어의 운용이 탁월한 시인들에게 끌린다. 그의 고백에 의하면 정지용이 극복과 비판의 대상이었다면 서정주는 어찌해 볼 도리가 없는 "우리나라의 유일무이한 오직 한 사람의 시인"이다. 모차르트가 음악에 있어 그러하듯이 서정주의 시는 "그냥 받아쓰기하듯 옮겨 적은 것" 같다. 시인은 '접신'의 경지에 오른 듯한 서정주 시의 신묘한 언어와 심상들에 경이를 느끼면서 또 한편으로 오롯이 흡착되는 미감의 친숙함으로 인해 '신화적 혈연'을 감지한다. 언어에 대한 각별한 감수성과 우주적인 심상, 보편적인 정서에 대한 호소력 등 그들의 시적 혈맥은 상당히 가까워 보인다.

손택수의 시 「수채」는 장석남의 「수묵정원 9」에서 발상을 얻는다. "번짐,/ 번져야 사랑이지"라는 한 구절에 사로잡힌 시인은 그로부터 벗어나기 위해 '오독'을 감행한다. 장석남의 시가 고요하고 조촐한 풍경을 그리는 것에 비해 손택수의 시는 번다하고 소란한 일상의 풍경으로 들어간다. 수묵의 담백한 멋을 살린 장석남의 시와 달리 손택수의 시는 채색의 역동적인 기운을 끌어낸다. 어조와 리듬 모두 수묵화과 수채화의 차이를 반영한다. 그리하여 전혀 다른 느낌의 새로운 시 한 편이 탄생한다.

송재학의 「사물 A와 B」는 조선시대 사람 윤춘년의 글에 영향을 받은 것이다. 대단히 멀다고 할 수 없는 선조인데도 이러한 영향관계가 특이하게 느껴지는 것은 고전문학과 현대문학 간의 깊은 단애 때문이다. 우리의 고전문학보다 오히려 서양 고전문학에 더 친숙할 정도로 우리 현대문학은 서양의 영향권 하에 있었다. 오랫동안 묻혀 있다 눈 밝은 시인에 의해 먼지를 털고 드러난 우리 선조들의 사유는 신선하게 다가온다. 사물의 소리와 내면의 소리가 조응하여 저절로 그 소리를 듣게 된다는 윤춘년의 성율론은 시와 리듬에 대한 심층적 이해를 드러낸다. 송재학의 시에서는 이 성율론이 풍경과 심리의 관계로 변주된다. 우리 선조들에게 이미 자리 잡고 있었던 현상학적인 사유를 확인하고 육화시켜 놓는다.

강은교와 이가림은 외국 시인들을 시적 근친으로 꼽았다. 이는 외국문학을 전공한 이력과 무관하지 않을 것이다. 시적 혈맥은 친숙할 만한 모든 계기를 통해 우연적으로 또는 필연적으로 형성된다.

강은교가 꿈꾸었다는 '모던 리얼리즘'은 엘리어트의 장대한 모더니즘적 기획과 어딘가 닮아 있다. 시인은 엘리어트가 「개인과 전통적 재능」에서 강조한 전통과 개인의 유기적 관련성을 의식하며 거대한 역사의 기둥을 이루는 한 조각 벽돌이 되고자 한다. 더 구체적인 영향으로는 「황무지」에 나오는 '한 뼘 되는 땅의 이미지'를 "손바닥만 한 그늘이/ 바위 옆에서 우리를 불러 댔어"로 변형시킨 「여옥」의 한 구절을 들 수 있을 것이다. 이미지뿐 아니라 말과 말 사이의 침묵에서까지 의미가 생성되는 치밀한 직조법에 이르기까지 엘리어트의 영향은 상당하다. 그렇지만 시인은 그것을 철저하게 한국시의 정조와 호흡으로 탈바꿈한다. 엘리어트 선생이 설파한 역사의식을 제대로 이해했기 때문이리라.

이가림은 불문학 전공자답게 이브 본느푸아를 시적 혈연관계로 내세운다. 두 시인 모두 '돌'의 이미지에 심취한 유사한 개성을 보여 준다. 하나의 대상에 대한 집중적인 탐구의 열정까지도 흡사하다. 영향관계라기보다는 기질적으로 상동 관계에 놓인 경우이다. 이브 본느푸아가 돌에서 소멸이면서 생성인 현존의 순간을 발견한 것과 같이 이가림의 「돌」은 "기어이 태어날 꿈"과 "천박한 끈질김"이 공존하는 돌의 속성을 간파한다. 시인이 '형제적 정신성'을 지닌 이국의 시인과 함께 부르는 이중창에서는 울림이 좋은 오묘한 화음이 느껴진다.

4. 친교의 육화

문인들끼리의 친교의 기록은 언제나 호기심과 흥미를 불러일으킨다. 개성적인 인격들이 조우하는 현장을 담고 있기 때문이다. 시에 그려진 친교의 흔적은 시인들 사이의 영향관계가 가장 직접적으로 드러나는 경우이다. 친밀한 스승이나 동료와 함께했던 특별한 대화나 경험은 시 속에 들어오면서 특별한 분위기와 의미를 산출해 낸다.

서정주의 애제자였던 문정희는 「그의 마지막 침대」에서 선생이 돌아가시기 직전의 모습을 그리고 있다. 문단의 거두이며 큰 스승이었던 분이었기 때문에 쇠약해진 마지막 모습은 더욱 충격적으로 다가온다. 정신적이고 절대적이었던 존재가 보이는 육체적 한계는 더 극명해 보인다. 초라한 육신으로 소멸해 가는 스승을 연민과 충격의 시선으로 바라보던 시인은 "역순이어야 해/ 처음에 늙은 짐승으로 태어나/ 맑고 눈부신 성인으로 커서/ 사랑스러운 아기로 끝나고 싶어"라는 기발한 상상을 한다. 스승에 대한 기억을 아름답게 간직하고 싶었던 바람이 일으킨 역발상이다. 안타깝고 고통스러운 경험마저도 역전시키는 시인의 활달한 기상 역시 시인이 서정주의 남다른 시적 혈육이라는 사실을 증명하는 듯하다.

박목월과의 친교를 드러낸 시들은 그가 얼마나 좋은 스승이었는지를 실감하게 한다. 이건청은 문학 소년 시절부터 평생을 이어진 스승의 존재를 '푸른 섬'으로 비유한다. 시인에게 스승은 그리우면 늘 찾아가고 싶고 다가가면 늘 그 자리에 있는 푸른 섬 같은 한 점의 지표였던 것이다. 죽을 지경으로 시에 전력하여 등단을 하자 스승은 따듯한 격려와 함께 매너리즘에 빠지지 말라는 경구를 준다. 사람에게 다감하고 시에 준엄했던 스승은 시적인 혈친 이상으로 삶의 준거가 된다. 김종해 역시 박목월을 삶의 스승으로 인정한다. 어려움을 겪을 때 스승이 보여 주었던 포용과 이

해는 각별한 것으로 기억된다. 「저녁 밥상」에서는 목월과 함께했던 친밀한 시간들을 보여 준다. 목월 내외가 방문하자 시인의 어머니께서 닭을 잡아 정성껏 밥상을 차리고 선생은 다시 시서를 선물하는 화답이 이어진다. 불암산을 바라보며 "그놈 참 자하산 같구나" 하는 선생의 말씀에 "어머니 입가에 감도는 대웅전 같은 미소"가 답하는 이심전심의 아름답고 평화로운 정경이 펼쳐진다. 좋은 시인이기 전에 따듯한 인간이었던 목월의 인품이 그대로 전달된다.

정결하고 준수한 사람의 때 이른 죽음은 각별한 애도를 불러일으키는 법이다. 김광규의 「똑바로 걸어간 사람」은 영문학자이자 비평가이자 시인이기도 했던 김영무 시인의 너무 이른 죽음을 애도한 시이다. 똑바로 걷기를 했던 그의 실제 걸음걸이는 평생 똑바로만 걸어갔던 자신의 삶과도 유사하다. 똑바로 걸었기 때문에 남보다 앞서고 결국 삶마저 지나쳐 버린 시인을 안타깝게 그리는 정이 간절하다. '똑바로 걸어간 사람'의 분명한 이미지는 허망하게 사라져 버린 아까운 시인을 시 속에 각인하고 있다.

때로 시인들 사이의 가벼운 농담이 시 안으로 들어오기도 한다. 신달자 시인의 「산도적을 찾아서」에는 문정희 시인과 나누었던 대화의 한 조각이 들어가 있다. 시름시름 앓는다는 말에 "산도적 같은 놈이 확 덮쳐 안아 주는 일"이 필요하다는 답변에서 촉발되어 "새 천년의 밀림 속에/ 야성의 어르렁거리는 불빛을 켜고/ 주저앉으려는 내 몸을 번쩍 들고/ 이 시대의 강을 건너고/ 이 시대의 태산을 화살처럼/ 오르는 산도적을/ 어디서 만날지 나는 몰라"라는 유쾌한 상상이 이어진다. 이는 동시에 산도적 같은 사내를 찾아보기 힘든 얄팍하고 메마른 세태에 대한 불만을 보여 준다.

5. 관계로 직조되는 시의 역사

예술가들의 삶이 사실적으로 드러나는 예술가소설은 예술가들 사이의 치열한 혹은 훈훈한 감정의 교류와 개성적인 예술 세계의 형성 과정을 엿볼 수 있다는 점에서 흥미롭다. 시인들 사이의 영향과 교류 관계를 보여준 여러 시를 통해서도 이와 흡사한 사실들을 확인할 수 있었다. 다른 시인들의 시와 인격에 대한 경애와 매혹, 혹은 비판과 극복의 과정이 하나의 뚜렷한 개성을 형성하는 데 결정적으로 작용함을 감지할 수 있다.

온전히 독자적인 개성과 창조성의 발현으로서의 시라는 개념은 낭만주의의 산물이다. 외부 세계와 독립된 실체로서의 존재에 대한 고집은 망상이다. 하나의 존재는 내부와 외부가 맞물린 '관계'에 의해 결정된다. 마찬가지로 한 시인의 위치 또한 선대 혹은 후대 시인들과의 관계의 좌표 속에서 정해진다. 시의 인생은 누군가의 시를 읽는 데서 시작되어 누군가의 시에 녹아들면서 이어진다. 다른 시들과 치열하게 겯고틀면서 나가는 가운데 자신의 자리를 발견할 수 있다. 그러니 함께할 만한 좋은 시인들이 많다는 것은 행운일 수밖에 없다. 자신 또한 그들이 이루는 성운의 일부가 될 터이니.

제2부 시간의 이미지들

존재의 잔상에 대한 애착

서정시는 상처와 고통의 기억에 유난히 몰입하는 경향이 있다. 기억은 서정시의 근원적 질료일 뿐 아니라 상처와 고통의 체험에 특히 민감하기 때문이다. 자아의 내적 체험이 결정적으로 작동하는 서정시에서 개인의 기억에 새겨진 상흔은 언제든 서정적 시간으로 재생된다. 서정시의 정치적 성향이 축소되어 가는 오늘날 서정시에서 기억의 관여는 더욱 강화되는 것으로 보인다. 전체가 아닌 개인, 중심이 아닌 주변에서 존재의 근원적인 소외감을 그리는 것이 서정시만의 영역으로 인정되고 있다.

고독이라는 서정시의 생래적인 체질도 내면에 집중된 의식으로 존재의 근원을 탐색하려는 경향과 관련된다. 고독은 타자를 의식하지 않은 채 오직 내면으로 밀려드는 내밀한 기억의 부름에 몰입하게 한다. 미셸 콜로의 말처럼, 참된 고독은 침묵의 소리에 민감하게 만들고 보이지 않는 것들에 주의하게 만들기 때문에 시인들에게는 더할 수 없이 소중한 그 무엇이다. 모두를 속도전으로 내모는 자본주의적 질서에서 벗어나 의식의 소도에 자유롭게 칩거한다는 것, 효용을 상실한 언어의 창조에 몰입하는 것만으로 서정시는 일정 정도 제도적 현실에 대한 비판의 기능을 행하고 있는 셈이다. 더 나아가 서정시에서 골똘히 들여다보는 상처의 기억은 인간 존재의 심연과 삶의 숨결을 직면하게 한다는 점에서 새로운 삶의 지평과 맞닿을 수 있다.

식육점 간판을 가리다
잘려 나간 나뭇가지 끝에
물방울이 맺혀 있다
흘러갈 곳을 잃어버린 수액이
전기 톱날 자국 끝에 맺혀 떨고 있는 한때
나무에게 남아 있는 고통이 있다면 이제는
아무런 고통도 느껴지지 않는다는 것
수로를 잃은 물방울이 떨어질 때의 그
아찔하던 순간도 잠시
빈 소매를 펄럭이듯,
팔 없는 소맷자락 주머니에 넣고 불쑥
한 손을 내밀듯
초록에 묻혀 있는 나무
환지통을 앓는 건 어쩌면
나무가 아니라 새다
허공 속에 아직도
실핏줄이 흐르고 있다는 듯
내려앉지 못하고 날갯짓
날갯짓만 하다 돌아가는,

—손택수, 「나무의 수사학 3」 전문

주변적 존재로서 자신을 위치시킴으로써 시인은 모든 소외된 누추한 생명들과 호응하고 연대할 수 있게 된다. 손택수의 시는 정밀한 관찰과 체험을 바탕으로 하지만 항시 인간적인 시선을 벗어나지 않는다. 이 시에서는 효용성에 희생된 나무에 대한 연민을 보여 준다. "식육점 간판"과 "잘려 나간 나뭇가지"의 극명한 대조는 육식성의 광포한 욕망과 자연의 희생을 상징한다. 절제되지 못한 육식성의 욕망은 생태계 전체의 균형을 깨트리고 다른 종을 희생으로 삼아 왔다. 식육점 간판 때문에 잘려 나간 나뭇가지는 이기적이고 탐욕스러운 자본주의 생리를 현시하는 것이다. 잘려 나가 수액이 흐르는 나뭇가지에 대한 사실적인 묘사는 점차 인간화된다. 잘린 나뭇가지와 팔 없는 소맷자락의 등치로 인해 나무가 겪은 희생의 의미는 더욱 선명해진다. 저항할 수 없는 상대에 대해 일방적으로 행한 폭력의 잔혹성이 두드러진다. 이런 폭력의 희생물인 나무는 상처를 딛고 다시 푸르게 살아 나간다. 대개 이쯤에서 마무리될 만한 시인데 시인의 사유는 한 걸음 더 나아간다. 잘려 나간 나뭇가지 근처에서 서성되는 새에서 착안하여, 나뭇가지의 상처에 대한 진한 연민의 정을 드러낸다. 의연하게 상처를 극복한 듯한 나무와 대조적으로 허전하여 몸 둘 곳을 모르는 새의 날갯짓을 부각시켜 그 상처의 깊이를 보여 준다.

'환지통'은 김신용의 '환상통' 이후 상처의 흔적에 대한 실감 나는 비유로 작용하고 있다. 사고로 팔다리를 잃은 환자 중 일부가 경험한다는 환지통은 절단되어 실재하지 않는 신체 부위에서 통증을 느끼는 증세이다. 생물학적으로는 설명이 불가능한 이 현상은 상처가 기억에 남기는 뿌리 깊은 흔적을 짐작케 한다. 시에서 환지통은 의식 너머 존재의 본질까지 침투하는 상처의 흔적을 발현한다. 또한 이에서 더 나아가 깊은 상처에 대한 공감과 연대의 정서를 환기시킨다. 환지통이 증명하는 상처의 놀라운 결과는 다른 모든 상처들에 대해서도 민감하게 조응하게 한다. 이때 상처가 야기한 고통은 개인의 체험을 넘어 타자의 고통을 공유할 수 있게 하는 기반이 된다.

손택수는 자연을 즐겨 다루는 시인이지만, 자연 속의 인간을 다룰 때와 인간 세상 속의 자연을 다룰 때 그 관점은 상이하다. 그의 시에서 자연이 중심에 있을 때 인간은 자연의 일부로서 화평하게 조화를 이룬다. 그러나 현대적 삶에 동원된 자연은 희생과 피해를 면치 못한다. 이 시도 후자에 해당되는 경우라 할 수 있다. 시인은 관찰자로서 머물고 있지만 인간에 의한 자연의 희생에 대해 일관되게 애틋한 연민의 시선을 보인다. 자연도 환지통과 같은 극심한 고통을 겪고 있다는 상상을 통해 생명의 존엄성에 대한 자성을 드러낸다. 이렇게 부재를 꿰뚫는 시선으로 타 존재의 상처를 응시함으로써 시인은 인간 욕망의 폐부를 돌아보게 한다.

침묵만큼 존재의 잔상을 선연하게 입증하는 현상이 또 있을까? 방금 들리던 소리가 사라질 때 우리는 오히려 그 소리를 인식하게 된다. 침묵은 '없음'으로 해서, 텅 '비어' 있음으로 해서 오히려 '있음'을 증명한다. 소리의 '있음'은 '없음'으로 인해 비로소 현전할 수 있다. 소리는 이처럼 침묵과의 모순적인 결합으로 하나의 유기적 세계를 이룬다.

하나의 음악이 끝나자
우리는 침묵보다 작아졌다

혼자 먹는 저녁,
처럼
쓸쓸해졌다

하나의 음악이 끝나고

다른 한 음악을 기다리는 동안
우리는 서로 다른 사랑을 하고

잡담을 하네,
서로 같은 외로움으로
일제히, 창에 밀려온 노을 쪽으로
고개를 돌리며

멘트와 멘트 사이에서
음악과 음악 사이에서
저녁의 새들이 느린 통주저음으로 날다가 가라앉고

(…중략…)

그러나 순간
모든 음악이 끝나고
다시 모든 것이 침묵하였다
무표정해졌다
어찌할 줄을 몰랐다
조용히 백색으로 어두워졌다

—장만호, 「사티 풍의 자작나무」 부분

이 시는 음악이 흐르는 장소에서 타인과 함께할 때 누구나 경험했을 감정의 미묘한 상태를 보여 준다. 음악이 멈추는 순간 사람들의 대화는 뻣뻣해지고 종종 끊긴다. 그리고 묘한 침묵의 긴장에 빠져든다. 들릴 듯 말 듯 잔잔하게 흐르던 음악도 막상 사라졌을 때 그 존재감을 느낄 수 있는 것이다. '가구음악'이라고 불릴 정도로 늘 그 자리에 있었던 것처럼 신경 쓰이지 않는 '사티 풍'의 음악일지라도 그렇다. 사라지는 순간 자신의 존재를 입증하는 이런 존재를 현전하는 부재라고 해야 할까? 갑자기 닥쳐온 침묵의 부피를 견디기 힘든 상태에 대해 "우리는 침묵보다 작아졌다"고도 할 수 있겠다. 한없이 위축된 채 쓸쓸해지는 이런 순간에 우리는 존재의 고독한 본질과 직면하게 된다. 조금 전까지 들리다가 사라진 음악처럼 현존과 부재는 한자리에 붙어 있는 것이다.

음악과 음악 사이에서 우리는 서로 다른 사랑을 나누고, 서로 같은 외로움에 젖기도 한다. "멘트와 멘트 사이에서/ 음악과 음악 사이에서" "통주저음으로 날다가 가라앉"는 "저녁의 새들"처럼, 우리도 한껏 떠오르거나 가라앉으며 음표처럼 부유한다. 사티 풍의 음악이 통주저음의 저음처럼 흐르는 가운데 거기에 즉흥적으로 곁드는 화음처럼 우리의 사랑과 잡담과 외로움이 넘쳐흐른다.

그리고 다시 침묵이 찾아온다. 침묵은 시의 처음과 끝을 차지하면서 그 존재감을 극대화한다. 모든 음악이 끝난 순간 다시 모든 것이 침묵한다. 침묵의 중압감에 질린 창백한 얼굴로 어두워진다. 저녁의 숲에서 잠시 희게 빛나다 어두워지는 자작나무처럼 우리들 침묵의 얼굴도 그러하다.

음악과 침묵이 교차되는 순간의 미묘한 변화를 감지함으로써 이 시는 부재와 현전이 얼마나 밀착되어 있는지를 보여 준다. 침묵은 완전한 없음의 상태가 아니고 현전에 끊임없이 침투한다. 데리다는 이러한 침묵을 절멸의 무(無)와 구분해서 실재의 세계와 부단히 자리를 바꾸는 '순수한 부재'라고 한다. 여기서 순수하다는 것은 여백처럼 작용하면서 실재를 드러낸다는 뜻이다. 이를 통해 부재와 현존은 한자리에 놓인 채 서로를 되비추는 역동적인 관계를 형성한다.

섬세하고 분위기 좋은 한 편의 시를 너무 갑갑한 의미로 가두어 버린 걸까? 의식한 것이든 아니든 시인은 음악과 침묵 사이의 미묘한 관계에 몰입하고 있고, 이는 존재와 부재에 대한 내밀한 성찰을 이끌어 낸다. 사소한 현상을 파고드는 투명하고 세심한 눈길이 존재의 오묘한 베일 한 자락을 들추는 것이다.

모든 사랑은 익사의 기억을 가지고 있다
흰 종이배처럼
붉은 물 위를 흘러가며
나는 그것을 배웠다

해변으로 떠내려간 심장들이
뜨거운 모래 위에 부드러운 점자로 솟아난다
어느 눈먼 자의 젖은 손가락을 위해

텅 빈 강바닥을 서성이던 사람들이
내게로 와서 먹을 것을 사 간다
유리와 밀을 절반씩 빻아 만든 빵

—진은영, 「오필리아」 전문

부재가 존재를 증명하는 역설이 사랑보다 더 분명한 경우는 찾기 어려울 것이다. "모든 사랑은 익사의 기억을 가지고 있다"는 말에 이의를 달기 어려운 것은 그 때문이다. 익사하지 않은 채 지속되는 사랑은, 없다. 여기 익사한 사랑의 대변자 오필리아가 있다. "흰 종이배"와 "붉은 물"의 처연한 대비가 모든 사랑에 불가피한 결여의 심연을 드러낸다.

이 시는 사랑의 기대가 영원히 충족 불가능하다는 사실을 인정한 채, 그 쓰라린 결여를 견디는 고통스러운 상태를 보여 준다. 사랑의 기억을 안고 익사한 뜨거웠던 심장들은 얼마나 많을까. 바닷가 모래 위의 무수한 구멍에서 시인은 익사한 사랑의 흔적을 발견한다. 이 눈물 젖은 점자를 더듬는 "어느 눈먼 자" 역시 무명(無明)의 사랑 속을 헤매고 있을 터이다.

"텅 빈 강바닥을 서성이던" 저 무수한 사람들은 또 누구인가? 사랑을 잃었거나 놓아 보낸 저들 역시 결핍감으로 주린 배를 채우려 한다. 그들이 사 가는 "유리와 밀을 절반씩 빻아 만든 빵"은 상처를 안고 그래도 살아가야만 하는 삶이다. 사랑의 허기를 안은 채 살아가야 하는 사람은 누구나 오필리아가 내미는 이 쓰라린 빵을 받아먹어야만 한다. 빵에 섞여 고통스럽게 삼켜야 하는 유리 가루는 사랑의 결여, 그 부재의 존재를 끊임없이 각성시킨다. 유리 가루가 두려워 이 빵을 피해야 할까? 사랑은 우리의 삶에서 빵처럼 불가결한 일용할 양식인 것을. 오필리아가 내민 빵을 받아 든 우리 모두는 사랑의 기억에 목마른 자들이다.

여백이 있어야 더 선명해지는 그림처럼 지극히 주변적인 것에 가닿는 섬세한 시선으로 인해 시인들은 존재의 심연을 통찰해 낸다. 부재를 통해 더욱 분명해지는 존재를 향해 시인들은 예민한 촉수를 내민다. 핍진한 인간화의 비유를 통해 자연의 상처를 현시하는 손택수, 정밀한 감각으로 침묵과 소리가 교차하는 미묘한 풍경을 그려 내는 장만호, 매력적인 비유와 담백한 어조로 사랑의 결여를 증명하는 진은영의 시는 사실 한자리에 놓기 힘들 정도로 개성이 상이하다. 그러나 이들 모두 존재와 부재가 삼투하는 현장을 예리하게 포착해 내면서 저마다의 방식으로 이 시대 서정시의 새로운 가능성을 펼쳐 보이고 있다.

죽음을 사는 언어

시에서 죽음의 풍경을 만나는 것은 어렵지 않은 일이다. 일상에서는 자주 금기가 되는 죽음이지만 시에서는 매혹의 대상이 된다. 의미와 무의미의 경계에서 언어의 한계에 도전하듯이 시인들은 삶과 죽음의 경계가 갖는 존재의 비의에 몰입한다. 경계에 대한 탐사는 시에서 상상력과 표현의 범주를 넓혀 온 중요한 동기이다. 죽음은 인간이 대면할 수 있는 궁극의 경계이다. 죽음은 경험할 수 없는 미지의 영역이기 때문에 무한한 상상을 자극한다. 죽음을 온전히 포착하는 것이 불가능하기 때문에 그것은 늘 미답의 영토로 남아 있다. 아직까지 그 누구도 선취하지 못한 그 백색의 땅에 시인들은 누구보다도 강렬하게 이끌린다. 그곳에 이르는 최선의 도구는 집요한 사유와 자유로운 상상력이 아닐까? 죽음을 대할 때 시인들의 사색은 어느 때보다 깊어지고 상상의 진폭은 한없이 넓어진다. 죽음에 대한 시인들의 사유와 상상은 한정하기 어렵다. 철학적 사유에 육박하는 경우도 있고 즉물적인 현상의 파악에 집중되기도 한다. 시인의 경험과 상상의 프리즘을 거쳐 죽음의 이미지는 무수히 변환한다.

죽음을 삶의 '바깥'으로 파악하는 것은 존재론의 영역에서 익숙한 사유이다. 블랑쇼는 죽음을 '거대한 불분명성'으로 규정했는데, 그것은 죽음이 그 자체로는 긍정할 어떤 것도, 부정할 어떤 것도 갖고 있지 않으며 다만 우리를 그 안으로 빠져들어 갈 수밖에 없게 만드는 절대적인 '바깥' 세계라고 보았기 때문이다. 이러한 죽음은 불가능성의 텅 빈 깊이를 내포하는 부재의 이미지와 통한다.

언 호수에 눈 내려 흰 광장인데
누군가 가로질러 걸어간 발자국 있습니다
나는 덜컹 내려앉는 가슴으로 바라봅니다
멀어질수록 수심(水深)은 깊겠고
저 발자국 주인도 두려웠을 겁니다
깊어지는 두려움
깊어지는 두려움
혹 가다가 사라지지는 않았겠지!
새는 제 발자국 거둬 날아오르지만
제 발걸음 속으로 꺼져 들어가지는 않았겠지
깨우침이 아니라면
깨우침이 아니라면
무사히 건너편에 닿았을까?

—장석남, 「겨울 호숫가에서」 부분

장석남의 시는 언 호수 위의 발자국을 통해 존재와 부재의 이미지를 시각적으로 재현하고 있다. 눈 위에 위태롭게 찍힌 발자국과 그 밑의 깊은 수심은 미약한 존재와 텅 빈 부재의 선명한 대비를 이룬다. 깊이를 알 수 없는 호수의 심연은 미지의 영역이어서 두려움으로 다가오는 죽음의 이미지와 절묘하게 합치된다. 호수 위의 발자국은 존재와 부재의 경계와 구조를 가시적으로 보여 준다. 존재란 부재의 거대한 심연 위를 위태롭게 지나는 것과 같다. 존재와 부재는 한 겹으로 맞닿아 있고 언제든 전도될 수 있는 위치에 있다. 전혀 알 수 없기 때문에 부재의 세계가 주는 두려움은 압도적이다. 그 두려움을 뚫고 피안에 이르는 것을 불교에서는 깨우침이라 한다. 깨우침은 부재의 심연을 통과하지 않고는 얻을 수 없다. 화자는 깨우침을 위해 두려움 위를 몇 걸음 디뎌 본 경험이 있기에 호수 위의 발자국을 보며 더욱 마음 조인다. 감히 넘볼 수 없는 부재의 두려운 깊이를 언뜻 엿보았기에 발자국의 흔적에 무심하지 못하다. 이 시는 삶에 발 딛고 있는 한, 인간은 죽음이라는 '바깥' 세계의 거대한 심연이 주는 공포에서 자유로울 수 없다는 사실을 섬세하게 그려 보인다.

자유에 대해 말한다면 손톱만큼 치열한 경우도 없다 나에게 처음으로 죽음을 가르쳐 준 그것은 바다를 향해 나아가는 뱃머리 같은 것

수평선 너머로 사라진 배의 행방을 알 수 없듯 나는 잘려 나간 손톱이 간 곳을 모른다

(…중략…)

뿌리를 벗어나려 한 번도 쉬지 않았던 그가 달을 품고 있었으니 그에게도 다만 저를 견디지 못하는 그 무엇이 있었던 것이다

손톱은 날고 싶었던 것이다 손톱이었던 기억을 잊고 훨훨 꽃잎처럼 날아서 어딘가로 가려 한 것이다 깎여 떨어지는 짧은 죽음의 순간에야 날개를 얻는 새

그런 의지이기에 죽은 몸에서도 손톱은 자라는 것이다

—이대흠, 「손톱」 부분

죽음의 두려움을 넘어서 존재와 부재의 경계를 경험하는 일이 가능할까? 이대흠의 시는 '손톱'의 짧은 죽음을 통해 그것을 간접적으로 보여 준다. 손톱을 하나의 생명이라고 하면 깎인 손톱은 삶에서 죽음을 향해 가는 것으로 파악할 수 있다. 손톱의 죽음에서 시인은 '자유'를 향한 강렬한 의지를 포착한다. 유선형으로 깎인 손톱에서 뱃머리를 떠올리는 상상은 참신하다. 대양을 향해 나아가는 뱃머리처럼 손톱은 부재의 심연을 향해 뛰어든다. 자유에 대한 열망은 어째서 부재를 향하는가? 부재로의 투신은 유한한 존재가 행할 수 있는 절대적인 선택이다. 부재의 심연에 대한 공포를 넘어서, 소멸에 대한 두려움을 넘어서 자신의 존재를 자율적으로 표출하는 것이다. 살아 있는 존재로서 가장 받아들이기 힘든 현상인 죽음에 대한 의지는 자아의 힘과 자유를 증명한다. 손톱은 몸의 첨단에 있는 전위로서 항상 뿌리를 벗어나려 생장을 멈추지 않는다. 뿌리에서 멀리 발돋움하여 달을 품고 그 밖으로 치닫는 손톱의 의지는 삶의 압박에서 벗어난 자유로운 세계를 향해 일관되게 작용한다. 손톱이 몸에서 잘려 나가 꽃잎처럼 날아가는 그 짧은 죽음의 순간, 존재는 삶의 굴레나 죽음의 심연 어디에도 속하지 않은 자유를 맛볼 수 있다. 그 순간의 환희를 반복하고 싶은 강렬한 열망으로 인해 손톱은 죽은 몸에서도 자라난다. 손톱은 자유를 향한 강한 의지가 죽음의 공포를 극복하고 존재와 부재의 경계를 넘어설 수

있다는 사유의 상징이 되어 준다.

죽음은 존재와 부재에 대한 관념적 이해의 실마리가 되기도 하지만 몸의 소멸이라는 지극히 자연적인 현상에 즉물적 실감을 부여하기도 한다. 죽음에 대한 즉물적 이해에서 관찰은 가장 기본적인 방법을 이룬다. 시인들은 죽음의 상태에 있는 대상을 면밀하게 관찰하는 가운데 죽음에 대한 고정관념을 뛰어넘는 새로운 통찰을 행한다.

> 사라지는 것과 살아오는 것의 자리는 따로 있는 것도
> 비껴 있는 것도 아니고 서로 스미는 동안 바뀌지는 것임을
> 늙은 호박에서 보았다 섣달 그믐날
> 한 끼 별미 생각에 호박의 배를 가르다 보았다
> 제 안에 호박꽃빛 허공을 짓고
> 호박꽃빛 색실로 짠 그물 침대를 걸어
> 호박씨를 태우고 있는 늙은 호박과
> 호박꽃빛 바라 옹알거리는 뽀얀 호박씨
> 옹알옹알 호박꽃빛 꿈을 꾸는 호박씨를 보았다
> 호박꽃 빛깔이 장엄하게 호박씨를 감싸고
> 호박꽃빛에서 호박씨가 경건하게 숨을 타는
> 그 거룩한 의식을 옷깃 한 올의 경배도 없이 보고 말았다
>
> —오창렬, 「쉿!」 부분

시인은 늙은 호박의 배를 가르다가 삶과 죽음이 공존하고 있는 양상을 목격하게 된다. 적나라하게 펼쳐진 호박의 내부는 삶과 죽음이 전혀 다른 세계에 놓여 있다고 보았던 종래의 생각을 바꾸어 놓는다. "사라지는 것"과 "살아오는 것" 즉 삶과 죽음은 따로 있는 것도, 비껴 있는 것도 아니고,

"서로 스미는 동안 바뀌지는 것임"을 간파하게 된다. 늙은 호박이 뽀얀 호박씨를 감싸고 있는 광경은 죽음이 삶으로 스며드는 장면을 고스란히 보여 준다. 늙은 호박은 죽음에 이르러 사라지는 것이 아니라 삶 속으로 스미며 형질을 전환한다. 죽음이 삶을 감싸고 있는 이 경이로운 장면에서 시인은 잘 꾸며진 아가의 방을 연상한다. 호박은 제 몸을 비워 아가를 키울 최고의 방을 꾸민다. 제 몸을 한 올 한 올 풀어내어 아가를 태울 그물 침대를 짠다. 이러한 상상은 물론 호박씨를 그물처럼 둘러싸고 있는 섬유질의 모양에서 착안한 것이다. 유난히도 현묘한 빛깔의 늙은 호박과 이와 대조를 이루는 뽀얀 빛깔의 호박씨도 이러한 상상을 부추긴다. 늙은 호박의 호박꽃빛 육질은 뽀얀 호박씨로 스며 호박꽃빛의 유전을 완수한다. 호박꽃빛 침대에서 내려온 호박씨는 속으로 말라 가며 한 겹씩 고요를 두르고 새로운 탄생을 준비한다. 이 모든 경이로운 생명의 전환은 고요 속에서 쉴 새 없이 이루어진다. 이는 텅 빈 곳이 있어 가득 찰 수 있고, 고요함이 움직임을 주재한다는 노자의 통찰을 연상시킨다. 늙은 호박 속의 작은 우주는 텅 빔과 가득함, 죽음과 삶이 끝없이 환치되는 자연 본연의 생명현상을 반복한다. 호박의 즉물적 생명현상을 통해 시인은 자연에 내재한 생멸의 고유한 작용을 직시하게 되고 나아가 인간 삶의 순환적 원리를 파악한다. "섣달 그믐날"의 이 작지만 놀라운 발견은 시인에게 "새해가 스며 오는 소리"를 새롭게 인식할 수 있는 계기가 된다. 시간의 흐름은 '섣달그믐'과 '새해 첫날'의 느낌처럼 단절적인 것이 아니라 늙은 호박과 호박씨가 그렇듯, 서로 스미며 연속되는 것이다. 자연의 시간 속에서 삶과 죽음은 단절되지 않고 한 몸을 이루며 끝없이 유전된다는 사실을 섬세한 관찰로 증명하는 시이다. 여러 번 가다듬어 울림이 좋은 말들이, 작지만 중요한 차이에 대한 시인의 세밀한 감각을 반영한다.

인간의 몸에 대해서도, 그것도 썩어 가는 몸에 대해서도 자연을 대하듯 즉물적 묘사가 가능할까? 이영광의 시에서 그 가능성을 볼 수 있다. 시인은 일찍이 우리 시에서 볼 수 없었던 정도로 치밀하게 인간의 썩어 가는 몸에 대한 사실적 묘사를 행한다. "주말 등산객들을 피해 공비처럼 없는 길로 나아가다가/ 삼부 능선 경사면에 표고마냥 돋은 움막 앞에서/ 썩어 가는 그것을 만났다"는 시작으로 시인은 자신과 '그것'과의 만남을 보고한다. 인적이 드문 산길의 조그만 움막 앞에서 그는 '그것'을 만나게 된다. '그것'은 다름 아닌 인간의 시신이다. 보통 사람이라면 혼비백산 놀라서 달아날 법한데 시인은 그러지 않는다. "나는 놀라지 않았다 그것도/ 놀라지 않았다 몸이 있어 있을 수 있는 광경이었기에"라고 쓴다. 그런 시인조차 시체와 눈을 마주치지는 않는다. "그것이 자기를 잊고 벌떡 일어나선 안 되었다"고 생각하기 때문이다. '그것'을 인간으로서가 아니라 '몸'이라는 즉물적 대상으로 파악했기 때문에 시인은 그 참담한 광경을 마주할 수 있었던 것이다.

생이 한 번 죽음이 한 번 담겼다 떠난 빈 그릇으로서
이것의 마른 몸은 지금 축축하고 혈색도 체취도 극악하지만
죽은 그는 다만 꿋꿋이 죽어 가고 있다 무언가가 아직
건드리고 있다, 검정파리와 구더기와 송장벌레와 더불어
깊은 계곡 응달의 당신은 잠투정을 하는 것 같다 귀가 떨어졌다
당신의 뺨은 문드러졌다 내장이 흘러나왔다 놀랍게도
당신의 한쪽 팔은 저만치 묵은 낙엽 위를 홀로 기어가고 있다
그것이 닿는 곳까지가 당신의 몸일 것이다 끊겼다 이어지는
새 울음과 근육질의 바람이 이룩하는 응달까지가 당신의
사후일 것이다 고통과 인연과 불멸의 혼을 폐기하고 순결히
몸은 몸만으로 꿈틀댄다 제가 몸임을 기억하기 위해 부릅뜨고

구멍이 되어 가는 두 눈을, 눈물처럼 벌레들이 끓는 그곳을
곁눈질로 보았다 그것은 끝내 벌떡 일어나지 않았지만
죽음 뒤에도 요동하는 요람이 있다 생은 생을 끝까지 만져 준다
나는 북받치는 인간으로 돌아와 왈칵왈칵 토했다 아카시아
숲길 하나가 뿌옇게 터져 있다 자연이 유령의 손으로 염하는
자연을 세 번째 본다 이 봄은 울음 잦고 길할 것이다

—이영광, 「계곡 응달의 당신」 부분

쭈그려 앉아 담배를 피우며, 시인은 한창 부패 중인 '그것'과 대면한다. 삶과 죽음의 치명적 증거로서의 '몸'이 거기에 있다. 자세히 살펴보니 '몸'은 그냥 죽어 있는 것이 아니라 "꿋꿋이 죽어 가고 있다". 몸은 저 혼자 있는 것이 아니라 온갖 다른 생명들과 더불어 있다. 파리와 구더기와 송장벌레가 부지런히 몸을 해체 중이다. 몸은 본래의 형체를 잃고 주위의 자연으로 흩어지고 있다. 살았을 적 그것을 옭아맸을 "고통과 인연과 불멸의 혼"이 떠났기에 자연으로 옮겨 가고 있는 몸은 '순결'하다. 죽음은 몸이 닿는 곳까지 또 다른 생을 이어 주고 있다. 죽은 몸이 자연 속으로 스미는 광경이 하도 융성해서 시인은 "죽음 뒤에도 요동하는 요람이 있다"고 한다. 흩어진 몸이 또 끊임없이 해체되면서 생으로 이어지는 자연의 쉼 없는 순환작용을 보며 "생은 생을 끝까지 만져 준다"고 한다. 죽은 몸을 자연으로 본다면 죽음이 바로 생으로 전환되는 생명현상의 계기를 정곡으로 엿본 셈이다. 그렇지만 그것이 인간의 몸이라는 의식으로 돌아오면 견디기 힘든 참경이 아닐 수 없다. 놀라울 정도로 침착하게 죽은 몸의 해체 과정을 지켜보던 시인은 끝내 "북받치는 인간"으로 돌아온다. 이 시를 살펴보면 처음에 '그것'으로 시작되었던 호칭이 '이것'으로, 그다음에는 '그'로, 마지막에는 '당신'으로 계속 바뀌고 있는 것을 알 수 있다. 철저하게 즉물적

인 대상이었던 것에 점점 인간적 시선이 더해진다. 아무리 냉정하게 즉물적 대상으로 보려 해도 결국 그것이 인간의 몸이라는 사실을 인정하지 않을 수 없는 순간 시인의 신체 역시 인간적인 생리 현상을 보이고 만다. 죽은 몸의 눈을 바라보는 순간, 한 사람의 고통스러운 영혼이 빠져나간 구멍을 본 순간 시인은 더 이상 무정한 상태를 유지할 수 없었던 것이다. 인간의 시선을 배제했을 때 그 몸에서 "요동하는 요람"을 떠올렸던 것과 달리 인간적인 시선을 받아들이면서 "자연이 유령의 손으로 염하는/ 자연"을 연상한다. 인간의 죽은 몸이 자연으로 돌아가는 것을 자연이 행하는 염으로 보는 인간적인 시선으로 돌아온다. 처음에는 즉물적인 대상으로만 보였던 죽은 몸에 자신이 경험했던 육친의 죽음이 겹쳐지면서 인간적인 감정이 강화된다. 참담한 죽음의 실체를 외면하지 않고 행한 집요한 성찰이 이 끔찍하면서도 아름다운 시를 낳았다. 죽음의 적신(赤身)과 마주했던 이 특이한 경험은 삶과 죽음에 대한 근본적인 질문으로 시인을 이끌 것이다.

죽음은 매우 특별한 경험이지만, 또 달리 보면 이미 삶 속에 들어와 있는 현상이기도 하다. 죽음 같은 삶이 있고 삶 같은 죽음이 있다. '죽지 못해 산다'고 할 때 그 삶은 죽음에 가깝다. '죽었어도 잊지 못하겠다'고 할 때 그 죽음은 삶에 가깝다.

추수할 무렵에 뱀은 독이 잔뜩 오른다
누군가 병마개로 꽉 닫아 놓은 듯한 하늘
물어 죽일 놈이라도 있으면 좋겠다고
일꾼들이 하품을 할 때마다 술 냄새가 진동한다
똬리라도 틀고 견뎌야 하는 겨울, 그 컴컴한 집구석엔
나무토막 같은 몸에 불이라도 피워 보고 싶은
다 식은 몸뚱이들이 서로 얽혀 있다

이를 악물고 밭고랑을 기는 대가로 일꾼들은 평생
배고픈 배만 남은 뱀이 된다

제 몸에서 흘러나오는 피고름을 맛보는 자세
몸 전체가 하나의 성난 성기가 되어
다들 아가리 닥치라고, 백태가 낀 눈알을 부라리며
마침내 한 병의 독주가 된 자세
술로 밑바닥을 기다가 객지에서 혼자 목을 맨 아버지
맞은편에서 기어 오는 잔뜩 독 오른 자신을 피하지 못하고
아버지는 콱, 자신을 물어뜯었다
손과 발이 없으므로 빌 수도 없고, 빌고 싶은 것도 없고
막대기와 경멸과 바닥을 온몸으로 받아들인 자세

—최금진, 「뱀술」 부분

최금진의 이 시에서 죽음은 이미 삶 속에 자리 잡고 있다. 이 시에서 중심을 이루는 '아버지'의 일생은, 희망 없는 삶은 죽음과 다를 바 없다는 것을 증명한다. 그런데 그것은 다만 화자의 '아버지'에 한정되는 것이 아니라 농사를 짓는 '일꾼들' 모두의 것이기도 하다. 1연에서 묘사하는 것처럼 아버지를 포함한 일꾼들은 가난에서 헤어날 수 없는 삶에 분노하고 절망한다. "병마개로 꽉 닫아 놓은 듯" 모든 희망이 원천적으로 봉쇄된 그들의 삶에서 시인은 저주받은 뱀의 운명을 연상한다. 그들은 원죄와 같이 헤어날 길 없는 가난이라는 운명 앞에 놓여 있다. 그들의 희망 없는 삶은 "이를 악물고 밭고랑을 기는 대가로 일꾼들은 평생/ 배고픈 배만 남은 뱀이 된다"로 압축된다. 그나마 겨울에는 일거리가 없어 "식은 몸뚱이들이 서로 얽혀" "컴컴한 집구석"에 모여 있는 형상도 뱀들의 생태와 유사하다.

술밖에 위안이 되지 않는 암담한 생활로 인해 그들은 이미 삶 속에서 죽음을 겪는다. 죽음과 다를 바 없는 절망적인 삶을 견디지 못한 '아버지'는 자살로 생을 마무리한다. 문제의 원인이 개인의 차원을 넘어서 있다는 점에서 이는 사회적 죽음에 가깝다. 바닥을 기어야 하는 비참한 삶의 양태에서 촉발된 뱀의 비유는 죽음의 양상과도 절묘하게 부합한다. 살았을 적 뱀처럼 엎드려 밭고랑을 기던 '아버지'는 죽는 순간 아이러니하게도 온몸을 세운 뱀술 속의 뱀의 형상을 하게 된다. 이 기이한 삶과 죽음의 형상은 가장 기본적인 인간의 자세도 취하기 힘든 저주받은 생을 처연하게 증언한다. 시인은 사회적 죽음에 대한 부정과 저항의 의지를 뱀술 속의 뱀이라는 잊을 수 없는 강렬한 이미지로 각인해 놓는다.

죽은 자들의 목소리가 늘 귀에 걸려 있다면 그 사람은 산 것인가, 죽은 것인가? 죽은 자들은 '떠난다'고 하지만 떠나지 않고 머물러 있는 자가 있다면 그는 죽은 것인가, 산 것인가?

> 못된 그 여자 바득바득 악쓸 때 천국이 보였네
> 우리가 못 가 본 천국, 아무래도 못 닿을 천국
> 그녀만 가지고 혼자 염문 뿌리다 갔네
> 그녀 애달픈 사랑 이승엔 없었네
>
> 그밖에도 한량없는 사연들,
> 나 이 죽은 추억들 묻지 못하고 들고 다니네
> 어디 좋은 자리 없나? 좋은 자리 없나?
> 내 일생이 그만 길게 늘어진 장례 행렬 같다네
>
> 하관을 하고 땅속으로 꺼진 사람도

어느 날은 엉금엄금 땅 위로 기어 나왔다네
제발 제 손에 잠들게 해 다오
야야 네 손에 편히 잠들고 싶다
망자들의 부활이 나를 또 울린다네

무거워라 내 일생, 그들을 옮기는 지친 장례 행렬
번쩍이는 비석도 없이, 새겨 둘 유문도 없이
내 속에 묻힌 사람들 너무 많다네

—이승욱, 「지친 장례」 부분

이 시에는 산 자보다 죽은 자들이 더 많이 등장한다. 하관까지 했는데도 망자들은 영 떠나지 못하고 산 자의 주변을 떠돈다. 화자가 "죽은 추억들"을 들고 다니기 때문이다. 망자가 불렀던 노래들, 악다구니들이 계속 화자의 귓가에 맴돈다. "못된 그 여자"가 악을 쓰던 모습에서도 그녀가 이룰 수 없었던 애달픈 사랑을 안타깝게 떠올릴 정도로 이해심이 많은 화자이기에 그의 주변에는 망자들의 넋이 끊이지 않는다. 망자들이 불편하지는 않을까, 더 좋은 곳은 없을까 하는 걱정으로 인해 그의 삶에는 죽음이 들어찬다. 이런 사정으로 화자는 자신의 삶이 죽은 자들을 옮기는 장례 행렬과 다를 바 없고 죽은 자들이 살고 있는 자기 자신을 무덤이라고 느낀다. 죽은 자들을 떠나보내지 못한다면 그 삶은 장례 행렬의 연속이 될 수밖에 없다. '-네'로 이어지는 힘없는 탄식의 어조는 지쳐 있는 화자의 심리 상태를 드러내고 있다. 이 화자의 경우 다소 과도하게 나타나지만, 죽음이 삶에 개입하는 정도는 적지 않다. 인간에게 죽음은 단지 육체의 소멸로 한정되지 않고 정신과 연관된다. 죽은 자의 기억이 산 자에게 지속된다면 그것은 또 다른 삶이라고도 할 수 있다. 이런 의미에서 죽음은 타자에 대한 의식을 촉발한다. 죽음을 당하는 자는 자신의 앞에서는 막혀 있는 시간이 타자의 시간으로 열릴 수 있다는 것을 인지한다. 죽음으로 인해 나의 존재가 타자에게 맡겨진다는 것을 받아들이게 되면서 나는 타자를 부르며 타자의 도움을 요청한다. 죽음 앞에서 나의 시간과 타자의 시간은 구분되지 않는다. 죽음은 나에게 주어진 시간의 '바깥'을 의식하게 하고 그 '바깥'에서 만나지는 타자의 시간 속에서 존재의 공동체적 운명을 발견하게 한다. 죽음의 순간에 존재는 탄생의 순간만큼이나 무기력하게 타자에게 전적으로 맡겨지며 공동의 시간 속으로 빠져들어 가게 된다. 그리하여 죽은 자는 산 자의 시간 속에서, 산 자는 죽은 자의 기억 속에서 살아가게 된다. 이승욱의 시는 죽음으로 확인할 수 있는 이런 존재의 관계, 자신의 시간 바깥에서 이루어지는 실존의 공유와 소통의 가능성을 보여 준다.

시인들의 말 속에 죽음은 다채롭게 살아 있다. 자세히 들여다보니 죽음은 그저 끝이 아니라 새로운 시작이거나 또 다른 삶이기도 하다. 시에서 죽음은 고정관념을 넘어 새롭게 발견된다. 죽음에 대한 깊은 사색과 자유로운 상상은 미지의 죽음에 빛깔과 움직임을 부여한다. 죽음은 삶과 전혀 다른 세계로 그려지기도 하고 삶과 맞물려 순환의 구조를 이루는 것으로 파악되기도 하며 이미 삶 속에 들어와 공존하는 것으로 인식되기도 한다. 죽음에 대한 이러한 다양한 사유는 존재론이나 자연과학의 해명을 넘어서는 것은 아니다. 그렇지만 시에서 죽음은 더할 수 없이 명료한 형상으로 그려진다. 시의 언어는 죽음에 대한 관념에 이미지를 부여하고 이야기를 이끌어 낸다. 선명한 상징으로 지울 수 없는 인상을 각인한다. 그리하여 죽음은 새로운 형상으로 거듭난다. 의미와 무의미의 심연에서 피어나는 말이 무채색의 죽음에 색을 입힌다. 말이 죽음을 살리고 죽음이 새로운 말을 낳는다.

시간의 이미지들

시간은 세상을 감싸고 있는 보이지 않지만 촘촘한 그물 같다. 누구도 빠져나올 수 없지만 정체를 알 수 없는. 시간에 관한 어떤 개념적 규정도 우리가 실제로 경험하는 시간을 함축하지는 못한다. 객관적으로 분절된 시계의 시간은 편의를 위해 고안한 이성적 도구일 뿐이다. 존재의 차원에서 우리는 결코 이성적으로 시간을 의식하지 않는다. 시간처럼 주관적인 감각이 또 있을까. 메를로 퐁티의 말처럼, 시간을 분석하는 것은 주체성에 대한 미리 확립된 개념으로부터 결과들을 끌어내는 것이 아니라 시간을 통해서 주체성의 구조에 접근하는 것이다. 그러니까 주체성의 첨예한 발현인 시간을 고찰함으로써 주체성의 근원적 구조에 다가갈 수 있다는 것이다. 존재론적 차원의 시간은 객관적인 시간으로 포착할 수 있는 것보다 훨씬 많은 진리를 내포하고 있다. 이런 시간은 외부에서 주어진 보편적 기준이 아니라 개별적이고 특수한 감각과 관계된다. 감각은 분리가 아닌 통합의 체험이며 삶의 응집이다.

감각은 주체와 세계의 접면을 하나의 이미지로 응축한다. 순간적이고 선연하며 돌이킬 수 없이 확실한 그 무엇으로. 이미지는 의미를 부어 넣는 주형이 아니라 의미에 선행하는 돌올한 감각이다. 시간의 객관적인 구획으로 포착할 수 없는 주체의 시간처럼 이미지는 의미의 틀에 결코 엮이지 않는 무한하고 개별적인 것이다. 감각은 주체가 세계와 접촉하면서 발생하는 이미지를 직관의 인장처럼 뇌리에 각인한다. 관념과 이성의 두터운 피층 위로 새로운 무늬를 새겨 넣는다. 이미지의 발생은 순간적이지만 존재의 영원성에 맞닿으며 그 움직임은 가볍지만 파생되는 의미는 심오하다. 이는 예술의 형식과도 흡사하다. 예술은 의미를 드러내기 위해 이미지를 산출하지 않고 자유로운 영감과 이미지를 드러냄으로써 의미를 파생한다. 이를 통해 존재의 근원과 삶의 의미에 직접적인 통찰을 부여한다. 개념적 규정이 선행하는 철학과 심리학 분야에서 예술로부터 지속적인 영감을 얻어 내는 것은 이 때문이다.

보이지 않지만 절대적인 것들이 그렇듯 시간은 무수한 이미지들을 낳아 왔다. 익숙하게는 '강물'이나 '화살', '수레바퀴'를 비롯해서 헤아릴 수 없이 많은 이미지들이 시간을 포착해 왔다. 그러나 그 어떤 이미지도 시간을 결정적으로 규명하지 못한다. 존재론적 시간은 주체와 세계의 끊임없는 소통과 함께 변전하기 때문이다. 시간의 이미지들은 그러한 소통의 한 순간에 얼핏 포착된 응축된 삶의 진면목을 드러낼 뿐이다.

시에서 시간의 이미지는 상존하며 수다한 형상으로 출현해 왔다. 직관이나 감각이 크게 작용하는 장르의 속성상 시간은 시에서 더욱 개성 있고 다채로운 이미지들로 나타난다. 시에서 시간의 이미지들은 주체와 세계가 만나는 접면을 감각적으로 환기한다. 시인에 따라, 그리고 시마다 다르게 나타나는 시간의 이미지들은 시간이 얼마나 주관적인 감각인지를 증명한다. 이제 시간의 이미지들이 독특하게 표출된 시들을 대조적인 짝들로 묶어서 살펴보도록 하겠다. 이를 통해 시간이 얼마나 주관적이며 개별적인 감각인지를 알 수 있을 것이다.

깊거나 옅은 시간의 그늘

정현종은 시간의 '그늘'에 주목한다. 시간은 물질이 아니면서 존재의 위상을 드러낸다는 점에서 그늘과 유사하다. 시간은 우리 삶의 자취를 그늘처럼 반영한다. 그늘은 때로 존재 그 자체보다도 확연하게 그것을 자각하게 한다.

시간은 항상
그늘이 깊다.
그 움직임이 늘
저녁 어스름처럼
비밀스러워
그늘은
더욱 깊어진다.
시간의 그림자는 그리하여
그늘의 협곡
그늘의 단층을 이루고,
거기서는
희미한 발소리 같은 것
희미한 숨결 같은 것의
화석(化石)이 붐빈다.

시간의 그늘의

심원한 협곡,

살고 죽는 움직임들의

그림자,

끝없이 다시 태어나는(!)

화석 그림자.

—정현종, 「시간의 그늘」 전문

"시간은 항상/ 그늘이 깊다"는 진술은 시간의 근본 성격을 그늘과 같은 것으로 파악했음을 보여 준다. 이 시에서 '그늘'은 시간과 동일시되는 결정적인 이미지이다. 시간의 감각으로 확실하게 자리 잡은 그늘의 이미지는 전체 시상을 이끌어 가게 된다. 빛과 어둠이 교차하는 저녁 어스름은 그늘과 시간이 더욱 깊어지는 접점이다. 이 전환의 순간 시간과 그늘은 점점 비밀스럽게 그 깊이를 드러내기 시작한다. 어두워지면 다채로웠던 산빛이 사라지면서 압도적인 산 그림자로 뒤바뀌는 장면처럼 시간은 일단 의식하기 시작하면 무엇보다도 뚜렷하게 육박해 온다. 어둠과 함께 짙어지는 그림자처럼 시간의 그늘은 협곡과 단층을 이루며 깊어진다. 시간의 협곡과 단층에는 희미한 발소리나 숨결 같은 것이 붐빈다. 늘 존재의 심층적 국면을 이루면서도 거의 의식하지 않으며 살아가게 되는 발소리나 숨결처럼 시간은 삶의 매 순간 빈틈없이 작용하면서도 별로 감지되지 않는 것이다. 그렇지만 그 많은 발소리와 숨결이 시간의 그늘로 쌓였다고 보면 얼마나 대단한 상태이겠는가. 다음 단계에서 그늘의 이미지는 '화석'의 이미지로 비약한다. 그늘의 깊이는 화석의 단단함을 통해 보다 물질적인 이미지로 변환되며 선명해진다. 화석은 단단할 뿐 아니라 깊이와 관계되기도 한다. 시간의 협곡과 단층에 비밀처럼 쌓여 있는 발소리와 숨결은 화석의 이미지를 통해 깊이와 물질성으로 시각화된다. 그리고 궁극적으로 "시간의 그늘의/ 심원한 협곡"이라는 심층적인 이미지에 도달한다. 이 "심원한 협곡"은 "살고 죽는 움직임들의/ 그림자"를 통합하는 삶의 근원적인 이미지이다. 시는 여기서 멈추지 않는다. "끝없이 다시 태어나는(!)/ 화석 그림자"를 포착해 낸다. 오래되고 굳은, 죽음에 가까운 화석의 이미지를 생성의 이미지로 전환시키는 것은 화석 위로 다시 드리우는 시간의 그림자이다. 시간이 축적되어 쌓인 시간의 화석 위로 다시 그림자가 자라나는 형상은 시간의 무궁한 변전을 표상한다. 화석의 그림자가 다시 태어나듯 시간은 또 다른 시간으로 끊임없이 유전하는 것이다. 느낌표를 써서 특별히 강조하고 있는 시간의 생성 과정은 시인이 포착한 삶의 근원적인 구조라고 할 수 있다. 이 시에서 시간은 유전하는 삶의 질서이며 원리에 가깝다. 그것은 그늘처럼 고요하고 신비로우면서도 화석처럼 오래고 단단한 성질로 삶의 진리를 함축하고 있다. 시간의 그림자는 점점 깊어져 심원한 협곡을 이루고 다시 화석의 그림자로 재생한다. 이 시의 시간은 노장사상의 '도(道)'처럼 유현하며 끝없이 변화한다. '도'가 자연의 원리인 것처럼 이 시의 시간도 자연처럼 비밀스럽고 깊으며 생성을 거듭한다. 시인이 시간의 관조를 통해 궁극적으로 발견한 것은 자연의 원리, 즉 도에 가깝다.

위의 시에서 시간이 깊이와 단단함이라는 묵직한 감각과 관련되어 있다면 다음 시에서는 한없이 가볍고 투명한 감각으로 표출된다.

> 징검다리 건너듯
>
> 꾸덕꾸덕 말라 가는 무말랭이 위를
>
> 사뿐사뿐 밟고 가는
>
> 가을 햇살,
>
> 마악 발레를 배우기 시작한

삐쩍 마른 여자아이 다리 같다
비단 토슈즈 끝으로
한 점 한 점 터치해 나가는 점묘화
드디어 캔버스 하나 가득 농밀하게 채워지는
가을 햇빛,

—이인원, 「점묘화」 부분

이 시에서 시간은 무게감이 최대한 제거되어, 묵직하고 단단한 것으로 표현된 앞의 시와 무척 대조적이다. 보이지 않는 시간에서 그늘과 화석을 발견하기도 하고, 반면에 점묘화의 터치 같은 발레 동작을 떠올리는 것에서 시간의 감각이 얼마나 주관적인 것인지를 알 수 있다. 이 시에서 시간의 이미지는 가을 햇살의 발걸음을 주된 감각으로 삼는다. 가을 햇살의 발걸음은 무말랭이 위를 스치듯 지나가는 가벼운 느낌이 강조된다. 그것은 다시 발레 동작과 이어지면서 훨씬 구체화된다. 그런데 이 발걸음은 단순히 가벼운 것이 아니다. "마악 발레를 배우기 시작한/ 삐쩍 마른 여자아이 다리"로 한 점 한 점 찍어 내듯 힘없이 비틀거리는 듯한 것이다. 일정한 배치나 방향을 찾기 힘들고 계속 흔들리며 두서없이 찍어 가는 발걸음. 이것은 다름 아닌 점심 먹은 후 졸린 눈으로 책을 읽고 있는 화자의 시선의 움직임이기도 하다. 눈은 계속 움직이는데도 의미는 전혀 들어오지 않고 동공 위로 활자만 낱낱이 찍히는 때가 있다. 가을 햇볕에 노곤히 취한 상태에서 화자는 책의 같은 페이지를 보고 또 본다. 이런 경우 물리적 시간과 관계없이 시간은 멈춰 있는 셈이다. 비틀거리는 헛걸음처럼 시선은 정처없이 흔들린다. "채 두 뼘도 안 되는 봇도랑" 그러니까 펼쳐 놓은 책의 두 페이지 사이에서 시선은 흔들리고 가을 햇살은 아른거린다. 이럴 때 시간은 흐른다기보다 떠 있는 느낌이다. 아무 부피감 없이 가볍게 떠서 일렁이는 느낌. 우리의 체험 속에서 어떤 시간은 이렇게 부유하듯 머문다. 그늘이라면 한없이 옅은 그늘이고 무게감이 없어 금방 흩어질 듯 가볍다. 우리가 지나는 모든 시간이 묵직한 의미를 지니는 것은 아니다. 때로는 한없이 가볍고 투명하게 스치면서 사라지는 듯한 시간의 느낌을 이 시는 매우 감각적으로 그려 내고 있다. 가을 햇살이 그리는 점묘화에 취한 듯 붙들린 화자의 시선은 관념이나 의미에 선행하는 감각적 도취의 강렬함을 좇으며 독특하고 경쾌한 이미지들을 창출해 낸다.

소멸하는 혹은 축적되는 시간의 몸

시간의 생성과 소멸에 대한 감각도 상이하게 나타난다. 시간 자체는 물질이 아니지만 물질의 변화와 상관하기 때문에 그 현상이나 관점에 따라 다양한 해석이 가능하다. 가령 똑같은 눈(雪)이라 해도 수북이 쌓이는 현상을 주목한다면 시간의 이미지는 생성이라는 의미와 연관될 것이다. 반면에 녹아 가는 장면은 소멸의 과정을 연상시킨다. 3월의 잔설을 마주한 주체에게 그것은 소멸해 가는 존재의 운명을 함축하는 이미지로 다가온다.

> 3월의 그늘을 붙들고 잔설은 쉬지 않는다
> 검은 흙에 들러붙어 관능처럼 숨 쉬니
> 잔설이 누군가의 입이란 걸 알아야 했다
> 녹다 말다 했으나 잔설이 중얼거리는 말을
> 기억해야 했다
> 구름의 언어였고 지금은 땅의 말이다

일부가 사라져서 중세 언어에 가깝지만
이해했어야만 했다
시나브로 녹은 건 말더듬이 잔설의 입말이었다
그 말꼬리를 잡으러 또 조금 눈이 녹았다
녹아 버린 것들의 괴로움과
녹지 않으려는 것들의 괴로움은 같다
혼잣말을 띄엄띄엄 이어 가면서
내 그림자를 잔설에 꿰매는 중이다
지저분하고 깡깡한 고집만 남긴 눈,
간살 떠는 것이 아니길래
무심코 지나친 골목 왼쪽의 잔설들,
한사코 녹지 않거나
조금씩 사라져 가는 어떤 입들이여

—송재학, 「잔설」 전문

첫눈이 환영받는 것에 비해 잔설은 대개 관심 밖에 놓인다. 지저분하고 초라하게 얼룩져 그늘진 곳에 자리 잡고 있기 때문이다. 이 시에서는 그런 잔설을 골몰히 바라보면서 새로운 성찰을 행한다. 3월에도 남아 있는 잔설은 어지간히 간절한 상태일 것이다. 3월의 그늘을 붙들고 잔설은 쉬지 않고 자신의 존재 이유에 대해 설파하고 있는 것으로 보인다. "검은 흙에 들러붙어" 있는 모습이 관능적이면서 필사적이다. "관능처럼 숨 쉬"는 잔설의 이미지는 다시 '입'을 연상시킨다. 게다가 잔설의 '설'은 '혀(舌)'를 떠올리게 한다. 녹다 말다 한 잔설의 움직임을 말로 보자면 중얼거림에 가까울 것이다. 구름에서 기원했으니 구름의 언어"였고", 땅에 머물고 있으니 지금은 "땅의 말이다". 오래전부터 있었던 말이고 지금은 일부가 사라졌으니 "중세 언어"에 가깝다는 비유가 적실하다. 더듬거리며, 그렇지만 끊임없이 이어지는 중얼거림처럼 잔설의 입말은 지속된다. "녹아 버린 것들의 괴로움과/ 녹지 않으려는 것들의 괴로움은 같다". 일체개고(一切皆苦)라는 불교적 사유를 연상시키는 구절이다. 소멸하는 운명을 벗어나지 못한 존재들이나 존속에 집착하는 존재들 모두 고통의 사슬에 매여 있는 것이다. 여기까지 잔설의 형상에 몰입해 있던 주체의 시선은 갑자기 자기 자신을 향한다. 소멸을 향해 가는 운명이라는 동질감이 그의 그림자를 잔설에 밀착시킨다. 잔설과 다를 바 없이 언젠가 사라질 생과 괴로움을 견뎌야 하는 현실이 일치하면서 동일시를 이루게 된다. 간살 떨며 눈길을 사로잡던 대상이 아니라 "지저분하고 깡깡한 고집만 남긴 눈"이어서 무심코 지나쳤던 골목 응달의 잔설에서 그는 우연히 삶의 부정할 수 없는 진실을 발견한다. 한사코 녹지 않으려 하나 조금씩 사라져 가는 소멸의 원리와 괴로운 시간들을.

위의 시와 전혀 다르게 쌓여 가는 시간의 이미지도 있다. 시간과 직조 이미지의 결합은 친숙한 편이다. 실을 짜서 쌓아 올린 옷감은 시간의 길이를 양적으로 환산하기에 적합한 비유이다. 실이나 시간 모두 선조적인 이미지를 가지고 있을 뿐 아니라 그것이 개개의 옷감이나 삶을 구성하면서 개성화되는 양상도 흡사하다. 똑같은 실을 갖고도 가지각색의 옷감을 짜는 것처럼 똑같은 시간으로 형성하는 삶의 양태도 가지각색이다.

이 시의 전반부에서는 짜다 만 스웨터를 묘사한다. 짜다 말아 코가 풀린 채 옷장 구석에 누워 있는 스웨터는 방기된 채 멎어 있는 시간을 연상시킨다. 곰팡이가 슬어 검은 대바늘은 오래도록 방치하여 퇴락한 삶의 동력과도 같다. 삶의 의지를 잃은 존재가 흉터로 간직하는 상처처럼 대바늘의 곰팡이는 부정적인 시간의 흔적을 담고 있다. 시간을 탕진하는 삶처럼 옷장 구석에 방기되어 있던 스웨터에 변화가 생긴다. 대바늘에 묶인 실을 풀어 실꾸리에 감는다. 오랫동안 오디세우스를 기다린 페넬로페에게 있어 실을 풀고 감는 행위가 시간의 연장을 위한 것이었다면 이 시에서 그것은 새로운 삶을 준비하는 행위이다.

> 놓쳐 버린 시간들이 돌아오는 저녁
> 대바늘 위로 스웨터의 코를 벽돌처럼 쌓아 올린다
> 바람 들지 않게 병들지 않게 무너지지 않게
> 실꾸리가 강아지처럼 달려와 무릎에 볼을 부비는 동안
> 세월은 폈다가 감겼다가 스웨터가 되어 가고 있다
> 노을에 젖은 실꾸리는 잘 익은 홍시처럼 따뜻하고
> 흉터는 훈장처럼 빛났다
>
> 오늘 밤 몇 개의 코만 놓치지 않는다면
> 헌 실꾸리와 곰팡이 슬은 대바늘은
> 수도원의 드레스처럼 신성한
> 한 벌의 스웨터를 만들어 갈 것이다
>
> —임희숙, 「스웨터 짜는 저녁」 부분

풀린 코처럼 놓쳐 버린 시간들이 차분히 감겨 새로이 쌓인다. 쌓아 올린 스웨터의 코들은 벽돌처럼 든든하다. 한 올 한 올 정성들여 쌓아 올린 스웨터의 코들은 "바람 들지 않게 병들지 않게 무너지지 않게" 삶을 지켜 줄 것이다. 방만하게 늘어져 있던 실꾸리는 부지런한 손놀림에 맞춰 살가운 몸짓을 한다. 버려두었던 시간들이 스웨터의 정연한 코들로 쌓여 간다. 젊은 시절 소홀했던 시간들을 가다듬어 새롭게 축적하는 과정은 다감하고 생산적이다. 이런 긍정적인 시간의 축적 과정에서는 흉터조차 훈장처럼

빛난다. 실패와 고통의 시간이 더욱 단단한 축대를 이루기 때문이다. 우리의 삶이 이처럼 용이하게 회복되고 든든하게 구축되는 것이라면 얼마나 좋을까. 뜨개질하듯 시간을 짤 수 있다는 상상이 이런 긍정적인 사유를 가능케 한다. 과거의 실패를 거울삼아 성심껏 뜨개질을 한다면, 몇 개의 코를 놓치지 않고 빈틈없이 쌓아 올린다면, 헌 실꾸리와 곰팡이 핀 대바늘이 오히려 더욱 근사한 스웨터를 만들어 낼 것이다. 고난과 상처의 극복이라는 극적인 과정은 '신성'의 체험과 연결될 수 있다. 수도원의 드레스처럼 신성한 드레스가 탄생하는 것은 이 때문이다.

연속적인 혹은 단절적인 시간의 현상

시간은 주관적 판단에 의해 연속적인 것으로 혹은 단절적인 것으로 파악된다. 사물의 인과관계를 주목하면 시간은 연속적인 과정으로 이해된다. 그러나 현상의 단면만을 놓고 볼 때 시간은 불연속적이다. 생장과 소멸을 포함하는 자연의 시간은 연속성을 근본 속성으로 한다. 모든 생명은 나고 죽고, 또 다른 생명으로 변환된다. 자연의 시간은 생과 멸의 순환적 구조를 드러낸다. 그러나 우리는 때로 자연의 시간과 전혀 다르게 불연속적이고 개별적인 시간들을 경험한다. 꿈에서 갓 깨어난 순간 우리가 회감하는 시간은 물리적인 시간과 전혀 별개의 것에 가깝다. 꿈속의 시간과 현실의 시간은 분리되어 마땅하다. 꿈과 현실의 단절된 시간은 그사이의 먼 거리를 보여 준다.

빗방울 떨어진다

물의 지문이 퍼져 나간다

아버지 뱃속에 살았던 내 새끼발가락

三餘圖, 잉어 주둥이가 힐끗힐끗 물어뜯는 구름 한 조각

비의 발자국이 벚나무 나이테 속을 파고든다

배꼽은 상처의 소용돌이

벚꽃 떨어진 자리마다 까맣게 버찌가 익는다

죽음은 또 다른 탄생을 만난다

—윤영숙, 「배꼽」 전문

이 시는 몇 가지 분리된 장면과 진술들을 병치해 놓고 있다. 장면과 장면 사이에 거리를 두고 여운을 얻기 위하여 1행 1연식 배치를 택한 것으로 보인다. "빗방울 떨어진다"에 이어지는 "물의 지문이 퍼져 나간다"는 진술에서, 빗방울이 잔잔한 물에 떨어져 파문을 일으키는 장면을 연상할 수 있다. 물의 '지문'이라는 신체적 이미지는 다음 장면의 인체 이미지와 연결된다. 특이하게도 이 시에서는 "아버지 뱃속"을 생명의 근원으로 파악한다. 어머니의 몸과 같은 직접적인 연결이 아니기 때문에 더욱 생명의 연속성을 강조하는 효과가 있다. 다음 장면에서는 다소 새삼스럽게 '삼여도'의 묘사가 등장한다. '삼여도'는 세 마리 물고기를 그린 그림으로 보통 학문하는 정신을 일깨우거나 다산을 기원하기 위해 선물했던 것이다. 아

직 잉태되지도 않은 상태이지만, 생성의 기운으로 가득한 '삼여도'와 "아버지 뱃속"에 살았던 새끼발가락은 묘한 유사성을 갖는다. 다음 장면에 나오는 "비의 발자국"은 또한 앞에 나온 "잉어 주둥이가 힐끗힐끗 물어뜯는 구름 한 조각"에 이어지는 이미지이다. 잉어 주둥이가 물어뜯은 구름 한 조각에서 빗방울이 떨어지는 장면이다. 이처럼 이 시에서는 분리된 각각의 장면들이 또 서로 연결되면서 하나의 의미망을 형성한다. 벚나무 나이테 속을 파고드는 빗방울은 제일 앞에 나오는 파문을 일으키는 빗방울과도 흡사하다. 나이테나 파문 모두 중심을 두고 넓게 번져 나가는 형상을 하고 있으며 빗방울로 인해 변화를 맞는다. 다음에 나오는 '배꼽'은 다소 엉뚱해 보이지만 나이테나 파문의 이미지와 자연스럽게 연결된다. 배꼽 역시 몸의 중심이며 변화의 증거에 해당한다. "배꼽은 상처의 소용돌이"라는 은유는 생명 탄생에 따르는 고통과 격변의 과정을 함축한다. "벚꽃 떨어진 자리마다 까맣게 버찌가 익는다"는 진술로 이 시는 드디어 화룡점정에 이른다. 벚꽃 떨어진 자리, 즉 벚꽃의 배꼽에는 까맣게 버찌가 열려 익어 간다. 죽음이 탄생으로 변환되는 현상을 이토록 명백하게 증언하는 예가 또 있을까. 까만색의 버찌 열매는 그 자체가 생과 사의 복합체에 해당한다. 이 시는 경계를 내포하는 존재들의 신비한 매력으로 가득하다. 정과 동을 가르는 파문이 그러하고, 태의 안과 밖의 삶을 나누는 배꼽이 그러하고, 구름과 비의 변환이 그러하고, 꽃과 열매의 교차가 그러하다. 경계를 내포하는 사물과 현상들은 각각의 계기와 시간들이 긴밀하게 연속되어 있음을 드러낸다. 그리고 이 모든 것을 포괄하는 자연의 순환적인 시간 구조를 선연하게 증명한다.

하나의 존재를 연속적으로 파악하면 그것의 생명 과정은 빈틈없는 인과적 시간의 질서 속에 놓이는 것으로 보인다. 그렇지만 정신의 차원에서는 어떠한가. 일탈의 상상이나 몽환 속 시간은 현실의 시간과 단절된다.

꿈에서 우리는 현실과 전혀 다른 세계에 가닿거나 자신의 다른 모습을 실현하기도 한다. 현실과 분절된 그 시간들은 우리가 꿈꾸는 또 다른 세계의 존재를 현시한다.

우리는 몇 번씩 실종되고 몇 번씩 채집되다가
강가에 모여 저능아가 되기를 꿈꾸는 날도 있었지만
우리들의 가족력이란 깊고 오랜 것이라서
자정 넘어 나무들은 로켓처럼 암흑 속으로 사라졌다가
아침이면 정확히 착지해 있곤 했다

몇 번의 추모식과 몇 번의 장례식
몇 개의 농담들이 오후를 통과해 가고
낮잠에서 깨어나면 가구 없는 방처럼 싸늘해졌다
우리에게 알리바이가 필요했다

방과 후면 우리는 소독차를 따라다니며
소문을 퍼뜨리고
우체부를 따라다니며
편지들을 도둑질하고
강가에 쌓인 죽은 잠자리들을 위해 기도하고
우리는 드디어 형식적 무죄에 도달할 것 같았고
우리는 끝내 자정이 되면 발에 흙을 묻힌 채 잠이 들었다

몇 번의 사랑과 몇 번의 침몰들도
암흑 속으로 사라졌다가 세상 끝 어딘가에서 착지하고

—김이강, 「소독차가 사라진 거리—투과하는 세기 2」 부분

이 시에서는 꿈의 시간과 현실의 시간이 혼재되어 있는 어린 시절의 체험을 다루고 있다. 놀 것이 별로 없었던 예전의 어린 시절, 소독차를 쫓아다니는 놀이는 각별한 것이었다. 시야가 온통 뿌옇게 흐려지는데도 안간힘을 쓰며 소독차를 쫓아다닌 것은 왜일까? 적나라한 현실이 갑자기 사라지는 신비에 대한 이끌림일까? 이 시의 아이들은 끊임없이 현실을 교란하고 색다른 경험에 빠져든다. 잠자리 날개처럼 투명해져서, 또는 소독약처럼 뿌옇게 흐려져서, 현실에서 벗어나고 싶어 한다. 동시에 현실에서 벗어나기가 얼마나 어려운 것인지도 이미 감지하고 있다. 투명 인간이 된다면 손쉽게 현실에서 벗어날 수 있겠지만, 아이들의 눈에 비친 투명한 존재들은 모두 죽음의 이미지에 가깝다. 곤충 채집망에 잡히는 것은 언제나 투명하고 힘없는 잠자리이며 익사한 아이들의 몸도 투명하고 정환이 아버지의 병든 몸도 투명하다. 아이들은 현실에서 벗어나고 싶은 욕망과 죽음의 공포를 동질의 것으로 느낀다. 몇 번씩 실종되고 몇 번씩 채집되는 꿈을 꾸면서도 현실로 어김없이 돌아온다. 아이들을 붙들고 있는 현실의 시간은 강력한 가족력이다. 자정 넘으면 로켓처럼 강력하게 암흑 속으로 사라졌던 나무들이 아침이면 정확히 원래의 뿌리에 착지해 있는 것처럼 꿈에서 깨어나면 엄연한 현실의 시간이 버티고 있다. 그렇다면 현실의 시간에서는 찾을 수 없는 몇 번의 사랑과 몇 번의 침몰들은 어디에 있을까? 그 역시 암흑 저 너머 또 다른 세상 끝 어딘가에 착지해 있을 것이다. 성장의 과정에는 이처럼 현실 너머로 꿈꾸었던 무수한 사랑과 침몰의 시간들이 내재해 있다. 현실의 시간으로 다 결속할 수 없는 이 시간들이 있어 아이들은 사랑과 죽음과 욕망의 세계에 설렘과 두려움으로 접면한다.

몇 편의 시를 통해 보았듯 시간의 이미지는 규정할 수 없이 다채로운 생의 국면들을 함축하고 있다. 삶에 대한 주체의 관점과 경험과 해석에 따라 시간은 전혀 다른 이미지들로 드러난다. 흥미로운 것은 이미지를 통해 그토록 추상적인 시간이 생생한 삶의 감각으로 표출된다는 점이다. 화석처럼 단단하거나 가을 햇살처럼 가벼운 것으로 지각되기도 하고, 잔설처럼 소멸하거나 뜨개질 코처럼 축적되는 것으로 인식되기도 한다. 버찌 열매처럼 생명과 죽음이 연속되는 장으로 보이기도 하고 현실과 꿈처럼 분절된 차원으로 느껴지기도 한다. 그 어떤 현상도 시간의 비밀에 대한 확정적인 대답이 될 수는 없을 것이다. 하지만 선명하게 각인된 시간의 이미지들은 지울 수 없는 생의 감각으로 현존한다. 이미지는 살아 있다.

상상력은 힘이 세다

상상력은 모든 창조력의 원천이다. 새로운 것이 나오기 위해서는 단순한 지각 이상의 정신 활동이 필요한데, 상상력이야말로 능동적이고 개방적인 방식으로 창조적인 정신의 작용을 일으킬 수 있다. 상상력이 직관의 상태를 넘어 창조력의 표현으로 안착하기 위해서는 필연적으로 언어와 결합되어야만 한다. 코울리지는 절대적 직관의 상태에 가까운 일차적 상상력과 그것이 언어로 표현되어 효과적으로 기능하는 이차적 상상력을 구분하였다. 이차적 상상력은 재창조를 위하여 용해하고 확산하고 분산하며, 이 같은 과정이 불가능한 곳에서라면 어떤 희생을 치르더라도 이상화하고 일체화하려고 애를 쓴다고 했다. 시는 이차적 상상력의 발현 방식을 대표한다. 언어는 재창조를 위한 구체화의 도구이다. 언어는 상상의 능력을 구속하지만 언어를 통하지 않고는 창조력을 의식화할 수 없다. 시에서 직관의 언어화 과정은 효율적으로 드러난다. 무의식적 충동과 의지를 조절하는 균형과 절제의 언어를 통해 직관의 재창조가 가능하다.

모든 시가 상상의 작용을 함축하는 것은 아니지만 매력적인 시들에서 그것은 중요한 요소를 이룬다. 그런 시들에서 눈길을 끄는 시적인 순간은 대개 상상이 발화하고 확산되는 지점이다. 이 지점에서 사물과 사유, 대상과 주체, 육체와 영혼과 같은 이질적인 영역의 접합이 이루어진다. 사물 혹은 대상에 대한 경험적 판단 이상의 창조적 상상이 가능한 것은 능동적인 정신의 작용에 기인한다. 이를 통해 기계적이고 합리적인 판단을 넘어서는 직관적 인식과 비전이 발현된다.

이러한 상상의 작용은 어떻게 발생하는 것일까? 코울리지에 의하면 자연의 비밀스러운 근원을 탐지하기 위해서는 자연을 뒤쫓아 가서는 안 되고, 다만 자연이 갑자기 우리에게 그 빛을 환하게 비추어 줄 때까지 조용히 기다려야 한다. 조용히 기다리는 관조는 직관이 드러나기에 좋은 방법이다. 그렇지만 모든 상상이 이런 시간에만 발생하는 것은 아니다. 분주한 움직임 속에서나 한가한 방심 속에서도 그것은 느닷없이 발생한다. 다음 시들을 통해 상상력이 작동하는 방식을 살펴보도록 하자.

> 빨래를 널다 발견한 주머니 속 펜 한 자루
>
> 홑이불과 흰옷에 번졌다면
>
> 다 닳았던 건가
>
> 펜 뚜껑 여니 잉크가 가득
>
> 빨래 따라 돌며
>
> 세탁기 속 움직임 속기했구나
>
> 제자리에서 빙글빙글 돌며 자정(自淨) 끝에 무아의 경지에 들어
>
> 신과 만난다는 회교도의 메블라나 춤을 춘 것일까
>
> 불림, 표준세탁, 헹굼, 탈수
>
> 잉크 다 쏟아지도록

원 위에 원을 덧그리며

문장의 뿌리를 읽었구나

—함민복, 「흘림체」 부분

이 시는 현대시에서 상상력이 작동하는 일반적인 방식을 보여 준다. 대상에 대한 섬세한 관찰은 무심히 지나치면 발견하기 힘든 시적인 순간을 만날 수 있게 한다. 시의 출발점은 빨래를 널다 주머니 속에 넣어 둔 펜의 잉크가 이불과 옷에 번진 것을 보게 되는 장면이다. 빨래가 망가진 것에 연연하는 일반적인 반응과 달리 이 시의 화자는 문제의 펜이 빨래들을 따라 돌며 세탁기 속에서 '속기'를 했다고 본다. 시적인 상상력이 표출되는 순간이다. 펜이 남긴 알아보기 힘든 흔적들에서 '속기'를 떠올리면서 연상의 고리가 생겨난다. 이는 다시 세탁조의 움직임에 대한 관찰과 연결되어 '메블라나 춤'과 이어진다. 제자리에서 빙글빙글 도는 격렬한 회전운동을 통해 환각의 상태에서 신을 만나는 회교 특유의 춤을 연상해 내면서 상상은 한결 비약한다. 환각의 춤을 통해 궁극의 경지에 이르는 것과 마찬가지로 제 몸의 혈액과도 같은 잉크를 다 쏟아 내면서 펜이 도달한 것은 "문장의 뿌리"가 아닐까 하는 상상이 흥미롭다.

상상은 펜의 '속기'를 풀어내는 데서 그치지 않는다. 펜의 움직임에서 착안한 전반부의 시상은 후반부에서 '세탁기'와 '사람들'과 '지구'로 증폭된다. "얼룩과 때를 지우며/ 자신의 움직임을 빨래에 기록하는/ 세탁기는 지움을 글씨로 하는가"에서 펜의 '속기'는 "지움을 글씨로 하는" 세탁기에 대한 상상으로 변형된다. '지움'에 대한 상상은 다시 사람들의 삶의 방식과 연결되어 "자신에게 주어진 시간을 지우고 있는 사람들도/ 지움을 글씨 삼는 것 아닐까"라는 사유를 불러일으킨다. 자신을 포함한 사람들에 대한 상상에 이르면 다른 경우보다 훨씬 강한 주관이 스며든다. "사랑과 비겁과 회한을 숨으로 쓰고 지우고 있는 것 아닐까"라며 유정한 심사를 드러낸다. 세탁기에 풀어진 잉크의 흔적에서 시작된 상상은 이처럼 몇 단계의 연상을 거쳐 세상 만물의 글씨체를 떠올릴 수 있게 된다. 그리고 마지막 구절은 "구름 흐른다 바람 분다/ 지구의 글씨는 흘림체다"라 하여 범자연적 차원에 이른다. 자전하는 지구를 거시적으로 조망한다면 구름이 흐르고 바람이 부는 지구의 움직임은 흘림체에 가까울 것이다. 세탁기 속 펜의 흔적에 대한 관찰에서 시작된 시상은 이렇게 하여 지구의 글씨를 상상하는 데까지 이르렀다. 일상의 단순한 경험에서 발화한 상상력이 연상의 고리들로 이어지면서 사물과 인간과 자연에 대한 성찰로 증폭되는 과정을 면밀하게 감상할 수 있다.

> 몇 년째 출생신고서에 먼지만 뽀얗게 쌓이고 있다는 면사무소를 지나가는 중입니다 사람 한 마리 보이지 않는 황량한 거리에 마침 노인이 유모차를 착한 짐승처럼 몰고 가고 있습니다 유모차 안엔 아기 대신 빈 병과 폐지 더미가 앉아 젖을 빨고 있구요 고행 수행자처럼 금방이라도 풀썩 무너져 내릴 것 같은 몸으로 위태롭게 떠듬대는 그 걸음이 여간 조마조마한 게 아닙니다 대기 중에 떠돌다 어깨에 내려앉는 먼지 한 점의 무게마저 느껴질 것 같은, 저 한없이 느리디느린 보행을 과연 누가 부축할까요 발목지뢰라도 묻힌 듯 숨막히는 걸음걸음을 그저 참을성 있게 따라가는 유모차 참 기특합니다 유모차는 짐수레도 되었다가 장바구니도 되었다가 물리치료용 보행기 바퀴도 되었다가 저 같은 엉뚱한 사람을 만나면 제 뜻과는 상관없이 시위 도구도 됩니다 (아 저 묵묵한 가두 행진이라니!) 그것 참, 유모차까지 시위를 한다는 건 아무리 생각해도 좀 쓸쓸한 일이 아닙니다만 아기 울음소리 뚝 끊어진 방방곡곡 오늘도 유모차가 굴러가고 있습니다 구석에 처박혀 있던 유모차 젖 먹던 힘을 다해 굴러가고 있습니다

—손택수, 「유모차는 어떻게 정치적이 되었는가」 전문

손택수의 시도 관찰에서 출발한다. 면사무소 앞을 지나가는 유모차가 관찰의 대상이다. "출생신고서에 먼지만 뽀얗게 싸이고 있다는 면사무소"와 "유모차"의 대비는 심상치 않은 긴장을 유발한다. 아기가 태어나지 않는 마을에서 유모차의 용도는 색다를 수밖에 없다. 이 시에서는 이미 첫 장면의 특이한 조합을 통해 호기심 어린 상상의 발동을 건다. 어조는 시종일관 '–습니다'체로 객관적이고 담담하게 전개되지만 동원되는 어휘들의 낯선 결합은 묘하게 도발적이다. "사람 한 마리"나 "착한 짐승" 같은 유모차 등 사람이나 동물, 생물이나 무생물의 차이를 의도적으로 부정해 버리는 표현에서 인적 없고 황량하기 그지없는 마을의 분위기를 엿볼 수 있다. 노인이 끌고 가는 유모차 안에는 빈 병과 폐지 더미가 쌓여 있을 뿐이다. 아기가 있을 자리를 차지하고 있으니 "빈 병과 폐지 더미가 앉아 젖을 빨고 있구요"라는 상상적 언어가 가능하다. 이 시에서도 평범한 사물에 대한 주의 깊은 관찰이 재치 있는 상상을 촉발하고 있다. 화자의 시선은 유모차를 끌고 가는 노인의 일거수일투족을 놓치지 않는다. 노인은 고행하는 자처럼 느릿느릿 위태롭고 힘겨운 발걸음을 옮겨 놓는다. 유모차가 없다면 한 걸음도 옮기기가 쉽지 않을 것이다. 노인의 발걸음마다 참을성 있게 따라가는 유모차는 떼려야 뗄 수 없는 단짝을 이룬다. 유모차는 노인의 짐수레이자 장바구니이자 보행기이다. 여기까지는 사실에 가까운 비유이다. 그런데 그다음 구절에서는 상상력의 비약이 크다. "저 같은 엉뚱한 사람을 만나면 제 뜻과는 상관없이 시위 도구도" 된다니, 유모차의 본래 기능과는 거리가 먼 상상이다. 고행 수행자처럼 힘겹게 내딛는 노인의 발걸음과 그 곁을 한시도 떠나지 않고 따르는 유모차의 행렬은 묵언 시위처럼 의미심장한 인상을 남긴다. 침묵의 시위가 더 절실해 보이고 약자의 힘겨운 몸짓이 더 호소력을 갖는 것과 비슷한 이치이다. 때에 따라 유모차는 가장 강력한 정치적 도구가 될 수 있다. 영화「전함 포템킨」에서 유모차가 계단을 구르는 장면을 떠올려 보자. 이보다 더 공분을 자아내며 폭력에 대한 저항에 명분을 실어 주는 경우는 드물 것이다. 그런데 "사람 한 마리 보이지 않는 황량한 거리"의 유모차는 어떤 정치적 의미를 가질 수 있을까? 이곳은 지금 사람이 없다, 아기가 앉을 자리에 폐품만 가득하다는 무언의 시위는 어떤 정치적 구호보다도 절박하게 삶의 근본적인 문제를 돌아보게 한다. 이러한 현상이 "방방곡곡"에서 펼쳐지고 있다는 보다 확장된 상상력은 한결 정치적이다. 노인이 유모차를 끌고 가는 단조로운 장면은 시위 장면과 관련짓는 비약적 상상을 거쳐 다분히 정치적인 함의를 갖게 된다. 상상력이 사유를 증폭시키는 과정을 살필 수 있다.

상상은 없는 것을 있는 것으로, 있는 것을 없는 것으로 생각하는 방식이기도 하다. 혼란이나 착각이 상상에는 풍부한 촉매제로 작용한다. 상상 속에서는 눈에 보이지 않는 것을 훤히 그려 낼 수도 있고 당연한 사실을 혼동할 수도 있다.

김행숙의 시는 착각이 일어나는 순간에서 아이러니한 생의 기미를 기민하게 포착한다. 자명하다고 생각해 왔던 것이 흔들리면서 야기되는 혼란을 새로운 발견의 계기로 삼는다.「좁은 문」은 지하 주차장에서 주차해 놓았던 차를 찾지 못해 헤맨 경험을 담고 있다. 몇 시간 전에 주차했던 차를 찾는데 갑자기 막막해지는 황당한 경험 말이다.

> 지하 6층은 얼마나 깊은 곳인가. 거대한 짐승의 내장이라면 그 깊이에서 사슴도 토끼도 뱀도 가을날의 풀밭도 불안의 끝자락도 이 세계의 마지막처럼 한꺼번에 녹아 버렸을 텐데.
>
> 구해 달라고 소리치면 메아리는 메아리와 메아리를 데리고 내게 돌아올

것이다. 나는 무엇을 구해야 하나. 내 차는 지하 5층에 주차되어 있을 것만 같다. 나는 무엇을 믿어야 하나.

이 건물이 아닐 것만 같다. 네 개의 바퀴처럼 비슷비슷한 것들. 나의 것과 너의 것. 나의 사랑과 너의 사랑도.

나의 꿈속에서 차를 몰고 나왔을 것이다. 무서운 속도로. 너를 잃어버리는 속도로.

나는 언제나 무엇을 믿어야 할지 몰랐지만 나도 모르게 뭔가를 믿고 있었던 것이다. 사소했을 것이다. 자동차와 자동차의 주차 위치나 간격처럼. 거울들의 각도처럼.

너에게만 보이는 것이 있었을 것이다. 내 거울에는 절대 보이지 않는 것이 있었을 것이다.

나는 바라보았다. 거대한 지하 주차장의 수많은 자동차들을. 자기 차를 찾은 사람들은 오늘도 좁은 길을 잘 빠져나갈 것이라고 믿어 의심치 않는다. 나는 그것을 조심스러운 속도라고 생각하지 않는다.

—김행숙, 「좁은 문」 부분

주차했던 차를 찾으러 돌아오는 중인 정황을 그리던 평명한 진술은 갑자기 전환된다. 지하 6층의 깊이에 전율하는 화자는 이미 자동화된 기억과 동선의 범위를 벗어나 있다. 자동차는 보이지 않고 상상력은 갑자기 발동하여 지하 6층의 깊이를 짐승의 내장으로 비유하고 있다. 짐승의 내장이라면 "이 세계의 마지막처럼" 모든 것이 녹아 버렸을 텐데 자동차 따위가 보이지 않는 것은 당연하지 않겠냐는 엉뚱한 대비로 황망한 심사를 달래 보는 듯하다. 깊이에 대한 공포가 일어나며 구해 달라고 소리치고 싶은 심정이 된다. 갑자기 모든 것이 의심스럽고 두려움이 몰려온다. "나는 무엇을 구해야 하나" "나는 무엇을 믿어야 하나" "이 건물이 아닐 것만 같다"

라며 끊임없이 의혹이 인다. 자명했던 모든 것들이, 심지어는 "나의 것과 너의 것. 나의 사랑과 너의 사랑도" 의심스러워진다. 네 개의 바퀴처럼, 비슷비슷하게 생긴 자동차들처럼, 분명한 것은 하나도 없다. 확실하다고 믿었던 모든 것들이 근본적으로 흔들린다. 내 것이라고 믿었던 자동차를 찾지 못하여 헤매는 경험을 통해 '나'는 절대적인 믿음과 자신감에 대해 의심을 품게 된다. 삶이든 사랑이든 그다지 자명하지 않다는 사실을 확인하게 된다. 이전의 '나'가 그랬듯이 사람들은 자신 있게 자신의 차를 찾아 좁은 길을 잘도 빠져나간다. 믿음을 잃은 '나'에게는 "조심스러운 속도"가 아니라고 느껴지는 빠른 속도로. 이 시의 상상력은 자명하다고 믿는 사실들에 대해 뿌리부터 의심해 보려 하는 의지와 연관된다.

　없는, 뻐꾸기 둥지가 눈에 보이는 날이 있다
　남의 둥지에 알을 낳고 시침 뚝 떼고 있는, 뻐꾸기의 둥지
　남의 둥지에서 태어난 새끼가, 둥지의 다른 알들을 바깥으로 떨어트려
버리고는
　끈질기게 제 핏줄을 이어 가는, 슬픈 뻐꾸기의 둥지
　그 탁란의 생이, 눈에 선명히 떠오르는 날이 있다
　새가, 하얗게 뼈만 남은 새가, 창가에 날아와 울고 있는 날이다
　마치 진흙 쿠키를 먹는 아프리카의 아이처럼, 울고 있는 날이다
　왜 뻐꾸기는 집을 집지 않는가
　왜 집은 짓지 않고, 일생을 탁란의 생으로 사는가
　그런 의문이, 귓속의 달팽이관에 둥지를 짓는 날이다
　일생을 집을 짓지 않으니 남의 둥지에 알을 낳아야 하는 뻐꾸기의 생
　그것은 제 태어난 모습대로 살아가는 것이겠지만
　그러나 사람의 귀에 슬픈 둥지를 짓는, 뻐꾸기의 울음을 떠올리면

없는, 그 뻐꾸기 둥지 속에 알을 낳고 싶을 때가 있다
없는, 그 뻐꾸기 둥지 속의 알들을 모두 바깥으로 떨어트려 버리고는
그렇게 끈질기게, 이종(異種)의 핏줄을 이어 주고 싶은 때가 있다

—김신용, 「뻐꾸기 둥지」 부분

뻐꾸기는 다른 새의 둥지에 알을 낳아 기르는 특이한 습속을 지닌다. 그러니까 뻐꾸기는 자신의 둥지가 없다. “없는” 뻐꾸기 둥지를 눈앞에 떠올리는 상상에서 이 시는 출발한다. 없는 것을 있는 것으로 상상하는 것은 기존의 사고를 역전시키는 방법이다. 다른 새의 둥지에 알을 낳기 때문에 남의 노력을 가로채는 몰염치한 존재로 인식되던 뻐꾸기에 대해 다르게 생각해 보려는 것이다. 남의 둥지에서 먼저 부화되어 다른 알들을 떨어트리고 혼자 살아남는 비정한 생태가 “슬픈” 운명으로 느껴지기 때문이다. 얼마나 강력한 생의 본능이 이끌기에 “탁란의 생”을 감수하는가를 헤아려 본다. “하얗게 뼈만 남은 새”가 구슬프게 울어 대는 정경 때문에 촉발된 생각이다. “진흙 쿠키를 먹는 아프리카의 아이처럼” 새의 슬픈 울음은 처절한 생존의 비애를 담고 있다. “없는” 뻐꾸기 둥지를 떠올렸던 상상은 한 걸음 더 진척되어 그 둥지에 알을 낳아 “이종(異種)의 핏줄”을 이어 주고 싶다는 생각에 이른다. 탁란의 생을 사는 뻐꾸기의 울음이 슬프게 들렸기 때문에 뻐꾸기의 운명을 전도시키는 역발상을 해 본 것이다. 통념을 뒤집어 보는 방식은 고정관념에 균열을 일으키고 새로운 이해를 끌어낼 수 있다는 점에서 상상력의 역동성이 두드러지는 경우라 할 수 있다.

내 통장에 삼백만 원 남아 있다면
어떻게 할까 궁리하다가

그것이 아니라면 통장의 잔고가 일천만 원이면
어떨지 마음 벌렁거리다가
내가 만약 세상을 비워야 한다면 그걸 어떻게 할까 생각한다
노부모가 스치는 김에
그래서 일억 원이면 어떨까 침을 삼킨다

(…중략…)

당신이 그 집에 들어 살면서
다시는 사랑에 빠지지 않는 병에 걸리는 것
나 또한 죽어서도 많은 숫자를 불리느라
허둥거려야겠는 것

생각은 그것만으로 참으로 부자다
그것으로 되었다

—이병률, 「차마 그것을 바라지는 못하고」 부분

상상을 통해 인식의 전환이 이루어지기도 하지만 대부분의 경우 상상에 그치고 만다. 그렇다면 원점으로 회귀하는 상상은 공상에 불과한 것일까?

이병률의 시는 공상에 가까운 생각을 보여 준다. "내 통장에 삼백만 원 남아 있다면" 하는 것은 그리 허황된 생각이라 할 수 없지만 이 시의 화자에게는 그렇지 않다. 그는 잔고가 일천만 원이라면 하고 상상하면 가슴이 벌렁거릴 정도로 적빈의 상태에 있다. 삼백만 원의 여윳돈도 상상에서나 가능할 지경이다. 그에게 통장 잔고와 관련된 모든 생각은 상상에 가깝다. 다행히 상상에는 돈이 들지 않는다. "내 통장에 삼백만 원 남아 있다

면" 하는 소박한 상상에서 시작된 생각은 꼬리에 꼬리를 물고 이어진다. 잔고가 천만 원이나 있는데 세상을 뜨게 된다면 어떨지, 노부모를 생각하면 일억 원 정도 있었으면 좋을 텐데 등등 상상의 나래를 편다. 그런데 이런 상상이 그리 유쾌하게 지속되지는 않는다. 사랑하는 사람에게 여윳돈을 남겨 준다면 그 사람이 "다시는 사랑에 빠지지 않는 병"에 걸릴 것이고 자신은 돈 걱정에 죽어서도 골머리를 앓을 것 같기 때문이다. 그리하여 이 상상의 끝은 "차마 그것을 바라지는 못하"겠다는 판단에 이른다. 이 시는 현실과 거리가 먼 허황된 상상에서 출발하지만 결론은 정반대 방향에 도달한다. 지금보다 금전적 여유가 있다면 생이 더 윤택해지기보다는 각박해지기 쉽다는 상상적 결론을 도출하면서 궁핍한 현실을 축복으로 받아들이게 된 것이다. 결국 원점으로 돌아온 셈이지만 삶에 대한 태도는 더욱 견고해진다. 모두가 부와 물질적 풍요를 좇더라도 자신은 그러지 않을 수 있다는 것, 그렇게 못하는 것이 아니라 안 하겠다는 생각이 확고해진다. 상상적 일탈을 통해 삶의 방향을 보다 분명하게 확인할 수 있게 된 것이다.

멀리 가까이 눅눅한 뉴스들
늘 쾌청, 인심 후한 내 어르신 친구도
증권이 반 토막 나 상심해 계시고
다른 친구들의 이런저런 불행도 해결책은 결국 돈!

답답해서 유리창을 열러 가니
이미 열려 있네
간유리처럼 뿌연 하늘
또 비가 오려나 보네
모두들 눅눅한 소금 인형

신문의 오늘 운세난을 보니 문서운이 있다는데
이리저리 생각해 봐도 가진 문서라고는 로또뿐
상상만 해도 뽀송뽀송해지네
구명조끼를 입은 소금 인형처럼.

—황인숙, 「눅눅한 날의 일기」 부분

황인숙의 시에서도 상상은 현실에 대한 자각을 선명하게 해 준다. 이 시에서도 '돈'은 현실의 중요한 요건으로 인식된다. 돈과 관련된 뉴스는 자주 신문의 전면을 장식하고 개인들에게 있어서도 걱정과 불행의 근원을 이룬다. 이 시에서는 세계 경제의 침체가 개인의 경제에 곧바로 영향을 미치게 된 현실을 눅눅한 날씨와 눅눅한 신문의 느낌으로 표현한다. 눅눅한 대기가 감싸고 있는 상태에서 어느 누구도 벗어날 수 없듯이 돈이 삶의 근본 조건을 이루고 그것이 세계적인 그물망으로 연결되어 있는 현실에서 아무도 자유로울 수 없다. 그러한 암울한 현실처럼 세상은 비가 오려는 듯 잔뜩 찌푸린 풍경이고 그 안의 사람들은 "모두들 눅눅한 소금 인형"과 같다는 상상이 작동한다. 눅눅한 대기는 소금 인형에게 치명적이다. "모든 견고한 것들은 대기 속으로 사라진다"고 한 마르크스의 말처럼 자본주의의 영향력이 절대적으로 확장된 현실에서 개인의 존재는 눅눅한 대기 속의 소금 인형처럼 위태롭다. 이러한 현실의 불행을 해결할 방책은 묘원하고 로또가 맞는 요행을 상상해 보는 마음은 허탈하기 이를 데 없다. 이런 상상은 공상이나 망상에 가깝다. 현실에서 실현될 가능성이 없는 허황된 꿈인 것이다. 잠시 "뽀송뽀송"한 느낌을 주는 이런 상상은 소금 인형에 입혀 놓은 구명조끼처럼 무용지물이다. 냉철한 현실 인식과 상상의 충돌을 조형화한 "구명조끼를 입은 소금 인형"은 뛰어난 역설이며 이 시대의 상징이 될 만하다.

코울리지는 "짚이 없다면 우리가 어떻게 벽돌을 만들 수 있겠는가. 또는 시멘트가 없다면 우리가 어떻게 벽돌을 쌓을 수 있겠는가. 실로 우리는 경험의 기회를 맞이하여 모든 것을 배운다"고 하여 상상력에서 경험의 중요성을 강조한 바 있다. 상상력은 경험을 질료로 삼아 창조적 사유를 생산해 낸다. 시인들은 무수한 경험의 다발에서 상상을 촉발하는 가장 예민한 발화 지점을 찾아낼 줄 안다. 상상을 통해 사유를 확장하며 고정관념에 균열을 내거나 보다 분명한 가치에 도달한다. 상상력은 힘이 세다. 상상력의 고삐를 틀어쥔 시인들은 더욱 힘이 세다.

관계의 탐구

현상에 대한 면밀한 관찰을 바탕으로 한다는 점에서 시는 과학과 유사한 면모를 보인다. 관찰은 통상적인 시선으로 찾아낼 수 없는 새로운 발견을 가능하게 한다. 그렇지만 관찰의 과정이나 결과는 대조적이다. 과학이 객관적이고 엄밀한 과정을 중시하며 무수히 반복적인 관찰로 명료하고 단일한 결론을 얻어 내는 것에 비해 시에서는 관찰에서 결론에 이르는 과정에서 직관이 많이 개입하며 포괄적인 사유를 드러낸다. 때로 과학적 발견과 시적 통찰의 결론이 놀라울 정도로 일치하는 경우도 있지만 그 과정은 상이하다. 빈틈없이 정확하고 합리적인 과학적 관찰에 비해 시에서는 관찰의 순간이 발견에 이르는 과정에서 비약이 심하다. 과학적 발견 과정의 무수한 실험을 대신하는 것은 시인의 고유한 직관과 감각이다. 시인은 현상을 관찰하고 자신만의 예리한 촉수로 그것의 본질을 간파해 낸다. 시인의 촉수에는 경험의 진폭과 본능적 감각, 상상의 능력 등이 종합적으로 작용한다. 반복적 실험의 수고를 단축시켜 주는 이 독특한 촉수로 인해 간결한 한 편의 시가 본질의 핵심을 돌파할 수 있는 것이다.

과학에서는 현상의 본질을 파악하기 위해 여러 가지 조건을 실험하는 방법을 쓴다. 어떤 현상은 특정 조건과의 관계에 의해 상이한 결과에 이른다. 사실상 사물은 단일한 상태보다는 다른 사물들과의 관계 속에 놓여 있기 때문에 그 많은 경우의 수를 고려할 때 실제 현상을 반영할 수 있다. 과학적 실험에서 여러 가지 경우의 수를 고려할수록 그 과정과 결과가 복잡해지는 것에 비해 시에서는 사물이나 현상의 관계를 관찰할 때 직관의 역할이 더욱 민활하게 작용한다. 경험의 다양한 층위가 동원되고 감각과 직관의 파장이 최대치로 확장된다. 관계에 대한 통찰을 드러내는 시들에서는 경험과 직관의 너른 진폭을 만날 수 있다. 오랫동안 축적되어 온 경험적 진실과, 관계를 규명하기 위한 직관의 역동적인 작용이 일어난다. 관계의 통찰을 통해 현상의 단면을 꿰뚫는 시들은 실로 오묘하고 조화로운 삶과 자연의 근원적인 장면들을 펼쳐 보인다.

빛과 그늘의 친화

빛과 그늘은 반대 개념이고 상반되는 현상을 드러낸다. 빛이 있는 곳에는 그늘이 없고 그늘에는 빛이 없다. 도저히 한자리에 놓일 수 없을 것 같은 이 두 가지 현상에 대해 시인들은 색다른 통찰을 행한다.

웃음과 울음이 같은 音이란 걸 어둠과 빛이
다른 色이 아니란 걸 알고 난 뒤
내 音色이 달라졌다

빛이란 이따금 어둠을 지불해야 쓸 수 있다는 생각

웃음의 절정이 울음이란 걸 어둠의 맨 끝이
빛이란 걸 알고 난 뒤
내 독창이 달라졌다

웃음이란 이따금 울음을 지불해야 터질 수 있다는 생각

어둠 속에서도 빛나는 별처럼
나는 골똘해졌네

—천양희, 「생각이 달라졌다」 부분

시인은 오랜 삶의 경험을 통해 웃음과 울음이 같은 음이라는 것을 깨닫게 된다. 마찬가지로 어둠과 빛도 다른 색이 아니라고 생각하게 된다. 현상의 표면만 보고 판단했던 과거에 비해 "생각이 달라졌다"고 한다. 웃음의 절정이 울음 같고 울음의 절정이 웃음 같은 음의 착란 상태나 어둠이 없다면 느낄 수 없는 빛이나 빛이 없다면 알 수도 없을 어둠의 관계도 마찬가지이다. 웃음은 울음과, 빛은 어둠과 서로의 관계 속에서 자신을 증명해 보일 수 있는 것이다. 이러한 음과 색의 본질을 간파한 후에는 자신의 독창이 달라지는 것을 느끼게 된다. 웃음에 울음을 섞고, 빛에 어둠을 섞으며 색다른 소리를 낼 수 있게 된 것이다. 이러한 깊은 통찰로 인해 시인은 어둠 속에 묻히지 않고 돌올하게 빛날 수 있는 별같이 자신을 각성할 수 있게 된다. 별처럼 빛날 수 있다면 그건 바로 어둠이 있기 때문일 것이다. 울음 많고 그늘 짙었던 과거의 시간들이 숙성하여 빛나는 음색을 낳을 수 있었다. "어둠이 얼마나 첩첩인지 빛이 얼마나/ 겹겹인지 웃음이 얼마나 겹겹인지 울음이/ 얼마나 첩첩인지 모든 그림자인지"를 알게 된 긴 세월이 단순치 않은 삶의 면면들을 이해할 수 있게 했다. 첩첩의 어둠과 겹겹의 빛, 겹겹의 웃음과 첩첩의 울음은 모두가 서로에 대한 그림자이다. 그렇다면 그동안 지나온 삶의 면면은 그만큼의 그림자를 남기고 있는 셈이다. "나는 그림자를 좋아한 탓에/ 이 세상도 덩달아 좋아졌다"는 이 시의 마지막 구절은 자신의 전 생애를 감싸 안는 긍정의 시선을 담고 있다. 웃음과 빛뿐 아니라 울음과 어둠까지도 소중한 삶의 자취로 포용하는 경지이다. "어둠 속에서도 빛나는 별처럼", 아니 어둠이 있기에 더욱 빛날 수 있는 별처럼 삶의 짙은 그림자를 담아내는 자신만의 음색을 찾아내는 데는 이와 같은 생각의 변화가 작용하고 있다.

그의 몸은 일생 동안 병이 들락거렸다

한 번도 배신하지 않은 하이드라이짓병이 깡마른 몸을 위무해 주었다 그가 한 일은 병에게 고요히 마음을 맡겨 둔 일. 세 평 남짓한 방 안 보자기 덮인 밥상 옆에 앉은키 열 배쯤 아무렇게나 쌓아 놓은 책들, 오랫동안 모서리 낡은 채석강 밤 파도 소리가 다스린 흔적 또렷하다

자물쇠가 꽉 채운 여닫이문 상단에 검정 싸인펜으로 단출하게 쓴 사각 흰 종이 문패 녹슨 못이 붙들고 있다 청개구리도 생쥐도 꽃뱀도 땅강아지도 밤새 수런대던 댓돌 위에 자주색 고무신 누가 숨겨 버렸나

텅 빈 댓돌 위에 삼분의 일쯤 햇살이 환하다 누군가 놓고 간 꽃바구니에 그늘이 사치스럽고 바람이 불러들인 수수꽃다리 향기가 무상출입이다 비눗갑에 아껴 먹던 비누 저 혼자 닳아 가고

햇살과 그늘의 和親이란 말 처음 깨달았다

—박진형,「종이 문패」 전문

이 시의 화자는 관조적인 시선으로 '그'의 삶과 그가 살고 있는 집의 풍경을 묘사한다. 그의 집 앞에 고정되어 있는 카메라처럼 그와 그의 집에서 볼 수 있는 모든 움직임을 포착해 낸다. 그의 집은 그의 일생의 무대이다. 그는 깊은 병이 들어 집 밖을 나가지 못했던 것으로 보인다. "한 번도 배신하지 않은 하이드라이짓병"이라니. 한 번도 들어보지 못한 이 희귀한 질병은 필경 잠시도 쉬지 않고 그의 몸을 혹사시켰을 것이다. 몸의 고통에 비해 마음의 상태는 편안해 보인다. "병에게 고요히 마음을 맡겨 둔 일"에 익숙해져 있기 때문이다. 그의 마음 다스림 상태는 좁은 방에 높이 쌓아 놓은 책들이 대변해 준다. 책을 쌓아 놓은 모양의 채석강 단층이 거센 파도에 시달리며 함께해 온 것처럼 그는 책을 벗 삼아 지내며 거친 병마와 공존했던 것이다. 그의 방 앞에는 병약한 몸으로 고요히 살아가는 그와 꼭 닮은 문패가 주인의 존재를 알리고 있다. 돌도 아니고 나무도 아닌 흰 종이에 검정 사인펜으로 단출하게 쓴 흰 종이 문패는 미약하지만 단정하게 자리를 지키고 있다. 함께 살던 벗인 청개구리, 새앙쥐, 꽃뱀, 땅강아지가 밤새 수런대던 댓돌 위에 그가 신던 고무신도 보이지 않는다. 그의 부재를 암시하는 적막한 풍경이다. 사람의 흔적조차 사라진 이 집에는 햇빛도 바람도 무상출입이다. 너무도 적막하여 누군가 놓고 간 꽃바구니에 어린 그늘이 사치스러워 보일 정도이다. 간간이 들르는 바람에 비눗갑에 아껴 먹던 비누도 저 혼자 닳아 가고 있다.

이처럼 쓸쓸하고 고요한 풍경이 또 있을까. 슬픔을 담담하게 다스리는 애이불상(哀而不傷)의 품격이 예사롭지 않다. 병과 함께 살다 고요히 자리를 비운 그의 삶처럼 이 집의 풍경은 참으로 적요하면서도 평화롭다. 평생 병에 시달리다 갔으니 불행했던 인생이라고 단정 지을 수 없다. 그의 집에 깃든 "햇살과 그늘의" 화친(和親)처럼 그는 자신의 몸에 깃든 병과 평생 잘 지내다 간 것이다. 빛과 어둠은 한 몸이며 서로의 그림자이다. 병과 그의 몸도 어쩌다 하나가 되어 서로를 기대며 함께했던 것이다. 그의 집 댓돌 위에서 한껏 정겨운 햇살과 그늘처럼 이 세상 한 번의 소풍에서 그와 병은 끝까지 함께한 친구이다. 이와 같이 빛과 그늘의 친화적 관계에 대한 통찰에는 삶의 고통과 슬픔을 관통하는 깊숙한 시선이 깃들어 있다.

가득함과 텅 빔의 추이

시간을 배제하고 볼 때 텅 빔과 가득함은 상반되는 현상이다. 그러나 시간을 고려할 때 그것은 변화의 연속적 관계에 놓인다. 텅 빈 것은 차오르고 가득한 것은 곧 비게 된다.

> 국밥집 천정에 물방울이 맺혀 있다
> 물방울은 철봉에 오래 매달리기 연습을 하는 아이 같다
> 어금니 꾹 깨물고 당겨 쥔 한 방울이 핑
> 몸을 허물기 직전에 터져 나오는 빛.
> 나는 그 빛을 사랑하여
> 물방울 속에 수력발전소를 차렸다
> 겨울날 실연한 후배와 어묵집에 앉아 마시던 술을 기억한다
> 넘실대는 만수위는 술잔 부딪는 소리에도 깨어질 듯 위태로웠지만

앙다문 둑 끝까지 차올랐다.

—손택수, 「물방울 별」 부분

작은 사물에 대한 치밀한 관찰과 상상력의 결합이 탁월한 시다. 국밥집 천정에 터질듯 부풀어 오른 물방울이 철봉에서 오래 매달리기 연습을 하는 아이로 비유된다. 팽만한 긴장감으로 가득 찬 채 매달려 있는 모양들이 절묘하게 연결된다. 철봉에서 떨어지기 직전에 어금니를 깨물며 버티는 아이처럼 안간힘을 쓰며 버티는 물방울의 모습이 위태롭기 그지없다. 물방울이 "몸을 허물기 직전에 터져 나오는 빛"은 소멸을 앞둔 절정의 비장미를 풍긴다. 화자는 그 빛의 아름다움과 힘에 매혹된다. 낙하를 앞둔 물방울의 빛은 수력발전소를 차리고 싶을 만큼 강렬하다. 떨어지기 직전의 물방울이 주는 긴장감은 술잔에 가득한 술을 연상시킨다. 겨울날 실연한 후배와 마시던 술은 절제와는 거리가 멀다. 제어할 수 없는 감정처럼 술잔은 넘쳐흐른다. 투명한 소주가 술잔 가득 차올라 위태롭게 뿜어 대는 빛도 강렬하기 이를 데 없다. 이제 혼자 남은 화자가 술을 마시는 국밥집 창밖으로 별이 떠 있고 지나는 사람들의 입김이 그 별에 가서 감긴다. 술잔에 가득한 술의 빛과 국밥집 천정의 물방울의 빛과 사람들의 입김이 엉긴 별의 빛이 연대를 이루며 독특한 미감과 정취를 자아낸다. 금방이라도 떨어질 듯 위태롭게 가득 차 있는 간절한 상태가 비장미를 이룬다.

쭈글쭈글 아기 꽃잎들
태어나고 낡은 낡은 아기 꽃잎들
다른 세계로 향하는

고작 한 방울의 우주에 기쁨과

슬픔이 찰랑찰랑하는 찰나

그래서 장례식장엔 그토록 많은 함박
웃음 하얀 꽃들로 피어나나 봐

—성미정, 「뭐 이런 식물도감」 부분

식물도감 속의 아기 꽃잎들은 피어나면서 곧 낡아 버린 존재들이다. 한 세계의 탄생에서 곧바로 다른 세계로 이행한 경우이다. 이런 아기 꽃잎들이 식물도감에 "고작 한 방울의 우주에 기쁨과/ 슬픔이 찰랑찰랑하는 찰나"로 고정되어 있다. 생명과 죽음으로 열리고 닫힌 아기 꽃잎도 하나의 소우주라 할 수 있는데, 탄생의 기쁨과 결별의 슬픔이 동시에 일어났으니 그 모든 것이 합쳐져 차고 넘칠 지경일 것이다. 장례식장의 꽃들은 더욱 아이러니하다. 죽음을 기리기 위해 생의 절정의 순간에 차출되어 온 꽃들이 가득하다. 장례식장의 화환에서는 생의 기쁨으로 웃음 짓던 상태로 굳어진 꽃들이 또 하나의 커다란 꽃을 이루며 피어 있다. "저 피고 지는 꽃들의 장난/ 빵 터지는 꽃들의 착란"은 생사의 무상한 흐름을 드러낸다. "낡은 나비가 날아다니는/ 식물도감의 한 페이지 속"을 들여다보며 화자는 "또 어느 날 나는 한 줌의 무엇"이 될까를 유추한다. 가득함과 텅 빔의 관계에서 삶과 죽음의 추이를 간파한 것이다. 한때 가득했던 생명이 정지되어 소멸을 거치는 과정이 관찰과 통찰의 조응 속에 다채롭게 펼쳐진다.

불안과 성장의 조응

삶의 모든 국면은 관계의 긴밀한 조응에 의해 전개된다. 한 생명의 성장을 생각해 보자. 환경이나 조력자와의 관련을 배제하면 그것은 불가능에 가깝다. 성장에는 관계의 가장 내밀한 영향들이 작용한다.

사막을 읽으려면 길고 긴 속눈썹이 필요하고요, 모랫빛 눈물이 쓸리는 봄이면 나는 착란을 앓기도 해요. 엄마, 나를 왜 가시만 좋아하는 낙타로 태어나게 했나요? 내 목구멍에 무수히 박힌 가시가 쑤군쑤군 말을 걸었지만 오늘도 나는 봇짐을 지고 몸져누워도 끙끙대는 소리 한번 내지 않았어요. 엄마, 가시를 짓이기면 입안이 달큼하나요? 나는 생뚱맞게도 허기의 느린 걸음같이 두루뭉술하게 싸질러 놓은 엄마의 똥 냄새를 떠올렸어요. 그걸 맡고 걸으면 녹진한 추위도 금세 따뜻해지니까요.

얘야, 이 길이 맞을까, 저 길이 맞을까 생각하지 마라, 우리는 별자리를 읽어 낼 수 있는 천문학자란다. 그러니 사막에선 갈라진 혓바닥의 피가 누수되지 않도록 푸릉푸릉한 콧김을 내뿜고 조랑조랑 걸어야 한단다. 사막은 맹수의 아가리를 닮아 날카롭단다. 얘야, 조용히 해라. 사막에 태어난 게 죄란다. 그 죄를 우리는 눈물 없이 우는 법으로 씻어야 한단다.

—이병일, 「사막은 나의 물병자리야」 부분

낙타는 사막이라는 환경에 부단히 적응한 경이로운 생명체이다. 긴 속눈썹은 모래 폭풍을 견디고 긴 혓바닥으로는 단단한 식물들도 씹어 삼킨다. 등의 혹은 오랜 갈증을 견딜 수 있는 수분 저장소이다. 열악한 환경을 견딜 수 있도록 온몸이 진화된 결과이다. 이 시에서는 새끼 낙타와 어미 낙타의 대화를 연출하여 이러한 낙타의 생리를 실감 나게 표현하고 있다. 자신에게 주어진 존재의 조건에 대해 근본적인 질문을 던지는 새끼 낙타에 대해 어미 낙타는 존재의 방식에 대해 가르친다. 불행한 환경을 감지하고 불안을 느끼는 새끼 낙타의 물음을 받아 어미 낙타는 누대로 전수받은 천부적 지리 감각에 대한 확신을 전하며 지혜와 인내로 환경을 극복해 가도록 조언한다. 사막에서 태어난 숙명을 견뎌 내야 한다는 어미 낙타의 말을 이어 새끼 낙타는 자신에게 주어진 삶을 이겨 내겠다는 결의를 다진다. 자신의 몸에 생긴 혹과 사막의 형태적 유사성을 결부시켜 "사막은 내게 물병자리인걸요"라며 긍정적으로 받아들인다. 정감이 넘치는 대화법과 "푸릉푸릉" "조랑조랑" "헤싱헤싱" 등 재미난 의태어와 의성어의 사용으로 밝은 느낌을 가미해 가혹한 환경을 견뎌 온 낙타의 생명력을 전달하고 있다. 한 생명의 성장에 관련된 환경과 존재의 양태를 애정 있는 눈길로 면밀하게 살펴 그 놀라운 조화의 작용을 새삼 확인하게 한다.

놀이터에서 아이가 넘어지자
울음이 몸 밖으로 확 쏟아져 나온다.
엄마 품에 안긴 아이,
꼭 아코디언 같다.

오래전 불안의 연주에 울어 본 기억이 있다.
집을 묻고 엄마를 묻고 이름을 묻던 불안의 한때를 기억한다.

그 후 미아가 되기도 했으나
그 많던 불안들은 다 어딘가로 사라지고 없다.
온몸을 맡기고 싶은 울음이 없어졌다.

아이의 몸 안으로 울음을 넣어 주는 엄마
얼룩으로 번진 울음과 흐느낌을 토닥거려

몸으로 다시 들여보내는 저 조율의 한때
불안한 음이 가득 들어 있는,
유년의 중심은 발이 너무 가볍다.

비스듬히 기울어 있는 나무들에게서 바람이 쏟아진 후
다시 잠잠해진 가지들
지상의 사물들도 모두 조율의 시간을 갖는다.
공중에서 펴지는 물줄기와 온갖 소음들이
오후의 놀이터를 조율하듯
아득한 한기가 몸에게 시절을 묻고 있다.

—서화, 「조율」 부분

인간은 모든 동물 중에 가장 성장이 느린 것으로 알려져 있다. 다른 동물에 비해 아주 오랫동안 보호자의 손길이 필요하다. 아직 어린아이에게 '엄마'의 존재는 절대적이다. 엄마의 관심과 도움을 이끌어 내기 위한 아이들의 웃음과 울음은 거의 자동적으로 작동한다.

놀이터에서 넘어진 아이가 엄마 품에 안겨 우는 장면을 아코디언에 비유한 것이 재미난 시이다. 아이는 엄마의 품에 아코디언처럼 안겨 구성지게 울어 댄다. 자신의 앞에 놓인 무수한 위험과 불안을 감지하며 아이들은 끊임없이 운다. 울음으로 터져 나온 불안을 엄마가 달래서 몸 안으로 넣어 주는 과정이 바람을 넣었다 뺐다 하며 연주하는 아코디언 연주를 연상시킨다. 불안과 안심 사이에서 한참을 조율하다 "불안한 음"이 고요하게 잦아들도록 해 주었던 엄마의 아코디언 솜씨는 점차 잊혀 간다. 성숙해지면서 점차 불안이 사라지는 만큼 "온몸을 맡기고 싶은 울음" 역시 줄어들었기 때문이다. 어느새 "오후의 놀이터"에서 아이를 돌보며, 나뭇가지에 쏟아지는 바람이 잦아드는 장면을 목격하게 된 화자는 "지상의 사물들도 모두 조율의 시간을 갖는다"는 생각에 이른다. 불안의 음이 잦아드는 조율의 시간을 거쳐 아이는 성장하고, 사물들은 변화하고, 어른은 나이를 먹는다. 사람이든 사물이든 환경과 관계에 결부되어 긴밀하게 조응해 가는 것이다. "오후의 놀이터"에서 발견한 성장과 시간의 흐름에 대한 통찰이 짧지 않은 잔향을 남긴다.

변화의 징후

자연의 관찰에서 얻을 수 있는 궁극의 원리는 유구한 변화와 순환의 질서이다. 매 순간 변하면서 또 반복되는 자연의 시간은 삶의 흐름을 간파할 수 있는 예지를 내포한다.

> 고려 초기 때의, 청자가 나오기 직전까지 구웠다는 토기. 그 선이 청자를 빼닮았다. 검다. 검은 유약이 헐어 있다. 푸른색은 저 헐은 검은 속에서 나왔나 보다. 그 아래 능금이 놓여 있다. 붉다. 검고 붉게, 둘은 서로 익어 있다. 능금은 방금 다 익었다. 능금은 늘 새것이다. 토기는 9백 년이 넘은 것으로 70만 원쯤 호가한다고 골동 수집하는 시인이 말해 주지만, 토기와 능금이 서로 잘 익었다고 해서 그 거리가 함께 재어지는 건 아니다. 나는 정물의 구도 속에서 능금을 빼내어 껍질째 베어 먹는다. 능금 속이 노랗게 희다. 방금 다 익은 것이다. 온 땅 덮을 푸름 머금은 검은 씨가 들어 있다. 검은 씨는 배부른 토기처럼 둥근 윤곽선이 부풀어 있다.
>
> —이하석, 「토기와 능금」 전문

토기와 능금이라는 전혀 어울릴 것 같지 않은 두 사물의 관계가 흥미롭게 연결된다. 이 시의 화자는 고려청자가 나오기 직전의 토기를 감상하게 된다. 그 선이 청자를 빼닮은 것으로 보아 청자의 전 단계로서 조형미가 무르익었음을 알 수 있다. 다만 색은 아직 검은 것이어서 청자 특유의 비색이 아직 나타나기 이전의 무채색이었던 단계를 보여 준다. 토기의 색과 형태에 흠뻑 빠져 있는 화자가 그 아래 놓인 능금을 발견한다. 한 폭의 정물화처럼 토기와 능금은 하나의 구도를 이루고 있다. 검고 붉게, 서로 가장 잘 익은 상태로 꽉 찬 구도로 어울려 있다. 이 시는 이런 정물화에서 그치지 않고 변화를 강조한다. 화자가 정물의 구도에 불쑥 끼어들어 능금을 꺼내어 베어 먹는다. 능금은 방금 다 익어 먹음직스럽고, 토기는 9백 년 넘게 익어 한자리를 차지하고 있는 것이다. 붉은 능금의 속은 노랗게 희고 그 안에는 푸름 머금은 검은 씨가 들어 있다. 이 감각적인 색채의 향연은 풍요롭다. 생명의 온갖 상태가 그 안에 함축되어 있다. 무르익은 능금 속에서 나온 검은 씨는 그 색깔이나 모양이 토기와 흡사하다. 검은 씨에서 싹이 터서 온 땅 덮을 푸른 잎이 나온 것처럼 검은 토기로부터 고려청자의 비색이 마련되었던 것이다. 막 무언가를 낳을 듯 잔뜩 부풀어 오른 씨앗과 토기의 배부른 모양까지 숙성과 탄생의 연속성을 함축한다. 한 사물이나 생명의 탄생은 독립된 현상이 아니라 긴밀한 인과관계의 산물이라는 사실을 효과적인 상징과 유비를 통해 명징하게 보여 주는 시이다.

시인에게 어떤 사물이나 현상에 대한 관찰은 객관적인 대상에만 한정되지 않는다. 시인에게 최고의 관찰 대상은 바로 자기 자신이다. 자신의 몸과 마음에 일어나는 온갖 현상을 유심히 살피고 그 이유를 골몰히 탐색하면서 자신을 포함한 자연과 생명의 본질에 접근하게 된다.

작년 늦가을 얼음 얼 무렵
내 뼛속에서 짐승이 우는 소리를 들었다

뼈가 운다 추워 추워 뼈는 어린 인류 대부분이 절멸한 지구의 빙하기를 기억한다 추위로 얼어 죽은 옛 동물들의 울음이 뼛속에 쟁여져 있다 얼음이 얼 무렵 뼈의 울음은 무심코 흘러나온다 추워 추워 대멸종기를 넘긴 뼈의 울음은 사라진 옛 생명들의 방언이다 너 얼음이고 나 서리다 나 서리고 너 얼음이다 내가 그림자라면 너는 아침에 오는 손님이다 오늘 아침에는 밤나무 숲 가랑잎 위에 가만히 무릎을 꿇고 앉은 고라니를 보았다 나와 눈이 마주쳤는데도 고라니는 달아나지 않는다 저와 내가 대멸종기의 재앙을 이기고 이 세상에 살아남아 한 인연으로 얽혀 있음을 알고 있는 까닭이다 이 난생(卵生)의 삶들이 살아서 하늘에서 내려오는 비를 맞는다 비야 고맙다 비가 내리는 아침에는 정직한 종족이 되자 빗속에 우는 멧비둘기야 네가 살아 있어 고맙다

겨울이 닥치자 버드나무들은 으르렁거리는 고요 속에 서서
말없이 제 앞의 서리와 얼음의 날들을 바라본다

—장석주,「얼음과 서리—주역시편 134」부분

이 시의 화자는 얼음이 얼 무렵 뼈가 얼어붙는 듯한 느낌을 받는다. 얼음이 얼며 쩍쩍 갈라지는 소리처럼 뼈가 수축되며 나는 소리를 들으며 화자는 자신의 몸과 자연을 관통하는 하나의 소리를 듣는다. 뼛속까지 시려 오는 추위에 떨며 뼈가 기억하는 오래전의 혹한, 빙하기의 추위를 떠올린다. 계통발생을 반복하는 개체처럼 그는 추위에 대한 몸의 기억 속에서 빙하기에 얼어 죽은 옛 동물들의 울음을 반추한다. 지금 살아서 춥다고 아우성치는 몸의 울음은 혹한에 사무친 옛 생명들의 소리가 방언이 되

어 쏟아져 나오는 것 같다. 이상견빙지(履霜堅氷至), 즉 서리가 밟히면 곧 얼음이 언다는 『주역』의 한 구절처럼 옛 생명들이 겪었던 추위는 내 몸에 닥칠 추위의 그림자이고 내 몸이 느끼는 추위는 앞으로 닥칠 더 큰 추위를 예고하는 것이다. 자신의 몸과 생명의 역사가 무관하지 않음을 인식하고 있는 화자에게 숲에서 마주친 고라니는 결코 낯선 생명체로 느껴지지 않는다. 고라니 역시 대멸종기를 겪고 살아남은 각별한 생명이니 남다른 인연으로 여겨지는 것이다. 힘겹게 한 세계를 넘어서 살아남았다는 점에서 '난생(難生)'을 겪은 '난생(卵生)'의 삶이라고 할 만한 이들에게 하늘에서 비가 내린다. 비는 고맙게도 서리와 얼음이 닥치기 전의 아직 따듯한 '난생(暖生)'의 삶을 품고 있다.

그러나 계절의 변화는 어김이 없다. 겨울이 다가오면서 만물에 팽팽한 긴장감이 돌고 고요마저 으르렁거리는 듯하다. 버드나무들은 새봄이 오면 가장 먼저 잎을 내미는 예민한 계절 감각을 소유하고 있다. 고요 속에 다가올 겨울을 감지하는 버드나무의 시선이 적이 긴장돼 보인다. 예감했던 것처럼 추운 겨울이 닥치고 얼음이 얼고 물속에 놓아기르던 잉어들 중 일부는 딱딱하게 굳은 채 물 밖으로 떠오른다. 따듯함과 차가움, 삶과 죽음, 부드러움과 강함은 끊임없이 변화하며 자연과 함께한다. 모든 변화는 관계 속에서 일어난다. 연약하고 부드러웠던 것들이 딱딱하고 강해지고, 연한 것들은 구부려 살고 강한 것들은 부러져 죽는다. 하나의 극단은 또 다른 극단을 부른다. 강하고 딱딱해져 물 밖으로 나온 것들은 죽어서 사라지게 되고, 몹시 추운 겨울은 몹시 더운 여름을 예고한다. 자연은 한 순간도 멈추지 않고 변화하면서 삶과 죽음을 관장한다. 가혹한 겨울을 넘어선 생명들은 다시 활기찬 몸짓을 시작한다. 버드나무는 연초록의 잎을 내밀어 계절의 변화를 알리고 새들은 풀덤불 속 둥지에 알을 낳는다. 어느덧 혹독한 추위를 다 잊은 듯 "푸릇하고 명랑한 것들"이 신명나게 솟아

오르는 봄이 온 것이다.

뼈마디가 알리는 추위에서 시작된 시는 한겨울의 혹한을 지나 새싹이 솟는 봄의 도래를 감지하며 끝이 난다. 이는 한 계절의 변화에서 그치는 것이 아니라 오래전 인류가 겪었던 빙하기부터 현재의 시간까지를 포괄한다. 서리가 얼면 곧 얼음이 닥치는 것처럼 만물은 변화의 연속성 상에 놓여 있으며 서로가 긴밀하게 관련되어 있다. 시인은 자신의 경험과 관찰, 옛 문헌의 지혜를 종합하여 자연과 생명의 변함없는 이치에 대한 포괄적인 통찰을 행하고 있다.

관계에 대한 탐구를 행한 여러 편의 시들을 통해 자연의 조화와 균형, 변화와 순환의 원리를 확인할 수 있었다. 하나의 사물이나 현상은 결코 고립되어 존재하지 않고 다양한 관계 속에서 형성 변화한다는 사실을 인지하는 것은 오늘날의 각박한 인간성과 급변하는 자연환경을 개선하는 데 긴요하다. 짐머만의 말처럼 서구 문명이 만들어 낸 '고립된 자아'의 개념이 육체의 문제를 질병, 한계, 유한성, 고통, 죽음 등과 연결시켜 부정적인 개념으로 이끌어 왔다면, 앞으로는 '관계적 자아'를 발견하고 확장하는 변화를 통해 긍정적인 방향 전환을 시도해야만 한다. 여러 시인들이 보여주는 관계에 대한 면밀한 관찰과 풍부한 상상, 깊이 있는 통찰은 '관계적 자아' 탐구의 의미 있는 결과물들을 도출해 내고 있다.

사라지는 것들의 흔적

시의 충만한 감성은 객관적 현실 이상으로 생을 연장시킨다. 가령 사라진 풍경에 대해 떠올리며 구체적인 인상을 기술할 때 그 풍경은 우리의 감각 안에서 되살아나는 셈이다. 잎사귀의 흔들림이나 녹음에서 풍겨 나오는 향기를 묘사할 때 예리해지는 감각만큼 우리는 생존의 실감을 얻는다. 시에서 감각의 흐름이 생의 실감으로 변환되는 일은 좀 더 수월하게 일어나는 것 같다. 순간적으로 압축되고 고양되는 시의 언어는 근원적인 지점에서 삶의 감각을 환기시킨다. "세계는 어느 곳에서도 내면으로밖에 존재하지 않는다"는 릴케의 말처럼 시는 그 무엇보다 강력한 '내면'의 힘을 지닌다. 시인의 내면에서는 한없이 미약한 것이 되살아나고 덧없기 그지없는 것이 귀한 것이 된다. 사라지는 것들에 대한 시인의 애착은 그 흔적에서 더없이 섬세하고 살아 있는 감각을 이끌어 낸다.

빈집이 향내를 풍긴다

아버지가 죽고 어머니가 죽자
집은 드디어 빈집이 되었다
자물쇠가 꽉 채워진 방 안으로
풀씨들이 넘나들며 꽃이 되었다
자물쇠에 앉아 나비가
날개를 폈다 오므린다
녹슨 자물쇠 속에서
꿀을 찾는 걸까
빈집에 널려진 물건들은
자기 안의 추억이란 추억은
모두 끄집어내는 것 같다
그렇게, 투명해진 것 같다

—박형준, 「가벼운 향기」 부분

빈집은 사람을 기준으로 보자면 이미 집의 기능을 상실한 곳이다. 그렇지만 시인은 빈집에 가득한 새로운 현상들을 골똘히 살펴본다. 아무도 살지 않게 되자 빈집은 자신이 원래 지니고 있던 향내를 풍기기 시작한다. 냄새란 가장 원초적인 감각인데, 빈집은 이제 온전히 자신만의 향내를 풍기며 본래의 자기에게 돌아가고 있는 것이다. 자물쇠도 풀씨들에게는 경계의 표지가 되지 못한다. 방 안까지 날아들어 꽃이 피어난다. 인적이 끊긴 빈집에 이제 잠시 물러나 있던 자연이 활기차게 넘나들기 시작한다. 나비에게 자물쇠는 꽃봉오리를 닮은 또 하나의 자연이 된다. 사람의 손때가 묻은 추억이 증발되면서 빈집은 점점 가볍고 투명해진다. 빈집에서는 추억의 체취가 세상의 향내와 섞이면서 새로운 향기가 생겨난다. 시인은 이런 과정을 "폐허가 익어 간다"고 표현한다. 폐허에서 소멸의 이미지가 아닌 발효와 같은 숙성 현상을 떠올린 것이다. 인간적 시선으로 보면 폐허가 되어 가는 장면이지만 달리 보면 본래의 자연으로 돌아가는 과정이기도 하기 때문이다. 차원을 달리하면 소멸이 곧 생성이 되는 자연의 순환 현상이 내면의 눈과 개방된 감각을 통해 세밀하게 포착된다.

사라지는 것 중에서도 시간에 대한 감각은 내면의 작용에 의해 다양하게 굴절된다. 흔히 수십 년 세월을 돌이키며 엊그제 같다고 말하듯이 시간의 감각은 지극히 주관적이다. 시간 자체는 보이지 않기 때문에 시간을 감지하는 순간의 인상이 그 느낌을 좌우하기가 쉽다. 이경림의 시에서는 거실 유리에 비친 순간적 영상에서 유구한 시간의 흐름을 포착한다.

> 거실 벽 거울 속에 자꾸 백발의 노파가 지나가요
> 어디선가 본 듯도 하고 생면부지인 듯도 한 노파가
>
> 아침나절에는 눈이 호동그란 계집아이를 안고 가더니
> 한낮에는 긴 생머리의 젊은 여인을 앞세우고 가더니
> 조금 전에는 어디가 많이 아픈 얼굴로 시름시름
> 지나갔어요
>
> —이경림, 「유리」 부분

스핑크스가 오이디푸스에게 한 질문처럼 이 시에는 인생의 구도가 압축되어 있다. 거울이 정면에서 마주하게 되는 명징한 자아 인식의 도구라면 이 시의 유리는 일상의 한가운데서 스치게 되는 삶에 대한 우연한 통찰의 계기이다. 거실 유리에 얼비친 노파는 누구인가. 어린 계집아이와 젊은 여인, 그리고 노파는 시간을 조금씩 달리해 지나간 동일인이 아닌가. 아침부터 저녁까지의 한나절에 불과한 시간에 계집아이는 노파가 되어 있다. 이 시에서는 사라져 가는 시간에 대한 황망함을 거실 유리에 스쳐 지나가는 여인의 여러 모습으로 표현한다. 영화의 오버랩 기법처럼 유리 안에는 여인이 보낸 한평생이 겹쳐진다. 눈 깜짝할 사이 계집아이는 노파가 되었고, "이녁이 유리 밖의 노파를 보는지/ 노파가 유리 밖의 이녁을 보는지", 노파가 된 자신을 바라보는 화자의 시선은 혼란스럽다. 사라져 버린 시간의 흔적을 "유구한 것의 주름들" 같은 중첩되는 영상의 묘미로 살려 낸 점이 돋보인다.

노파들에게서는 단연 시간의 흔적을 찾기가 수월하다. 겹겹이 쳐진 주름이야말로 시간이 흘러간 자국이 아니고 무엇일까. 오래된 낡은 시간의 흔적에 대해 시인들은 무심하지 못하다. 김영승의 「폐지」에는 '할머니'와 '폐지'가 낡은 시간을 대표하는 어울리는 한 쌍으로 등장한다. 폐지는 이름을 적어 놓지 않았어도 할머니에게 딱 어울리므로 누가 뭐래도 폐지는 할머니의 것이다. "저 폐지 카트를/ 팔등신 비키니걸이/ 라운드걸이/ 섹시 미인이/ 끌고 가 봐라". 말이 안 된다. 화자는 "급히/ 저 폐지를 조금 얻어/ 시(詩)를/ 유서를/ 연서(戀書)를" 쓰고 싶다고 한다. 시와 유서와 연서는 현실의 쓸모와 거리가 먼 글들이다. 그렇지만 절실한 내면의 글들이기도 하다. 가장 낮은 곳까지 흘러온 폐지야말로 이런 글들을 쓰기에 적합한 종이가 아닐까. 저 자신 버려지고 구겨졌기 때문에 어떤 하찮은 고백이라도 받아 줄 만큼 편안한 종이. 낡은 폐지와 온종일 그 폐지를 끌고 다니는 할머니는 성자가 된 청소부처럼 가장 낮은 데서 고양되는 성스러운 분위기를 띤다. "나는/ 아주 멀리서/ 저 할머니 뒤를/ 하루 종일 따라만 다녀도/ 구원을 받을 수 있을 것 같았다"는 느낌을 받는 것은 그 때문이다. 사라져 가고 있지만 오래 축적된 시간이 갖는 위로와 치유의 능력을 공감할 수 있다.

시간의 흔적을 좇는 일만큼이나 다함없는 것은 마음의 흔적을 좇는 일이다. 마음도 시간처럼 보이지 않을 뿐더러 시간보다 더 가늠할 수 없이 변한다. 마음은 의지보다 강한 것이어서 뜻하지 않게 흔들리고 제멋대로 뒤척인다.

> 늦은 인생 늦은 마음 늦은 가을 벌판에
> 어디로 가자는 건지,
> 외갈래 산책로가 버르적거리고 있다
> 정물이 되고 싶다
> 길이란 누누이 어지러운 발걸음뿐인데도
> 가면 가 봤던, 달고 비린 살의 노선일 뿐인데도
> 길섶의 나무와 풀꽃은 참 고운 발광으로 노랗게.
> 몸 떤다
>
> —이영광, 「정물」 부분

"늦은 인생 늦은 마음"이라고 해서 예외는 아니다. 정처 없는 마음이 "늦은 가을 벌판" 앞에서 또다시 발동을 건다. "버르적거리고 있다"거나 "몸 떤다"와 같이 이 시에서 길은 마치 길을 재촉하는 동물과 같은 몸짓을 보여준다. 길 앞에서 몹시 흔들리고 있는 화자에게는 "바람도 길도 나무도 다 꿈틀대는 동물이어서,/ 마음이란 것도 건드리면 충혈되는 동물이어서" 쉽게 제어되지 않기 때문이다. "정물이 되고 싶다"는 바람은 결코 정물이 될 수 없는 불안정한 마음의 상태에 대한 반어이다. 그가 겪어 본 마음의 길이란 "누누이 어지러운 발걸음"이고 "달고 비린 살의 노선"이어서 다시 반복하고 싶지 않지만, 어쩌랴 "길섶의 나무와 풀꽃은 참 고운 발광"으로 다시금 길을 나서기를 재촉하며 기다린다. "헛되고 헛된 황금빛 찬란"으로 빛나는 길은 그 자체 색즉시공 공즉시색인 삶의 원리를 내포하고 있다. 아는 일과 사는 일은 같지 않아, 헛되고 헛된 줄 알면서도 황금빛으로 찬란히 빛나며 가자고 재촉하는 길을 피하지는 못할 것이다. 시의 길은 오도의 길과 달라, 저 곧 스러질 빛을 향해 어쩌지 못하고 또 나아가야 하는 것이다.

혼자의 마음도 어쩌지 못하는 것이거늘 타인과의 만남과 이별은 더욱 그러할 수밖에 없다. “누군가는 도착하고 누군가는 떠나고 우리는 쌍화차를 마셨었나? 당신은 남반구에 다녀올게, 라고 말했지 다음 생에 다녀올게, 라고 말하는 것처럼 낯설게 들었지”(안현미, 「홈스쿨링 소녀」)라는 말처럼 만남과 헤어짐은 의지와 상관없이 벌어지는 일이다. “밤과 낮 삶과 죽음 이별과 이별”이 얽혀 있는 삶의 미로 속에서 의심과 원망과 한탄을 반복할 뿐이다. 혼자서 겪고 혼자서 배워야 하는 ‘홈스쿨링 소녀’처럼 우리는 각자 외롭게, 실수를 거듭하며 자신의 삶을 학습해야 한다. 미로처럼 얽힌 시간의 구조 속에서 이 ‘홈스쿨링 소녀’는 화자의 전생 또는 후생처럼 유사한 삶을 반복한다. “오늘 내게선 과학실 비커에 담긴 알코올 냄새가 난다/ 비극적인 냄새가 난다, 고 혼잣말로 중얼거리다 혼자만 놀란다”에서 화자가 “알코올 냄새”를 “비극적인 냄새”라고 하는 것은 ‘당신’이 떠났을 때 “한 계절은 욕하고 한 계절은 술을 따라 주”었던 기억이 스며들어 있기 때문이다. 밤과 낮, 삶과 죽음, 만남과 이별은 뫼비우스의 띠처럼 얽혀서 변화 반복된다. 화자가 과학실 비커의 알코올에서 비극적인 이별의 냄새를 맡았던 것처럼 다음에 과학 시간을 맞을 ‘홈스쿨링 소녀’ 역시 그럴 것이다. 그것이 피하고 싶은 “비극적인 냄새”일지라도 어쩔 수 없다. 인생은 학교가 따로 없이 저마다 홈스쿨링으로 배워야 하는 고독하고 힘겨운 배움의 과정이기 때문이다. 이별보다 더 쓰라린 배움이 있을까. 이별의 고통은 과학실 비커의 “알코올 냄새”로 원초적이면서도 예리하게 연결된다.

왜 쓰디쓴 기억은 오래도록 남고 달콤한 기억은 짧기만 한 것일까. 하재연의 「밀크 캬라멜」에서는 달콤하고 아슬아슬한 사랑의 기억을 그려 낸다. 밀크 캬라멜을 녹여 먹는 듯 아쉽고 위태로운 사랑의 감각이 인상적이다. "나랑 그 애랑/ 어둠처럼/ 햇빛이 쏟아지는 스탠드에/ 걸터앉아서// 맨다리가 간지러웠다/ 달콤한 게 좋은데 왜 금방 녹아 없어질까/ 이어달리기는 아슬아슬하지/ 누군가는 반드시 넘어지기 마련이다"라며 미숙하면서도 생기로 가득한 첫사랑의 느낌을 그린다. 이런 사랑은 맨다리에 닿는 바람 한 올까지도 다 느낄 정도로 감각은 충만하지만 표현은 서툴러서 이어달리기처럼 엇박자가 나기 십상이다. 그렇지만 이 시에서는 딱 밀크 캬라멜을 녹여 먹는 정도의 짧은 시간 동안 사랑의 감각이 얼마나 집중되어 있는지를 묘사하고 있다. "혀는 뜨겁고/ 입 밖으로 꺼내기가 어려운 것/ 부스럭거리는 마음의 귀퉁이가/ 배어 들어가는 땀으로 젖을 때"의 아슬아슬한 상태를 포착해 낸다. 녹아서 사라지고 있는 밀크 캬라멜과 부스럭거리는 마음의 대비가 흥미롭다. 사랑에서 달콤한 시간은 밀크 캬라멜이 녹기까지의 그 짧은 순간에 지나지 않는다는 통렬한 진실이 재치 있게 그려진다.

말의 흔적을 좇는 시는 시간이나 마음의 흔적을 좇는 시보다 더 혼란스럽지만 흥미롭다. 함기석은 오래도록 말이나 숫자의 본성을 탐구해 왔는데, 다음 시에서도 예외는 아니다.

> 단꿈을 꾸던 고양이 도미노가 잠결에 툭
> 앞발로 지지대를 건드리자
> 첫 번째 자명종 시계가 쓰러진다 어둠 속에서 벨이 울리고
> 낮 동안 살을 베고 잠든 칼들이 눈을 뜬다
> 바다뱀의 모습으로

두 번째 거울이 쓰러진다

죽음이 비옷을 입고

누군가를 만나러 횟집 골목을 지나 지하 차고로 들어가고

세 번째 꽃병이 쓰러진다

바닥 여기저기 흩어지는 노란 진통제 알약들

—함기석, 「도미노」 부분

이 시에서 도미노는 고양이의 이름이기도 하고 도미노 게임의 이름이기도 하다. 고양이 도미노가 잠결에 건드린 도미노이니 이 시에서 현실과 환상의 경계는 더욱 모호하다고 할 수 있다. 시의 전개는 도미노가 자명종, 거울, 꽃병, 접시를 차례로 건드리며 지나가는 과정을 따르기 때문에 얼핏 동화적인 느낌을 주지만, 이어지는 장면들은 잔혹극에 가깝다. 자명종 시계가 쓰러지는 장면에 이어 "어둠 속에서 벨이 울리고"라는 구절이 이어지고 이는 동명의 공포영화를 연상시키면서 불길하고 잔인한 이미지들을 연속적으로 불러온다. 이 시의 연상 작용들은 일종의 게임처럼 자의적으로 선택되는 것일 뿐 현실적인 사건과는 거리가 멀다. 이 게임을 이끄는 중요한 원리는 말의 꼬리에 꼬리를 물면서 이어지는 환유적인 연쇄의 고리이다. 가령 "도마엔 아직도 파닥거리는 도미의 눈/ 낮에 살이 반쯤 베여/ 척추가 드러난 새벽 한 시가 두 시가 세 시가 연달아 쓰러지고"에서는 '도마'와 '도미'가 비슷한 소리의 말놀이 작용에 의해 연결되면서 다른 한편으로는 의미의 상관성에 의해 "낮에 살이 반쯤 베여"라는 구절이 이어지다가, '낮'의 상대 개념으로 '밤'의 시간들이 연달아 베여 나가고 쓰러지는 연상을 불러일으키는 식이다. "한 꺼풀 한 꺼풀 죽은 자들의 꿈이 얇게 저미어져 쌓인/ 시집들이 쓰러진다"와 "사막에 불시착한 여객기의 모습으로/ 차례차례 사람들이 쓰러지고"에 이르면 거의 묵시록적인 절망의 이미

지가 펼쳐진다. 이 시는 무의식의 어두운 그림자를 드리우는 말의 흔적을 연속적으로 좇는다. "똑! 똑! 똑 창밖 어둠 속에서/ 흰 눈에 덮인 검은 말이 혼자 흐느끼며 서 있다"에서 "흰 눈에 덮인 검은 말"(馬)은 흰 바탕 위에 쓰인 검은 말(言)과 다르지 않다. "소리도 색도 향기도 없는 나의 빈 창에 남는/ 또렷한 입숙 자국 하나"는 실재와 부재의 숨바꼭질을 이어 가며 오로지 말의 궤적 속에서만 명멸하는 내면의 진실을 감각적으로 드러낸다.

말을 찾는 놀이는 시간의 흐름과 역행하며 다채로운 사유와 감정의 층위를 만나게 한다. 이규리의 시에는 "방과 후 날마다 비유법을 가르쳐 주시던 선생님" 밑에서 "하나로 여럿을 이해하는 일"에 빠져 지냈던 화자가 등장한다.

노을이 철철 흘러 뜨거워서 닫아거는 저녁에
우리는 서쪽 창가에 앉아 흰 단어들을 널었다
나뭇가지에 서늘한 시간이 척척거리곤 했다

그 놀이에 탐닉하는 동안
놀이 끝에 서서히 슬픔이 배어나고 있었다 아파서
좋았다
그 찬란에 눈이 베이며 울며 또 견디며

아직 비유법을 가르쳐 주시는 선생님이 계실까
선생님들은 다 어디 갔을까
비유법을 모르는 추운 꽃밭, 죽어 가는 나무, 무서운 옥상들

—이규리, 「비유법」 부분

"비유법을 밥처럼 먹던 시절" 화자는 시간 가는 줄도 모르고 비유법의 신비에 빠져들어, 놀다가 놀라다가 슬퍼하다가 아파하면서, 말을 배우고 인생을 배운다. 뜨겁던 노을이 서늘하게 식어 가도록 시간 가는 줄 모르고 찬란한 말의 성찬에 빠져들었던 것이다. 말 속에 슬픔이 있고 슬픔 중에 아련한 깨달음이 있는 것을 저절로 터득하던 시절이다. 지금은 낯설기만 한 한가하고 풍요로운 배움의 시간이다. 이제 비유법을 가르쳐 주시는 선생님은 사라지고, 호기심에 가득한 눈에 띄어 자주 비유의 대상이 되었던 꽃밭과 나무는 무관심으로 시들어 가고, 가파른 시간에 내몰린 아이들을 기다리는 건 "무서운 옥상들"뿐이다. 비유법이 사라진 이 시대에는 "제 생이 통째 비유인 줄 모르고" 삭막하고 단절된 관계들만 가득하다.

새로운 것, 빠른 것, 편리한 것들이 지배하는 이 시대에 시인들은 여전히 낡고, 느리고, 불편한 것들에 골몰한다. 지나가 버린 시간이나 정처 없는 마음, 한량없는 말들에 머물고 있다. 현실적 효용과 반비례하여 시는 사유의 활력과 미적 개성을 확보한다. 세속의 관심과 거리가 먼 낡고 미약한 사물들 속에서 사라져 가는 가치와 감각을 발견한다. 시의 촉수가 머물며 여전히 더듬거리는 낡은 정서와 풍경들에는 새로운 것에서 얻을 수 없는 좀 더 본질적인 세계가 자리 잡고 있는 것으로 보인다. 시의 존재 가치는 여전히 현실적 효용의 원거리에서 더욱 확연하게 드러난다.

시의 꿈과 삶

'예술가소설'이라는 말은 있지만 '예술가시'라는 말은 없다. 이는 예술가로서의 자의식을 드러내는 시들이 별로 없기 때문이 아니라 그 반대이기 때문일 것이다. 많은 시들이 시와 시인에 대한 근본적인 질문을 행하는데 바쳐진다. 작가와 작품 사이에 뚜렷한 가상의 공간이 펼쳐지는 소설에서는 작가의 의식 또한 한 겹의 외피를 입고 특별한 형식으로 제시된다. 이에 비해 시에서는 시인의 직접적인 육성이 내밀한 자의식을 드러낸다. 소설보다 시에서 예술가의 자의식이 더 많이 나타나는 또 다른 이유는 현실적인 보상과 거의 무관하게 이루어지는 시 창작의 순수성 때문일 것이다. 고강도로 집필한다면 최소한의 생계 수단이 될 수도 있는 소설에 비해 시는 생계와 무관하다. 돈도 되지 않고 밥도 되지 않는 시를 쓸 때 창작의 의미에 대한 질문은 더욱 예리해질 수밖에 없다. 예술과 삶 또는 이상과 현실의 괴리는 낭만주의 이래의 예술가들, 특히 시인들에게는 근본적인 화두에 해당한다. 현실에서의 자명한 실패에도 불구하고 예술적 추구를 멈추지 않음으로써 그들은 자신의 존재를 더욱 확연하게 입증하는 길을 택한다. 사르트르는 예술가들이 유용성에 기반을 둔 현실에서 패배함으로써 기존의 틀을 송두리째 바꾸는 예술적 탈출을 감행하고 예술의 세계에서는 당당히 이기게 되는 자들이라고 했다. 그의 논리로는 현실에서 더 많이 실패할수록 예술에서는 더 크게 성공할 수 있다. 현실의 보상으로부터 자유로울수록 더 과감하게 예술적 모험을 감행할 수 있기 때문이다. 현실적 효용이 적은 창작을 하는 시인에게는 예술가로서의 도전과 열정이 더욱 충만할 수 있는 것이다.

문학의 위기에 대한 거창한 논의들이 무색해질 정도로 우리 시단에 창작의 활기가 넘치는 현상을 어떻게 설명할 수 있을까? 시는 애초부터 현실적 효용과는 거리가 멀었기 때문에 모든 것이 교환적 가치로 환산되는 물신의 시대에도 흔들림 없이 이어지는 것이 아닐까? 시의 무력하지만 자유로운 입지가 물신의 허위에 저항할 수 있는 해방구로 인식된 것은 아닐까? 다양성과 개성의 표출이 용이해진 현대시가 날로 증폭되는 표현의 욕구를 분출하기에 적합한 장르로 받아들여지고 있기 때문은 아닐까? 독자의 수가 급감하는데도 시인의 수가 계속 증가하는 이유는 시 창작 그 자체의 매력을 배제하고서는 설명하기가 힘들다. 도대체 무엇이 시를 쓰게 하는지, 요즘 현실에서 시는 어떤 의미가 있는 것인지 시인들의 육성을 통해 살펴보도록 하자.

자유로운 꿈

"시는 강한 감정의 자발적 발로"라는 워즈워드의 말은 비단 낭만주의 시뿐 아니라 시의 일반적인 발생 경로를 함축한다. 드물게는 특별한 목적을 가지고 시를 짓는 경우도 있지만 대부분의 시는 자연스러운 감정의 움직임에 따라 지어진다. 어떤 목적에 의해 쓴 시보다 자발적으로 쓴 시가 예술적으로 높은 수준에 이르는 이유는 그것이 보다 자유로운 정신에서 발현되기 때문일 것이다. 자유는 예술의 근본정신이며 현실을 능가할 수 있는 힘이다. 자유로운 상상은 현실의 테두리를 넘어서 다른 세계를 꿈꿀 수 있게 한다. 상상 속에서 생성되는 세계는 현실이 결핍하고 있는 근원적이고 자족적인 상태로 충만하다.

물길은 소리 없이 적막하게 흐른다

언덕배기엔 개나리가 활짝 피어 있고

봄빛이 어느샌가 우리들 곁에 가득 차 있다

이제 나도 물속의 청둥오리처럼 날렵한 친구 만나

사랑을 해 볼까?

두 마리 암수가 파닥, 파닥, 파닥거리는

봄날의 화사한 꽃그늘 속 그 어디쯤에서

몰래 키운 분홍빛 연정도 발그레하게

온몸 붉히면서 익어 가겠지 —이수익, 「봄빛 세상」 부분이 한 편의 전형적인 서정시에는 풍경과 상상과 감정이 연계되는 자연스러운 과정이 고스란히 드러나고 있다. 산책로 풍경이 보여 주는 객관적 현실은 시인의 상상과 교섭하면서 새로운 국면으로 펼쳐진다. 상상 속에서는 청둥오리와 같은 원초적인 사랑이 얼마든지 가능하다. 봄빛처럼 화사하고 완연한 사랑이. 이 시의 여유 넘치는 넓은 행간은 상상 속 사랑의 장면을 천천히 음미하고 싶은 심리를 반영한다. 상상은 자유여서 현실의 경계를 쉽게 넘어간다. 상상 속에서는 청둥오리의 "파닥거리는" 몸짓에도 얼마든지 동화된다. 이수익 시인이 수십 년 간 시를 쓰며 신선한 감각을 잃지 않는 비결은 자유롭게 꿈꿀 수 있는 서정시의 정신을 견지하고 있기 때문인 것으로 보인다. "물끄러미 서서/ 이렇게 꿈같은 서정시 한 편 떠올린다"라는 이 시의 마지막 구절에서는 서정시의 방법과 태도에 대한 소박하면서도 확고한 신념을 읽을 수 있다. 자유롭게 꿈꿀 수 있는 것은 서정시의 고유 영역인 것이다.

나는 다른 하늘을 꿈꾼다.
전생은 어느 인디언 마을의 원주민
움막을 틀었던 이억만 년 전의
그 나무 화석이 있는 곳
얼음과 눈 덮인 언덕이 나의 요새였다.
뾰얀 어금니만 한 나뭇잎이 늦겨울부터 얼굴을 내미는
그 마을은 시인의 마을이라 해도 좋다.
한 번도 먼 마을에는 여행 간 적 없이
오로지 야성의 본능대로 도자기에 무늬를 새기듯
그것이 시인 줄 모르고 시를 새겼다.

—노향림, 「시인의 마을」 부분

시인의 상상에서는 현실과 전혀 다른 시공간으로의 이동이 자연스럽다. 상상 속에서 시인은 이억만 년 전 인디언 마을의 원주민이 된다. 이곳이 바로 시인이 상상하는 시인의 마을이다. 아주 오래된 인디언 마을에서는 모두가 자족적인 삶을 살아간다. 이런 마을의 시인이라면 시인 줄도 모르고 시를 새기며 본능적으로 글감을 찾아다닐 것이다. 시를 쓴다는 의식도 없이 도공이 무늬를 새기듯 "한 땀 한 땀 혈흔처럼/ 시의 무늬"를 새기고 싶은 것이 시인의 바람이다. 그것은 자발적이고 본능적으로 행해지는 창작의 행위이며 다른 무엇으로도 대체할 수 없는 절대적인 창조의 과정이다. 클리언스 브룩스의 '잘 빚은 항아리'와 같은 시의 완벽한 경지에 대한 추구로 인해 시인의 수십 년 창작의 과정이 긴장감을 잃지 않고 지속되었음을 짐작할 수 있다. 좋은 시를 향한 순정한 열망이 현실 너머의 다른 세계를 꿈꾸게 한다. 수십 년 간 시를 쓰는 시인들을 견인해 온 동력은 바로 이러한 자유롭고 열정적인 상상이다.

신생의 언어

예술가로서 시인의 자의식이 가장 예리하게 발동하는 순간은 언어와 마주하고 있을 때이다. 시인에게 언어는 조각가 앞의 돌덩이처럼 아직 태어나지 않은 미지의 형상과도 같다. 시의 언어는 무에서 유로 변환되는 근본적인 창조의 기획을 내포한다. 언어가 의사 전달의 도구일 때와 달리 시에서는 도구성이 약화되고 물질성이 강화되면서 자꾸 눈에 걸리거나 탁한 상태가 된다. 사르트르는 언어의 물질적인 면에 관심을 갖고 그 탁한 재료로 작품을 만드는 사람을 '시인'이라 하여 '산문가'와 구별하였다. 산문에서는 불통의 찌꺼기로 인식되는 언어의 물질성이 시에서는 오히려 성공의 가능성이 될 수 있다고 하였다. 시는 언어를 도구가 아닌 존재로 인식할 수 있게 하며 아직 미답인 채로 남아 있는 언어의 무한한 경지를 새로운 가능성으로 열어 놓는다.

쇄빙선이 얼음을 깨뜨리며 나아간다.
그 뒤로 길고 긴 문장들이 생겨난다.
펜촉이 침묵을 깨뜨리며 나아간다.

(…중략…)

얼음은 침묵이다.
침묵은 입 다문 영혼,
영혼의 손가락에 몸을 끼운 채
몸은 얼어붙은 미지를 깨뜨리며 나아간다.

—채호기, 「쇄빙선」 부분

미지의 언어를 탐사하는 시의 모험은 침묵의 빙하를 깨뜨리며 나아가는 쇄빙선과 흡사할 것이다. 미지의 영토를 힘겹게 밀며 나아가는 쇄빙선이나 백지의 침묵을 조금씩 채워 나가는 펜촉은 모두 강하면서 날카롭다. 그런데 쇄빙선의 묵직한 뱃머리로도 온몸과 영혼의 힘을 가하는 펜촉으로도 "언어는 끝내 녹지 않는다./ 얼음 속에서 침묵이 반짝인다." 거대한 빙하만큼 침묵은 절대적이다. 이 시는 언어의 근원을 이루는 침묵의 깊이를 인상적으로 드러낸다. 언어의 물질성과 말의 육체적 감각이 선명하게 표현된다. 시는 아직도 육필로 쓰는 경우가 많다. 육필은 영혼과 육체의 섬세한 교감을 이끌어 낸다. 육필의 묵직한 존재감으로 인해 언어의 무한한 깊이가 더욱 실감 나게 포착된다. 시는 빙하처럼 거대한 침묵과 대결하는 고독한 과정이다.

시인은 절대 고독 속에서 언어와 대결한다. 무와 유가 맞닿는 언어의 경계는 흔히 극한의 지점을 연상시킨다. 다음 시에서도 언어는 얼음에 비유된다.

> 나는 근접하면 동상을 입는 세계의 극한을 찾는 여린 언어다. 예니세이강을 건너 알타이에 이른 나의 언어는 제자리에서 얼어붙은 파토스의 얼음이다. 자작나무 숲 흰 줄기 사이에서 뽀드득거리는 발자국 소리는 적설량보다 순수하다. 시의 계절은 언제나 겨울이다.
>
> 한겨울 바람 앞에서 내 언어는 땅 밑에서 파릇파릇 돋는 봄풀이다. 온몸으로 가늘게 떠는 연약한 한줄기 감수성. 역사의 발에 밟힌 끝에 대답처럼 다시 본래의 체위를 찾고 마는 초록색 풀의 강인함.
>
> —허만하, 「시의 계절은 겨울이다」 부분

시의 언어는 존재의 가장 예리한 경계에서 움튼다. 물과 얼음의 경계, 생명과 죽음의 경계에서 시의 언어는 자라난다. 시의 언어는 봄풀처럼 연약한 듯 강하다. 얼어붙은 겨울 땅에서 가장 먼저 돋아나는 풀잎처럼 시는 언어의 근원적 생명력을 입증한다. 시의 언어는 역사의 땅에서 짓밟힌 불통의 언어들 너머로 솟아나는 신생의 언어, 원초적 언어다. “기어이 꽃잎처럼 입술에서 떨어지는 최초의 언어를 낳고 마는 침묵의 인내”를 거쳐 시는 탄생한다. 침묵의 심연에서 피어난 연꽃 같은 견인력을 시는 지니고 있다. 무와 유의 경계에서 언어가 발화하는 긴박한 장면을 강렬한 이미지로 포착한 이 시의 마지막 구절을 보자. “나는 이름 없는 한 송이 들꽃의 고독과 호명되기를 애절하게 기다리던 미지의 꽃 이름 틈새에서 치열하게 내리는 폭설처럼 타오르는 언어의 불길이다"에서 '폭설'과 '불길'은 대립적인 이미지라기보다 모순이 통합되는 극한의 경지를 보여 준다. 호명의 순간 한 존재는 무명의 어둠을 뚫고 솟아오른다. 치열하게 내리는 폭설과 뜨거운 불길은 구분이 무의미한 극한의 상태다. 극한의 지점에서 섬광처럼 출현하는 시의 언어는 침묵의 용광로에서 건져 올린 빛나는 신생의 언어다.

이 신생의 언어를 통해 시인은 진정한 창조의 기쁨을 맛볼 수 있다. 세상의 말에 오염되지 않은 자신만의 언어를 창조하기 위해 시인들은 오랜 인내와 고독을 감수한다. 언어를 평생의 화두로 삼고 회의와 번민을 거듭한다. 시인으로서의 자의식에서 언어는 절대적인 위치를 차지한다. "내 말이 곧 나다/ 사금파리같이 산산조각 난 말보다/ 사과처럼 둥글게 촘촘히 짜인 말로/ 나를 다시 낳고 싶다/ 살아 할딱이는 말과 연애 걸어/ 발가숭이 시를 낳고 싶다"(최서림, 「푸른 노새」)에서처럼 시인에게 언어는 존재 전체와 맞먹는 비중을 갖는다. 사람이 그렇듯 언어도 모나서 상처를 내는 말이 있는가 하면 둥글고 편안한 말이 있다. 거칠고 아픈 세상의 말에 상처받은 시인은 아름답고 생명력 있는 언어를 꿈꾼다. 신생의 에너지로 가득한 언어와 더불어 "발가숭이 시"를 낳고 싶어 한다. 시를 낳는다는 말에는 시작을 최고의 창조 행위로 여기는 의식이 깃들어 있다. 생명 탄생과 흡사하게 시는 벌거숭이 같은 신생의 존재를 창조한다. 그것은 독자적인 존재로서 세상에 던져져서 하나의 생명체처럼 자라날 것이다. 세상의 거친 말들과 달리 아직 여리고 부드러운 몸으로, 무한한 가능성을 내포한 채로.

소시민(小詩民)들

시와 마주하고 있을 때는 그토록 충만했던 시인의 마음이 세상과 마주할 때는 그리 편치 못하다. 시의 현실적 효용을 따질 때 시인은 별로 할 말이 없다. 시인에게 삶과 꿈, 현실과 이상의 격차는 극명하다. 일찍이 보들레르는 뱃사람들에게 잡힌 알바트로스가 당하는 수모로 시인들의 현실적 처지를 비유했다. 하늘에서는 가장 멀리 나는 새가 좁은 배 안에서는 꼼짝도 하지 못하는 것처럼 상상의 세계를 활보하던 시인들이 현실에서는 한없이 위축된다. 그들이 밤새워 골몰했던 언어가 현실에서는 알아먹을 수 없는 말이 되고 그토록 참신했던 상상은 쓸데없는 생각에 지나지 않는 것이 된다. 시인이 아닌 사람들에게 시는 도대체 어떤 쓸모가 있을까?

손택수의 시에서 시집은 식탁 다리를 받쳐서 균형을 잡아 주는 역할을 한다. 십 년도 더 전에 친구에게 선물한 자신의 첫 시집이 허술한 식탁의 받침대가 되어 있는 난감한 장면 앞에서 시인은 말도 못하고 참담해한다.

> 생각해 보니, 시집이 이토록 쓸모도 있구나
> 책꽂이에 얌전히 먼지를 뒤집어쓰고 있기보단
> 시집도 시도 시인도 다 버리고
> 한쪽 다리가 성치 않은 식탁 아래로 내려가
> 균형을 잡고 있는, 국그릇 넘치지 않게
> 평형을 잡아 주는, 오래전에 절판된 시집
> 이제는 표지색도 다 닳아 지워져 가는 그것이
> 안주인 된장국마냥 뜨끈하게 상한 속을 달래 주는 것이었다
>
> —손택수, 「시집의 쓸모」 부분

그러나 처음의 황망한 심경도 가라앉고 나자 현실적인, 너무나 현실적인 시집의 쓸모에 대해 돌아보게 된다. "시집도 시도 시인도 다 버리고" 오로지 성치 않은 식탁을 괴기에 안성맞춤이라는 이유로 가장 낮은 자리

에 놓여 있는 이 시집은 어찌 보면 잘 쓰이고 있는 셈이다. 읽히지도 않은 채로 책꽂이에 꽂혀 있는 것보다 식탁을 받쳐 누군가의 편안한 식사를 돕고 있다면 그게 더 쓸모 있는 것이 아닌가. 시인 자신에게는 영혼의 성소이지만 친구 가족에게는 식탁을 괴기에 알맞은 물건일 뿐, 시집의 쓸모는 경우에 따라 달라질 수 있는 것이다. 이 시에는 세상 사람들에게 시집의 쓸모가 어떤 것인지를 적나라하게 확인한 시인의 복잡한 심경이 실감 나게 드러난다.

시를 자발적으로 읽는 독자는 점점 줄어들고 있지만 공공장소에서 시를 활용하려는 시도는 계속되고 있다. 대표적인 예가 지하철 스크린 도어에 시를 게재하는 것이다. 상업적인 광고들과 섞여 사람들의 무심한 눈길을 감내하는 시들을 지켜보는 시인의 마음은 편키 힘들다.

> 지하철 1호선 서울역 승강장
>
> 스크린 도어의 시들이 제복 차림으로 침침하게 서 있다 청마도 목월도 침침하게 서 있다 맨 뒤 용래 선생도 쪼그리고 훌쩍이고 있다 시들의 유일한 노동은 두 팔로 시를 열었다 닫는 일, 시의 방에 들어가 몸 덥혀 나오는 한순간을, 시에 갇혀 덜컹덜컹 흔들리며 이쪽 삶에서 저쪽 삶으로 건너가는 한 송이의 시간을,
>
> 시들이 지키고 있다
> 시들지 않게 보살피고 있다
>
> —이관묵, 「시 고용(雇傭)하다」 부분

시를 사람으로 환치시켜 본다면 지하철 스크린 도어를 지키고 있는 시들은 묵묵히 서 있다 가끔씩 두 팔로 문을 열었다 닫는 단순한 일을 하는

노동자와 흡사하다. "비정규직으로 고용된 시들/ 이따금 파업에도 동참하는 시들/ 연금도 없이 노후에 고생하는 시들"은 영락없이 최하층 노동자다. 이 시대의 시는 "시끌벅적한 삶의 문지기"가 되어 눈길 한번 제대로 받지 못하고 온종일 단순노동에 시달리고 있다. 과거에 시는 많은 사람들에게 영혼의 지표이거나 경이의 대상이었지만 오늘날 시는 스크린 도어를 장식하고 있는 광고와 다를 바 없다. 가슴을 두근거리며 숨죽여 읽던 시도 더 이상 눈길을 끌지 못한다. 전시 행정의 대상이 되어 스크린 도어에 일렬로 늘어선 채 사람들의 무심한 발길에 차이는 것이 오늘날 시의 사실적 국면이다.

김신용은「앵두」에서 노숙자를 위한 시 창작 강의실에서 강의한 경험을 이야기한다. 노숙자와 시의 기이한 결합은 예상대로 껄끄럽고 불편한 느낌을 벗어나지 못한다. 강의를 하는 시인 자신이 "교환가치가 없는 것은 아무 쓸모없는 것이 되는, 시대에/ 대체 시란, 어떤 의미가 있는 것일까?"라는 의문에서 자유롭지 못하다. "마치 외계에서 온 낯선 신호를 수신하는 듯한 눈빛"의 노숙자들을 마주하고 시인은 자신조차 떨쳐 버리지 못한 이 질문에 답하느라 안간힘을 쓴다. 시 속에는 마음의 양식이 들어 있고, 물질로 바꿀 수 없는 무형의 가치가 들어 있고, 인간에 대한 존엄, 타인에 대한 배려와 섬김의 의미가 내재되어 있다고, 그럴듯한 시론들을 다 끌어들여 말해 봐도 "살 한 점 없이 부끄러워"지는 심정을 어쩌지 못한다. "시가 저들에게 빵 하나 햄버거 한 개보다 더 가치가 있는 것"이라는 확신이 서지 않기 때문이다. 빵 하나 바꿀 수 없는 시의 교환가치를 의식하면서 시인은 노숙자들의 낯선 눈빛 앞에 한없이 위축되는 자신을 느낀다. 현실적 효용으로 볼 때 시는 잉여에 불과하다는 참담한 현실을 새삼 확인할 뿐이다.

오늘날 시의 현실적 가치를 적극적으로 옹호하는 시인들을 찾아보기는 힘들다. 시는 더 이상 시대적 사명의 선봉에 서지도 못하고 최고급 예술의 영예를 독차지하지도 못한다. 그래도 여전히 시를 쓰는 이유는 표현의 욕구 때문인 듯하다. 대개의 시인들은 무엇을 '위해서' 쓰지 않고 '그냥' 쓴다. 시는 롤랑 바르트가 말한 '자동사적인 글쓰기'를 대표할 만하다. 목적을 가지고 쓰는 '타동사적인 글쓰기'에 비해 '자동사적인 글쓰기'는 자유롭고 자기만족적이다. 시를 써서 빵 한 조각 얻을 수 없더라도 시인들은 기꺼이 쓴다. 아무 보상 없이도 밤새워 말을 다듬고 또 다듬는다. 시로 밥을 짓고 시로 집을 짓는다.

이제 더 이상 한 시대의 정신을 이끈 한용운 같은 시인도, 천형(天刑)과 같은 시인의 운명을 절규한 서정주 같은 시인도, "가난하고 높고 쓸쓸한" 삶을 다짐한 백석 같은 시인도 찾아보기 힘들다. 우리 시의 공화국에는 이민하가 표현한 것 같이 '소시민(小詩民)'들이 넘친다. 어떤 거창한 이념도 없이, 각별한 운명의 자각도 없이, 그러나 오로지 쓰고 싶은 마음만으로 말의 세계에 파묻혀 지내는 자들이 이곳에는 많다.

자의식이 강한 화가들은 자화상을 많이 그린다. 시인들은 대부분 자의식이 강해서 종종 자화상에 가까운 근본적 성찰의 시들을 쓴다. 시와 삶을 그린 자화상의 투명한 시선을 통해서 이 시대 시인들의 이상과 현실을 들여다볼 수 있었다. 시의 현실적 가치가 위축된 것과 상관없이 언어예술로서 시의 가능성을 추구하는 시인들의 열기는 전혀 줄어들지 않고 있다. "언어미술이 존속하는 이상 그 민족은 열렬하리라"는 정지용의 예언대로 시인들의 열정이 지속되는 한 이 놀라운 시의 나라는 번창할 것이다.

낯선, 시적 순간

'낯설게 하기'는 거의 100년 전쯤에 러시아 형식주의자들이 처음 사용한 개념이지만 아직도 문학과 예술의 근본원리로 삼을 만한 요소가 있다. 문학의 질료인 언어는 일상에서는 긴요한 의사소통의 도구이기도 하다. 러시아 형식주의자들은 대상을 낯설게 하고 형태를 난해하게 만들고 지각과정을 지체시키는 것을 일상어와 다른 문학의 특징으로 보았다. 문학을 비롯한 예술에서는 자동화된 지각에서 벗어난 낯설고 새로운 지각을 추구한다. 일상화된 의식을 뒤틀고 자동화된 반응을 지연시키면서 문학과 예술은 새로운 감각과 인식의 영토를 확장한다.

그런데 낯설게 하기는 어떻게 가능한가? 엉뚱한 발상이나 맥락을 벗어난 표현들 모두가 예술적으로 유의미하다고 보기는 어려울 것이다. 마구잡이로 쓰인 낯선 표현들은 신선한 충격보다 혼란을 일으키기 십상이다. 낯설게 하기의 궁극적 목적은 일상어의 한계를 넘어서는 새로운 지각을 일깨우는 데 있다. 낯설게 하기는 기존의 언어와 인식의 맥락을 한계로 파악하고 넘어설 때 진정한 새로움에 도달할 수 있다. 문학과 예술의 새로움은 완전히 다른 세계에서 오는 것이 아니라 익숙한 일상을 다른 시선과 다른 방식으로 다루는 관점과 표현의 전환에서 온다. 낯설게 하기에서 대상은 고정된 실체가 아니다. 그것은 새로운 각도와 움직임 속에서 이전과 다른 의미를 띠게 된다.

다른 어떤 예술보다 시에서 낯설게 하기는 더 긴요하게 작용한다. 시의 형식은 가장 압축되어 있으면서도 자유롭다. 시는 짧지만 쉽게 해석되지 않는다. 소통 면에서 시어는 일상어의 대척점에 있다. 밀도 높은 형식과 첨예한 언어를 통해 시는 일상어의 테두리를 넘어서 사유와 감각의 혁신을 이룬다. 우리를 새로운 발견의 환희로 이끄는 시적 순간들이 없었다면 시의 저 작은 몸피와 평범한 질료가 그토록 오랫동안 지속되기는 어려웠을 것이다. 아무리 소박한 한 편의 시에서도 우리는 색다른 감흥을 내포한 시적 순간을 기대한다. 낯설게 하기가 그렇듯 시적 순간은 결코 엉뚱한 생각이나 기이한 표현에서 오는 것이 아니다. 맥락의 흐름을 바꾸는 새로운 각도의 시선과 다양한 표현에서 그것은 발생한다.

감각적인 이미지는 시적 순간을 이끌어 내는 데 결정적인 작용을 할 때가 많다. 감각은 대상에 대한 즉물적인 인상을 이끌어 내는 것이어서 고정관념의 영향에서 비교적 자유롭기 때문이다. 시적 순간으로 인식되는 감각의 참신함은 대상의 직접적인 느낌에서 오는 것이며 섬세하고 개성적이다.

> 한밤중, 물이 깬다.
> 첨벙!
> 둥근 물살이 눈을 뜬다.

범종처럼 우렁거린다.

중심에서부터 되살아나 확대되는
저 원상의 파문.
수달이 깨워 보이는 깊이의 표면의
환한 돋을새김 무늬.

—이하석, 「수달」 부분

이하석의 이 시에는 청신한 감각적 이미지들이 가득하다. "첨벙!"하는 시원한 청각적 인상과 물살의 파문이 이루는 시각적 인상이 선명하다. 일반적인 묘사의 방식과 달리 '수달'을 직접적으로 표현하기보다는 수달의 움직임으로 인해 생겨나는 물의 소리와 형태의 변화를 그림으로써 더욱 역동적인 느낌을 준다. 이는 동양화의 채운탁월 같은 기법과 흡사하다. 달을 직접 그리는 것이 아니라 달 주변의 구름을 그려 달이 저절로 드러나도록 하는 방식이 그것이다. 이 방식은 중심과 주변이 조화를 이루며 자연스럽게 드러나게 한다. 이 시에서 주인공인 수달은 물을 통해서 그려진다. 한밤중 고요한 물이 깨어나며 그리는 파문의 모양이 수달의 형상을 대신한다. 시인의 관심은 수달의 모양보다는 첨벙거리며 물을 깨우는 수달의 움직임에 있다. 시인이 수달과 물의 형상을 표현하기 위해 선택한 어휘들을 주의 깊게 살펴볼 필요가 있다. "둥근 물살이 눈을 뜬다" "범종처럼 우렁거린다" "원상의 파문" "환한 돋을새김 무늬" 등 둥글게 퍼져 가는 파문을 범종의 울림에 비유한 것이 특징적이다. 수달에 대한 직접적인 묘사를 피하고 그 움직임에 종교적 이미지를 부여하면서 수달의 존재는 신비화·정신화된다. 멸종 위기에 처한 동물로 깨끗한 물에 살며 야행성이어서 사람의 눈에 잘 띄지 않는 수달의 속성에서 종교적 신성을 발견한 것이다.

속세의 먼지로 가득한 도시에서 벗어나 한밤중 도시 바깥에서 목격한 수달은 범종이 그렇듯 잠시나마 번뇌에서 벗어날 수 있는 정신적 반향을 일으킨다. '첨벙! 첨벙!'하는 수달의 몸짓은 당목처럼 온힘을 다해 범종을 울리며 굳어 있는 정신을 깨운다.

손택수의 「좌선」에서도 동물의 몸짓에서 정신적 의미를 발견하는 발상의 전환을 보여 준다. 카메라의 근접 촬영술 같은 극도의 정밀한 시선이 시적 순간으로 이어지는 지점이 흥미롭다.

> 바람 한 점 없는 유리곽 속
> 몸속에서 일으킨 바람이 속살과 거죽 사이로 불어 가
> 피 한 방울 묻어나지 않게 틈을 벌리는 시간
> 제가 제 살을 뜨는 시간
> 침이 꼴깍 넘어가는 눈앞의 먹이도
> 방해할 수 없는 좌선
>
> —손택수, 「좌선」 부분

이 시의 배경은 동물원의 파충류관이다. 지극히 동물적이고 혐오스러울 수 있는 공간이 새로운 시선에 의해 전혀 다른 의미를 창출하게 된다. 시인의 시선은 파충류관의 유리곽 속에서 한창 탈각 중인 도마뱀에 고정되어 있다. 눈 한번 꿈쩍하지 않고 고도의 집중력을 보여 주는 도마뱀의 자세는 선방의 좌선을 연상시킨다. 고도의 정적 속에서 "피 한 방울 묻어나지 않게 틈을 벌리는" 탈각의 과정이 힘겹게 진행된다. 바람 한 점 없는 완벽한 적막 속에서 오로지 자신의 힘으로 자신을 벗어나는 묵언수행이 한창이다. 식욕이라는 근본적인 욕망마저도 잠재우는 저 절대적인 순간의 의미는 무엇일까. 이어지는 다음 연에서 시인은 "티벳 사람들은 헌

옷을 벗고/ 새 옷으로 갈아입을 때/ 잠시 드러났다 사라지는 알몸을/ 죽음이라고 부른단다"며 설명적인 진술을 덧붙인다. 몸이 새 옷을 갈아입는 순간을 죽음이라고 하여 죽음의 의미가 결코 가벼워지는 것은 아니다. 이 순간은 도마뱀의 탈각이 보여 주는 저 지난한 인고의 과정처럼 완전한 거듭남을 의미한다. 티벳 사람들은 새 옷을 갈아입을 때마다 잠시 드러나는 알몸을 보며 죽음의 수련을 행하는 것이다. 이 시는 도마뱀의 탈각에 대한 극도로 정밀한 관찰에서 삶과 죽음이 전환되는 순간에 대한 생생한 존재론적 통찰을 이끌어 내는 시적 발견을 보여 준다.

허연의 「눈빛」은 눈빛에 얽힌 복잡 미묘한 감정의 흐름을 극적으로 구성하고 있다. 첫 번째 연은 "(기껏 복숭아씨만 한 사람의 눈이라는 게 여간 영묘하지 않아서 그것 하나 때문에 생을 다 바치는 자들이 적지 않았다)"는 담담한 객관적인 진술로 시작된다. 약전(略傳)의 시작 부분처럼 전체적인 내용을 암시하고 안내하는 역할을 한다. 다음 연부터는 '-했네'로 이어지는 회상적 고백체로 잃어버린 사랑에 대한 고통과 후회를 열거한다. "당신을 절벽으로 밀었네. 그 눈빛 서늘하게 며칠을 갔지만 돌아서면 까맣게 잊기도 했네"의 과장된 표현법이 시적인 긴장감을 불러일으킨다. "비가 오면 빗방울을 세기도 했네. 빗방울 속에 그 눈빛 있었네. 절벽으로 밀어 버린 그 눈빛 있었네"라는 다음 연에서도 과장된 표현으로 감정의 흔들림을 묘사한다. 이 시에서는 이별과 미련과 원망과 기다림으로 점철되는 사랑의 보편적 행보를 복기한다. 별다를 것 없는 사랑의 감정을 선연한 눈빛의 감각과 강렬한 극적 구성에 담아낸 점이 낯선 느낌을 준다. "원망은 차가웠지만 눈빛만은 붉었네"의 강렬한 감각적 대비와 "생을 기다림으로 채우게 하는/ 그 눈빛 있었네"와 같은 회한의 어조가 어울리면서 또 한 사랑의 쓸쓸한 드라마를 매듭짓는다.

굴뚝 청소를 하는 아이는 근심이 많다 그중에서도 제일은 어른이 되는 것 굴뚝은 비좁고 몸은 너무 빨리 자란다 그리고 언젠가는 흑인이 될지도 모르고 언젠가는 아버지처럼 주정뱅이가 될지도 모르고 언젠가는 가족들을 버리고 멀리 도망갈지도 모른다 그러나 어디로 이런저런 생각에 잠겨 있다가 갑자기 빗물이 뚝뚝 떨어지자 지붕 위에서 옷을 벗고 몸을 문지른다 시커먼 물이 지붕 아래로 흘러간다 저 건너편 지붕 위에 그와 꼭 닮은 소년 하나가 손가락질하며 크게 웃는다 빗소리에 묻혀 웃음소리가 들리지 않는다

—강성은, 「웃음소리」 부분

이 시는 익숙한 굴뚝 청소부 이야기를 패러디한 것이다. 원래의 이야기에서는 두 명의 굴뚝 청소부가 서로 마주 보고 나서 세수를 하는 쪽은 얼굴이 깨끗한 청소부라는 사실에서, 인식의 주체와 대상이 나뉠 때 사실과 일치하는지의 여부를 알 수 없다는 철학적 딜레마를 이끌어 낸다. 이 시에서는 이러한 철학적 맥락을 문학적 맥락으로 전환시켜 굴뚝 청소부의 심리 상태를 그리는 데 주력한다. 굴뚝 청소를 하는 아이에게는 근심이 많고 "그중에서도 제일은 어른이 되는 것"이라는 진술에서부터 통념을 흔드는 낯선 발상이 시작된다. 굴뚝 청소를 하는 아이는 보통의 아이들과 달리 어른이 되는 것을 원치 않는다. 몸이 커지면 더 이상 굴뚝 청소를 할 수 없기 때문이다. 굴뚝 청소로 몸이 검어지는 아이는 어른이 되면 흑인이 될까 두려워하기도 한다. 이미 차별적인 신분 질서를 감지한 아이는 흑인에게 가해지는 박해가 자신에게 더해질까 걱정스러운 것이다. 아이에게는 따르고 싶은 어른의 상이 존재하지 않는다. 가장 가까이에서 보는 어른인 아버지는 술주정뱅이여서 가족을 제대로 돌보지 못한다. 가계의 부담을 짊어지고 있는 이 아이는 가족을 버리고 어디론가 가고 싶지만 마땅히 갈 만한 곳 또한 없다. 이런저런 근심으로 심란한 아이는 갑자기 비가 오자 옷을

벗고 몸을 문지른다. 흑인 같지 않은 흰 피부를 확인하고 싶었으리라. 건너편의 다른 굴뚝 청소부 아이가 그 모습을 보고 웃어 댄다. 이 장면 역시 원래 이야기를 새로운 맥락으로 전환시킨다. 옷을 벗은 아이를 보며 웃어 대는 또 다른 아이 역시 처지가 다르지 않을 것이다. 그의 웃음소리를 삼키는 빗소리는 그를 둘러싼 불안하고 막막한 현실을 환기시킨다. 이 시는 짧지만 풍부한 이야기를 내포하고 있다. 잘 알려져 있는 이야기의 맥락을 비틀어서 시적 상상과 정서를 새롭게 충전시켜 놓았다.

유홍준의 「송학사 있거늘」에서는 송학사의 이미지와 현실의 괴리를 사실적으로 표현하면서 낯선 느낌을 유발한다. 이 시의 각 연은 송학사를 찾아가는 여로와 송학사 경내 풍경을 그대로 재현한 것이다.

봉지봉지 얼굴을 감싸
세상을 단 한 번도 보지 못한 복숭아가 주렁주렁 매달린 과수원 지나
송학사 있거늘

바닥이 안 보이는 저수지 돌아
시퍼런
송학사 있거늘

둥근 스카이라이프 안테나가 달린 송학사 있거늘

송학아 송학아 나무에서 내려와
나하고 놀자
송학사 있거늘

—유홍준, 「송학사 있거늘」 부분

송학사 가는 길의 묘사가 "봉지봉지 얼굴을 감싸/ 세상을 단 한 번도 보지 못한 복숭아"에서 시작되는 것은 예사롭지 않은 출발이다. 풍성한 결실을 위해 열매마다 봉지를 싸 놓은 복숭아는 자연의 상태와는 거리가 멀다. 복숭아로서는 "세상을 단 한 번도 보지 못"하게 감금당한 것이나 다를 바 없다. 생산의 극대화를 추구하는 자본주의의 손길은 궁벽한 산골에까지 미치고 있다. 첫 번째 연과 대조적으로 두 번째 연에서는 자연 속 깊숙이 자리 잡고 있는 송학사의 풍경을 그린다. 자연의 깊이와 고사(古寺)의 청정한 기운이 표출된다. 세 번째 연에서 분위기는 다시 역전된다. 좀 더 다가간 송학사에는 둥근 스카이라이프 안테나가 달려 있다. 이는 송학사가 탈속의 이미지와는 전혀 다르게 속세와 강하게 연결되어 있음을 보여 준다. 역전은 계속되어 다음 연에서는 그 이름처럼 송학이 깃든 절 풍경을 그린다. 이 시의 재미는 역전을 거듭하며 이질적 광경들이 뒤섞여 있는 송학사의 여러 면모들을 보여 주는 데 있다. 송학이 날고 능구렁이가 불상을 타 넘어가는 깊은 산사지만 송학사는 결코 세상살이에서 벗어나 있지는 않다. "늙은 스님과 중년의 보살이/ 법당 바닥에 퍼질러 앉아 통장 잔고를 들여다보며 무어라 무어라/ 의논을 하는 송학사 있거늘"이라는 이 시의 마지막 장면은 절 속의 삶 역시 자본주의의 지배에서 자유롭지 못하다는 사실을 실감 나게 보여 준다. 깊은 산사에서 목격한 적나라한 현실은 우리에게 이미 공기처럼 익숙해져 있는 자본주의적인 삶을 새삼 돌아보게 한다. 속세에서 멀리 떨어져 있는 산사에서 그것은 낯설게, 그래서 더욱 선연하게 확인된다.

이범근의 「이름을 위한 종례(終禮)」에는 풍부한 서사가 내포되어 있다. 이야깃거리가 가득하지만 구체적인 이야기는 아무것도 없어 독자의 상상력을 끊임없이 자극한다. 많은 이야기가 생략된 채 몇 개의 장면만으로 상상을 이끌어 내는 연출법이 신선하다.

버리고 돌아온 그녀가 창가에 앉아 있다
유리창이 닫혀 있지만
커튼은 만삭으로 부풀어 일렁인다
창가라는 말이 있기 전부터
창가에 있던 사람처럼
그녀는 그녀의 일부 같다
커터칼을 쥐고 책상 모서리에다 새기고 있다
덩어리인지 냄새인지 윤곽인지 모른다
입술을 모아 후, 날려 버린 나무 조각들이
뿌리의 저음으로 가라앉는 오후
교실 마루엔 발자국이 남질 않는다

—이범근, 「이름을 위한 종례(終禮)」 부분

이 시는 "버리고 돌아온"이라는, 목적어가 생략된 어색한 관형절로 시작된다. 목적어 자리에 들어갈 이 말은 끝내 발설되지 않아 궁금증을 일으킨다. 주인공인 '그녀'는 시의 전반부에서 창가에 있다 후반부에서는 창가에서 사라진다. 아무 사건도 없지만 긴장감 넘치는 영화의 한 장면처럼 그녀는 나타났다 사라진다. 이 시에서 극적 효과를 배가하는 것은 그녀가 서 있는 창가에서 만삭으로 부풀었다 그녀가 사라지자 더 이상 부풀지 않는 커튼이다. 커튼은 창가에 붙박인 듯 머물러 있던 그녀의 존재를 표상한다. 교실에 있지만 교실 풍경에도 섞이지 못하고 집에도 가고 싶지 않은 그녀는 창가 같은 경계 지점에 처해 있다. 커터칼로 책상 모서리에 무언가를 새기는 그녀의 모습은 불길하고 위태로워 보인다. "덩어리인지 냄새인지 윤곽인지 모"를 그것으로 인해 불안감은 더 극대화된다. 이 시에서는 그녀의 문제를 파악할 수 있는 결정적인 단서들을 모호하게 함으로써 상상의 여지를 풍부하게 남겨 놓는다. 결국 이 시에 가득한 이야기는 텅 빈 채 열려 있고, '그녀'가 남기고 간 쓸쓸한 흔적만이 아스라한 여운을 남긴다. 서사를 품으면서도 지극히 서정적인 방식을 견지해 나간 점이 이 시의 독특한 미학을 이룬다.

비유는 시에서 낯설면서도 선명한 인상을 생성할 수 있는 효과적인 요소이다. 비유는 이질적인 대상들을 결합하면서 새로운 시선과 의미를 이끌어 낸다. 함민복과 심재휘의 시에서 물고기로 비유되고 있는 곤고한 삶을 살펴보도록 하자.

아래턱이 치붙을 정도로
입 꽉 다물어야 할 일
많았던가

세파에 흔들리면서도
식구들을 다 품어
좁아진 가슴으로

(…중략…)

직불카드처럼 납작해지는
그림자를 출력하며
헤쳐 헤쳐 나가는

이
땅의

아버지들

—함민복, 「밴댕이」 부분

물속에서 물고기로 사는 일
그저 둥둥 떠 있는 거 아니냐 남들 말하는 일
그는 바닥에 가닿지 않으려 매일 부레를 소진했으리라
새벽마다 일어나 낡은 부레를 채우고 또 채웠으리라
그리고 먼 곳에는
수직을 놓치고 누운 사람
숨 쉬는 일이 진짜 일이 되어 버린 사람이 있다

—심재휘, 「물고기 눕다」 부분

두 시 모두 이 땅에서 나날이 살아가는 일의 어려움을 말하고 있다. 물고기가 물에서 살아가는 것처럼 당연하고 쉬워 보이는 일이 결코 그렇지 않다는 사실이 비유를 통해 더 선명하게 부각된다. 함민복의 시에서는 '밴댕이'라는 물고기를 통해 구체적인 비유가 이루어진다. 이 땅의 아버지들은 언제부턴가, 그 좁아터진 '속알딱지'로 더 잘 알려진 밴댕이의 처지로 전락하게 되었다. 성질이 급해 잡히자마자 죽기 때문에 붙여졌다는 밴댕이의 이 별명은 생계를 위해 전전긍긍하는 이 시대 아버지들의 미미한 형편에 대응되며 의미가 확장된다. 아래턱이 더 돌출되어 있고 몸체가 유난히 납작한 밴댕이의 특징 하나하나가 아버지들의 처지와 절묘하게 부합된다. "직불카드처럼 납작해지는/ 그림자"는 이 시대 아버지들의 음울한 표상이다. 가족 내에서 직불카드와 같은 기능을 담당하며 납작하게 위축된 아버지들의 서글픈 위상이 적나라하게 그려진 것이다. 밴댕이로 비유된 아버지는 이전에 보기 힘들었던 낯선 조합으로 낮아진 부권과 과도해진 생계의 부담을 실감 나게 표출한다.

심재휘의 시는 어항 속 물고기에 대한 섬세한 관찰에서 삶에 대한 통찰을 이끌어 내고 있다. 시인은 어항 속 물고기 중에 자꾸만 꼬리가 처지는 한 마리를 보며, 숨 쉬는 일조차 쉽지만은 않을 수 있다는 생각을 하게 된다. 물고기가 "수평을 잃고 곧추 몸을 세워 누워 버렸다"면 이미 정상적인 상태에서 벗어난 것이다. "수직을 놓치고 누운 사람"도 마찬가지이다. 당연지사로 여기는 수직 또는 수평의 삶이 힘들어져 반대편으로 기우는 것에서 세상살이의 녹녹지 않음을 절감하게 된다. 물고기는 바닥에 닿지 않으려 쉼 없이 부레를 소진하고 사람 또한 살기에 급급하다. "숨 쉬는 일이 진짜 일이 되어 버린 사람"은 수직의 고단한 삶에 지쳐 누워 있다. 숨 쉬는 일을 잊고 살아야 진정 살아 있는 것이고 숨 쉬는 일이 진짜 일이 되어 버릴 때에는 오히려 삶에서 멀어진다는 역설이 지난한 세상살이를 반증한다. 물고기든 사람이든 수평 혹은 수직으로 유지되는 삶의 자세를 잃어버린 존재들에서 삶의 무게를 간파해 낸 시이다.

시를 시로 느끼게 하는 특별한 순간이 없는 시에서 감흥을 얻기는 어렵다. 그 특별한 순간은 대개 평범한 진술과 다른 감각, 다른 시선, 다른 이야기에서 온다. 낯설어서 멈칫하게 만드는 그 순간을 만나기 위해 우리는 시를 읽는다. 그 순간 속에서 다른 어떤 문학과 예술보다도 우리를 고양시키는 새로운 감각과 느낌, 삶에 대한 통찰을 접하게 된다. 그 새로움이란 무조건적인 일탈이나 엉뚱한 발언에서 생겨나는 것이 아니라 기존의 감각과 사유가 놓인 맥락을 간파하고 새롭게 배치하는 발상의 전환에서 일어난다. 맥락의 무시가 아닌 맥락의 전이야말로, 낯설게 하기가 시인뿐 아니라 독자가 시적 순간에 동참할 수 있게 하는 결정적인 요건이라 할 수 있다.

제3부 감각의 깊이

순은(純銀)의 감성과 자유의 정신

—오탁번의 시 세계

오탁번은 1967년『중앙일보』신춘문예에 시「순은(純銀)이 빛나는 이 아침에」가 당선되어 등단하였다. 지금까지『너무 많은 가운데 하나』『생각나지 않는 꿈』『겨울 강』『1미터의 사랑』『벙어리장갑』등의 시집을 내놓았으며 여전히 활발하게 활동하고 있다. 등단작인「순은이 빛나는 이 아침에」는 맑고 빛나는 감성으로 생명의 신비를 전하는 그의 시적 운명을 예고하는 전주곡과도 같은 시이다. “나뭇가지마다 순은의 손끝으로 빛나는/ 눈 내린 숲길”에 대한 정밀한 관조는 천년 동안 땅에 묻힌 원시림이 석탄으로 변모하는 깊이의 상상을 끌어오고 다시 스토브 연통을 빠져나간 석탄의 뜨거운 기운이 “무변(無邊)한 세계 끝으로 불리어 가/ 은빛 날개의 작은 새”가 되는 상상으로 도약한다. 천년 간의 두터운 시공의 지층을 뚫고 원시림의 싱싱한 생명을 전하는 “은빛 날개의 작은 새”는 곧 시적 자아의 모습이기도 하다. ‘은빛’의 빛나는 감성은 원시림이 침적한 단단하고 강경한 석탄의 침묵에서 생명의 증언을 끌어낸다. 시인의 언어는 은빛으로 맑고 투명하게 빛난다. 그것은 작은 새의 몸짓처럼 연약하지만 자유롭다. 시원(始原)의 생명을 전하는 시인의 언어는 가볍고 자유로운 상상의 힘에 의존한 것이다. 오탁번 시인의 감성은 근본적으로 순연한 세계에 뿌리를 두고 있다. 소설이나 이론 연구 등 다방면에 걸친 그의 문학 활동에서도 가장 순수한 문학의 형식인 시가 든든한 밑받침이 되는 것 역시 이러한 성향과 무관하지 않을 것이다. 그의 언어는 순수하고 근원적인 자연의 생명감을 건져 올릴 때 특히 빛을 발한다.

자연의 경이를 옮기려는 '미명(未明)의 인부(人夫)'로서 부지런히 쌓아 올린 언어는 어머니 또는 고향의 모성과 본능의 아름다움을 함축한 여성성의 표출에 있어 괄목할 만한 성과를 거둔다. "이승은 한 줌 재로 변하여/ 이름 모를 풀꽃들의 뿌리로 돌아가고"로 시작해서 "저승은 한 줌 재로 변하여/ 이름 모를 뿌리들의 풀꽃으로 돌아오고"로 닫히는 시 「하관(下官)」에서 시인은 삶과 죽음이 하나로 맞물려 회전하는 생명의 신비한 수레바퀴를 재현하고 있다. 어머니의 죽음과 하관 의식을 통해 그는 근원에 대한 의문 속에서 어머니의 자궁에 종속된 자아와 순환 회귀하는 생명의 영속성을 깨닫는다. 인간에게 돌아가야 할 근원으로서의 자연이 있듯 시인에게는 어머니라는 근원의 거소가 있다. 어린 시절 때도 모르고 뛰어놀던 그를 부르던 '저녁연기' 같은 어머니는 시인이 어른이 되어도 세상의 온갖 유혹으로 인해 탈선하지 않도록 끌어 주는 강한 인력이다. 어머니의 강한 자장을 의식하는 그는 스스로 "아직 눈도 못 뜬 애벌레가 되어/ 사방팔방 어둠뿐 어머니의 자궁 속의 맥박/ 숨결을 지탱하며 기어 다니고 있어요"(「어머니」)라고 고백한다. 자신을 아직 눈도 못 뜬 애벌레로 치부하고 어떻게 하면 "어머니의 젖가슴으로 다가갈 수 있을까"(「로히트 분유」)를 최대 연구 과제로 삼는 시인의 모성 회귀 본능은 근원이 생명에 대한 그리움에서 연원한다. 그의 많은 연애시들 역시 본능의 아름다움과 생명력에 대한 찬

미라는 점에서 근원에 대한 회귀의 욕망과 거리가 멀지 않다.

原州高校 이 학년 겨울, 라라를 처음 만났다. 눈 덮인 雉岳山을 한참 바라다보았다.

7년이 지난 2월 달 아침, 나의 天井에서 겨울바람이 달려가고 대한극장 나列 14에서 라라를 다시 만났다.

다음 날, 서울역에 나가 나의 내부를 달려가는 겨울바람을 전송하고 돌아와 高麗歌謠語釋硏究를 읽었다.

형언할 수 없는 꿈을 꾸게 만드는 바람 소리에서 깨어난 아침, 次女를 낳았다는 누님의 해산 소식을 들었다.

라라, 그 보잘 것 없는 계집이 돌리는 겨울 풍차 소리에 나의 아침은 무너져 내렸다. 라라여, 본능의 바람이여, 아름다움이여.

—「라라에 관하여」 전문

"본능의 바람"은 예기치 않은 순간에 다가와 우리의 영혼을 흔들고 가는 법이다. 시인의 기억 속에서 최초의 바람은 원주고등학교 2학년 겨울, 극장 어두운 스크린에서 불어왔다. 「닥터 지바고」의 라라가, 영화 속의 많은 사나이들에게 그랬던 것처럼, 그에게도 본능의 환한 불꽃을 일깨워 주었던 것이다. 통과의례를 지켜보는 아버지처럼 치악산은 묵묵히 그를 스치고 가는 욕망의 그림자를 관조한다. 라라, 혹은 "본능의 바람"이 촉발시키는 형언할 수 없는 울렁임과 교차하는 누님의 해산 소식에서 시인은 모계로 전승되는 본능의 아름다움에 경탄한다. 바로 이 지점에서 모성과 여성성에 대한 동경은 하나로 연결된다. 본능의 아름다움은 건강한 생식력과 다르지 않기 때문이다. "청과(靑果)를 인 여자의 몸에 피어나는/ 야생의 꽃"(「꽃정신(精神)」)이나 "강변 낚시터에서 커피를 파는 여인/ 가무잡잡한 얼굴에 호박 같은 궁둥이"(「눈뜨는 욕망」)에서 문득 잠자던 욕망을 일깨우게 되는 것도 생명력에 대한 근원적인 갈망에서 비롯되는 것이다.

그런데 영혼과 욕망이 합치되는 순수한 사랑의 어려움은 많은 눈물과 그리움을 자아낸다. "이슬방울로 빛나는 사랑/ 눈물 빛의 사랑을 표현할 수 있다면"(「꽃과 눈물」), "이별의 시간이 다가올수록 더욱 빛나는/ 너의 흰 손 흰 이마 가슴 적시는 눈물방울"(「사랑의 깊이」), "우리가 서로서로 살을 맞부비며/ 영롱한 눈물 방울방울 흘릴 때면/ 저 멀리 어둠 속에서 태어나는 별 하나"(「촛불 하나 별 하나」) 등 많은 시에서 그리운 사랑은, 초기 시의 '순은(純銀)'의 이미지를 잇는 맑고 투명한 '눈물'방울로 빚어진다. 순수를 향한 그의 욕망의 열도는 가령 10조분의 1미터의 오차를 메울 만큼 치열한 것이다.

> —1m의 정확한 길이는 얼마일까? 물론 1㎝가 1백 개, 1㎜가 1천 개
> 이어진 길이이다. 그러나 아무리 정확하게 1m의 표준을 정해 놓
> 아도 10兆分의 1m의 誤差가 발생하다고 한다.

석 자 가웃되는 1미터의 정확한 길이는
빛이 眞空 속에서 2억 9천 9백 79만 2천 4백
58分의 1秒 동안 진행된 거리라고 하는데,
그대와 나 사이에 가로놓인 그리움의 거리는
베틀 위의 팽팽한 눈썹줄이 잉아에 닿을 때

북에서 풀리는 비단실의 떨림이라도 되는지,
우리들 사랑의 이 永劫과도 같이 멀기만 한
닿을 수 없는 허기진 목숨의 虛空 속에는
칠월 초이렛날 미리내를 날으는 까막까치의
하마하마 기다리던 날갯짓 소리 가득하지만,
내 藥指를 그대의 藥指에 마주 비벼서
10兆分의 1미터의 목마름 죄다 지우고
隕石 떨어지고 化光 박히는 宇宙 속에서
미리내를 건너는 그리움이 金빛으로 물들 때,
아스라한 길녘 어느 1미터의 물이랑 위에
紙筆墨과 弓矢와 실타래 가지런히 놓아서
애비에미 이별은 나비잠 속에서도 꿈꾸지 않을
외씨 같은 젖니 난 우리 아기의 첫 돌을 잡히고.

—「1미터의 사랑」 전문

이 시에서는 사랑하는 사람 사이의 그리움의 거리를 유례없이 정밀한 잣대로 그리고 있다. 10조분의 1미터의 오차만 있어도 영겁같이 멀기만 한 허기진 사랑 앞에서는 견우와 직녀의 운명을 벗어날 수 없지만 또 그 오차를 메우려는 간절한 약속으로 사랑은 영속되는 것이다. 10조분의 1미터의 오차를 거부하는 순수한 사랑의 역정이야말로 영겁의 시간을 거슬러 올라가 시원의 깊이에서 생명을 건져 올릴 수 있다.

이러한 1미터의 사랑을 향한 시인의 순수한 열정은 진공 상태에서 지켜지는 것이 아니라 현실의 오염된 공기에 노출되어 있다. 사랑이나 생명의 노래가 자칫 진공 속을 떠다니는 것처럼 자유롭지만 무기력한 상태에 빠지기 쉬운 것에 비해 그의 시는 현실의 오염된 공기에 과감히 맞선다. 진공 상태에서는 정확한 1미터의 거리가 현실에서는 어쩔 수 없는 오차를 드러내는 것처럼 현실에서 이러한 1미터의 사랑이 지켜지기는 쉽지 않다.

오염된 현실에서 순수한 생명을 지키려는 열정은 "개똥참외와 보리밥을/ 방귀와 섞어 먹으며 자라/ 유권자가 되고 시인이 됐던/ 나의 전생이/ 이름 없는 산유화로 흰 돌로 변하는/ 흰 뼈가 안개가 되는/ 평범한 사랑" (「흰 돌」)에서 배운 것이다. 그러니까 시인은 순수를 지키기 위해 현실에서 멀어지는 것이 아니라 순수로부터 현실에 맞설 수 있는 힘을 얻는다.

> 해마다 봄이 되면
> 첫사랑처럼 첫이별처럼
> 순서대로 피고 지던 꽃이
> 제멋대로 피고 지는 것은
> 이제는 사랑도 미움도
> 분별하지 못하는 나의 부끄러움을
> 다 알고 있다는 뜻일까
> 나의 거짓을 환히 알고 있다는 뜻일까
> 불길 속으로 몸을 던져
> 자유를 선택한 빛나는 목소리를
> 살아 있는 자들이 염치없이
> 개발새발 흉내 내고 있기 때문일까
> 이상하다
>
> —「꽃이 피는 순서」 부분

자연의 질서로부터 세상살이의 방법을 배운 시인은 꽃이 피는 순서가 뒤바뀐 현상을 보며 현실의 전도된 질서를 반성한다. 사랑과 미움이 뒤엉

키고 진실과 거짓이 둔갑하는 현실은 순서대로 피고 지던 꽃들이 제멋대로 피고 지는 것만큼이나 큰 변괴이다. 이와 같이 도착된 현실을 바로 보는 분별력은 진보라는 미명 하에 허위로 왜곡된 역사가 아닌 꽃이 피는 순서같이 순수한 자연의 질서로부터 얻은 것이다. 그것은 "쇠똥 속에 집을 짓고/ 바깥세상을 바라보는/ 역사 인식의 눈빛"(「요즘의 연구 과제」)과 같은 확고한 자의식을 내포한다. 세상과 만나는 그의 역사 인식은 유충의 기억을 벗어 버리는 완전 변태의 방식이 아니라 그 기억을 고스란히 간직한 것이다. 언제나 그의 행동의 잣대이자 버팀목이 되어 주는 어머니 또는 자연처럼 그의 역사 인식은 근본적인 질서에 대한 분별력을 바탕으로 한다.

자연의 질서 앞에 부끄럽게 착종된 역사는 "왕릉 속에야 금관도 있고 보검도 있지만/ 손발이 썩은 육체는 어쩔 수가 없네요 히히"(「왕릉에서」)하는 까마득한 기억으로부터 "물도 공기도/ 진작 통일이 되었거늘/ 파랑불 빨강불 신호에 맞춰/ 인간들만 두 토막을 치고 있"(「동해」)는 분단 현실이나 "저 남쪽 어디에서/ 사람들이 피 흘리며 죽고/ 최루탄과 화염병이 서로 죽이며/ 청년들이 하늘에서 뛰어내려/ 불길 속으로 몸을 던진"(「꽃이 피는 순서」) 최근의 일에 이르기까지 얼룩져 있다.

허위의 역사가 안고 있는 이중의 질곡은 외세에 유린당하는 무기력한 현실이다. 시인은 이미 어린 시절 "천둥산의 산불도, 동네의 자욱했던 엄마의 한숨도"(「천둥산 박달재」) 목격한 바 있다. 거기에다 이제 와선 그 자신이 외세의 문화 제국주의에 침윤되어 있으며 동포의 소식조차 타국의 기자로부터 들어야 하는 현실에서, "교활한 소금 장수에게/ 눈 멀쩡하게 뜨고 마누라 빼앗긴/ 오쟁이 진 농부처럼 부끄럽다"(「북조선 인민을 위한 비망록」)에서와 같은 심한 모멸감을 느낀다. 북녘 동포들에 대한 그의 핏빛 그리움은 뒤틀린 역사를 바로잡고 순정한 질서를 세워야 한다는 의지에서 나온다. 진실과 허위, 주인과 타인이 뒤죽박죽이 된 현실에서 시인은 시가 욕설이 되는 슬픔에 빠진다. 시가 욕설이 될 때는 예외 없이 지조(志操)가 발동한다. 그런데 무언가를 지켜야 한다는 이 의지는 곧고 바른 기준에 대한 분별력이 없이는 작동이 불가능하다. 그 기준이란 다름 아닌 꽃이 피는 순서로부터 배우는 "역사 인식의 눈빛"이다. 순수한 사랑과 생명, 그리고 역사 인식 사이에서 시인은 남다른 균형 감각을 보여 준다. 그는 순수에 대한 열정 없이 바른 역사가 세워질 수 없으며 역사를 배제한 순수가 무의미한 것을 안다. 시인은 이 어울리지 않는 짝을 운명처럼 걸머지고 가야 한다.

베르그송은 형이상학과 심리학에서 공통되는 문제가 자유라고 했지만 시야말로 자유를 영원한 주제로 삼는 작업이라고 할 수 있다. 시의 자유는 현실에서 순수를 꿈꾸는 것인데 그것은 불가능하기 때문에 영원하다. 이 가혹한 노역으로부터 벗어나려는 자는 시를 쓸 수 없다. "깨어지지 않는 꿈을 꾸는 사람은 시인이 아니"(「꿈속의 편지」)기 때문이다. 언제나 깨어져서 영원히 다시 채워야 하는 자유의 항아리 속에 시는 담겨 있다. 그는 비닐하우스에서 자란 참외처럼 자유를 저당 잡힌 겉만 매끈한 시들을 거부하고 개똥참외의 자유를 닮으려 한다. "사람과 개의 밥통과 창자의 깊고 질긴 어둠을 헤치고/ 다시 나오는 씨앗/ 그 빛나는 자유가 흙에 묻혀서/ 또 그 가을과 겨울의 어둠을 지내고/ 이듬해 봄에 싹이 트는 진실"(「개똥참외」)처럼 참된 자유는 길고 질긴 어둠을 이겨 내는 생명의 힘을 내포한다. 영원한 생명을 향한 자유는 어둠을 헤치는 고통 속에서 얻어진다.

원고지 앞에서 만년필 뚜껑 까고
영혼에 개칠을 하지 마
시는 몸으로 쓰는 게 아니지

슬픈 손으로 눈물 젖은 눈으로

울면서 죽으면서 추는 춤이야

너희들을 흐려 놓은 자들은

천재로 민중으로 다가와

죽은 비유만 남겨 놓고 갔지?

문학사와 민중사를 몽땅 버렸지?

—「우리 시대의 시인론」 부분

왜곡된 문학의 정신을 비판할 때 더할 수 없이 신랄한 시인의 어조는 시의 자유가 몸으로 외쳐서 얻어지는 것도 죽은 비유의 장식으로 얻어지는 것도 아님을 설파한다. 시는 몸으로 쓰는 게 아니라는 확신은 민중시에 대한 반박으로 이어진다. "민중시 나쁘다는 놈 손들어!/ 없지?/ 가난해서 학교 다 못 다니고/ 신문도 잘 못 읽는 사람들/ 이게 민중 아니라는 놈 손들어!/ 없지?"(「민중시」) 식으로 좀 과장해 보였지만, 민중시의 이분법적인 흑백논리가 우리 문학사를 흐려 놓았다는 것이다. 시의 자유는 몸이 아닌 언어로 찾는 것이다. 현실에 대한 언어의 무력감으로 시는 늘 "슬픈 손으로 눈물 젖은 눈으로/ 울면서 죽으면서 추는 춤"이 되지만 언어를 포기한 시는 이미 시가 아닌 것이다. 안이한 죽은 비유로 영혼을 오염시키는 언어들도 똑같이 시의 자유를 역행한다. "어항 속에 갇혀 뿌려 주는 먹이만 먹으며/ 계곡을 거슬러 오르면서 물살 가르던/ 북한강 상류 쏘가리의 아름다움 잊은 지 오래"(「요즘 시인들」)인 그런 시들은 영원한 생명을 향한 자유를 포기한 채 "시를 많이 쓰고 발표하고 시집을 내면서도/ 모두들 빨리 죽는 길을 달려가고 있"는 것이다. 시의 아름다움, 시의 위의(威儀)는 자유를 향한 거침없는 열정에서 비롯되며 살아 있는 언어의 영혼에서 구해지는 것이다. 그것은 언어를 포기한 거친 함성이나 생명을 잃은 혼탁한 언어에서는 찾을 수 없다. 시인의 사랑은 언어에 대한 사랑에서 시작된다.

언어의 생명을 전하는 시인의 노동은 최근 더욱 활기를 띠고 있다. 언어예술로서의 시의 구조에 대한 신념으로, 한 편 한 편의 시를 완벽하게 직조해 내려하는 변함없는 고집 외에 사라져 가는 모국어에 생명을 불어넣으려는 절박한 사명을 수행하고 있다.

지붕 위에 널린 빨간 고추의 매운 뺨에
가을 햇살 실고추처럼 간지럽고
애벌레로 길고 긴 세월을 땅속에 살다가
羽化되어 하늘을 나는 쓰르라미의
짧은 생애를 끝내는 울음이
두레박이 넘치는 우물물만큼 맑을 때
그 옛날의 사랑이여
우리들이 소곤댔던 정다운 이야기는
추석 송편이 솔잎 내음 속에 익는 해거름
장지문에 창호지 새로 바르면서
따다가 붙인 코스모스 꽃잎처럼
그때의 빛깔과 향기로 남아 있는가

—「그 옛날의 사랑」 부분

구절구절 아스름한 정취를 자아내는 오탁번의 시들은 순수한 삶과 언어에 대한 사랑을 담고 있다. 순수하기 때문에 생명력이 풍부한 삶과 언어가 현실의 변화와 전도된 가치 속에서 잊혀져 가고 있다. 언어에 대한 사랑은 언어에 내재한 생명력을 일깨운다. '지붕에 널린 빨간 고추의 매운 뺨' '우화되어 하늘을 나는 쓰르라미' '두레박에 넘치는 우물물' 등의 정겨운 언어들은 우리의 의식 밑으로 잊혀져 가던 옛 추억과 정경들을 생생하게 끌어 올리고 있다. 삶이 언어를 낳지만 언어가 삶을 되살리기도 한다. 옛것을 내쫓는 현실의 변화는 옛말의 아름다움마저 사장시켜 왔다. 시의 언어는 "또 몇 백 년/ 강물이 흐른 뒤/ 우리들 사랑의 타지마할에서/ 이맘때쯤 다시 꼭 만나기로 하자"(「타지마할」)는 사랑의 약속처럼 시공을 뛰어넘는 영원을 꿈꾼다. 현실에서의 죽음이 영원에서는 삶이 될 수도 있다. 시의 언어는 현실의 흐름을 거슬러 올라가 언어와 생명의 본원에 도달할 수 있는 힘을 내포한다. 시는 언어의 생명을 확장시키는 생명의 언어이다. 시인은 원시림의 숨결을 캐내던 순연한 감성으로 사라져 가는 모국어의 생명을 연장시키고 있다. 그는 근원의 순수한 생명에 대한 사랑이 없이 삶의 지속이 불가능한 것을 안다. 언어에 대한 시인의 사랑은 곧 삶에 대한 사랑이다.

경계를 탐사하는 뜨거운 눈

—이하석의 시 세계

1. 들어가며

'광물질의 상상력'이라는 김현의 명명은 이하석 시에 대한 이후의 논의에 결정적으로 작용해 왔다. 이하석의 첫 시집 『투명한 속』을 해설하면서 김현은 시인의 뚜렷한 개성을 한눈에 포착하였으며 분명하게 부각시켰다. 김현의 지적처럼 이하석은 누구보다도 시의 제재로서 광물질을 적극적으로 끌어들인 시인이다. 광물질이라는 제재를 다루면서 보여 준, 감정을 최대로 억제한 관찰의 방법도 이하석 시의 특장으로 지적되어 왔다. 이하석은 첫 시집부터 개성 있는 시인으로 주목받았다는 점에서 행운의 시인이지만, 첫 시집의 인상이 너무 오랫동안 강하게 작용한다는 점은 그리 좋은 일일 수 없다. 이하석 시에 대한 고정관념은 시인이 그동안 보여 준 다양한 면모에 대한 관심을 약화시킨다.

이하석은 1971년 등단 이후 『투명한 속』(1980) 『김 씨의 옆얼굴』(1984)

『우리 낯선 사람들』(1991) 『측백나무 울타리』(1992) 『금요일엔 먼 데를 본다』(1996) 『녹』(2001) 『고령을 그리다』(2002) 『것들』(2006) 『상응』(2011)에 이르기까지 아홉 권의 시집을 간행하며 꾸준히 활동해 왔다. 시집을 새로 내놓을 때마다 제재나 관점은 조금씩 변화를 보여 왔다. 가령 첫 시집에서 광물질 이미지로 문명의 음지를 묘사했다면 두 번째 시집에서는 물화된 인간의 묘사로 부패한 욕망의 풍경을 펼쳐 보였다. 첫 시집에서 사물을 전경화한 것에 비해 두 번째 시집에서는 타락한 인간 군상이 전면에 등장하였다. 두 번째 시집까지 철저하게 지켜지던 객관적 시선도, 세 번째 시집에서부터는 '나'라는 주체가 빈번하게 등장하여 감정을 드러내는 양상으로 변화한다. 이후 시집들에서는 감정 노출을 극도로 배제하던 초기 시와 달리 적절히 감정을 드러내는 변모를 보인다. 제재에서 사물과 자연이 차지하는 비율도 시집마다 달라진다. 이렇게 볼 때 '광물질의 상상력'과 '관찰의 방법'은 이하석 시의 전모를 설명하기에는 제한적인 규정이다.

초기부터 최근에 이르기까지 이하석의 시에서 일관되는 것은 자연과 인간의 '관계'를 탐색하는 데 집중해 왔다는 점이다. 시단의 유행과 무관하게 이하석은 자신의 관심을 묵묵히 실천해 왔다. 혁신적인 정치적 상상력의 시들이 유행하던 1980년대에 그의 시는 변두리에 버려진 하찮은 사물들을 관찰하는 데 바쳐졌으며, '몸시'가 유행하던 1990년대에는 '마음'의 움직임을 좇는 식으로 독자적인 노선을 걷는다. 시기마다 어떤 방식을 취하든 그의 시에서 지속되어 온 것은 인간과 자연이 어우러지는 접점에 대한 관심이다. 이는 이하석의 시를 생태시의 범주로 묶을 수 있는 중요한 고리가 된다. 시인 자신은 생태시의 유행과도 무관하게 자신의 시 세계를 추구해 왔지만 그의 시가 보여 준 궤적은 생태시학의 관점에서 매우 흥미로운 대상이 될 수 있다. 그의 시는 생태시를 표방하는 다른 시들에 비해 '자연/문명'의 이분법적인 사유에서 벗어나 자연과 문명이 어우러진 실질적인 삶의 공간에 대한 치밀한 성찰을 행한다. 또한 생태시가 결여하기 쉬운 미학적인 측면에 대해 다양한 시도를 행한다는 점에서도 각별하다.

이하석은 생태시가 주목받기 훨씬 전부터 시의 생태적 가치와 역할을 실천해 왔다. 그러나 그의 시가 생태시로서 갖는 의미에 대한 평가는 의외로 미약하다. 생태시의 선구자로서 시인이 보여 준 성과에 대한 점검은 우리 생태시학의 수준을 향상시키는 일과 무관하지 않다. 이런 맥락에서 이 글에서는 이하석 시가 생태시로서 갖는 가치에 초점을 맞추어 살펴보기로 한다. 자연에 대한 관점의 특이성, 미학적 측면의 다양한 시도, 생태학적 전망의 변모 과정을 통해 이하석 시의 의미를 새롭게 규명해 보고자 한다.

2. 문명과 자연의 경계

이하석의 시에서 자연과 문명은 한자리에 놓인다. 실제 우리 삶의 양상이 그러한데도 많은 시에서 그것은 분리 • 대립한 채로 드러난다. 자연을 담은 서정시에서 자연은 인간이 배제된 채 자족적인 공간을 형성한다. 반면에 첨단 문명이 지배하는 현실을 그린 시에서 자연은 끼어들 여지가 없다. 어쩌다 자연과 문명이 어울리는 경우는 대개 첨예하게 대조를 이룬다. 자연에 대한 일방적 찬사와 문명에 대한 비판이 선명하게 대비를 이루는 경우가 많다. 자연을 이상화하는 관념이 크게 작용하는 것을 알 수 있다. 이런 일반적인 양상과 달리 이하석의 시에서 자연과 문명은 실제 현실의 모습과 흡사하게 나타난다. 자연과 문명은 일방적 우위 없이 서로 얽힌 채 공존한다.

시인은 문명과 자연의 경계 지점을 살펴 양자의 실질적 관계를 파악한다. 문명의 후미진 자리에 해당하는 이곳에서 자연과 문명은 한데 어울리고 섞인다. "땅속에 깃든 쇳조각들 풀뿌리의 길을 막고,/ 어느덧 풀뿌리는 엉켜 혼곤해진다"(「뒷쪽 풍경 1」, ①-25)[1]에서 문명의 폐기물인 쇳조각들은 자연의 생태와 직접적인 관련을 맺는다. 풀은 쇳조각들에 의해 길이 막히지만 또 "또 쇠의 곁을 돌아서/ 아늑하게, 차차 완강하게 쇠를 잠재우며" 뻗어 나간다. 쇠와 풀이 서로 영향을 주고받으며 공존하는 양상이다. 그의 시에서 자연과 문명은 분리할 수 없는 하나의 세계를 형성한다. 이러한 공존의 관계를 함축적으로 드러내는 것은 자연과 문명이 서로를 투영하고 있는 이하석 시 특유의 이미지이다.

민들레와 제비꽃의 물가는 허물어져
연탄재와 고철들과 비닐 조각들로 어지럽다.
능수버들 허리 꺾인 곳 몇 개의 술집들 철거되고,
술집들 더욱 변두리로 작부들 데리고 떠나가고,
저 물에 빌딩과 거대한 타이프라이터와 시장이 비쳐 온다.

—「깊은 침묵」 부분(①-24)

껌 종이와 신문지와 비닐의 골짜기,
연탄재 헤치고 봄은 솟아 더욱 확실하게 피어나
제비꽃은 유리 속이든 하늘 속이든 바위 속이든

---

1 인용의 편의를 위해 다음과 같은 약호를 사용할 것이다. 『투명한 속』(1980) → ①; 『김 씨의 옆얼굴』(1984) → ②; 『우리 낯선 사람들』(1991) → ③; 『측백나무 울타리』(1992) → ④; 『금요일엔 먼 데를 본다』(1996) → ⑤; 『녹』(2001) → ⑥; 『고령을 그리다』(2002) → ⑦; 『것들』(2006) → ⑧; 『상응』(2011) → ⑨. 약호 뒤에 인용 쪽수를 다음과 같이 표시한다: ①-25.

비쳐 들어간다. 비로소 쇳조각들까지
스스로의 속을 더욱 깊숙이 흙 속으로 열며.

—「투명한 속」 부분(①-38)

「깊은 침묵」에서는 자연의 영역으로 문명의 폐기물들이 침범하는 상태를 그리고 있다. 민들레와 제비꽃이 피어 있는 물가를 연탄재와 고철과 비닐 조각들이 차지하고 있는 모습은 구체적인 현실의 묘사이자 자연과 문명의 관계를 보여 주는 상징적 장면이다. 문명의 온갖 쓰레기들로 인해 자연의 터전은 허물어져 가고 있는 것이다. 이 시의 뛰어난 통찰력은 단순한 현상의 묘사에 그치지 않고 그러한 사태의 근본적인 원인을 제시하는 데서 두드러지게 나타난다. "능수버들 허리 꺾인 곳"의 술집들이 철거되는 양상은 인간과 자연을 포함하여 모든 약자가 타락한 거대 욕망의 희생양이 될 수 있음을 암시한다. 묵시록적인 풍경으로 묘사되는 마지막 장면은 이 모든 문제의 근본적인 원인을 가리킨다. "민들레와 제비꽃의 물가"는 허물어진 채, 자신을 희생시킨 거대한 욕망의 실체를 비춘다. 가장 작고 연약한 자연과 무자비한 거대 욕망이 물을 통해 서로를 비추고 있는 양상은 이들의 관계가 하나로 맞물려 떼어 낼 수 없다는 사실을 인상적으로 그려 보인다.

「투명한 속」에서도 제비꽃이 등장한다. 가냘프기 그지없는 작은 꽃이 폐기물로 가득한 오염된 골짜기를 비춘다. 제비꽃이 발산하는 투명한 빛은 모든 존재의 바닥까지 침투한다. 버려진 모든 것들을 자신에게 품으며 비추는 이 투명한 빛은 사물의 뿌리까지 깊숙이 파고들어 마침내 쇳조각들까지 자신을 열도록 만든다. 「깊은 침묵」에서 자연과 문명이 대치 상태로 서로를 반영하는 것에 비해 이 시에서는 자연의 빛이 문명의 폐기물을 감싸는 양상을 보인다. 자연의 희생을 강요하는 거대 욕망과 달리 이 시에서는 자연과 마찬가지로 거대 욕망에 의해 버려진 폐기물을 감싸는 차이점을 살필 수 있다. 어느 경우이거나 자연과 문명은 한자리에 놓인 채 서로를 반영하는 공존의 관계를 형성하는 것으로 나타난다.

「투명한 속」의 마지막 구절로도 알 수 있듯, 이하석 시에서 '흙'은 자연과 문명이 공존하고 결합하는 장이다. 흙은 "비닐과 수은, 철제 부스러기들의 귀를 먹이고" "그것들 감싸 안고 얼리고 녹이며"(「또다시 가야산에서」, ①-20), 심지어 부패되어 가는 "부서진 총기와 방독면"을 더듬어 당겨 안는다(「부서진 활주로」, ①-13). 독성을 품은 온갖 폐기물이나 무시무시한 전쟁 도구들조차 버려진 뒤에는 흙의 품으로 돌아간다. 흙은 폭력과 만행의 인간 역사를 반복되는 순환의 시간 속으로 포용하고 무화시켜 왔다. "거기, 전쟁으로/ 마을 사람들이 마른 잎들 끌어모으며/ 살쾡이처럼 한데 웅크려 숨었던 곳이 있다"(「버려진 골짜기—포산일기 11」, ⑥-75), "봄이 되니 그 무덤부터/ 파르라니 봉긋하다/ 죽음 만나고 오는 외진 그늘에는/ 두터운 재를 뚫고/ 둥글레꽃도 휘영청, 솟아난다"(「불탄 골짜기—포산일기 12」, ⑥-76) 등에서 흙의 이미지를 변주하고 있는 '포산'은 전쟁이라는 인간사의 비극을 품어 내는 장소이다. 찌르거나 깨지거나 쭈그러드는 광물질의 황폐한 성질에 비해 흙은 감싸고 열리고 피워 올리는 긍정적인 성질을 갖는다. 무엇보다 흙은 어떤 물질과도 잘 어울리며 서서히 자신의 성질을 확산한다. "산동네에 세 들면 옥상에 알루미늄 박스랑 플라스틱 바케츠랑 깡통들부터 늘어놓는다./ 빈 수프 깡통까지 밑구멍 뚫어 흙 담아 놓으면 상치밭 된다"(「몽유도원도」, ⑨-41)에서 흙은 모든 폐기물과 어울려 생명의 터전을 이룬다. 흙이 있는 어느 곳이든 생명이 숨 쉬는 텃밭이 되고 흙바람 솟는 무릉도원을 이루니 흙이야말로 시인이 생각하는 자연의 뿌리인 셈이다. 그의 시에서는 흙이 자연의 근원적 성질을 대변하는데, 다른 어떤 물질보다 포용력이 있고 복원력이 좋다는 점에서 특징적이다. 시인은 오염되지 않은 자연의 자족적인 풍경을 그려 내는 것에는 별로 관심이 없다. 그것은 현실에서는 존재하기 힘든 관념적 풍경에 가깝다. 그는 오히려 자연이 훼손된 피폐한 정황을 사실적으로 묘사하는 데 열중한다. '시'답지 않은 불편한 현실을 외면하지 않는다. 현실을 직시하려는 의식이 그의 시를 자연을 바라보는 상투적인 시선과 분리한다. 자연은 현실과 분리될 수 없는 공존의 장이며 구체적인 물질들이 상응하는 터전이다. 자연의 생명력과 복원력은 관념 속에서 그려 낸 이상이 아니라 치밀한 관찰을 바탕으로 발견한 사실이다.

자연과 문명의 경계에 대한 시인의 인식은 그것을 안과 밖이 중첩된 구조로 파악한다는 점에서 특징적이다. 현대적 삶은 대부분 문명의 한복판에서 영위되는 것이어서 좀처럼 자연이 위치한 '밖'을 향하지 않는다. 현대인들은 대부분 문명이 제공하는 인공적인 '안'의 공간에 갇혀서 그것이 전부라고 생각하며 살아간다. 시인의 시선은 문명과 자연 사이의, 보이지 않지만 엄존하는 경계를 투시한다. 그가 이 경계로 흘러든 문명의 폐기물에 대한 집요한 관찰을 행할 수 있었던 것도 그의 시선이 문명의 '안'에만 머물지 않고 그 너머를 향해 있었기 때문이다. 그 경계에서 그는 문명과 자연이 분리되지 않고 공존하고 있는 삶의 실상을 발견한다.

문명의 그늘을 감싸고 재생시키는 자연의 원초적인 힘을 간파한 그에게 자연은 더욱 알고 싶은 대상이 된다. 세 번째 시집부터 자연에 대한 시인의 관심은 크게 고취되고 자연에 대한 탐사가 큰 비중을 차지하게 된다. 비현실적인 판단이나 섣부른 관념을 경계하는 시인은 자연에 대해 무조건적인 긍정이나 동경을 드러내지는 않는다. 처음에 시인은 "나가고 싶다/ 초록의 문을 열고 싶다 나는/ 또 나가고 싶잖은 마음이 인다"(「밖」, ③-11)며 적지 않은 번민과 갈등을 드러낸다. 자연이 부정적 현실의 반대편에 있는 이상향이라는 환상을 품지도 않는다. 자연은 문명에 길들여진 인간에게 익숙하지 않은 미지의 세계이고 적지 않은 위험이 도사리고 있다는 사실도 인지한다. "밖은 너무 밝아 거칠다/ 바깥에 나서면 거친 까마귀가 나를 쪼아 대리라"(「안 2」, ③-21)와 같은 진술에서 자연 역시 문명과 또 다른 속성으로 고통을 가할 수 있다는 인식을 살필 수 있다. 그러나 바깥 세계에 대한 두려움을 넘어설 정도로 그곳으로 나가고 싶은 열망이 커진다. "갇힌 풍경"이 되어 버린 자신을 열고 "바깥을 향한 뜨거운 눈"(「나는 망가진」, ③-38)이 되고자 하는 바람이 극대화되면서 시인은 경계의 '밖'을 향해 나선다.

경계의 '밖'으로 나가 시인은 무엇을 보았을까? '원래 있었던 거기'로 돌아가 위안을 얻을 수 있었을까?

> 길 끝에 쳐진 철제 바리케이드.
> 거기서부터 자연이다.
> 죽음과 삶이 똑같이 거칠고
> 부드러우며 잘 썩는,
>
> 내가 들면 바로 바깥인.
>
> —「소광리 4」 전문(⑤-16)

이 시에서 입산 지점을 알리는 '철제 바리케이드'는 자연과 문명의 경계를 명료하게 상징한다. 자동차의 출입이 금지되는 거기서부터 자연이 시작된다. 시인이 파악하는 자연은 거칠고 부드러운 성질을 공유하며 무엇보다 잘 "썩는" 특성을 지닌다. 잘 썩는다는 것은 변화와 순환이 순조롭게 이루어진다는 뜻이다. 그러한 자연의 질서 속에서 시인은 자신의 존재를 이질적인 것으로 느낀다. 시인은 자연에 쉽게 동화될 수 없는 자신을 인정한다.

그의 시에서 자연과 문명은 서로 이질적이고 때로 적대적인 힘을 발휘한다. 그의 시에서 자주 묘사되는, 폭풍우가 강타하여 혼란에 휩싸인 문명 세계의 모습은 자연의 절대적인 위력을 보여 준다. 반면 무분별한 난개발로 신음하는 자연의 모습은 인간에 의한 자연 파괴를 입증한다. 자연과 인간은 적대적인 힘으로 서로를 파괴할 수 있으며 그만큼 긴밀하게 연관되어 있는 것이다. 시인은 자연과 인간 사이의 이런 실제적 관계를 간파하고 있기 때문에 자연을 무조건 선망하지도 않고 무시하지도 않는다. 다만 그 경계에 서서 자연과 인간이 어떻게 공존하며 살아가고 있는지를 골똘히 지켜본다. '갇힌 풍경'을 벗어나 문명과 자연의 어울림과 변화를 보고자 하는 열망으로 인해 그의 시선은 뜨겁다.

3. 주체와 타자의 경계

이하석 시에서 흥미로운 것은 대상을 바라보는 시선의 성격이 끊임없이 변모해 왔다는 것이다. 그의 개성으로 자주 지적되는 차갑고 객관적인 관찰의 시선은 초기 두 권의 시집까지만 엄격하게 지켜진다. 세 번째 시집부터는 '나'라는 주체의 출현이 빈번해지고 주관적 심정이 직접적으로 표출되는 장면이 많아진다. 이렇게 대조적인 시선의 차이를 드러내던 시인은『녹』이후의 시집에서부터는 주체와 타자가 자연스럽게 상응하는 장면을 펼쳐 보이게 된다.

묘사를 특기로 하는 시인은 적지 않지만, 감정을 극도로 배제한 관찰로 일관한 초기 이하석의 시는 각별한 데가 있다. 그의 시에서 주체의 시선은 카메라 렌즈를 지향하는 듯 무정하고 객관적인 투시를 행한다. 이러한 시선은 '카메라 고발' 프로그램처럼 적나라한 현장의 포착에 유용하다. 이하석의 시에서 문명의 폐기물이 가득한 후미진 풍경이나 퇴폐적인 욕망의 풍속도를 고발하는 데 있어 이러한 시선은 상당한 효력을 발휘한다.

> 대구백화점 육 층에서 재빨리 훔친
> 장난감 차, 주머니 속에서 은밀하게 태엽을 감으며,
> 그 빨간 빛깔의, 꿈의 속력을, 비밀로
> 세돌 씨는 마음속에 그려 놓는다. 의젓하게,
> 거리로 나와 은밀하게, 백화점 뒷골목의 쓰레기통 속에
> 그 차를 버린다. 그렇게 그는 백화점을 훔쳐 버렸다.
>
> —「비밀」 부분(②-22)

이 시의 주체는 감시 카메라의 렌즈 같은 시선으로 백화점에서 물건을 훔치는 '세돌 씨'의 일거수일투족을 좇고 있다. 세돌 씨의 도벽은 영원히 채울 수 없는 갈증 같은 욕망의 표현이다. 세돌 씨가 '장난감 차'를 훔치는 것은 그의 욕망이 결코 충족될 수 없다는 사실에 대한 아이러니한 반증이다. 이 시의 주체는 자신을 전혀 드러내지 않은 채 세돌 씨의 행적을 하나하나 묘사하는 것만으로 그가 대변하는 현대인의 물질적 욕망과 그것의 허망한 반복을 증언한다.

이처럼 주체를 감춘 채 객관적 묘사에 주력하던 시인은 어느 순간부터 주체의 존재를 드러내기 시작한다. 이러한 변화의 결정적인 계기가 무엇인지는 알 수 없지만, 주체의 등장과 '밖'에 대한 언급이 같은 시기부터 빈번해진다는 점은 주목을 요한다. 세 번째 시집부터 그의 시에는 '나'라는 주체의 직접적인 언술이 자주 나타나고 '밖'으로 나가고 싶다는 발언이 잦아진다. 자신의 시를 '갇힌 시'로 규정하며 행하는 부정적인 언술들도 눈

에 띈다. “이 속에 이 눈물 속에 분노와 그리움과/ 꿈과 순수와 서정이 있고 아름다운/ 말이 있음을 알아야 한다고/ 누가 소리칠 때,/ 그의 심장은 파리하고/ 그의 눈동자는 창백하다”(「시여, 몹쓸 것」, ③-62)라는 진술에서 시에 대한 근본적인 반성이 작동하는 순간을 엿볼 수 있다. 시인은 자신이 애써 내쳤던 “꿈과 순수와 서정이 있고 아름다운/ 말”로 이루어진 시의 울림에 새롭게 귀를 기울인다. “한국의 최루탄 자욱한 매운 거리”에서 들려오는 외침은, 이러한 분노와 그리움 속에 지켜야 할 것이 자신이 내쳤던 그런 시라는 인식을 불러온다. 카메라처럼 현상의 표면만을 포착하는 방법으로는 사물의 꿈과 삶의 심층에 도달할 수 없음을 인지한다. 여기에 덧붙여 자연이라는 ‘밖’을 향해 증폭된 관심이 미지의 자연을 타자로, 자신을 주체로 받아들이게 한다. “나는 산이 낮에 갖는 밤과 그 그늘의 무늬를 느낀다. 밤에도 그게 무섭다. 산은 무엇일까. 산에 오른다는 것은 정말 무엇일까”(「수계산 2」, ⑤-82)에서 주체는 ‘산’으로 대변되는 자연에 대해 신비와 두려움을 표명한다. 주체에 대한 시인의 의식은 자연이라는 타자의 존재로 인해 더욱 분명해진다. 주체와 타자가 서로의 관계에 의해 존립한다는 사실을 수용하면서 초기 시처럼 객관적 관찰에 의해서만 사실을 파악하려는 경향은 약화된다.

> 심난한 건
> 고무 타이어가 기대고 선
> 쇠파이프 또는
> 벽돌 더미의 하늘.
>
> 나는 창을 닫은 자동차로
> 아침에 철근들 쌓인 공터를 지나쳤다.

귀갓길엔 철근들 사라지고
아이들만 뚝뚝 하늘을 가르며 서 있었다.
이튿날 아침에는 목재들이 높이 쌓였고,
그건 오래갈 듯했다.

—「야적 6」 부분(⑤-74)

「야적」 연작은 제재 면에서 초기 시의 폐기물 이미지와 연결되는데, 대상을 보는 시선이나 태도는 많이 달라져 있다. 초기 시에서 대상에 대한 즉물적 묘사가 중심이 되었던 것에 비해 변화된 시에서는 주체의 감정 상태를 중시한다. 이 시의 주체는 야적장에 쌓아 놓은 사물들을 보며 '심난함'을 표출한다. 이 시에서 중요한 것은 대상으로부터 주체가 받는 심리적 영향이다. 이 시의 주체는 카메라 눈처럼 대상을 관찰하기보다는 직접 대면한다. "창을 닫은 자동차로" 야적지를 지나친 '나'는 자신의 자동차와 대조를 이루는 야적지의 고무 타이어를 보며 심난해한다. 창을 닫고 있다고 해서 이들의 관계가 차단되는 것은 아니다. 쌓아 놓은 물건들이 문득 사라져 버리는 야적지의 풍경은 곧 무상한 삶에 대한 통찰을 가져온다.

자연을 매개로 할 때 주체와 타자의 연관은 보다 긴밀하게 나타난다. "저 폭포는 나의 안으로 쏟아져 폭발한다. 모든 밖이 나의 안이다. 모든 안이, 나의 상처이다. 가파른 절벽의 무지개로 걸리는 솟구치는 마음의 우레"(「명금폭포」, ④-51)에서 주체는 타자를 통해 모든 감정을 발산한다. 폭포의 정경은 주체에게 관심의 대상이 아니다. 오직 쏟아지고 솟구치는 폭포의 강렬한 움직임을 통해 자신의 감정을 토로하는 데 열중한다. 주체의 감정을 극도로 배제한 채 대상에 대한 집중적인 묘사에 치중했던 초기 시와는 상당히 대조적인 양상이다. 객관적인 시선에 의해 타자를 온전히 파악할 수 있으리라는 확신의 자리에 주체와 타자는 '관계'에 의해 형성되는 것이며 서로가 영향을 주고받는 것이라는 인식이 들어선 것이다.

이 같은 양극단을 두루 체험한 후에 시인은 주체와 타자가 서로 자연스럽게 조응하는 정황을 그리기에 이른다. "제 몸 아무것도 아니라는 그의 마지막 남긴 말에서/ 뭘 업신여겼는지 뭘 남겼는지 의심하며/ 심각하게, 재 같은 신문 뒤적이며 열심히 부음 기사 읽는 이 있다면/ 그가 바로 모든 나다"(「진정한 나는?—혜암」, ⑧-96)에서 주체와 타자는 동일한 의식에 의해 합치된다. 주체와 타자가 같은 관심과 행동을 취하는 합일의 상태에서 양자 사이의 경계가 무화되는 경지를 만날 수 있다.

> 못둑 위에서 너는 검은 염소처럼 가만히 뿔 세운 채
> 못둑 아래 서 있는 나와 내 집을 내려다본다,
> 못물보다 더 아래의, 고요한 깊이 가늠하듯이.
>
> 그러면 나는 또 못물 바닥의 돌처럼 바람 기운에 어룽지며
> 그늘의 잎들 다 턴 채 빨간 등들 주렁주렁 매단 감나무 한 그루를
> 환하게 못둑 위로 올려 보낸다.
>
> —「상응」 전문(⑨-62)

이 시에서 '너'와 '나'가 서로의 시선을 투영하는 모습은 주체와 타자가 정밀하게 한마음을 이룬 정경을 펼쳐 보인다. 시인의 귓전을 울리던 "꿈과 순수와 서정이 있고 아름다운/ 말"이 실현되는 장면이다. '못물'은 주체와 타자의 경계이면서 서로를 투영하는 상응의 장소이다. 주체와 타자의 경계에 대한 오랜 고민과 끈질긴 모색 끝에 도달한 편안한 합일의 한 지점이다.

4. 마음의 길

시인들이 즐겨 사용하는 반복적인 이미지에는 그들의 근본적인 지향점이 함축되어 있다. 이미지가 반복되면서 독자적인 의미의 맥락을 형성하게 되면 이는 상징의 차원에 이른 것으로 본다. 상징은 때로 관습적인 의미를 반복하며 상투적인 표현으로 전락할 수도 있고 새로운 의미를 산출하며 선명한 인상으로 각인될 수도 있다.

이하석 시에서 가장 빈번하게 지속적으로 나타나는 이미지는 '길'이다. 모든 시집마다 빠지지 않고 나오며 중요한 의미를 내포하고 있어 이하석 시의 중심 상징에 해당한다. 널리 자주 쓰이기 때문에 상투적인 의미에 머물 수 있는 '길'의 상징이 이하석의 시에서는 끊임없이 변화하며 시 의식의 변모를 표명한다. 이는 또한 인간과 자연의 경계에서 공존의 길을 모색해온 시인의 궁극적 질문에 대한 답변에 해당한다.

초기 시에서 '길'의 이미지는 부정적인 양상으로 나타난다. "어디에서든 바로 가지 못하고 비뚤어진/ 세상에는 온통 부러지고 망가진 길들 뿐"(「순례 1」, ①-41)에서처럼 길은 크게 훼손되어 본래의 기능을 잃어버린다. 이는 초기 시에 많이 나타나는 폐기물의 이미지와 유사하다. 시인은 이러한 상태의 원인으로 인간의 무분별한 욕망을 지적하며, 그것이 길을 막아 결코 돌아오는 길을 찾지 못하리라는 비극적인 전망을 행한다.

세 번째와 네 번째의 시집에서는 인간의 길과 자연의 길을 분리해서 바라보는 점이 특징적이다. "나의 길은 도시에서 도시로 이어지지만/ 저 새의 길은 숲에서 숲으로 이어진다."(「상처 1」, ③-15)고 할 때 인간과 자연의 길은 서로 다른 영역에 놓여 있다. 쥐들은 인간의 삶 너머 까마득한 아래쪽에 자신들만의 길을 얽어 짜 놓고(「검은 길」, ④-25), 고추잠자리는 도시의 미궁 속에서 자신만이 아는 미로의 해답을 더듬어 나타났다 자신의 길로 되돌아간다(「고추잠자리」, ④-44). 인간이나 자연이 저마다의 길을 오갈 뿐 공동의 길은 없어 보인다. 이는 인간과 자연이 함께 나아갈 수 있는 가능성에 대한 부정적인 견해를 반영한다. 공존의 길을 모색하지 않고서는 자연과 인간의 소통은 영원히 불가능하다. 시인은 '초록의 길'을 통해 아주 조심스럽게 이 통로를 모색한다.

> 처음엔 들판에서 쉽게 이어진 초록의 길이 도시 변두리의 빈터로 이어졌으리라. 그다음엔 우리가 모르는 풀에서 풀로 이어진 길이 풀무치를 미세하게 이끌었으리라. 그렇다, 이 도심의 회색 콘크리트의 세계에도 자세히 보면 풀무치의 눈으로 보면 들과 산으로 이어진 초록의 길이 있다. 아무도 찾으려 하지 않는 그런 신비한 길이. 단순하게 자연이라 단정 지을 수는 없지만 우리 삶 속에는 그렇게 열린 길이 있다.
>
> —「초록의 길」 부분(③-57)

'초록의 길'을 여는 것은 미약하기 그지없는 '풀무치'이다. 이는 역설적으로 그런 작은 생명에 주목하는 섬세한 시선이 없이는 인간과 자연의 소통이 불가능하다는 사실을 일깨운다. 회색 콘크리트에서 '초록의 길'을 찾아내기 위해서는 풀무치의 눈으로 보려는 의식의 전환이 필요하다. 찾지 않으면 보이지 않고 애써 찾으면 미세하게 열려 있는 이 길이야말로 자연과 인간 사이의 유일한 통로이다.

다섯 번째 시집부터 시인은 자연과 인간이 공존할 수 있는 길을 적극적으로 모색하기 시작한다. 자연의 고요한 길을 존중하고 공감하는 것이 그 길을 함께할 수 있는 방법이다. "계곡에는 짐승들이 물 마시러 온 길이 나 있다./ 산지기 김 씨는 그 길의 어귀에서/ 늘 어둠에 눈부셔한다"(「소광리 3」, ⑤-15)고 할 때의 깨어 있는 마음과 시선이 공존의 길을 연다. 들짐승들의 작은 길을 마음에 새겨 두겠다는 각오로 시인은 공존의 방식을 탐색한다. 마음으로 보지 않으면 알 수 없을 정도로 그 길은 고요하다. 고요한 가운데 지켜보고 있으면 자연의 길이 선명하게 드러난다. "누워서 지켜보는 밭 주인보다 더 게으르게, / 누가 뜯어 먹다 남겨 둔 푸성귀 사이로 요즘 보기 힘든 구렁이가 뚱뚱한 배를 밀며 그의 밭에서 기어나가는 게 비친다. / 주인은 제 땅에 난 그 새로운 길을 훔쳐보며 놓아준다"(「거울」, ⑨-36)에서처럼 조용히 지켜보면 여기저기 새로 열리는 자연의 길을 찾을 수 있다. 물 마시러 오는 짐승들을 위해 고무 대야에 물을 채워 놓는 것으로 자연과 공생하며 이리저리 새로운 길을 닦을 수 있다. 실리를 벗어난 이런 여유 있는 마음과 배려가 자연의 '밝은 길'을 지척으로 끌어들일 수 있다.

> 나무 사잇길이 밝게 부르는 것 같다.
> 흐르는 마음이 닦아서 편편해지는 게 길의 힘이어서
> 산비탈도 길로 내려서면 나른해진다.
>
> 길의 출발점이자 종착점인 집에서 나와
> 가출의 그림자가 길어지는 오후,
> 아무도 내다보지 않는 기척에도 귀 기울이며
> 사람들은 제 설렘들을 몰래 그 길에 내어 널어 말린다.
>
> —「길」 부분(⑨-11)

길을 닦는 것은 마음의 흐름이다. 오가는 마음이 많을수록 길은 편편히 넓어진다. 누군가를 기다리는 마음, 설레는 마음들로 길은 붐빈다. 길은 기억이 오간 흔적이다. 사람의 길이 그런 것처럼 자연의 길도 출발점이자 종착점인 집으로 돌아가려는 움직임으로 가득하다. 죽음을 무릅쓰고 본향을 향해 거슬러 오르는 연어의 길이 대표적이다. "연어가 혼신의 힘을 다해 낳은 어린 여행자들은/ 이내 떠난다, 돌아오기 위해/ 떠난다, 오래 전부터 당연히 감당해 온 처음의 제 길을 열며,/ 거친 삶 풀어놓는다. 그냥 그대로, 돌아오는 길을 잃지 않기 위해,/ 멀리 나가는 강의 길이 길게 바닷속에서 지워지지 않는다"(「연어」, ⑨-60)에서 장엄하게 그려지는 길처럼 자연의 길은 본원을 향해 흐르며 끝없는 "길의 꿈을 새로 낳는다." 자연이 향하는 이 '길의 꿈'과 함께하기 위해서 인간은 마음의 길을 열고 조용히 소통을 모색해야 한다.

5. 깊이의 추구

40년 간 시작 활동을 지속하면서 시인은 적지 않은 변화를 도모해 왔고 자신만의 독자적인 시 세계와 미학을 확립하고 있다. 중심에 연연하지 않고 주변을 탐색하는 독특한 입지가 생태시 분야에서 괄목할 만한 성취를 이룰 수 있게 했다. 경계에 대한 면밀한 탐사와 미학적 고려가 그의 시를 자연 예찬의 안이한 생태시들과 구분 짓는다. 그의 시는 당위의 주장에 그치는 생태시들과 달리 존재의 미학적 탐색 과정을 보여 준다. 자연의 관념적 이해에서 벗어나 현실적 삶과의 관계 속에서 그것을 파악하는 데서 그의 시는 남다른 사실적 설명력을 확보한다. 또한 그의 시는 주체와 타자 사이의 시선과 인식의 다양한 양상을 두루 실험하면서 미학적으로 진척을 이루어 왔다. 냉정하고 객관적인 시선으로 주목을 받았던 그의 시는 기실 누구보다도 열정적인 시선을 감추고 있었으며 '마음'의 작용에 민감하였음을 알 수 있다. 다른 무엇보다 그의 시가 생태시로서 갖는 가치는 인간과 자연의 소통 가능성과 공존의 길을 끊임없이 모색해 왔다는 데 있다.

새로운 길의 탐사에 누구보다도 관심이 많은 시인은 자신의 시가 나아가야 할 방향에 대해서도 늘 사색을 멈추지 않는다. 최근 시의 경향으로 보아서 그의 시는 당분간 '깊이'를 추구해 갈 것으로 보인다. 사물의 깊이와 미세한 그늘을 들여다보는 시인의 면밀한 눈길은 그의 시가 도달한 명징한 투시력을 새로운 차원으로 심화시킬 것이다. 아울러 더욱 섬세하고 유려해진 언어의 쓰임이 가져올 미학적 성과를 관심 있게 지켜볼 필요가 있다.

낭만적 비애와 희망의 윤리
—정호승의 시 세계

1. 희망 없는 시대의 사랑 노래

정호승 시인은 1979년 첫 시집 『슬픔이 기쁨에게』를 내놓은 후 30년 동안 아홉 권의 시집을 내며 활발하게 활동해 왔다. 흔히 대중적 관심과 문단의 평가가 괴리되는 데 비해 그의 시는 양쪽에서 모두 인정을 받는 행운을 누려 왔다. 대중성과 문학성을 아우를 수 있었던 것은 그가 줄곧 널리 읽힐 수 있는 아름다운 시를 추구했기 때문이다. 그의 균형 감각은 또한 시대 의식과 보편적 감성을 포괄하는 데서도 드러난다. 그는 변화가 극심했던 시대를 통과하면서도 늘 변하지 않는 근본적인 가치와 감성에 호소해 왔다. 그리하여 전혀 돌출하지 않은 편안한 목소리를 내면서도 그 자체를 자신의 개성으로 만드는 능력을 발휘해 왔다.

30년이 넘는 시간 동안 정호승 시인은 자신만의 세계를 확보하면서도 적지 않은 변화를 보여 준다. 이를 크게 세 시기로 나누어 볼 수 있다.

첫 번째 시기는 시집 『슬픔이 기쁨에게』(1979) 『서울의 예수』(1982) 『새벽 편지』(1987)를 아우른다. 이 시기의 시들에서는 억압적인 시대에 대한 반감이 '슬픔'이라는 보편 정서와 결합되어 있다. 동시대의 참여시들처럼 저항 의식이 뚜렷하게 드러나는 것은 아니지만 현실에 대한 부정적 인식과 희망을 향한 낭만적 동경이 두드러진다. 그가 보여 준 시대정신은 약자에 대한 연민과 역사적 인물을 현재화하는 경향에서 드러난다. 그의 시는 맹인, 혼혈아, 꼽추, 문둥이, 공장 소녀, 구두닦이 소년 등 사회적으로 소외된 자들이나 약자들을 주인공으로 삼아 그들의 고통스러운 현실을 재현한다. 또한 예수, 유관순, 사육신, 정다산, 전태일, 김주열 등 정의와 자유를 위해 목숨을 바친 역사적 인물에 대한 관심을 보여 준다. 시인은 이런 역사적 인물들을 당대의 상황 속으로 끌어들여 현재적 의미를 강조한다. '서울의 예수' '시인 예수'가 그 대표적인 예이다. 정의나 진실과는 거리가 먼 현실에 절망하면서도 사랑과 희망의 가치를 역설한다.

두 번째 시기는 시집 『별들은 따뜻하다』(1990) 『사랑하다가 죽어 버려라』(1997) 『외로우니까 사람이다』(1998) 등이 해당한다. 전형적인 연시에 가까운 시들이 이 시기에 집중적으로 쓰인다. 시대 의식보다는 개인적 정서가 부각되고 감정의 표출이 두드러진다. "사람들은 사랑할 때 사랑을 모른다"(「인수봉」), "사랑이 깊으면 증오도 깊다"(「갈대를 위하여」), "때로는 실패한 사랑도 아름다움을 남긴다"(「늙은 어머니의 젖가슴을 만지며」) 등 사랑에 관한 많은 잠언들이 나타난다. 사랑의 느낌과 깨달음을 절실하고도 선명한 시어로 포착하여 공감을 이끌어 낸다. 이는 저항시가 퇴조하고 개인의 내면에 대한 성찰이 부각되던 시대의 흐름과도 상통한다. 그의 시는 적확한 비유와 친밀한 어조, 명료한 잠언들로 '사랑'이라는 공감대에 강한 호소력을 발휘한다.

세 번째 시기는 『눈물이 나면 기차를 타라』(1999) 『이 짧은 시간 동안』

(2004) 『포옹』(2007) 등 최근의 시집들을 포함한다. 감정이 직접적으로 드러나던 전 시기의 시들에 비해 객관적인 거리를 엿볼 수 있다. 주관적이고 강렬한 감정 표현이 줄어들고 관찰과 비유를 즐겨 사용한다. 개인적인 감정보다는 일반적 가치를 주제로 삼는다. '사랑'의 성격도 개인의 강렬한 감정에 가까웠던 전 시기에 비해 삶의 원리에 가까운 것으로 변한다. 이 시기에는 특히 자연에 대한 관심이 증대하고 자연의 본성에서 삶의 가치를 발견하고 있다. 탐욕스럽고 타락한 현실에 비해 무욕과 희생을 행하는 자연에서 진정한 삶의 길을 찾는다.

이처럼 정호승의 시는 시대 변화와 맞물리면서 시대와 사랑과 삶의 방향을 모색해 왔다. 그러나 이러한 중심 주제는 시기마다 상당 부분 중첩되고 반복되면서 강화되는 양상을 보인다. 그의 시에서 시기별 변화보다 더 중요한 것은 반복되며 그의 시를 구성하는 요소이다. 그의 시가 공감의 폭이 넓고 호소력이 뛰어난 이유는 비유와 상징의 명징성, 친숙한 리듬과 어조, 보편적 감성과 가치의 재현에 기인하는 것으로 보인다. 따라서 이 글에서는 이 세 가지 측면에서 정호승 시의 특성과 성과를 살펴보려고 한다.

2. 인간적 비유와 선명한 상징

비유는 시의 본유 개념이면서 개성을 결정짓는 요소이기도 하다. 정호승의 시에서도 비유는 시작의 핵심 원리로 작동하며 중요한 기능을 담당한다. 그의 시에서 비유는 대개 친숙한 대상과 의미를 형성한다. 구체적인 인물에서 동식물에 이르기까지 그의 시에서 활용되는 비유의 대상은 매우 폭넓다. 원관념과 보조관념의 거리가 멀어 시적 긴장감을 유발하기보다는 친숙한 의미를 창출하며 쉽게 공감을 확보하는 편이다. 또한 그의 시에서는 의미가 반복 • 강화되면서 상징에 이르는 비유가 많다.

역사적 인물의 비유적 형상화는 1970-80년대의 시에서 드물지 않게 나타난다. 정호승의 시에서도 이와 같은 경향을 살필 수 있다. 그는 자유와 정의를 위해 헌신한 인물들에 대해 집중적인 관심을 보이는데, 특히 '예수'와 '유관순'은 그의 시에서 반복되어 나타나면서 상징화된 인물들이다. 시인은 그들이 애초에 가지고 있는 성스러운 이미지를 변화시켜 타락한 세상에서 고난받는 인간적 면모를 부각한다.

시인은 무력하고 절망적인 인간으로서의 예수의 이미지를 인상 깊게 그려 낸다. "벌거벗은 이 세상/ 넥타이 하나로 가릴 수만 있다면/ 버림받은 내 이름과 피곤한 동정(童貞)을 빌어/ 무덤으로 가는 길을 사랑할 수 있다면"(「넥타이를 맨 그리스도」)에서처럼 현실에서 예수는 벌거벗은 세상을 가리는 넥타이처럼 이질적인 존재이다. 현실은 예수를 버리고 죽음으로 내몰았던 시절보다 더 가혹하다. 진리에 대한 동경이 사라진 세상에서 예수는 무력하다. 「서울의 예수」에서는 보다 구체적으로 "낚싯대를 드리우고 한강에 앉아 있"는 예수를 상상한다. 사랑과 꿈이 부재하는 서울에서 예수는 슬픔과 절망에 빠질 수밖에 없다.

> 날마다 사랑의 바닷가를 거닐며
> 절망의 물고기를 잡아먹는 그는
> 이 세상 햇빛이 굳어지기 전에
> 홀로 켠 인간의 등불.
>
> —「시인예수」 부분

예수는 "모든 사람을 시인이게 하는 시인"이기도 하다. 그는 사랑과 아름다움을 추구하는 시인의 이상을 구현하는 자이기 때문이다. 그러나 현실과 예수의 이상은 거리가 멀고 그로 인해 낭만적 비애가 발생한다. 이 시에 나타나는 "사랑의 바닷가" "절망의 물고기" "홀로 켠 인간의 등불" 등의 비유는 평이하고 친근하다. 관념을 수식하는 시어들은 지극히 익숙한 것들이다. 낯설고 긴장감을 유발하는 시어들보다는 의미를 보강하는 시어들을 선택하여 전달이 용이하다. 이로써 인간적인 예수가 힘겹게 견디는 절망적 현실을 공감할 수 있다.

「유관순」 연작에서도 투사로서 유관순이 갖는 역사적 의미와 달리 타락한 세상에서 고통받는 여성으로서의 이미지를 새롭게 창조한다. "그리운 미친년 간다./ 햇빛 속을 낫질하며 간다./ 쫓는 놈의 그림자는 밟고 밟으며/ 들풀 따다 총칼 대신 나눠 주며 간다"에서처럼 폭력에 맞서는 약자로서의 의미가 강조된다. "그리운 미친년"으로 비유되는 유관순은 연약한 여성을 유린하는 폭력적 현실을 부각시킨다.

약자에 대한 시인의 관심은 남다르다. 그는 소외와 가난을 견디며 살아가는 사회적 약자들을 주인공으로 삼아 그들의 삶을 섬세하게 조명한다. 버림받기 쉬운 미약한 존재들의 슬픔과 고통을 대변한다. '눈사람'은 소외된 자들을 대표하는 상징이다. "눈사람이 흘린 눈물을 보았습니까?/ 자신의 눈물로 온몸을 녹이며/ 인간의 희망을 만드는 눈사람을 보았습니까?"(「눈사람」)에서 시인은 눈사람의 생리를 통해 약자들의 절망과 희망을 표현한다. 그의 시에 자주 등장하는 '소년' 역시 삶의 불안과 희망을 포괄하고 있는 약자의 대명사이다. 그의 시에서는 가난하고 의지할 곳 없는 소년이 거친 세상으로 진입하는 과정이 반복적으로 그려진다. '소년'은 약자가 세상과 대면할 때의 고통과 희망을 상징한다.

그의 시에서는 자연물 역시 비유적으로 쓰일 때가 많다. 작고 연약한 동식물이 척박한 환경에서 펼쳐지는 신산한 삶의 정서적 등가물로 작용한다. '개망초' '쑥부쟁이' '눈물꽃' '안개꽃' '오랑캐꽃' 등 그의 시에 나타나는 들꽃들의 이미지는 가난하고 소외된 자들의 서글픈 삶과 병치된다. “서울에도 오랑캐꽃이 피었습니다/ 쑥부쟁이 문둥이풀 바늘꽃과 함께/ 피어나도 배가 고픈 오랑캐꽃들이/ 산동네마다 무더기로 피었습니다”(「기다리는 편지」)에서처럼 들꽃들은 소외 계층의 삶과 유사한 생태를 이룬다. 양자 모두 초라하고 궁핍하게 살면서 무리를 이루어 설움을 나누는 점이 흡사하다. 약자들의 삶에 대한 시인의 관심은 들꽃에 대한 일반적인 인식과 호응하며 그것을 친숙한 비유로 재현하고 있다.

동물의 경우도 ‘달팽이’ ‘나비’ ‘잠자리’ ‘개미’ ‘밤벌레’ 등 미물이나 ‘개’ ‘소’ ‘닭’ 같은 가축을 비유의 대상으로 한다. 동물의 생태에 대한 시인의 시선은 상당히 주관적이다. 가령 “말없이/ 우산을 받쳐 준다/ 문득 뒤돌아보니/ 달팽이다”(「달팽이」)에서 달팽이의 껍질을 우산에 비유하는 데는 지극히 인간적인 관점이 작용하고 있다. 그는 또한 강자인 인간이 이들에게 행하는 폭력에 주목한다. 인간의 탐욕으로 고통스러워하는 소(「물 먹인 소」), 모정(母情)에 희생되는 닭(「닭」) 등을 극적으로 그리면서 시인은 강자의 일방적인 폭력에 비판적인 시선을 드러낸다.

정호승의 시에서 가장 많이 쓰이고 또 여러 번 반복되면서 상징적 의미를 획득하게 된 시어로는 ‘별’ ‘새’ ‘꽃’이 대표적이다. 이들은 맑고 자유롭고 아름다운 세계에 대한 시인의 낭만적 동경을 함축한다.

‘새’는 자유를 상징하는 일반적 의미와 크게 다르지 않다. 시인은 지상에 속박되어 있는 인간과 달리 높이 날아오를 수 있는 새를 통해 자유를 향한 꿈을 투사한다. “새들은 날아오른다/ 모든 인간의 길들을 거둬 올려/ 여기저기 무덤들이 늘어나는/ 봄날이 되면/ 보리밭 사잇길 하나 살며시 내려놓는다”(「새」)에서처럼 새는 인간의 길을 넘어서는 능력이 있다. 인간은 벗어날 수 없는 “하늘의 그물”을 빠져나가 자유롭게 비상하는 새에 대해 시인은 무한한 동경을 드러낸다.

'꽃'의 맑고 아름다운 삶도 각별한 경애의 대상이 된다. "꽃이 인간의 눈물이라면/ 인간은 그 얼마나 아름다운가/ 꽃이 인간의 꿈이라면/ 인간은 그 얼마나 아름다운가"(「꽃」)라며 연약하면서도 열정적인 꽃을 찬미한다. 낙화에서 "불꽃의 맑은 아름다움"(「낙화」)을 발견하는 시인의 시선은 꽃의 감각적 아름다움보다 전력을 다하는 삶의 아름다움에 주목한 것이다.

'별'은 '새'와 '꽃'의 이미지를 집약하는 결정체에 가깝다. "별들이 자유로운 것은/ 별 속에 새들이 날기 때문이다// 별들이 아름다운 것은/ 별 속에 찔레꽃이 피기 때문이다"(「편지」)에서처럼 별은 새와 꽃의 의미를 포괄한다. 그의 시에서 별은 생물에 가깝다. 그의 별은 초월적 이미지와 거리가 멀고 지상의 유한한 삶을 공유하는 인간적 이미지가 강하다. 별은 또한 죽음의 이미지와 깊이 결합되어 있다. 그의 시에서는 "내 그대 별 하나의 나그네 되어/ 그대 하늘로 돌아가리라"(「별 하나의 나그네 되어」)와 같이 누군가 죽으면 별이 된다는 낭만적 상상이 지배적이다. 이러한 상상은 자유 또는 사랑을 위한 죽음을 비장하게 장식한다. 시인의 별에는 인간의 꿈과 숨결이 깃들어 있어 "따뜻하고" "피가 묻어 있"기도 하다. 그의 별은 "오늘 밤에도 별이 바람에 스치운다"는 윤동주의 별처럼 인간 세계와 근접해 있다.

정호승의 시에서 비유나 상징은 일반적인 의미의 틀을 벗어나지 않는다. 오히려 이미 고정된 의미에 더욱 인간적인 체취를 부여하여 친밀도를 더한다. 개성적 표현을 산출할 수 있는 '낯설게 하기'와는 상반되는 방식을 통해 쉽게 공감하고 호응할 수 있는 이미지를 생산한다. 개성이 부각되는 새로운 비유보다 폭넓게 이해될 수 있는 익숙한 비유를 통해 전달하고 싶은 의미가 분명히 있었기 때문이다. 그에게 시의 아름다움과 진실은 분리될 수 없는 일체로 인식된다.

3. 자연스러운 리듬과 친근한 어조

정호승의 시가 쉽게 널리 읽힐 수 있는 또 다른 이유는 편안한 리듬과 친밀한 어조와도 관련된다. 정호승의 거의 모든 시는 선명한 리듬감이 느껴지는 시행으로 분절되어 있다. 1970년대부터 크게 유행하기 시작한 산문시와 거리가 멀게 그의 시에서 길게 늘여 쓴 시를 찾아보기는 힘들다. 늘 적절하게 분절된 균형 잡힌 시행이 자리 잡고 있다. 그의 시는 노래에서 기원한 시 본유의 리듬감을 내포한다. 전통 시가의 율격을 효과적으로 구현한다. 다음과 같은 시에서는 본격적으로 민요의 리듬을 차용하기도 한다. 소리마디를 구분해 보면 다음과 같이 분절된다.

아리랑 / 고개 너머
찔레꽃 / 핀다기에
아리랑 / 고개 너머
工團이 / 선다기에
찔레꽃 / 그리워서
라면 하나 / 끓여 먹고
새벽길 / 텃밭에서
어머니를 / 뿌리치고
봄날에 / 흘린 눈물

—「아리랑 고개」 부분

이 시에서는 두 마디의 민요조를 활용하여 아리랑 고개를 넘는 발걸음과 어울리는 호흡을 구사하고 있다. '공단'이나 '라면' 같은 현대적 어휘가 과거와 다른 현재적 시점을 반영하면서도 여전히 고난과 설움으로 가득한 정서를 전통적인 민요의 리듬에 담아낸다. 단순한 리듬과 평이한 시어, 그리고 반복의 어법은 친근감과 공감을 창출한다.

돌아보지 / 마라
누구든 / 돌아보는 / 얼굴은 / 슬프다
돌아보지 / 마라
지리산 / 능선들이 / 손수건을 / 꺼내 운다
인생의 / 거지들이 / 지리산에 / 기대앉아
잠시 / 가을이 / 되고 있을 뿐
돌아보지 / 마라
아직 / 지리산이 된 / 사람은 / 없다

—「가을」 전문

특별히 전통 리듬을 살려 쓴 시가 아니더라도 그의 시에는 기본적으로 강한 리듬감이 흐른다. 시행이 의미와 호응을 이루며 적절하게 분절되고 반복되는 가운데 자연스럽게 리듬이 발생한다. "돌아보지 / 마라"는 단호한 두 마디로 구성되어 있으며 세 차례나 반복되어 의미를 증폭한다. 이어지는 시행들은 대개 네 마디로 이루어져 있어 호흡의 균형을 이루며 역시 결연한 느낌을 준다. "잠시 / 가을이 / 되고 있을 뿐"에서만 세 마디로 예외를 이루면서 정서적 이완을 일으킨다. 마지막 부분은 다시 두 마디와 네 마디를 반복하여 의지적 태도를 드러낸다. 이처럼 그의 시들은 의미와 호응하는 자연스러운 리듬을 구사한다.

정호승의 시에서는 리듬뿐 아니라 다양한 어조가 활용되면서 친밀감을 더한다. 일인칭 화자의 고백체가 주류를 이루는 시의 어법에서 벗어난 대화체가 자주 등장한다.

아들아
천지에 우박이라도 내렸으면
오늘도 나는 네가 그리워

—「샛강가에서」 부분

그대와 낙화암에 갔을 때
왜 그대 손을 잡고 떨어져 백마강이 되지 못했는지

—「후회」 부분

벗이여
소가 가죽은 남겨
쇠가죽 구두를 만들 듯
내가 죽으면 내 가죽으로 구두 한 켤레 만들어
어느 가난한 아버지가 평생 걸어가고 싶었으나
두려워 갈 수 없었던 길을 걸어가게 해 다오

—「벗에게 부탁함」 부분

어제 하루 일하지 않았으므로
오늘 하루를 굶겠습니다
어제 하루 사랑하지 않았으므로 오늘 또 하루를 굶겠습니다

—「하늘에게」 부분

그의 시에는 특히 청자를 직접적인 대상으로 하는 어투가 많다. 편지글의 형식을 빌려 쓴 시에서 정서적 감응력과 호소력은 두드러진다. 대상을 상정하고 친밀하게 건네는 말들은 독자의 반응을 쉽게 유도할 수 있

다. “아들아” “벗이여”와 같은 호격의 활용도 친근감을 높인다. 이렇게 분명한 대상을 상정해 놓았기 때문에 감정과 의지의 표출이 자연스럽다. 그의 시에서는 「하늘에게」와 같은 기도문의 형식도 많이 나타난다. 결연한 어조의 기도문은 간절한 기원이나 굳건한 결의를 표현하는 데 유효하다. 시인은 편지나 기도문처럼 호소력이 강한 글의 어조를 빌어 절실한 감정을 전달한다. 그의 시에서 활용되는 다양한 어법은 의미의 강화와 확산에 기여한다.

봄이 오면 아버지 돌아오세요
나라에 죄가 많아 어둠이 깊어 가도
숫색시적 어머니가 잠들기 전에
살구꽃 살짝 피면 돌아오세요
양복점 심부름꾼으로 눈칫밥을 먹다가
바다가 보이는 소년원에서
파도 소리에 아버지가 그리웠어요

—「소년의 기도」 부분

시인은 의미 전달에 적합한 화자를 설정하고 그 육성을 살려 시의 분위기를 새롭게 창출한다. 이 시는 ‘소년’인 화자가 ‘아버지’를 그리며 올리는 기도문의 형식을 취하고 있다. 진솔한 고백의 어조를 통해 소년의 가족사가 자연스럽게 드러난다. 약자들의 삶에 대한 관심을 표명하기 위해 시인은 자주 그들의 육성을 살려 쓴다. 당사자의 목소리를 통해 그 삶의 실상을 실감 나게 표현할 수 있기 때문이다. 육성을 통해 발언하는 경우 감정이 직접적으로 노출되기 쉽고 감상성이 농후해지기도 하지만 시인은 가장 호소력이 강한 경우를 선택한다.

리듬이나 어조의 측면에서도 시인은 전달에 유리한 방식으로 공감대를 넓히고 있다. 새로운 형식을 창조하는 데 주력하기보다는 전통적인 양식을 활용하여 친숙한 분위기를 형성한다. 의미와 부합하는 리듬을 창출하고 실감을 부여할 수 있는 어조를 활용한다. 그의 시는 노래였던 시의 전통과 기층 민중의 육성을 살려 공감의 가능성을 확대해 왔다.

4. 보편적 감성과 고결한 가치

정호승의 시에서는 비유, 상징, 리듬, 어조 등 시의 중요 요소들이 공감대 확보에 기여함을 알 수 있다. 그에게는 함께하고 싶은 감정과 가치들이 분명하다. 자신이 표현하고 싶은 감정과 가치를 보다 폭넓게 나누기 위해 그는 가능한 한 평이하고 친숙한 형식을 사용한다.

'슬픔'은 정호승의 시를 대표하는 감정이다. 그의 시가 확보한 너른 공감대는 상당 부분 슬픔이라는 보편적 감정을 절묘하게 표현하는 데서 기인한다. "세상에서 가장 아름다운 사람 하나 만나기 위해/ 나는 다시 슬픔으로 가는 저녁 들길에 섰다"(「슬픔으로 가는 길」)라는 시는 첫 시집의 서시에 해당하면서 시 세계의 전체적 방향을 예시하는 듯하다. 지극한 아름다움을 지향하는 시인의 낭만적 성향은 거친 세상과 부딪치면서 깊은 절망과 슬픔에서 벗어나기 힘들었던 것이다. 그런데 주목할 것은 그가 슬픔을 어찌할 수 없는 불행으로 받아들이기보다는 늘 감내하고 포용해야 할 감정으로 받아들이고 있다는 점이다.

나는 이제 너에게도 슬픔을 주겠다.
사랑보다 소중한 슬픔을 주겠다.

겨울밤 거리에서 귤 몇 개 놓고
살아온 추위와 떨고 있는 할머니에게
귤값을 깎으면서 기뻐하던 너를 위하여
나는 슬픔의 평등한 얼굴을 보여 주겠다.

—「슬픔이 기쁨에게」 부분

그의 시에서 슬픔은 기쁨보다 우월한 감정이며 심지어는 사랑보다도 더 소중한 것으로 인식된다. 기쁨이나 사랑이 개인적 차원에 한정될 수 있는 데 반해 슬픔은 '평등'하다. 가령 이 세상의 누구라도 슬픔에 빠져 있다면 세상 전체가 슬픈 것이다. 이런 생각은 고난에 찬 모든 중생이 구원받을 때까지 탈속을 미룬다는 대승불교의 보살 정신과 유사하다. 또한 측은지심을 인간의 본성으로 여기는 유교 사상과도 통하며 기독교의 박애 정신과도 관련된다. 시인의 '슬픔'은 모든 종교에서 중요하게 여기는 자비나 긍휼의 가치와 상통한다. 시인으로서 그는 세상의 불행과 대면할 때 배태되는 슬픔의 정서적 상태를 섬세하게 감지한다. 개인적 슬픔이 아닌 공동의 슬픔을 떠올리며 슬픔이 갖는 특별한 가치를 발견한다. "슬픔 많은 사람끼리 살아가며는/ 슬픔 많은 이 세상도 아름다워라"(「슬픔 많은 이 세상도」)에서처럼 슬픔은 화합과 공생의 효소와도 같다. 슬픔 그 자체는 고통스러운 감정이지만 공유할 때는 놀라운 화학반응을 일으킬 수 있는 것이다. 시인의 슬픔 예찬은 이처럼 슬픔이 환기하는 공생의 가능성에 기인한다.

정호승의 시에서 주조를 이루는 슬픔은 시인이 추구하는 '진실' '자유' '사랑'과 같은 드높은 가치와 그것이 실현되기 어려운 현실 사이의 부조화에서 발생한다. 그의 시에서 이런 이상적 가치들은 서로 결합되면서 더욱 상승의 효과를 보인다. 최고의 가치를 실현하기 위한 헌신보다 아름다운 것은 없다. 이상을 향한 이런 결연한 태도로 인해 그의 시는 종종 경건해지고 경구에 가까워지기도 한다. "오늘도 어둠의 계절은 깊어/ 새벽하늘 별빛마저 저물었나니// 오늘도 진실에 대한 확신처럼/ 이 세상에 아름다운 것은 아직 없나니"(「새벽에 아가에게」)에서 현실의 어둠과 진실의 아름다움은 대비를 이루며 분명한 의미를 형성한다. "진실에 대한 확신"은 그의 시에 명쾌한 가치관을 부여한다. "올바르게 사는 일을 가르치기 위하여/ 올바르게 죽는 일을 가르치는/ 그를 따라 사는 자는 행복하여라"(「가을에 당신에게」)에서처럼 진실을 추구하기 위해 죽음을 불사하는 의지적 면모가 두드러진다. 그의 시에서 '진' '선' '미'라는 궁극적 가치들은 모순되지 않고 통합을 이룬다. 진실은 선하며 아름답기까지 하다. 시인은 이런 절대적인 가치를 추구하려는 적극적인 태도를 보여 준다. "폭풍이 지나가기를/ 기다리는 일은 옳지 않다// 폭풍을 두려워하며/ 폭풍을 바라보는 일은 더욱 옳지 않다// 스스로 폭풍이 되어/ 머리를 풀고 하늘을 뒤흔드는/ 저 한 그루 나무를 보라"(「폭풍」)며 강한 의지를 표명한다. "희망은 결코 희망을 잃지 않을 때만 아름답다"(「희망은 아름답다」)고 선언한다. 진실에 대한 확신이 있다면 두려워하지 말고 끝까지 그것을 추구해야 한다는 당위적 언술들이다. 그의 시에서 경구가 자주 등장하는 것은 이런 윤리적 가치판단과 관련된 확신에 기인한다. 그에게는 추구해야 할 뚜렷한 가치에 대한 신념이 있고 그에 대한 확인과 다짐이 경구로 표명된다. 보편적인 관심사와 관련된 선명하고 인상 깊은 경구들은 그의 시가 공감을 얻는 중요한 요인이기도 하다. 자명한 가치에 대해 의심하고 부정하면서 새로운 의미를 창출하는 시들이 있는 반면 그것을 확신하고 실천하는 데 주력하는 시들이 있다. 정호승의 시는 영원불변의 보편적 가치들을 향한 강한 신념과 실천적 의지를 보여 준다. 이상과 현실의 괴리를 뚜렷이 인지하면서도 절망에 빠지지 않고 희망을 추구할 수 있었던 것은 그를 지탱해 온 윤리적 태도에 기인한다.

정호승 시에서 '사랑'은 보편적 감정과 가치를 아우르는 핵심적 주제이다. 사랑은 그의 시에서 어느 시기를 막론하고 지속적으로 거론되어 왔다. 개인적 차원에서 시대적 차원에 이르기까지 그 의미의 폭은 넓다. 어느 경우나 절실하고 진지한 태도로 인해 강한 호소력을 갖는다. "산다는 것은 사랑한다는 것인가/ 사랑한다는 것은 산다는 것인가"(「윤동주의 서시」)라는 말처럼 그에게 전력을 다해 사는 것과 진심으로 사랑하는 것은 다르지 않다.

그의 시에서 사랑은 그리움과 기다림 같은 보편적인 정서를 내포한다. "우리가 어느 별에서 만났기에/ 이토록 서로 그리워하느냐./ 우리가 어느 별에서 그리워하였기에/ 이토록 서로 사랑하고 있느냐"(「우리가 어느 별에서」)와 같은 전형적인 연시의 정서가 바탕을 이룬다. 사랑이라는 주관적 감정이 허여하는 무한한 상상의 가능성을 적극적으로 표출한다.

> 사랑하다가 죽어 버려라
> 오죽하면 비로자나불이 손가락에 매달려 앉아 있겠느냐
> 기다리다가 죽어 버려라
> 오죽하면 아미타불이 모가지를 베어서 베개로 삼겠느냐
> 새벽이 지나도록
> 摩旨를 올리는 쇠종 소리는 울리지 않는데
> 나는 부석사 당간지주 앞에 평생을 앉아
> 그대에게 밥 한 그릇 올리지 못하고
> 눈물 속에 절 하나 지었다 부수네
> 하늘 나는 돌 위에 절 하나 짓네
>
> —「그리운 부석사」 전문

그의 시에서 사랑은 종종 이토록 쉽게 시간적·공간적 경계를 넘어서는 역동적 상상을 낳는다. 그가 추구하는 사랑은 죽음에 이를 만큼 절실한 것이다. "사랑하다가 죽어 버려라"는 선언은 명령이 아닌 고백이다. 비로자나불이 손가락에 매달리고 아미타불이 모가지를 베어서 베개로 삼는다는 역전의 상상처럼 사랑은 존재 전체를 뒤엎는 강렬한 감정이다. 이러한 감정의 상태에서 사랑은 "하늘 나는 돌 위에 절 하나 짓"는 일처럼 신비로운 것이다.

이처럼 정호승의 시는 자아의 세계화라는 서정시 고유의 원리를 십분 발휘한다. 감정의 몰입을 극대화하여 예기치 못한 놀라운 상상을 행한다. 고금의 연시들이 공통적으로 보여 주는 감정의 과잉과 연상의 역동성이 그의 시에서도 예외 없이 작동한다. 그가 연시에 능한 이유는 자신이 확신하는 감정이나 가치에 충실을 다하기 때문이다. 사랑은 그가 일관되게 확신해 온 삶의 동력이다. 그의 시에는 사랑의 슬픔과 기쁨, 절망과 희망이 고스란히 새겨져 있다. 개인과 사회가 만나는 자리에서도, 과거와 현재가 이어지는 시간에도 사랑은 늘 중심을 이루어 왔다. 그의 시에서 사랑은 삶 자체이다. "내가 사랑한 길과 사랑해야 할 길이 아침 이슬에 빛날 때까지" "살아 봐야겠다"(「다시 자장면을 먹으며」)고 결심하는 것은 사랑 때문이다. 믿음 속에서만 강해지는 사랑과 희망의 윤리를 실천하며 그의 시는 줄곧 사랑에 이끌리는 삶을 추구해 왔다.

5. 서정시 전통의 계승과 확산

정호승의 시에는 이따금씩 '소년'이 등장한다. 가난하고 외롭지만 희망을 잃지 않고 살아가는 소년, 거친 도시에서 시달리면서도 순수함을 잃지 않는 소년이다. 이는 시인 자신뿐 아니라 억압과 가난의 시대를 통과해 온 우리 모두의 초상이기도 하다. 소년은 약하지만 끊임없이 자란다. 정호승의 시는 이러한 소년처럼 낭만과 희망을 보유한다. 현실과 이상의 격차로 인한 낭만적 비애에 젖어 있으면서 희망적 미래를 꿈꾼다. 시인은 소년과 같은 염결성으로 인해 혼탁한 세상에 절망하지만 인간성에 대한 궁극적 신뢰를 잃지 않는다.

그는 인간의 선한 본성과 영원불변하는 고결한 가치를 확신하며 자신의 신념을 보다 많은 사람들과 공유하려 한다. 친숙한 비유와 상징, 리듬, 어조를 활용하는 것은 그 때문이다. 그는 자신만의 첨예한 개성을 포기하고 보편적 공감대를 확보하는 길을 택한다. 그의 시에서 흔히 비판의 대상이 되는 단순성은 이러한 선택과 무관하지 않다. 개성 넘치는 독자적인 표현보다 단순하고 평이한 표현을 통해 보다 폭넓게 읽히기 위해서다. 개성을 추구해 온 현대시의 전개와 그의 시는 다소 거리가 있다. 그의 시는 오히려 현대시가 잃어 가는 보편성에 호소하면서 잊혀져 가는 시의 전통을 되살리고 있다. 비유와 리듬이라는 시의 본유 개념, 최고의 가치를 추구하는 시의 정신이 그의 시에서는 여전히 확고하게 지켜진다.

정호승의 시는 우리 현대시의 전통을 면면이 계승하고 있다. 시대를 고뇌하며 미래에 대한 의지적 자세를 견지했던 한용운의 정신과 아름다운 세상에 대한 낭만적 동경을 순수하게 지켜 냈던 윤동주의 염결성, 노래였던 시의 본질을 잃지 않고 전통적 리듬을 살려 냈던 김소월의 시 의식을 두루 포괄한다. 우리 현대시가 확립해 온 소중한 전통을 동시대의 다중과 호흡할 수 있도록 친근하게 양식화해 왔다.

시인이 시사에 기여하는 방식은 다양하다. 개성을 심화하는 길이 가능한 것처럼 공감을 확대하는 길도 가능하다. 정호승은 보편적 정서와 가치를 추구하며 함께할 수 있는 시의 길을 걸어왔다. 참여시들이 목소리를 높일 때 그의 시는 미약했고 해체시들이 충격을 가할 때 그의 시는 진부해 보였다. 그러나 그는 쉽게 공감할 수 있는 소박하고 진솔한 시를 통해 많은 사람들에게 위안을 주었다. 절망적인 시대에도 희망과 사랑을 역설하며 서정시 고유의 정신과 미학을 구현해 왔다.

감각의 깊이, 상상의 자유
—송재학의 시 세계

1. 감각의 프리즘

송재학 시인은 1986년 등단 이후 지금까지 여섯 권의 시집을 내놓으며 꾸준히 활동해 왔다. 시집을 낼 때마다 적지 않은 주목을 받아 왔지만 뚜렷하게 규정된 바도 없다. 그의 시에 대한 중론은 '난해함'과 '진지함'으로 요약할 수 있다. 그의 시 곳곳에는 일관된 해석을 방해하는 비약과 단절의 협곡이 도사리고 있으며 동통과 같은 삶의 고뇌가 내장되어 있기 때문이다. 존재와 현실, 관념과 감각, 물질과 정신, 자연과 인간사의 어디에도 편중됨이 없이 다층적인 면모를 보이는 그의 시는 간명한 규정을 거부한다.

한 편 한 편의 시보다 시 세계의 전모를 살필 때 오히려 이해가 수월한 경우가 있는데 송재학 시인이 그러하다. 그의 시는 이십여 년의 시간 동안 뚜렷한 개성을 유지하면서도 상당히 변모해 왔다. 여섯 권의 시집은 저마다 색다른 면모를 드러내며 점진적으로 변화를 보여 준다. 그러면서도 교집합을 형성하는 공통적 특징이 있다. 그의 시집은 일관되게 외부 세계나 자연에 대한 시인 자신의 내면의 조응에 해당한다. 시인은 어떤 현상이든 내면 깊숙이 끌어들여 자신만의 독특한 프리즘으로 분석해 보인다. 시인의 프리즘에 닿으면 무엇이든 형형색색으로 분광된다. 그 다채로운 빛의 감각이 송재학 시의 독자적인 미학을 이룬다.

시인은 내면과 외계를 연계하는 이미지의 표출에 있어 각별하고 일관된 개성을 확보하면서도 그 세목에 있어서는 흥미로운 변화를 보여 준다. 특히 물, 불, 빛, 흙 등 가장 근본적인 자연의 이미지들이 보여 주는 다채로운 변화와 길항작용은 시 의식 변모의 중핵을 내포하고 있다. 여기서는 송재학 시에서 중심 이미지들의 변모를 추적하면서 그의 시를 형성하는 근본 동력과 시 의식을 해명해 보고자 한다. 송재학의 시는 또한 감각의 밀도와 깊이에 있어 남다르다. 그의 시에서 감각과 이미지와 사유가 작용하는 양상을 관심 있게 살펴볼 것이다.

2. 얼음 속 화톳불

송재학의 시는 '얼음'의 이미지에서 출발한다. 첫 시집의 제목이 『얼음시집』(1988)인 것도 상징적이다. '얼음시' 연작이 차지하고 있는 시집의 앞부분은 차갑고, 어둡고, 불안한 의식으로 가득하다. 그의 시에서 얼음의 이미지가 작동하는 범위는 다양하다. 병든 폐로부터 차가운 현실에 이르기까지 모든 괴로움과 잇닿아 있다. 이 괴로움은 자신과 타자, 현재와 과거, 육체와 정신을 망라하는 것이다. "한밤중에 깨어났다 꿈을 꾸다가, 기침을 하면 늑골까지 얼음이 깔리고 耳鳴의 귀에 바람이 흩어진다 結氷

픔은 내가 읽는 요즘의 책에도 있는데 밤의 내륙 땅에서 강진의 앞바다를 떠올린다"(「얼음시 3—다산 생각」)고 할 때 얼음의 이미지는 개인의 육체적 고통에서 과거로부터 현재에 이르는 이 땅의 차가운 현실로 확장된다. 이와 같이 하나의 의미로 고정되지 않고 파장을 이루며 동류의 것들을 결속시키는 성질이 송재학 시의 이미지가 다채롭게 형성되는 연유이다.

송재학의 시에서 '얼음'은 의식뿐 아니라 무의식에까지 깊은 그늘을 드리운 채 부정적인 이미지를 형성한다. "잠 속엔 늘 서걱이는 모래와 얼음, 겨울비가 내려요, 꽃잎은 비애처럼 썩어 가요"(「어둠」)라는 독백은 무의식 깊숙이 침잠해 있는 어둡고 차가운 정서를 짐작게 한다. 우울과 비애가 그에게는 시를 쓰게 하는 원동력이 된다. "서정시인이 되고 싶었습니다 살아가는 일은 나로 하여금 시 근처에 떠돌게 합니다 누군가 울고 있는데 그 울음의 바다에 누워 보지 않고, 그렇다 하더라도 깨달음이란 일관되지 않으면 실천하기 어려운데 울음시를 노래할 수 있을까요"(「詩論」)라는 고백처럼 그의 시는 누군가의 '울음'과 함께하려는 것이다. 그 누군가의 울음이 '얼음' 같은 고통을 주는 육체나 정신, 혹은 현실에서 비롯된다는 점에서 '울음시'는 곧 '얼음시'이기도 하다. 그는 자신의 시가 타인과 자신의 고통을 첨예하게 감지하고 맞서는 '자각의 시'가 되기를 원한다.

그런데『얼음 시집』은 놀랍게도 차갑고 어두운 얼음의 이미지로만 가득한 것이 아니라 뜨겁고 붉은 불의 이미지가 충만하다. "얼음 깎아 빚은/ 볼록렌즈로/ 불지르면/ 저 가파른 겨울 산들,/ 타올라/ 붉은 산 되리"(「얼음시 5—불」)라 할 때 불은 얼음의 아니마이다. 얼음과 불의 강렬한 이미지 대조는 차가움의 후면에는 그만큼의 뜨거움이 내재한다는 사실을 역설한다.

> ……얼음 속 화톳불처럼 내 몸은 식었다가도 금방 이글거린다
>
> —「입암 땅 긴 세월」 부분

가슴팍에 쇠못 치는 소리 섞이는 속으로
안개 돋고 얼음 얼어
온몸이 젖더니,
어느덧 비울음 끝으로 겨울이 내려왔다
나는 그때 불을 준비하고 있었고

—「겨울비」 부분

내 살이나 뼛속에 숨은 유황 내음 피 내음 좇아 기척 없이 숨었다가 새벽 滿潮를 덮는 새 떼의 깃털이란 깃털은 다 사르고 커다란 탄식으로 내 번뇌를 불지르는 고요 불더미 속……나는 푸른 칼 상한 날짜에 휩싸여 떠돕니다

—「고요에 대하여」 부분

이 고요한 수련이라니……수련, 희고 붉은 꽃잎마다 뚝뚝 묻어나는 물이나 불은 새벽의 참빛이 훑어 내린 재(灰) 같은데 이 고요한 수련 또는 폭풍은!

—「睡蓮의 날짜 1」 부분

이처럼 얼음과 불, 차가움과 뜨거움, 고요와 격정이 한자리에 놓여 있는 모순적 상황이 그의 시에서는 자연스럽게 연출된다. 현상의 이면에 자리 잡고 있는 존재의 역설을 간파하고 있기 때문이다. 그것은 현상의 단면이 아닌 이면을 볼 때, 순간이 아닌 과정을 볼 때 가능하다.「입암 땅 긴 세월」에서 "얼음 속 화톳불"은 "내 몸"에 새겨진 끈질긴 기억에서 기인한다.「겨울비」에서 '불'은 가슴 깊이 젖은 사람이 준비하는 겨울 채비이다.「고요에 대하여」나「수련의 날짜 1」에서는 번뇌를 사른 후의 고요를 그리고 있다. '수련'은 그 자체 물과 불의 결합이다. 시인의 첨예한 시선은 이

처럼 모순과 상처가 부딪치는 장면에 각별하게 가닿는다.

『살레시오네 집』(1992)에서 시인은 상처의 기억과 불화의 현장에 보다 날카롭게 파고든다. 세상에는 병과 죽음과 울음이 넘치고 "세상은 나의 손을 떠났다"(「하구에서—아버지의 시간」). 무기력과 절망과 허무에 빠져 "나는 앞날조차 미리 탕진한다"(「쓸모없는 시간」). 이 시집의 뒷부분에는 고드윈, 프루동, 바쿠닌, 크로포트킨 같은 아나키스트들에 대한 장황한 각주가 달린 시들이 들어 있어 세상의 변혁과 자유의지 사이에서 번민했던 시인의 고뇌의 궤적을 엿볼 수 있다. 그에게 혁명과 열정보다 더 절실하게 다가온 것은 자유와 고독이다. 죽음과 비애를 떠안으며 존재의 극점에 닿으려는 치열한 의지이다.

이 시기에는 '불'과 '피'를 결합한 '노을'의 이미지가 자주 등장한다. "오직 울음만 남은 젊은 영혼이 짐승과 드잡이질하며 낮과 밤을 핏빛으로 적셨다"(「노을」), "흘러내리는 시간을 피칠갑하고 노을은/ 숨어 있는 슬픔마저 마구 뜯어 갔다"(「저물녘—시간을 버리다」), "저녁은 곧 베어 먹을 수 있는 고기처럼 검붉어/ 낯설은 비애의 냄새로 가득 찬 정육점만/ 길가에 즐비하네"(「오래전부터 저녁은」) 등 많은 시에서 노을은 동물성의 감각으로 그려진다. 고통스런 시간과 치열한 혈투를 벌인 자에게 붉은 저녁놀은 핏빛을 연상시킨다.

'물'의 이미지 역시 여전히 부정적이다. 침식을 불러오는 오염된 물(「侵蝕」, 「하구에서—아버지의 시간」), 일생을 삼키는 물(「죽은 여자」), 수몰시키는 물(「물은 언젠가 넘친다」, 「물 아래」) 등 죽음과 부패를 부르는 물이 대부분이다. '얼음'의 이미지에 상응하는 '눈보라'나 '비안개' 같은 차고 축축한 물이 등장한다. 생명과 온기를 압도하는 무겁고 검은 물의 이미지는 상처와 죽음의 기억으로 가득한 시인의 어두운 의식을 반영한다.

'나무'는 어둠과 고통에 맞서 있는 시인의 의식과 유사하다. 시인은 삶의 욕망으로 꿈틀대는 인간화된 나무를 보인다. "입 벌리는 어둠으로 나무는 성기를 민다 그 아래, 끔찍한 情事가 있고 칠흑처럼 온몸에 달라붙는 살찐 구더기 떼, 몸은 타들어 가고 아래로아래로 떨어지는 귓가에 새벽이 온다 나무는 피 흘리는 몸을 눕힌다"(「그 아래, 더 깊이 내려간」)라고 할 때 나무는 성과 생명의 심연을 환기시킨다. 이 시집에서 나무는 욕망의 뒤틀림으로 옆으로 휘어 가는 형상을 보이거나(「늙은 나무」) 사랑한 것들을 불사르는(「붉나무」) 등 인간화된 면모를 보인다. 시인은 들끓는 욕망과 괴로움으로 뜨거운 나무의 이미지에 인간사의 고통과 불화를 새겨 놓는다.

송재학의 초기 시는 병과 죽음, 고통이 가득한 어두운 삶에 대한 성찰이 두드러진다. 자칫 무모한 부정과 허무주의에 빠지기 쉬운 이런 무거운 시 의식은 근원적인 자연의 이미지에 힘입어 독자적인 미학을 형성한다. 특히 차가운 얼음과 무거운 물의 압도적인 이미지는 죽음과 고통에 선연한 감각을 부여한다. 그의 시에서 이미지는 반복적일 뿐 아니라 다채롭다. 차가운 얼음과 뜨거운 불, 어두운 물과 밝은 빛, 썩은 나무와 뜨거운 꽃 등 많은 대립적 이미지들이 상응하며 다층적인 의미를 양산한다. 송재학의 초기 시를 관념의 늪에서 구한 것은 이미지들의 섬광이다.

3. 섬세한 떨림

『푸른 빛과 싸우다』(1994)에서도 어둠과 슬픔의 주조음은 변하지 않는다. 죽은 가족이나 이웃들이 일으키는 애잔한 기억이 지속된다. 물과 빛의 이미지도 여전히 부정적이다. 의혹을 부르는 안개나 죽음으로 건너는 강 등 어둡고 음습한 물, 심연 혹은 죽음의 입구와 같은 빛이 압도적이다.

시인의 의식은 변함없이 죽음의 그림자에 사로잡혀 있다.

그러나 적지 않은 변화가 눈에 띈다. 이전 시기에 내면의 정조가 외계를 주도하는 형국이었다면, 대상에 대한 섬세한 관찰이 증가하기 시작한다. 자신을 포함한 세상의 고통과 불화에 맞서던 긴장 상태에서 한 걸음 물러나 고요히 응시하는 태도가 두드러진다. "섬세함이 떠미는 한없는 떨림이/ 새벽에 꾼 나비의 꿈을 햇빛과 이어 준다"(「섬세함을 옹호하다」)에서처럼 섬세함은 '떨림'이라는 육체와 정신의 상호작용을 유발하며 무의식과 의식에 다리를 놓는다. 섬세함은 자신과 세계를 돌아볼 수 있게 하며 그 관계의 긴밀함을 주목하게 한다. 어둡고 무거운 내면의 폭풍에 휩싸여 있던 그의 시는 섬세한 감각을 발현하면서 외계와 새롭게 접촉하게 된다.

소리와의 만남은 그의 시에 섬세함을 증폭시킨다. 소리는 대상에 대한 고도의 집중을 요구한다. 소리는 주체의 주도적인 입장을 허용하지 않고 대상에 몰입하고 조응하게 한다.

> 어둠에서도 꽃 지는 것과 그가 뜯어내는 슬픔이 철아쟁의 현인지 청산의 높고 낮음인지 분명하다 마음은 아쟁의 긴 떨림이 바람이나 구름에 떠맡긴 것, 무덤의 고요와 노래의 깜깜함이 싸우는 길 옆 무밭 노란 꽃 아래 나비들이 죽어 있다 아니 나비들은 그의 假面, 노래가 기대는 어둡고 밝은 햇빛 따라 분홍 손가락 뼈마저 샅샅이 드러나는 봄날
>
> —「철아쟁」 부분

시인은 철아쟁 소리에서 숨어 있던 빛과 어둠, 청산과 구름, 꽃과 나비를 발견한다. 숨죽인 채 몰입할 때 가능한 순간이다. 여기서도 '떨림'이 마음과 형상을 연결시키고 있다. 그의 감각은 소리를 시각적으로 전환하는 데 능란하다. 아쟁 소리의 높고 낮음을 따라 온갖 장면들이 스쳐 간다. 소

리에 대한 감각의 섬세함은 마지막 구절에서 절정을 이룬다. "어둡고 밝은 햇빛 따라 분홍 손가락 뼈마저 삳삳이 드러나는 봄날"은 투명하고 영롱한 감각과도 상통한다.

소리는 깊은 울림과 변화를 일으킨다. 시인은 '가얏고' 소리에서 "식민지의 희미한 푸른빛 깊이"(「푸른빛과 싸우다 2」)를 배우고 "노래에는 어둠을 껴안는 마음이 먼저 보인다"(「노래는 왜 금방 꽃핀 홀아비꽃대를 찾아가는가」)는 것을 알게 된다. 노래가 마음에 일으키는 섬세하고 깊은 파장에 감응한다.

소리는 고요를 바탕으로 한다. 시인이 이토록 소리에 섬세한 감각을 가질 수 있었던 것은 고요를 체질화하는 오랜 시간을 지났기 때문이다. 그의 많은 시들은 고요와 적막에 길들은 채 마음의 무늬를 따라가는 의식의 행로를 담고 있다. 그는 소리의 궁극, 삶의 궁극이 고요임을 안다. 시인의 고요하고 섬세한 시선이 향하는 생명에 대한 경외감은, 죽음에 그토록 경도되었던 시인이기에 보다 각별하다. 「별을 찾아 몸을 별로 바꾸는 이야기가 있다」에서는 죽은 고무나무가 망개 덩굴로 몸을 바꾸는 현상을, 「얼굴을 붉히다」에서는 상사화가 시든 꽃대 대신 푸른 잎으로 되살아나는 장면을 세밀하게 묘사하고 있다. 시인은 푸른빛에서 조심스럽게 생명의 비의를 건져 올리며 새로운 세계를 열어 놓는다.

『그가 내 얼굴을 만지네』(1997)에서 감각의 표출은 더욱 섬세해진다. 관념의 무게를 상당히 덜어 내고 감각으로 포착하는 생의 기미를 충실하게 재현한다.

그가 내 얼굴을 만지네
홑치마 같은 풋잠에 기대었는데
치자향이 水路를 따라왔네

그는 돌아올 수 있는 사람이 아니지만
무덤가 술패랭이 분홍색처럼
저녁의 입구를 휘파람으로 막아 주네
결코 눈뜨지 말라
지금 한쪽마저 봉인되어 밝음과 어둠이 뒤섞이는 이 숲은
나비 떼 가득 찬 옛날이 틀림없으니
나비 날개의 무늬 따라간다네
햇빛이 세운 기둥의 숫자만큼 미리 등불이 걸리네
그는 소리 내지 않고도 운다네
그가 내 얼굴 만질 때
나는 새순과 닮아서 그에게 발돋움하네
때로 뾰루지처럼 때로 갯버들처럼

—「그가 내 얼굴을 만지네」 전문

이 시에는 감각의 향연이라 할 만큼 다양한 감각들이 등장한다. 무덤가에서 풋잠에 든 화자의 얼굴을 만지는 것은 그의 손길이다. 그는 물론 돌아올 수 없는 사람이지만, 이 시는 감각을 통해 이승과 저승, 현실과 꿈, 빛과 어둠의 경계를 넘나든다. "결코 눈뜨지 말라"는 전언은 시각이 아닌 전신의 감각을 열어 놓아야 한다는 뜻이다. 그의 손길처럼 치자향이, 술패랭이의 분홍색이, 휘파람 소리가, 햇빛이 세운 기둥이 와 닿는다. 모든 감각이 뒤섞인 채 오롯이 다가온다. 치자향은 수로처럼 선명한 형상으로 그려진다. 술패랭이의 분홍색은 무덤가에 검은 저녁이 다가오는 것을 막아 준다. 분홍색에 대한 이 시인만큼 섬세한 논평을 행한 예가 있을까? "흰색은 햇빛을 따라간 질서이지만 그 무채색마저 저 분홍과의 망설임에 속한다 분홍은 흰색을 벗어나려는 격렬함이다"(「흰색과 분홍의 사이」)라고

했듯이 분홍은 무채색에서 벗어나려는 육체의 격렬한 저항이다. 술패랭이 분홍색이 없다면 무덤의 저녁은 얼마나 황막할까. 무덤가의 저녁은 빛과 어둠의 부딪힘으로 현란하다. 나뭇잎 사이를 뚫고 들어온 햇살은 등불을 내건 듯 길게 비친다. 돌아올 수 없는 그가 소리 내지 않고 울며 내 얼굴을 만질 때 나는 그에게 발돋움하며 새순처럼 돋아난다. 죽음이 생을 쓰다듬고 생이 죽음을 향해 발돋움하는 긴밀한 교섭이 일어나는 것이다. 삶과 죽음이 이토록 밀착되어 서로를 끌어당기는 장면을 찾아보기는 쉽지 않다. 모든 감각을 열어 놓고 자유롭게 소통시킬 때 가능한 일이다.

시인은 삶과 죽음이 한데 엉겨 있는 장면, 유채색과 무채색이 길항하는 장면처럼 절묘한 감각의 층위를 포착해 낸다. 이는 자신을 비운 채 대상에 몰입하는 감각의 개방으로 인해 가능하다. 안간힘하며 발돋움하는 생명에 안쓰러움을 느끼며 인생사를 연상한다. "어떤 흉터라도 부드러운 껍질로 감싸 버리는 동백의 잎은 희망을 되풀이하면서 두터워졌는가"(「동백나무는 흉터를 남기지 않는다」)라는 진술에는 상처와 절망이 생명의 본질임을 확인하는 씁쓸함이 내포되어 있다. 인간사를 투영하던 자연에서 마찬가지로 지고지난한 생태를 엿보며 생명의 힘겨움과 눈물겨움을 지각한다.

4. 아름다운 균형

『기억들』(2001)과 『진흙 얼굴』(2005)에서 사물의 본질을 감각적으로 포착하는 경향은 지속되면서도 대상과 주체의 호응과 투사가 더욱 자연스럽게 이루어진다. 섬세한 감각으로 접면하는 외계는 무한하게 확장한다. 『기억들』의 자서에서 시인은 정신의 황무지를 탐사하고 싶다는 욕망을 밝힌다. 그것은 기억의 시원이기도 하고 시의 영혼이라고도 할 수 있는 미개지이다. 이 시집에 유난히 정신이니 영혼이니 후생이니 하는 말이 많이 등장하는 것은 현상 이면의 드넓은 상상의 세계에 대한 지향과 관련된다.

시인은 사물의 표면에서 정신과 영혼의 흔적을 엿본다. "볏을 육체로 보지 마라/ 좁아터진 뇌수에 담지 못할 정신이 극채색과 맞물려/ 톱니바퀴 모양으로 바깥에 맺힌 것"(「닭, 극채색 볏」)에서는 계관을 정신의 표출로 보고 있다. 내면의 정신이 솟아오른 듯 극명한 빛깔과 예리한 떨림을 보이는 현상에 대한 독특한 상상이다. 흰뺨검둥오리의 뺨에선 영혼의 빛깔을 만난다. "흰뺨검둥오리가 떠매고 가는 것이 이 늪을 포함해서/ 반쯤은 내 영혼이리라"(「흰뺨검둥오리」)에서처럼 시인은 대상과 일치감을 확인한다. 영혼은 대상과 주체의 유대를 긴밀하게 한다. "내 이마를 만진 외할머니의 주름손은/ 나 대신 날았던 청둥오리의 날개이기도 했어"(「가그랑비」)는 오래전 기억 속에 남아 있는 친밀한 유대감을 각성시킨다. 감각이란 기억의 오랜 지층을 넘어서 삶의 온기를 되살린다.

감각을 열어 놓은 채 아득한 정신의 황무지를 탐사하는 자에게는 이승과 저승의 기억도 멀지 않다. "잎맥을 거슬러 가는 애벌레의 날숨에도 내 생로병사가 느껴진다 실크로드에 병적으로 집착한 것도 수상하다 아니다 고백하자 5령이라는 잠을 자고 나면 누에는 이승과 저승의 해안을 가볍게 날아드는 나비, 더 고백하자 그 나비의 날개라는 반투명이 내 후생임을"(「누에」)에서는 애벌레와 나비의 관계처럼 자연스럽게 이승과 저승, 전생과 후생을 상상한다. 뿐만 아니라 자신의 생로병사를 그대로 함축하고 있는 누에의 생에 무감하지 못하고 거기에서 후생을 발견한다. 시인은 감각적으로 조응할 수 있는 모든 대상에 자신을 투사한다. 「환생」에서는 자신을 "슬픈 삶을 버티지 못한 사람의 후반부가 편입된" 어느 서역승의 후생이라고 한다. 이처럼 후생이니 저승이니 하는 또 다른 삶에 대한 상상이 행해지는 것은 삶이 지닌 연속성과 사물의 관계에 주목하기 때문이다. 상대의 현생이 자신의 후생이라고 상상하고 사물이 영혼을 품고 있다고 생각하는 자에게 세계는 무궁무진하게 열린다. 송재학의 시가 좁아진 듯하면서 넓어진 이유는 그 때문이다. 초기 시에서 자신과 세상의 불화를 일치시켰던 것에 비해 현상의 표면에 집중하면서 협소해진 듯하지만 타인뿐 아니라 사물과 교응하며 영혼과 정신의 영역을 넘나드는 새로운 차원을 개척하기 시작한 것이다.

시인은 사물이 조응하며 이루는 균형과 긴장에서 존재와 미학의 본질을 포착한다. "수치의 햇빛은 너무 강렬하여 수치사람들은 금방 녹아 버린다"와 "햇빛이 눈부신 것처럼 수치사람들에게는 다시 돋아나는 삶의 떡잎이 감춰져 있다"(「수치에서」)는 모순에 삶의 비의가 깃들어 있다. 삶과 죽음은 길항하며 존속한다. 마찬가지로 최고의 미학은 "〈가벼움과 무거움, 빠르고 늦음, 기울고 바름, 곡선과 직선〉의 아름다운 균형들"(「글자」)에 존재한다. 미학은 삶의 통찰에서 비롯되기 때문에 그것과 유리되지 않는다. "아름다운 균형들"은 삶의 원리일 뿐 아니라 미학의 본질이다.

『진흙 얼굴』에서는 '몸'에 대한 언급이 많다. 유한하고 불완전한 몸은 비애의 원천이다. 시인은 몸의 물질성에 대해 허식 없이 접근한다. 몸이 갖는 비극적 운명을 극단적으로 표현한 권진규의 조소에 시인은 당연히 관심을 보인다. 그가 권진규의 조소에서 들은 "붉은 함성"(「테라코타」)은 "적멸을 부르짖는 구멍/ 입"에서 터져 나오는 것이다. 인간의 육신 그 자체가 적멸의 구멍이다. "그러니까 내 얼굴도 흩어지는 모래를 감싸고 여민 흔하디흔한 비닐봉지인 셈이다 금방 터져 내용물이 흘러나올 것을 알고 있는 듯 울음은 두 손을 끌어당겨 습한 것부터 가린다 피할 수 없는 운명이 새겨지는 점토판, 얼굴"(「진흙 얼굴」)에서는 유한한 육체에 깃든 숙명적 비애를 극적으로 포착하고 있다. 오래도록 그의 시에 어두운 그림자를 드리웠던 죽음과 병과 고통의 뿌리를 보는 듯하다. 후생에 대한 선험이 없다면 견디기 힘든 삶의 단면이 아닐 수 없다.

다행이지 않은가 모든 삶을 알지 못하는 것이,

시선이 닿지 못하는 첩첩 산 뒤가 후생인 것처럼,

의심투성이 고비사막에서 티베트까지 울퉁불퉁한 비포장 길이 좌우로 나누는 것도 생이다

먼지로 상징되는 건 전생이고 신기루로 나타나는 건 후생.

다음 생이 후생이기 전, 이미 그 생들은 서로 어루만지고 위로하고 있다란 느낌은 길 없는 사막에선 흔하디흔하다

—「다행이다」 부분

사막에는 '흩어지는 모래 얼굴'들의 전생과 후생이 가득하다. 사막의 상상력은 「진흙 얼굴」의 비애를 초월하게 한다. 첩첩이 가로놓인 막막한 모래산이 생의 무구한 반복을 연상시킨다. 무한하기에 더욱 절실하고 서로를 위로한다는 역설이 사막이 주는 지혜이다. 생사의 무한함이 "목숨 같은 초록"의 가치를 돌아보게 한다.

「표준어와 방언이 뒤섞인 오래된 백과사전의 나무 항목에서」는 보르헤스 식의 상상력을 펼쳐 '직립'과 '영성'을 관련짓는 재기 넘치는 시이다. "고독에서 시작했을 직립은 영성(靈性)의 의미가 있다 물렁물렁한 영성이 직립을 부추겼고 검고 딱딱한 직립 또한 영성의 공간을 부풀렸다"는 상상은 "호모사피엔스와 직립은 서로 거역하지 못하는 상호 불가분이다"라는 단정에 이른다. 나무를 닮은 직립의 고독한 자세에서 영성을 떠올리고 그것이 또한 인간이 자신을 전체로서 바라보는 것을 가능하게 했다는 주장이다. 시인은 영성과 지식을 지니고 있는 종, 상상할 수 있는 능력을 지닌 종으로서 인간 고유의 특성을 주목한다. 그것은 또한 시를 쓸 수 있는 능력과도 상통하며 시인 자신의 욕망이기도 하다.

어두운 자의식에서 벗어나 오감을 열고 외계와 접하면서 시인은 상상

의 영지를 넓힌다. 관념과 감각이 조응하고 빛과 어둠이 섞이고 대상과 주체가 교감하는 새로운 차원이 열린다. 오랫동안 어둡고 복잡한 내면에 빠져 있던 시인은 가볍고 유쾌하고 순수한 세계로 고개를 돌린다. "오후 1시의 긴 시계팔이 삶을 부축해 나올 때 골목을 가까스로 빠져나왔다 흥, 나는 너무 복잡했구나"(「순수」)라는 독백은 그에게 펼쳐질 또 다른 세계를 예감케 한다.

5. 상상의 대지

송재학의 시에서 오랫동안 변하지 않는 부분은 고독과의 친밀감이다. 많은 사람들이 견디기 힘들어하는 고독이 그에게는 자유로운 사유와 상상의 근원이 되어 왔다. 불행과 병과 죽음이라는 보편적인 삶의 고난을 다룰 때에도 그는 공감의 차원에서 한 걸음 더 깊숙이 들어가서 내밀한 개인적 층위를 보여 준다. 감각의 매 순간은 고독 속에 단련되어 더욱 빛난다. 그것이 그의 시를 다소 난해하게 하면서 확실한 개성을 이루는 부분이다.

개인의 내면이나 관념에 빠지기 쉬운 그의 시를 미학적으로 이끌어 내는 것은 다채롭고 인상적인 이미지들이다. 그의 시에서 이미지들은 서로 다투고 변하면서 끈질기게 살아간다. 그의 시에는 사람보다도 더 많은 이미지들이 산다. '물'과 '빛'은 터줏대감이며 '불'과 '흙'도 빼놓을 수 없는 주민들이다. 그의 시에는 사람보다 더 사람 같은 나무와 꽃, 새와 나비들이 산다. 시와 함께 오랫동안 살며 이 이미지들의 성격도 적지 않게 변하고 있다. 얼음이 대변하던 차갑고 어둡던 물은 고지랑물이나 눈물처럼 미약하게 고여 있을 때가 많고 날카롭고 공격적이던 빛은 환하고 두루 감싸는 빛으로 변하고 있다. 이미지를 통해 시인의 내면과 자연은 서로를 비춘다.

'감각'이 우리 시의 화두로 떠오르기 훨씬 전부터 송재학의 시는 감각의 영역을 개척해 왔다. 감각은 세계와 만나는 통로이다. 통로가 세밀할수록 세계는 넓어진다. 송재학의 시에서 감각의 섬세함은 현실과 환상, 삶과 죽음, 주체와 타자의 경계를 열어 놓는다. 그의 시는 또한 감각의 다양한 조합에 탁월하다. 청각과 시각, 촉각과 시각 등 감각의 조합과 변이는 득의의 영역이라 할 만하다.

감각으로 충일하고 들끓는 이미지가 넘쳐나는 시인의 내면을 표현하기 위해서는 그의 희망처럼 이 땅만 한 황무지가 필요할지도 모른다. 깊을수록 높아지고 좁을수록 넓어지는 상상의 역설이 그의 시에서는 현실이 된다. 누구보다도 내면의 이미지에 충실했던 그의 시는 우리 시의 감각적 층위를 새롭게 했다. 그에게 시는 황무지였던 상상의 영토를 개간하는 일이다. 시인의 고독과 자유가 깃들어 있는 상상의 대지가 아득히 펼쳐져 있다.

떨림의 시학

―장석남의 시 세계

1. 신서정의 출현

그가 왔다. 정치적 그림자가 짙었던 1980년대 서정시의 장막을 헤치며 그가 왔다. "쌀 씻어 안치는 소리처럼 우는 찌르라기 떼"와 함께, 예기치 못한 청신한 감각으로 그가 왔다. 아련하면서 환한 서정시의 등걸불을 밝혀 들고 그가 왔다.

장석남은 1987년 등단 이후 지속적으로 주목을 받아 왔다. 1991년 첫 시집 『새 떼들에게로의 망명』으로 이미 서정시의 새로운 감각을 대표하는 신예로 떠오르게 된다. 정치성이 압도하던 문학의 판도에 변화가 일기 시작한 시기와 절묘하게 맞물려 서정성이 풍부한 그의 시들은 신선하게 다가온다. 1990년대의 '신서정'을 대표할 정도로 그의 시는 각별한 관심의 대상이 된다. 서정시 고유의 정서적 반응이 우선하면서도 감각적 기율이 첨예하게 작동하면서 고유한 개성을 발산했기 때문이다. 그의 시는 단순히 전통 정서의 현대적 복원에 그치지 않고 감각적 진보를 획득한다. 1990년대의 '신서정'은 1980년대 서정시의 정치성에 대한 반작용과 무관하지 않으나 단지 이런 현상만으로 장석남 시에 행해진 지속적인 관심을 설명하기는 힘들다. 장석남의 시는 1990년대 '신서정'의 핵심을 차지했을 뿐 아니라 2000년대 들어 실험적인 젊은 시들이 시단을 풍미할 때도 서정시의 본류로서 굳건한 지지를 받아 왔다. 그의 시는 1980년대의 거친 풍토에서 자라 나와 1990년대에 크게 성장했으며 2000년대 이후에도 서정시의 건재를 증명한다. 그로 인해 우리 시는 서정성을 본류로 하는 전통적인 시사의 맥락과 분명하게 이어지고 있다 해도 과언이 아니다.

그가 등단한 지 25년이 된다. 사반세기 동안 일곱 권의 시집을 내놓으면서 시의 일가를 이루어 온 셈이다. 워낙 왕성하게 활동 중인 시인이기도 하고 시 세계의 변화가 뚜렷하지 않기 때문에 그의 시의 전개 과정에 대한 언급은 찾아보기 힘들다. 그렇지만 짧지 않은 시력(詩歷)에 드러나기 마련인 변모의 양상을 살피는 것은 그가 지속적으로 추구해 온 서정시의 본질을 파악하는 데 긴요하리라 본다. 정서의 특질이나 삶의 태도 등으로 볼 때 그의 시는 대략 4기로 나누어진다. 여기서는 시집별로 시기를 구분하여 그 변모의 양상을 살펴볼 것이다.

2. 비애의 정조와 미학

1기 시로 묶을 수 있는 첫 시집 『새 떼들에게로의 망명』(1991)과 두 번째 시집 『지금은 간신히 아무도 그립지 않을 무렵』(1995)에서 장석남은 이미 자신만의 분명한 개성을 발현한다. 호소력 있는 정서와 고감도의 언어로 서정시의 진수를 보여 준다.

저 입술을 깨물며 빛나는 별
새벽 거리를 저미는 저 별
녹아 마음에 스미다가
파르륵 떨리면
나는 이미 감옥을 한 채 삼켰구나

유일한 문밖인 저 별

—「별의 감옥」 전문

첫 시집의 서시이자 그의 시 세계의 전조가 되는 시이다. 서정시에서 별에다 마음을 투사하는 것은 흔한 일이지만 "입술을 깨물며 빛나는 별"에서부터 보이는 감정의 농밀함은 예사롭지 않다. 이 시의 별은 화자의 감정선과 맞물리며 일체를 이룬다. 그에 따라 별의 고도는 한없이 낮아진다. 새벽 거리를 헤매는 화자를 따라 내려와서는 급기야는 마음속으로 스며든다. 마음속까지 파고든 이 유정한 별은 지고한 동경의 대상이라기보다 감정을 얽매는 감옥이다. 별이 이처럼 강렬한 감정의 투사체가 된 적이 있을까? "깨물며"에서 시작되어 "저미는" "스미다가" "떨리면" "삼켰구나"로 이어지는 일련의 감각적 어휘들은 휘몰아치듯 진행되는 감정의 몰입을 지배한다. "파르륵 떨리면"에서 감각과 감정의 접합은 최고조에 이른다. '떨림'은 장석남 시에서 두드러진 현상인데, 이는 그의 시가 의미 이전에 감성적인 반응을 중시한다는 증거이다. 떨림은 육체적이고 즉각적인 반응이며 이성이나 의식의 통제를 벗어난다. 이 시에서도 별이 갖는 의미는 분명치 않다. 시인은 다만 그것의 느낌과 자신에게 일어난 감흥을 표출하려 한다.

시에서 '흥(興)'은 창작의 원동력이라 할 수 있다. 사주(謝榛)는 『사명시

화(四溟詩話)』에서 시에는 의미를 정하여 시구를 만드는 것이 아니라, 감흥을 주로 하여 자연스럽게 작품을 완성하는 경우가 있는데 이야말로 시가 경지에 이른 것이라고 했다. 흥이 일어 시를 쓸 때 시인의 정서는 대상과 화합을 이루며 양자가 모두 변모하는 경이를 일으킨다. 이러한 흥의 작용은 시의 높은 경지로 여겨졌었으나 의미가 강조되는 현대시에 이르러 많이 잊혀져 왔다. 대상에 대한 풍부한 감흥에서 출발하여 혼연의 상태에 이르는 장석남의 시는 전통적인 흥의 방식에 가깝다.

장석남의 시는 비애라는, 서정시에서 가장 익숙한 정서를 주조로 한다. 특히 이 시기의 시에서 비애는 더욱 편만하다. 마음은 늘 아프고 설움에 젖어 있다. "살아 있는 것이 글썽임이 아니라면 온/ 하늘 별로 채워진들/ 아름답겠나"(「들판이 나를 불러」)고 반문할 정도로 고통과 설움은 삶의 근거로 인식된다. 아픈 마음은 눈길이 닿는 대상 모두를 아픔의 동료로 인식한다. 가령 이런 식이다. "봄의 상처인 꽃과/ 꽃의 흉터로 남는 열매/ 앵두나무가 지난날의 기억을 더듬어/ 앵두꽃을 내밀 듯/ 세월의 흉터인 우리들"(「5월」)에서 꽃이나 열매나 우리들은 모두 세월의 상처들인 셈이다. 삶을 비애로 감지하는 구체적인 이유를 찾기는 힘들다. 고단하고 가난한 삶에 대한 자각이 드러나기도 하나 그의 시에서 비애의 원천은 훨씬 근원적이다. "삶을 상처라고 가르치는 정원은/ 밤낮없이 빛으로 낭자했어/ 더 이상은 아물지도 않았지"(「오래된 정원」)에서 알 수 있듯 자연마저 상처투성이로 인식할 정도로 비애는 삶의 근본 정서에 가깝다.

현재의 삶을 비애로 받아들이며 이를 수 없는 '바깥'의 세계를 동경한다는 점에서 그는 낭만주의자의 면모를 보인다. "나는 안 보이는 나라를 편애하는 것이 틀림없어"(「진흙별에서」)라는 고백은 '보이는 나라', 현재의 시간에 대한 부정을 역설한다. 현실에 대한 부정이 변화에 대한 강렬한 희망으로 이어지던 1980년대의 시들과 달리 그의 시에서는 비애는 근원적인 것이고 극복의 대상이 되지 않는다. 다만 "우리 집 굴뚝 위 연기는/ 우리 집을 어디론가 데리고 가고 싶어 했지"(「배호 1」)에서처럼 바깥 세계에 대한 막연한 그리움을 유발할 뿐이다.

삶의 비애에 직면하여 시인은 적극적인 저항을 행하지도 않고 초월적 상상을 펼치지도 않는다. 그는 온갖 아픈 생명과 함께 아파하고 서러움 가득한 존재들과 함께 글썽이며 살아가는 방식을 택한다.

> 캄캄해 오는 저녁,
> 지푸라기들로 마른 목을 축이던
> 세월들을 탄식하리
> 비단 같은 탄식은 얼굴을 흐르리
>
> 내 눈은 드넓은 노래를 가득 반짝이리
>
> —「風笛 2」 부분

시인은 자신의 삶 내내 결핍과 탄식의 노래를 부를 것을 예감한다. 쓰라린 탄식이 모래알처럼 아프게, 그러나 반짝이며 자신의 노래를 이룰 것을 상상한다. 그의 노래는 비애와 탄식을 담으면서도 "비단 같은", "반짝이리"와 같은 섬세한 감각을 동반함으로써 '애이불상(哀而不傷)'의 고전적 품격을 유지한다. 비애와 탄식의 정조에 심취하면서도 감정의 분출에 그치지 않고 각각의 정서가 내포하는 고유한 미감을 이끌어 내는 것이 그의 미학적 전략이다. 시인 특유의 '글썽임'이나 '그렁그렁함' 같은 시어들은 그를 매혹하는 정서와 감각의 접합점을 드러낸다. 그는 삶의 상처와 슬픔을 그대로 시의 질료로 삼으면서 그것을 독자적인 감각으로 부각시킨다. 비애의 삶 속에 진득이 머물면서 그 정조의 미감을 투시한다. 시인 자신의 표현을 빌자면 “내 마음의 노동은 연못을 파는 것”이고 시란 “그 연못을/ 풍금과도 같이 연주”(「연못을 파서—하나」)하는 것이다. 마음에 들어온 어떤 대상이건 그는 연못을 파듯 심취한다. 파 들어갈수록 깊이가 생기고 샘이 솟는 연못처럼 그의 시는 정취로 가득하다. “연못 허리를 밤낮 건너가는 것은/ 몇 개의 영롱한 빛일 뿐 아무 자국도 남기지 않는/ 나의 시는 세월 속에/ 그렁그렁하게 연못을 팔 뿐”(같은 시), 어떤 의미를 낳거나 변화를 일으키는 것은 아니지만 “영롱한 빛” 같은 아름다운 흔적을 남기는 것이 그의 시이다.

3. 감각의 밀도

2기에 해당하는 세 번째 시집『젖은 눈』(1998)과 네 번째 시집『왼쪽 가슴 아래께에 온 통증』(2001)에서 장석남 시의 감각은 더욱 무르익는다. 감정의 직접적 표출보다는 감각적 비유에 기대는 경향이 뚜렷해진다.

이 시기 ‘꽃’의 이미지는 시인의 존재론과 감각적 표현의 총화로서 시 세계의 중심을 이룬다고 할 수 있다. 시인의 눈길을 잡아끄는 것은 소멸을 앞둔 시들어 가는 꽃들이다. 꽃의 개화와 낙화만큼 속절없는 시간의 흐름을 보여 주는 현상도 드물 것이다. 시간의 변이에 민감한 시인은 개화의 경이에 사로잡히기보다 낙화의 허무에 상심한다. 감꽃이 피었다 지는 마당에서는 “일체가 다 설움을 건너가는/ 길이다”(「감꽃」)하고, 국화꽃 그늘에서는 “모든/ 너나 나나의/ 마음 그늘을 빌려서 잠시/ 살다가 가는 것들/ 있거늘”(「국화꽃 그늘을 빌려」)이라며 존재론적 통찰을 이끌어 낸다. 피었다 지는 연약한 꽃잎에서 시인은 모든 유한한 존재의 비애를 상기한다.

그렇지만 꽃의 이미지가 비애의 정조만을 일으키는 것은 아니다. 소멸의 운명을 앞두고도 눈부시게 아름다운 개화를 보며 시인은 그 '환한 슬픔'에 이끌린다. "환하지 않아도 될 슬픔 같은 것까지도 환한"(「소묘 1」) 개화의 풍경은 소멸의 비애를 미적으로 초극한다. 소멸의 결과에만 집착할 때 만날 수 없는 존재의 '환한 빛'을 시인은 놓치지 않는다. "이 세상에 올 때부터 가지고 왔다고 생각되는/ 그 悲哀보다도 화사히/ 분꽃은 피어서 꽃속을 걸어 나오는 이 있다/ 저물면서 오는 이 있다"(「분꽃이 피었다」)에서 꽃은 그 환한 빛으로 비애를 넘어서는 존재의 비의를 밝힌다.

사랑의 감정은 꽃과 흡사하게 속절없으면서도 매혹적이다. 대상의 의미를 찾기보다 그것이 일으키는 감정의 파동을 중시하는 시인에게 사랑은 거부하기 힘든 관심의 대상이다. 사랑은 장석남의 시에서 지속적이고 핵심적인 주제이지만 이 시기에는 특히 그와 관련되는 감정과 감각의 밀도가 고조된다.

너에게
팔베개를 해 주었다가
슬그머니 머리를 내려놓고 나와
무심히 바라본
팔뚝 위의 머리카락 자국!

그대로
아침 뜰에도
고요 以外의
어떤 머리카락 자국이
내내 맺혔다 스러지곤 하는데

—「팔뚝의 머리카락 자국 그대로」 부분

한껏 에두른 사랑의 표현은 정념의 직접적인 표출보다 감정과 감각의 밀도가 높다. “팔뚝 위의 머리카락 자국”은 다정한 연인들의 몸짓에 대한 섬세하기 그지없는 은유이다. 이는 “슬픔의 모든 내력에 대해서는/ 빈 문간과 단풍잎 하나// 사랑에 대해서는/ 기울어진 풀잎과 바다 위에 뜬 두 개의 불빛// 시는 의미하는 것이 아니라/ 존재해야 한다”는 아치볼드 맥클리쉬의 시법(詩法)을 모범적으로 실현해 보인다. 의미 이전에 존재로서 다가오는 시의 고유한 어법을 장석남의 시는 유려하게 펼친다. 위의 시에서 머리카락 자국은 사랑의 흔적이며 존재의 자취이다. 어떤 요란한 사랑의 언어보다 그것이 남긴 흔적에 대한 고요한 응시가 더 효과적인 표현임을 알 수 있다. 사랑에 대한 섬세한 감각은 존재에 대한 면밀한 통찰로 이어진다. 나의 팔뚝 위에 남아 있는 머리카락 자국처럼 아침 뜰에도 고요 이외의 어떤 자국이 맺혔다 스러지곤 하는 것을 놓치지 않는다. 중요한 것은 그것의 의미가 아니라 ‘자국’ 그 자체이다. 비록 곧 사라질 자취이지만 그것을 포착하고 집요하게 응시하는 태도가 감각의 밀도를 드높인다.

그가 좋은 연시를 많이 쓸 수 있는 것은 바로 이러한 섬세한 감각에 기인한다. 감각적으로 인지하는 많은 현상들이 미묘하기 이를 데 없는 사랑의 감정적 작용과 상통한다.

> 아무 소리도 없이 말도 없이
> 등 뒤로 털썩
> 밧줄이 날아와 나는
> 뛰어가 밧줄을 잡아다 배를 맨다
> 아주 천천히 그리고 조용히
> 배는 멀리서부터 닿는다
>
> —「배를 매며」 부분

이 시는 사랑이 다가오는 순간의 느낌을 배를 매던 경험과 결부시키고 있다. 여기서도 역시 사랑은 소리나 말이 필요 없다. 사랑은 밧줄이 털썩 날아오듯이 시작된다는 보다 분명한 '감각'으로 표현된다. 밧줄이 먼저 던져지고 배가 들어오듯이 사랑은 그것을 의식하기 전에 이미 시작된다는 것이다.

또 다른 시에서는 사랑이 떠날 때를 배를 미는 경험에 비유한다. "밀던 힘을 한껏 더해 밀어 주고는/ 아슬아슬히 배에서 떨어진 손, 순간 환해진 손을/ 허공으로부터 거둔다"(「배를 밀며」)에서 섬세하게 표현되는 손끝의 감각과 이별의 감정은 절묘하게 부합된다. 같은 시의 "배가 나가고 남은 빈 물 위의 흉터/ 잠시 머물다 가라앉고// 그런데 오, 내 안으로 들어오는 배여/ 아무 소리 없이 밀려들어 오는 배여"라는 구절은 또 어떤가? "물 위의 흉터"는 마음에 남은 사랑의 상처와 자연스럽게 겹쳐진다. 흉터가 잦아들 때쯤 떠났던 사랑은 소리 없이 밀려들어 온다. 밀려 나갔던 배가 미끄러지듯 들어오듯이 애써 밀어냈던 사랑이 어느새 다시 시작되었다는 것이다. 감정을 감각으로 전화시키는 시인의 솜씨는 이토록 유려하다.

이 시기의 시에서는 고요함과 맑음에 대한 지향이 강해지고 감정을 감각적으로 표출하는 솜씨가 능란해진다. 고요한 집중 속에서 사물의 미세한 흔적을 발견하고 그것을 감정의 결과 엮으며 깨달음의 순간으로 이끌어 낸다. 그에게 감각이란 편견 없이 사물과 현상의 순수한 현존과 만나는 방식이며 가장 내밀하고 투명한 정서를 표출할 수 있는 거점이기도 하다. 그의 시는 사물의 바닥까지 가라앉는 고요하고 명징한 감각으로 순간순간 명멸하는 존재의 흔적과 변화무쌍한 감정의 한 자락을 붙잡아 내는 섬세한 서정시의 전범을 이룬다.

4. 시의 정치

3기에 해당하는 다섯 번째 시집『미소는, 어디로 가시려는가』(2005)에서 장석남의 시는 적지 않은 변화를 보여 준다. 현실에 대한 관심이 큰 폭으로 증가하고 직설적인 언술이 늘어난다. 자연에 대한 관찰과 호응이 주를 이루던 이전의 시들에 비해 일상적인 경험에서 이끌어 낸 사유가 빈번하게 개입한다. 조화와 균형의 기율에 의거하여 절제의 미학을 보여 주었던 이전 시들에 비해 사변적 진술이 늘어나면서 시의 길이가 대체로 길어진다. 시인은 이전 시기까지 보여 주었던 서정적 감각의 시들을 더 극단으로 밀어붙이기보다는 그동안 그리 활발하게 시도하지 않았던 현실 감각의 시들을 적극적으로 실험해 본다. 이전의 시들에서도 가난하고 고달픈 삶이나 물질적 욕망에 훼손되는 자연에 대한 관심을 표명한 현실 관련 시들이 있었지만 그의 시에서 주류를 이루었던 것은 아니다. 그런데 이 시기에는 현실에 대한 관심이 표출되는 시들이 급증할 뿐 아니라 그것이 '정치'라는 구체적이고 본질적인 국면으로 나타난다. 「두리번 禪」에서 암시하듯, 그는 특유의 예리한 감각으로 어디선가 풍기는 악취를 견디지 못하고 두리번거리다 문득 어떤 깨침과 함께 "이번엔 정치적으로 고쳐 앉는다". 이제 그의 관심은 후각을 자극하는 악취에 그치지 않고 그 모든 악취의 근원을 향한다. 자신이 궁극적으로 추구하는 맑고 아름다운 세계를 방해하는 현실을 외면하지 않고 직시하려 한다. "세상의 지고지선이 정치에 있다는 깨달음"(「亭子 2」)을 얻고 "정치를 외면한 가여운 隱逸"(「亭子 1」)에서 벗어나 시의 정치를 추구하려 한다.

그에게 있어 정치는 "얼룩이 남지 않도록/ 맑게"(「얼룩에 대하여」) 살려는 의지이며 "무엇보다 너를 버리고 싶지 않다"(「耳鳴을 따라서」)는 사랑의 의지이다. 이렇게 삶의 태도와 전면적으로 결부되면서 진솔하고 강력한 고백의 형식을 이룬다는 점에서 그의 '정치' 개념은 김수영의 그것과 매우 흡사해진다. 그 역시 김수영이 그랬던 것처럼 치열한 자기 고백과 비판을 정치의 출발점으로 삼는다.

시인은 스스로를 근심할 뿐
자신의 무지와 우둔과 속됨과 거지 근성을 근심할 뿐
시가 시가 아닌 것을 노닥거릴 때
시가 사랑이 아닌 것을 노닥거릴 때
단것을 먹어 이가 삭듯
기교도 없이 노닥거릴 때
이미 치욕은 아픈 목구멍을 지지라고 뜨거워진다

시는 이미 무위를 넘어가는 행위여야 했으므로
행위를 넘어가는 무위여야 하므로
깨지는 얼음장 위를 달려서 너에게로 가는
全速力이어야 하므로

—「시인은」 부분

시인이 추구하는 것은 정치의 시가 아닌 시의 정치이다. "정치는 저희들의 똥을 뭉개고 저희들끼리 헹가래를 친다". 시의 정치는 저런 정치판의 정치를 쫓아가는 것이 아니라 시로써 근심하고 행위하는 일이다. "자신의 무지와 우둔과 속됨과 거지 근성"에 혹독한 자아비판을 행하며 그 치욕의 아픔을 돌진의 에너지로 만드는 것이다. 김수영의 '온몸의 시학'을 연상시키는 이러한 자세는 시와 삶, 사랑과 정치를 일치시키려는 의지의 발로이다. 시의 정치는 깨지는 얼음장 위를 전속력으로 달려서 사랑을 향해 가는 절체절명의 집중이다.

자신을 온전히 내모는 용기 없이 안이한 은거에 처하는 시 역시 거부의 대상이다. "사람 소리 드문 산속으로나 들어갈까?/ 그러나 거기는 세상을 엿본 자나 들어갈 수 있는 곳!/ 세상을 관통한 자만이 들어가 피빨래를 해서 들꽃으로/ 들꽃으로 낭자히 널어놓는 곳!"(「산에 사는 작은 새여」)에서는 은일의 삶조차 세상을 관통하는 결단 없이는 불가능하다는 통찰을 드러낸다. 김소월에게서 전통을 잇는 유려한 가락과 정서를 배웠던 그는 이제 김소월의 시에 내재해 있는 무시무시한 고독의 실체에 전율한다. 시의 정치는 무위와 행위의 분별이 불가할 정도로 세상을 전속력으로 관통하는 투신의 모험을 실천하는 일이다.

> 나는 폭포를 사랑하고
> 폭포보다는
> 폭포를 사랑한 이유를 더 사랑하고
> 그보다는 다시
> 폭포를, 폭포를 더더욱 사랑하고
> 절벽을 사랑하고
> 절벽 위의 절벽을 사랑하고
> 사랑의 낙차를
> 더 더 사랑하고
>
> —「瀑布」 부분

김수영의 「폭포」에 대한 오마주라 해야 할까? 이 시는 폭포가 내포하는 고매한 '급락(急落)'의 결단에 대한 찬사로 일관한다. 망설임 없는 투신으로 '혁명'과 '승천'을 실천하는 폭포의 행위에 경탄한다. 이 시에서는 이전의 고요한 시들과 대조적으로 폭포수가 쏟아지는 듯한 어지러운 호흡을 분출한다. 내면의 소리와 에너지를 거침없이 토로한다. 이는 무위와 행위의 경계가 무화되는 시의 정치를 실천하는 방식이기도 하다. 그는 삶에 대한 새로운 각성과 과감한 언어 실험을 통해 자칫 은일의 시로 빠져들 수 있는 자신의 시의 한계를 돌파해 간다.

5. 무위의 시

4기로 묶을 수 있는 여섯 번째 시집 『빰에 서쪽을 빛내다』(2010)와 일곱 번째 시집 『고요는 도망가지 말아라』(2012)는 전 시기의 시집과 또 다른 면모를 보인다. 현실 쪽으로 성큼 들어갔던 전 시기에 비해 다시 자연이 중심을 차지한다. 격정적인 어조가 가라앉고 고요하고 부드러운 음성이 자리 잡는다. 그래서 그 이전의 세계로 회귀한 듯이 보일 수 있지만 그때와도 다른 양상이 나타난다. 1기와 2기의 시에서 자연이 감정의 투사체 역할을 했던 것에 비해 이 시기에는 자연이 감정을 이끄는 양상이 된다. 감정과 감각의 조합이 긴밀했던 이전 시기에 비해 한결 자연스러운 흐름을 보인다. 시인은 이전처럼 시를 쫓아가지 않고 시가 오기를 느긋하게 기다린다. "생각 끝에/ 바위나 한번 밀어 보러 간다"(「동지(冬至)」)는 심심한 마음이 "언 내(川) 건너며 듣는/ 얼음 부서지는 소리들/ 새 시(詩)같"이 저절로 녹아서 흘러나오는 시를 만나게 한다.

나의 가슴이 요 정도로만 떨려서는 아무것도 흔들 수 없지만 저렇게 멀리 있는, 저녁 빛 받는 연(蓮)잎이라든가 어둠에 박혀 오는 별이라든가 하는 건 떨게 할 수 있으니 내려가는 물소리를 붙잡고서 같이 집이나 한 채 짓자고 앉아 있는 밤입니다 떨림 속에 집이 한 채 앉으면 시라고 해야 할지 사원이라 해야 할지 꽃이라 해야 할지 아님 당신이라 해야 할지 여전히 앉아 있을 뿐입니다

나의 가슴이 이렇게 떨리지만 떨게 할 수 있는 것은 멀고 멀군요 이 떨림이 멈추기 전에 그 속에 집을 한 채 앉히는 일이 내 평생의 일인 줄 누가 알까요

—「오막살이 집 한 채」 전문

'떨림'은 여전히 그의 시에서 바로미터 역할을 한다. 그는 온몸의 감각을 열어 놓고 시가 오기를 기다린다. 신대를 흔드는 예리한 영혼처럼 그의 감각은 시가 오는 길목을 지키고 앉아 하염없이 기다린다. 떨림 속에 들어앉는 그것은 바로 한 채의 시가 된다. 그에게 시란 "떨림이 멈추기 전에 그 속에 집을 한 채 앉히는 일"과 다르지 않다. 자신을 열어 자연과 타자를 들이고 함께 집 한 채를 이루는 것이 그의 시이다. 자신의 감정을 중심으로 타자를 끌어들이기보다 자신을 열어서 타자를 있는 그대로 받아들이는 방식은 이전에 비해 적지 않은 변화라고 할 수 있다. 시인은 자연스러운 무위의 도에 이끌린다. 집이라면 별이나 물소리가 소담하게 얹히는 "오막살이 집 한 채" 같은 것이, 물이라면 "영원으로 이어지는 맨발"(「물맛」) 같은 '냉수'가 최고라는 식이다. 시인은 아무 꾸밈없이 자연스러운 것이 최고의 경지라는 깨달음에 이른다. "손뼉 치며 감탄할 것 없이 그저/ 속에서 훤칠하게 뚜벅뚜벅 걸어 나오는,/ 그 걸음걸이"를 "내 것으로도 몰래 익혀서/ 아직 만나지 않은, 사랑에도 죽음에도/ 써먹어야" 하겠다고 벼른다. 어떤 감탄할 만한 수식도 없이 순수한 본래의 상태가 최고의 맛이자 멋이며 삶의 태도일 수 있다고 생각하기 때문이다. 훤칠하게 내딛는 자연의 걸음걸이여야 영원으로 이어질 만한 저력을 지닐 수 있다. 시인이 추구하고자 하는 시 역시 자연에 얹힌 천의무봉의 집 같은 것이다.

자연은 이전의 시에서처럼 감정의 수식에 동원되지 않고 그 자체 탐구의 대상이 된다. 비애의 정조를 투영하던 자연에서 긍정과 웃음을 이끌어내는 변화도 생겨난다. "또 문 열고 나가는 꽃 보아라/ 또 문 열고 나오는 꽃 보아라/ 긍정 긍정 긍정 긍정"(「문 열고 나가는 꽃 보아라」)에서 바람에 흔들리는 꽃은 긍정의 몸짓이 가득한 것으로 그려진다. "좋아 좋아 좋아 좋아 하며 웃는/ 안에 무엇이 있는가 봐/ 손바닥으로 착착 두드리며/ 바위를 씻는다"(「바위를 씻는다」)에서는 바위의 웃음을 엿보는 것으로 드러난다. 꽃이든 바위든 만남에 대해 웃음으로 환대하는 것이다. 꽃은 바람을 만나 긍정의 몸짓을 하고 바위는 자신을 씻어 주는 손길을 만나 웃는다. "장마 지나 마당 골지고/ 목젖 붉은 석류꽃 피어나니/ 바위는 웃어/ 천년이나 만년이나 감춰 둔 웃음 웃어/ 내외하며 서로를 웃어/ 수수만년이나 아낀 웃음을 웃어"(「바위 그늘 나와서 석류꽃 기다리듯」)에서 알 수 있듯 자연의 웃음은 만남의 소중한 순간에 발생한다. 오랜 세월 감춰 두었던 귀한 웃음이 서로 함께하는 순간 발산되는 것이다. 설렘과 떨림으로 기다리던 만남의 순간에 웃음은 아낌없이 터져 나온다. 그의 시에서 웃음은 오랜 기다림이나 동병상련의 상태에서 이심전심으로 소통하는 방식이다.

기다리는 마음에 친숙해진 시인은 기다림이 일으키는 떨림과 만남의 순간 생기는 희열을 확신한다. 자신에게 그랬듯이 자연에서도 만남은 웃음을 가져오는 반가운 인연이라고 보는 것이다. 만남과 웃음의 순간은 짧고 오랜 기다림과 소멸의 시간을 감내해야 하는 이승의 삶에서 만남은 귀하고 즐거운 순간이 아닐 수 없다. 자연에서 허적(虛寂)의 깊이를 맛본 그에게 만남의 순간들은 더욱 각별한 것이다.

시인은 자연의 관조를 통해 생(生)과 멸(滅)의 관계에 대해 관심을 갖기 시작한다. 유한한 생과 무한한 죽음의 격절에 대해 존재론적인 탐문을 펼친다.

강릉 초당에 가

허균 선생에게 여쭙느니

한랭(寒冷) 일월

검게 언 이파리 그대로 매달고 섰는

수국 대궁 곁에 서서

꼭 그와 같은 기침 몇으로 여쭙느니

동해 큰 바다 파도 소리도 같이하여 여쭙느니

손을 한번 좀 내밀어 주신다면

그것 한번 잡아 보고 싶다고 여쭙나니

한랭(寒冷) 일월

적적한 저녁 싸라기눈

흙담을 기웃거리며 또

무엇을 여쭙는가?

멸(滅)에 대하여

멸(滅)에 대하여

궁금한 눈길

—「초당에 가서」 전문

가장 추운 계절에 찾아간 허균의 생가터는 적막하기 이를 데 없다. 검게 언 수국의 대궁만이 생명이 소멸한 흔적이나마 간직하고 있을 뿐이다. 한 시대의 풍운아로 살다 간 허균의 초당에서 시인은 텅 빈 적막을 대면하고 삶과 죽음의 아득한 거리를 절감한다. 어떤 격렬했던 운명도 죽음의 지배 앞에서는 침묵할 뿐이기 때문이다. 허균 선생을 만나고 싶어 찾아갔던 시인은 말 못 할 아쉬움에 발길을 돌리지 못하고 흙담을 기웃거리며 날리는 싸라기눈의 마음이 된다. "멸(滅)에 대하여" 궁금한 마음을 감추지 못한다. 바닥에 닿자마자 스러질 목숨인 싸라기눈이 멸에 대해 궁금해하는 마음인 것처럼 유한한 존재로서 시인은 허적의 절대적인 깊이에 대해 자꾸만 질문하고 싶어 한다. 허균 선생에게 묻고 싶은 것도 문학과 정치가 아니라 죽음에 대한 존재론적인 질문이다. 이전 시기의 정치에 대한 관심이 존재론적인 관심으로 다시 기울어졌음을 알 수 있다.

지금으로서는 그의 시가 '행위'보다는 '무위'에 역점을 두고 인간 세계에 한정되지 않는 자연의 근본적인 질서를 포착하는 데 주력하는 것으로 보인다. 자칫 도통이나 은일의 세계로 빠져들 수 있다는 염려를 막아 주는 것은 유정하기 이를 데 없는 그의 마음이다. 소멸에 대한 그의 관심은 연약한 생명에 대한 측은지심에서 생겨난 것이다. "고요히 건너편에 닿았을까?/ 뒤돌아선 발자국은 없다/ 왜 저 두려움 위를 걸어갔을까?/ 그 심정을 나는 한두 뼘쯤은 알기에/ 펄럭이며 바람 속을 더 걷는다"(「가라앉는 발자국들」)에서 고백하듯 부재의 두려운 깊이를 언뜻 엿보았던 그는 생명의 덧없음과 그렇기 때문에 더욱 귀한 만남의 의미를 절감한다. 자연의 무위가 스스로 침묵하며 만물의 생멸을 관장하는 것이라면 시인의 무위는 고요한 기다림 속에서 만난 생명들과 소쇄 담박한 한 채 시의 집을 짓는 것이리라.

6. 감각적 서정의 진화

'신서정'을 대표하는 시인으로서, 전통 서정시의 맥을 잇는 시인으로서 장석남은 지속적인 관심의 대상이 되어 왔다. 1990년대에는 1980년대 시의 정치성에서 벗어난 새로운 서정의 가능성으로 주목받았으며 2000년대 들어서는 실험적인 시들이 휩쓰는 시단의 판도에서 균형을 유지하며 서정시의 전통을 지켜 왔다. 등단부터 지금까지 전형적인 서정시의 범주를 크게 벗어나지 않았다는 점에서 그의 시는 연속성이 강하다고 볼 수 있지만 수십 년래 진행되었던 우리 현대시의 격렬한 변화 과정 속에서 때로는 새로운 면모가, 때로는 전통적인 면모가 부각되기도 했다. 어느 경우이거나 그의 빼어난 시들은 우리 현대시의 본류인 서정시의 적자로서 시인을 자리매김할 수 있게 하였다.

흔들림 없이 제자리를 지켜 온 시인이지만 그것이 안이한 반복이 아닌 끊임없는 변화의 추구에 의해 가능했다는 사실을 확인할 수 있었다. 감정과 감각, 자연과 현실, 시와 정치, 비애와 환희, 유한과 무한 등 여러 차이들 사이에서 그는 무수한 사유와 모험을 거듭해 왔다. 감정과 감각의 섬세한 조화가 감정적인 서정시의 노출증과 차별화되고, 무위의 행위를 실현하려는 고도의 정치성이 정치적인 시들과 구분되고, 무조건적인 해체가 아닌 소통의 모색이 전위의 불가해한 시들과 다른 공감의 영역을 확보할 수 있었다. 장석남의 시는 그 모든 극단을 넘나들면서도 특유의 조화와 균형의 감각으로 미학적 성과를 이루어 왔다.

이러한 성과의 바탕에는 설렘과 떨림이라는 근본 정서가 자리하고 있다. 대상에 대한 지극한 관심은 시가 오는 순간을 붙잡는 예민한 촉수 역할을 한다. 감흥의 작용 없이는 시가 오지 않고 또 최고의 시에 이를 수도 없다. 낭만주의 시에서 최고의 경지로 여긴 '몰개성'의 차원처럼 자신을 잊고 대상과 혼연일체가 된 상태에서 그의 시의 감각적 서정은 충만하게 발화한다. 떨림은 우리 시에서 급격히 퇴화되고 있는 서정시 본연의 감각이다. 장석남 시가 남다른 점은 바로 이 '떨림'이라는 서정적 감각의 진수를 보유하고 있기 때문일 것이다. 온몸을 열어 시를 맞이하는 오체투지의 정성과 시의 존재 의미에 대한 근본적인 질문이 그의 시에 지속적인 생명력을 부가하며 감각적 서정의 진화를 이루어 왔다.

미지의 세계를 향한 진지한 놀이
—이수명의 시 세계

놀이와 시

이수명은 1994년 등단하여 지금까지 『새로운 오독이 거리를 메웠다』(1995) 『왜가리는 왜가리놀이를 한다』(1998) 『붉은 담장의 커브』(2001) 『고양이 비디오를 보는 고양이』(2004) 『언제나 너무 많은 비들』(2011) 『마치』(2014)에 이르는 여섯 권의 시집을 냈다. 만 20년 동안 꾸준히 창작 활동을 해 온 중견 시인이라 할 만하다. 문단에서 중심을 차지해 본 적도, 화려한 조명을 받아 본 적도 없지만 묵묵히 자신의 시 세계를 이끌어 왔으며, 누구도 부인할 수 없는 분명한 개성을 확보하고 있다. 이수명에 대한 평가는 찬반 이전에 이해 여부가 문제가 된다. 일반적인 서정시의 문법을 훌쩍 벗어나는 특이한 어법이나 시선으로 인해 일단 해독이 어려운 난해한 텍스트라는 인상이 강하다. 접근의 어려움을 뚫고 텍스트에 잠입한 경우도 확신에 찬 해석을 유보한 채 소극적인 해석을 행하는 경우가 대부분이다. 그러면서도 이수명 시의 개성이나 실험성에 대한 평가에는 적극적이다. 이수명의 시는 온전히 해독되지 않은 채로, 오히려 해독할 수 없는 특별한 언어이기 때문에 우리 시의 전위로 인정되고 있다.

시인이 평론가들조차 해독하지 못하는 시를 쓰며 외로운 시업에 골몰할 수 있었던 것은, 그것이 다른 무엇보다도 할 만한 일이고 재미있는 일이었기 때문일 것이다. 호이징하에 의하면, 호모 루덴스(Homo Ludens) 즉 '놀이하는 인간'은 합리적이고 목적 지향적인 호모 파베르(Homo Faber) 즉 '만드는 인간'과 대비를 이루며 인류의 문화를 이끌어 왔다. 근대 이후 노동생산성을 중시하게 되면서 주변화되었지만, 놀이는 문명과 문화의 원동력으로 작용해 왔다고 할 수 있다. 놀이는 유용성과 무관하게 즐거움을 추구하는 자발적 행위이며 일상의 바깥에서 이루어지는 목적 없는 행위이다. 생산성과 목적의식을 기준으로 보자면 낭비에 해당하는 무모한 행위에 불과하다. 그렇지만 놀이를 통해 인간은 자유로운 표현과 휴식을 희구하는 본연의 욕구를 충족시킬 수 있다. 노동생산성과 무관한 허구의 세계를 전제로 무한한 상상력을 발휘하며 표현의 가능성을 극대화한다. 놀이 안에서 인간은 기꺼이 진지해지며 상상의 극한을 추구한다.[1] 놀이는 또 다른 세계를 만들어 내고 이 세계는 일상의 삶과 부단히 삼투하면서 인간의 전체 삶을 구성한다. 자유와 질서의 길항작용 속에서 놀이는 일상적 삶의 견고한 테두리를 흔들고 새로운 세계를 꿈꿀 수 있게 한다.

시는 다른 어떤 언어보다도 상상의 놀이에 적합하다. 시의 언어는 합리적인 언어의 질서를 넘어서며 그런 만큼 일상적 삶의 속박에서 자유로운 편이다. 바타유는 시가 지배 이데올로기의 확실성을 실천하는 것과 거리가 먼 무상의 놀이에 가깝다고 보았다.[2] 시는 말로써 기존 질서를 짓밟을

---

1 요한 호이징하 저, 김윤수 역, 『호모 루덴스』, 까치, 1981, pp.7-38 참조.

2 줄리아 크리스테바 저, 김인환 역, 『시적 언어의 혁명』, 동문선, 2000, p.246 참조.

수 있지만 그것을 대신할 수는 없다. 시는 끝없는 언어 놀이를 통해 기존 질서를 교란하며 그것이 고착화되는 것을 방해하는 방식으로 질서의 조정에 기여한다. 시의 언어는 무구한 놀이를 통해 언어의 고정된 질서에 균열을 만들고 변혁의 가능성이 폐색되지 않도록 한다. 일상적 삶과 무관한 듯 상상의 놀이에 몰입한 시일수록 고정된 질서로부터 멀어지며 그것들을 재고해 보게 만든다.

이수명은 언어의 질서로부터 가장 멀리 떨어진 채 언어 그 자체를 탐색하는 작업을 고수해 왔다. 1980년대의 정치적인 해체시들이 부정의 대상이 사라짐과 동시에 급격히 약화된 것과 달리 이수명의 시가 오래 지속된 이유는 그것이 순수한 언어 놀이에 가까웠기 때문일 것이다. 첫 번째 시집에서 아직 본격적인 언어 놀이에 들어서기 전의 과도기적인 양상을 보이고, 최근의 두 시집에서 더욱 현란하고 다면적인 언어 실험을 보여 주는 등 상대적 변화가 없지 않지만, 이수명의 시는 변화의 양상보다 여타의 시들과 비견되는 두드러진 개성이 주목할 만하다고 보고, 여기서는 가장 핵심적인 면모들을 중심으로 그 특성과 의의를 살펴보려 한다.

2. 기표 놀이와 리듬의 생성

이수명의 시가 해독의 어려움을 유발하는 이유는 통상적인 의미의 범주를 벗어나는 방식으로 언어를 사용하기 때문이다. 이수명의 시에서 특별히 난해한 어휘나 구문이 쓰이는 경우는 없다. 오히려 단순하고 구체적인 단어와 짧고 분명한 문장으로 이루어져 있다. 혼란을 일으키는 부분은 관습적인 의미나 어법에서 벗어난 단어들의 기이한 조합이 발생하는 부분이다. 시인은 의도적으로 기표와 기의의 자동적인 결합을 방해하는 어색한 문구들을 나열한다. 어린아이들의 손에서 각종 부엌 도구가 장난감으로 변하는 것처럼 이수명의 시에서 언어는 친숙한 원래의 의미를 잃고 낯설고 새로운 의미를 갖게 된다. 이수명의 시는 시인이 의도한 것처럼 기표의 놀이로 받아들일 때 비로소 무궁무진한 언어의 퍼즐로 인식된다. 이는 기호가 기표와 기의의 자의적 결합에 의거한다는 구조주의의 기본 전제마저 의심하며 기표의 끝없는 미끄러짐만을 받아들이는 탈구조주의적인 사유와 상통한다.

왜가리는 줄넘기다.
왜가리는 구덩이다.
왜가리는 목구멍이다.
왜가리는 납치다.

왜가리는 왜가리 놀이를 한다.

—「왜가리는 왜가리 놀이를 한다」 부분

왜가리의 사전적 정의는 "왜가릿과의 새. 몸의 길이는 90-100㎝이고 다리와 부리가 길다. 정수리 • 목 • 가슴 • 배는 흰색, 등은 청회색이며 머리에서 목덜미에 이르기까지 검은 줄이 있다"로 되어 있다. "왜가릿과의 새"라면 동어반복에 지나지 않고, 이어지는 묘사 역시 모든 왜가리들을 설명할 수 있는 것은 아니다. 이토록 기호의 의미는 모호하다. 어떻게 하면 왜가리를 알 수 있을까? 사물의 본질을 알 수 없다면 우리는 다만 눈앞에 드러나는 현상을 묘사하는 것만으로 그것에 대한 이해를 공유할 수 있을 뿐이다. 눈앞의 무엇인가가 줄넘기를 하듯이 펄쩍펄쩍 뛰고 있다. 그것이 구덩이에서 무엇인가를 잡아 올려 목구멍으로 납치하듯 집어넣는다. 줄넘기, 구덩이, 목구멍, 납치 등은 왜가리와 인접한 환유이다. 인접한 어휘로 대상을 설명하는 방식은 환유의 놀이라고 할 수 있다. 환유 놀이는 사전 찾기와 흡사하게 어떤 기표로 다른 기표를 대체하며 끝없이 연속된다. 이모라는 말을 모르는 아이에게는 이모를 엄마의 동생이라고 설명해야 할 것이다. 마찬가지로 어떤 기호의 궁극적 의미를 모를 때는 끝없이 다른 기표들을 끌어대며 의미의 연쇄를 통해 설명할 수밖에 없다. 이수명의 시는 마치 사물을 처음 맞닥뜨리는 어린아이 같은 눈으로 그것을 묘사한다. 어린아이의 눈에 비친 세계가 끝없이 새롭고 놀라운 것처럼 이수명의 시에서 표현되는 세계도 그러하다. 사물의 고정된 의미를 인정하지 않고 기표의 연쇄 속에서 그것을 찾아나가는 과정에서 새로운 의미가 풍부하게 산출된다. 시인은 왜가리라는 새에게 붙잡히지 않고, 왜가리 놀이를 통해 언어의 자유를 구가한다. 새를 묘사하기 위해 새장을 그리는 것이 시인의 방식이다. "물질이라는 것은, 존재의 속성상 그를 압도하고 지배하기 때문이다. 이에 반해 새장이라는 추상은 그에게 자유를 준다. (…중략…) 추상의 자유란 이렇게 내용이 사라진 형식의 회오리 같은 것인지도 모른다. 언어는 생래적으로 이 운명을 감당해야 하는 것이다."[3] 시인은 사물의 본질에 다가갈 수 없기 때문에 역설적으로 자유에 이를 수 있는 언어의 속성을 감지하고 놀이로써 그 자유를 만끽한다.

언어에서 추상의 자유를 발견한 시인은 기표 놀이를 통한 창조적 과잉을 저어하지 않는다. 동음이의어를 활용한 의미의 확산은 그 대표적인 예이다. 시인 자신도 반복의 힘을 믿고 그것을 실현하려 한다.

나는 고양이와 회의를 한다. 회의를 거듭할수록 고양이는 늘어난다. 오늘

---

3 이수명, 「뼈 없는 뿔」, 『횡단』, 문예중앙, 2007, p.253.

은 방 안에 가득한 고양이와 몹시 시끄러운 회의를 한다. 고양이들의 울부짖는 소리, 그러나 고양이들은 내 머리 위를 소리 없이 걸어 다닌다.

—「나는 고양이와 회의를 한다」 부분

이 시에서는 회의(會議)와 회의(懷疑)의 의미가 교란되고 증폭되면서 감각의 확장에까지 이르고 있다. 고양이와 함께 있는 장면에서 '회의(會議)'를 착안하고 그것이 다시 '회의(懷疑)'라는 동음이의어와 결합하면서 "고양이들은 내 머리 위를 소리 없이 걸어 다닌다"는 재미난 상상이 발동하게 된다. 회의(懷疑)는 머릿속에서 이루어지는 것이니 고양이들과의 회의(會議)가 일으킨 회의(懷疑)가 그렇게 표현된 것이다.

놀이에서 중요한 것은 과정이다. 놀이는 결과를 모르는 채 그 자체의 동력으로 나아간다. 놀이의 방식을 보이는 이수명의 시는 처음과 중간과 끝이 있는 유기적 구조보다 반복의 구조에 가깝다. 이수명에게 시는 철학이나 역사 같은 기대와 예측의 형식이 아니라 표류하는 것이다. 시나 문학은 지금 현재의 혼돈하고 표류하는 것을 현재 진행형으로 보여 주는 것이며, 반복 자체가 바로 그 혼돈과 표류의 과정이라고 본다.[4]

"기차가 숲을 지나간다./ 기차는 숲 속 나무 사이로/ 나타나고/ 사라지고/ 나타난다.// 숲이 거짓말을 한다./ 숲 속 나무들은/ 나타나고/ 사라지고/ 나타난다"(「숲을 지나가는 법」)에서 볼 수 있는 계속적인 반복처럼 이수명의 시는 완결된 구조보다는 반복적이고 열린 구조로 전개되는 경우가 많다. 이수명의 시는 반복의 구조를 통해 사물의 운동성을 드러내며 완결되지 않는 지속적 혼돈을 제시한다.

반복의 구조는 또한 의미를 넘어서는 리듬을 창출하기도 한다. 이수명

---

4 이수명·김행숙(대담), 「폭발하는 사물들, 글쓰기의 공간」, 『시안』, 2007.봄, p.210.

의 시는 시각적 이미지가 두드러지기 때문에 리듬의 측면에서 별로 조명되지 않았지만, 반복의 어법으로 인해 독특한 리듬이 생성되는 경우가 많다. 이수명 시의 리듬은 정형률처럼 일정한 박자를 유지하며 형성되는 것이 아니라 매번 새롭고 다채롭게 드러난다. 시 자체의 반복의 힘에 의해 의미에 종속되지 않는 리듬이 생겨나고 그것이 유쾌한 과잉을 산출한다.

이수명 시에서 마침표는 반복에 의해 생성되는 리듬과 함께 기표 놀이의 역동성을 생성한다. 이수명의 시에는 쉼표가 적은 반면 마침표가 많다. 쉼표는 화자의 호흡이 직접적으로 드러나게 하는 장치이기 때문에 다양한 방식으로 읽히고 싶어 하는 시인의 의도에 잘 맞지 않는다. 반면에 마침표는 자주 사용된다. 이수명 시에서 마침표는 단연 '침묵'을 형성하기 위한 것이다. 침묵은 또 하나의 리듬이다. 침묵을 통해 반복의 힘은 더욱 강화되며 의미를 넘어서는 리듬의 깊이가 생겨난다. 리듬으로 인해 기표의 물질성과 언어 놀이의 창조적 역량은 극대화된다. 기표의 반복과 정지로 형성되는 심층적 리듬의 공간은 의미로부터 자유로운 신비롭고 풍성한 창조의 장이다. 바로 이곳에 제한된 질서를 벗어날 수 있는 역동적인 해방의 힘이 내재한다.

3. 이미지 놀이와 실재의 증대

이수명의 시에서 리듬보다 더 압도적인 것은 이미지이다. 리듬이 시간과 함께 흐르는 것에 비해 이미지는 시간을 압축하고 정지시킨다. "이미지는 결코 과정이나 흐름이 아니다. 그것은 명멸하지 않는, 꺼지지 않는 한순간의 환희다. 존재하는 모든 것들은 오로지 이미지로 존재한다. 우리가 다른 존재에 대해서 가지는 이미지, 아마 이것이 그에 대해 알 수 있는 전부일 것이다"[5]라고 시인은 쓴다. 사물의 본질적 의미에 도달하는 것이 불가하다고 보는 시인에게 사물에 가장 근접하는 방법은 한순간의 이미지에 집중하는 것이다. 사물이 가장 선명하게 다가오는 바로 그 순간을 포착한 것이 시의 이미지이다. 한순간의 이미지를 영원한 장면으로 고정시키는 그림처럼 이수명의 시에는 시간이 멈춘 것처럼 집중되어 있는 인상적인 장면들이 많다.

> 그는 고개 한번 들지 않는다. 한순간 불빛이 그를 에워싸고 그를 파먹는다. 쥐들이 비명을 지른다.
>
> 그의 머리는 불빛에 녹아서 완전히 사라진다.
>
> —「식당에서」 부분

이 시는 식당 구석에 앉아 있는 '그'에게 불빛이 쏟아지고 있는 장면을 그려 보이고 있다. 고개 한번 들지 않고 고독하게 앉아 있는 '그'와 밝은 불빛이 극명하게 대비를 이룬다. 불빛의 이미지는 더욱 공격적으로 변해 가고 급기야는 "그를 에워싸고 그를 파먹는다". 쥐가 돌아다닐 정도로 누추한 식당에서 혼자 앉아 있는 '그'의 고독한 이미지는 그로테스크하게 극대화된다. 사실적 의미를 거두고 불빛과 '그'의 대결에만 초점을 맞추어 본다면 "그의 머리는 불빛에 녹아서 완전히 사라진다"는 표현이 가능해진다. 표현주의 회화처럼 강렬한 구도와 색채로 '그'의 고독을 포착해 낸 시이다.

사물의 이미지를 그릴 때 시인에게 중요한 것은 자연적인 시간이 아니라 그것이 압축된 결정적인 한순간이다. 이미지 속에서 시간은 일상적 흐

---

5 이수명, 「소통되지 않는 시간과 공간들의 이상한 집합」, 같은 책, p.57.

름에서 벗어나 실재하는 공간으로 탄생한다. 시간의 공간화를 통해 이미지는 서로 다른 차원을 통합하고 새로운 세계를 펼치게 된다. 이미지 놀이를 통해 변형할 수 있는 시간과 공간의 조합은 무궁하다. 이미지 속에서 대상은 새로운 의미와 감각을 확보하게 된다.

커다란 케익을 놓고
우리 모두 빙 둘러 앉았다.
누군가 폭탄으로 된 초를 꽂았다.
케익이 폭발했다.
우리는 아름다운 노래를 불렀다.
그리고
뿌연 먼지 기둥으로 피어오르는 폭발물을
잘라서 먹었다.

—「케익」 전문

'케익'에 초를 꽂고 불을 붙이는 일련의 과정이 이 시에서는 폭탄에 불을 붙이는 장면과 겹쳐진다. 이로써 '케익'이 폭발하고 뿌연 먼지 기둥 속에서 폭발물을 잘라 먹는다는 초유의 이미지가 발생한다. 무심코 보아 왔던 일상적인 시간이 낯선 느낌으로 각인되는 순간이다. 이렇게 새롭게 탄생한 이미지는 좀처럼 잊을 수 없는 인상과 의미를 만들어 낸다. 하나의 시적 이미지가 실재가 되는 순간이다.

이처럼 새로운 이미지들이 자꾸 발생한다면 그만큼 다양한 실재의 세계가 생겨나게 된다. 시간적 계기를 무시한다면 이미지는 무수한 실재를 드러내는 가장 선명한 장면을 이룬다. 하나의 이미지에는 시간의 흐름이 응축된 단일한 공간이 재현되어 있다.

사진 속에서 그는 웃고 있다. 전단지가 햇빛에 누렇게 바래고, 빗물에 얼룩이 져도, 이 손이 뜯고 저 손이 찢어도 웃고 있다. 그는 산산조각 나고 있다. 어느 날 한쪽 눈이 없어지고, 또 어느 날 한쪽 귀가 사라졌다. 남은 형체도 검은 펜으로 뭉개지고 있다. 그래도 그는 웃고 있다. 그는 위험인물이다. 그가 저지른 위험한 일들이 어디선가 또 저질러지고 있다. 어디에서? 그는 어디에 있는가?

사진 속에서 그는 웃고 있다. 웃으며 이쪽을 넘보고 있다. 그도 자신을 찾고 있는 것이다. 그는 위험인물이다. 그는 자신을 현상 수배한다.

—「현상 수배」 부분

거리에 붙은 현상 수배 사진은 하나의 선명한 이미지이다. 시인은 그것이 현상 수배를 위한 사진이라는 사회적 의미를 배제하고 놀이의 시선으로 그것을 바라본다. 카메라를 고정시켜 놓고 시간의 흐름을 압축하여 한 화면에 담으면 저런 화면을 얻을 수 있을 것이다. 사진 속에 갇혀 꼼짝도 못하고 있는 그는 햇빛에 바래고, 빗물에 얼룩지고, 사람들의 손에 찢기고, 낙서를 당하면서도 웃고 있다. 그는 위험인물이라는데 사진 속의 그는 위험을 당하는 인물인 것 같다. 이미지만으로 볼 때 그에 대한 사회적 규정은 어긋나 있는 듯하다. 이 시에서는 현상 수배 사진의 변화를 통해 가해자와 피해자가 전도되는 재미난 상황을 그려 보인다. 이미지만을 볼 때 세계는 현실의 맥락 바깥에 존재하는 전혀 다른 실재를 포함하며 무수히 증폭된다.

이미지 속에는 현실의 시공간에 포착되지 않는 또 다른 세계가 잠재되어 있다. 편견 없는 시선으로 바라볼 때 그 세계는 도처에서 끝없이 열린다. 이수명의 시는 고요한 응시를 통해 잠재되어 있던 무수한 이미지들을 끌어낸다. 이미지 놀이에 빠져 있는 시인의 상상 속에 발을 들여놓는 순간 그 세계를 공유할 수 있게 된다. 이미지 놀이는 혼자서도 할 수 있고 함께도 할 수 있다. 시인과 마찬가지로, 편견 없는 시선으로 이미지 자체만을 바라본다는 놀이의 전제를 받아들인다면 무수히 실재하는 이미지의 세계에 접속할 수 있다. 시인은 실재와 허구, 현실과 꿈 사이에 차별을 두지 않는다. 이미지로 지각될 수 있다면 그것은 분명히 존재하는 것이다. 이러한 시선에 의해 현실적 시공간을 벗어난 무수한 세계가 열리게 된다. 현실적 시공간에 고정된 시선으로는 이해하기 어려운 기이하고 새로운 세계를 펼쳐 보인다. 이러한 시도는 의도하지 않은 채로 단일한 질서의 세계에 균열을 일으킬 수 있다. 시는 현실의 이면에 존재하는 잠재태들을 현시함으로써 고정되어 있는 현실에 변화의 가능성을 가져올 수 있다. 이미지를 존재의 가장 확실한 준거로 삼는 이수명의 시는 잠재되어 있는 세계를 현실의 중심에 마주 세우며 복수(複數)의 진리를 제시한다. 모호한 채 잠들어 있던 미지의 세계는 시인의 이미지 놀이를 통해 선연한 형상을 얻어 현실 속으로 출현한다.

4. 역할 놀이와 사물의 활성화

이수명의 시가 전례 없는 새로운 이미지와 감각을 많이 생성하는 근본적인 원인은 시선의 주체와 객체가 고정되지 않고 다양하게 표출되기 때문이다. 흔히 시인 자신의 시선과 구분되지 않는 시의 주체와 달리 이수명의 시에서는 시인보다도 사물이 주체가 되는 경우가 많다. "사물이 시보다 먼저여야 하고, 시가 시인보다 먼저여야 한다. 다시 말하면, 사물이 시를 주도하고, 시가 시인을 주도하여야 한다"[6]고 시인은 주장한다. 이수명의 시에서는 멈춰 있어야 할 사물이 적극적으로 움직인다. 사물이 주체가 되어 운동하고, 판단하고, 변화시킨다.

> 보이지 않는 별들을 장전한 하늘은 한 대의 제트기로 두 동강 난다. 하루 한나절 급하게 비둘기를 뒤따르던 고가도로가 태연하게 땅 위에서 실종된다. 걸어서 네 삶은 기어코 이웃이 되었다. 수건처럼 마르고 있는 이웃, 여기에 이르러 너는 수평의 늪이 된다. 길이가 아니라 너를 가두는 것은 한 뼘의 넓이다.
>
> —「죽음의 산책」 부분

이수명의 시에서는 사물이 주체가 되는 경우가 흔할 뿐더러 사물과 사물의 관계 또한 고정관념에서 벗어나 역전될 경우가 많다. 이 시의 첫 번째 장면은 하늘과 제트기의 관계를 역전시키며 긴장감을 일으킨다. "보이지 않는 별들을 장전한 하늘"과 "한 대의 제트기"는 결전을 앞두고 팽팽한 대결 상태에 있다. 이 싸움은 제트기에 하늘이 두 동강 나면서 맥없이 끝난다. 이 시에서 하늘과 제트기는 사물과 사물로 대등하게 만나고 있다. 제트기가 순식간에 하늘을 가르는 한 장면으로 이 싸움은 결정된다. 이런 식의 참신한 표현은 존재를 이미지로 파악하고 사물에 대한 고정관념에서 자유로운 시인의 독특한 시선에 의해 가능하다. 이어지는 문장에서도 고가도로와 비둘기는 대등한 사물로 만나고 있다. 비둘기가 고가도로를 빠르게 걸어가는 장면은 고가도로가 급하게 비둘기를 뒤따르는 장면으로 환치된다. 현실적 의미를 소거한 채 이미지만으로 묘사되는 이 시의 상황

---

6 이수명, 「시론 1」, 같은 책, p.27.

은, 제목과 시어들을 통해 간접적으로 유추해 볼 수 있을 뿐이다. "두 동강 난다", "실종된다" 등의 단언적 진술과 "죽음의 산책"이라는 제목으로 미루어 볼 때 고가도로 위의 로드 킬을 그린 것으로 추측해 볼 수 있지만, 화자는 감정을 배제한 냉담한 어조로 사물과 사물의 부딪힘과 흔적의 추이를 묘사할 뿐이다. 이 시에서는 죽음조차도 사물화되어 다른 사물들과 이웃으로 등장한다. 사고의 역전은 계속되어 죽음이 비둘기를 가두는 것이 아니라 비둘기가 죽음을 가두는 상황이 묘사된다.

사물의 본질을 인정하지 않고 현상에만 집중할 때 대상은 예기치 않은 새로운 상황들을 생산해 낸다. "고양이에게 물려 간 뒤/ 태양도 고양이를 물었다"(「그네」)라는 진술이 가능한 것은, 태양과 고양이 사이에 우열을 두지 않고 둘 사이에서 빚어지는 즉물적인 이미지만을 묘사했기 때문이다. "벌레는 누운 채 이제 닿지 않는/ 짚어지지도 않는 이 새로운 바닥과 놀고 있다/ 다리들은 구부렸다 폈다 하며 제각기 다른 그림을 그린다"(「벌레의 그림」)는 재미난 장면도 편견 없이 사물을 묘사하면서 얻어진 것이다. 뒤집힌 벌레가 버둥거리는 모습을 "새로운 바닥과 놀고 있다"고 표현하는 시선에는 어린아이 같은 순진무구함이 깃들어 있다. 아이들에게 모든 것은 놀이로 인식된다. 아직 정해진 것은 아무것도 없고 다만 놀이의 규칙에만 충실하면 된다. 아이들이 좋아하는 역할 놀이는 어떤 역할이든 주어지는 대로 행하는 놀이이다. 주체와 타자의 구분이 유연한 아이들에게 역할을 바꾸는 일은 놀이와 다를 바 없이 즐거운 일이다. 어른들이 좀처럼 자신의 역할과 지위를 벗어나지 못하는 것과는 달리 아이들에게 역할이란 그저 상대적인 차이를 지닐 뿐이다. 주객전도가 빈번히 이루어지는 이수명의 시에서는 아이들의 역할 놀이와 같은 자유로운 사유와 상상이 작동한다.

역할 놀이가 펼쳐지는 이수명의 시에서는 사물이 주체가 되는 경우가 흔할 뿐더러 인간이 객체가 되는 경우도 드물지 않다. "빗물이 벽을 타고 흘렀다. 나는 벽 속에 있었다. 날 꺼내 줘, 나는 말했다"(「빗물이 벽을 타고 흘렀다」), "밤이 나를 들고 있다. 나는 들려 있다. 밤이 나를 꺼낸 것이다. 나는 꺼내져 있다"(「밤의 후렴구」) 등에서 볼 수 있듯 주객의 역할이 전도되어 있는 경우가 많다. 인간 주체가 피동적인 존재로서 상황에 종속되는 것이다. 사물이나 세계에 대한 지배적 위치에서 벗어난 인간이 자신의 상황을 돌아보며 새로운 자각을 드러내는 양상이다.

> 나무가 올 때 나는 나무의 나머지이다. 나무와 마주칠 때 마주치고 나서 나무가 여기저기 고일 때 나는 나무의 나머지이다. 나무는 나뭇가지들을 하나씩 끄고 굳어진다.
>
> 나는 나무를 바꾼다. 나는 나무의 나머지이다. 내가 나무를 알아보지 못할 때 나무는 물렁해지고 나무를 이겨 낸다. 나무는 공중에서 나를 덮친다. 오늘은 새처럼 젖은 발을 들고 있다.
>
> 나의 뒤에서 날아다니는 나무들 나는 나무에 칼을 던진다. 나무는 얼마나 높이 올라가 헝클어지는가 나는 나무의 나머지이다. 칼자국들이 내 얼굴을 부수고 있다.
>
> —「나무의 나머지」 전문

이수명의 시에서는 사물과 '나'가 만나 주객이 혼합되어 가는 과정이 흥미롭게 그려진다. 이 시의 첫 부분은 나무가 '나'를 향해 '오는' 능동적인 작용에서 시작된다. 나무는 비가 오듯 '나'에게 다가와 압도적으로 '나'를 둘러싼다. '나'는 "나무의 나머지"에 불과할 정도로 주변은 나무로 가득하다. 나무는 이리저리 마주치고 나서도 고일 정도로 많다. '나'가 나무를 나무로 알아보면 나무는 나무로서 굳어지고 잘 알아보지 못할 때에는 물렁해지며 나무를 "이겨 낸다." 나무에 대한 고정관념 없이 볼 때 하늘을 가득 메운 나무는 "공중에서 나를 덮친다." 공중에서 젖어 있는 나무는 "새처럼 젖은 발을 들고 있다." 새의 이미지로 변한 나무는 "나의 뒤에서 날아다니"고 나무를 향해 던진 칼은 나무의 나머지인 "내 얼굴을 부수고 있다." 이 시에서 나무는 통상적인 나무의 이미지와는 달리 매우 역동적인 모습을 보여 준다. 주체와 객체의 관계를 고정시키지 않고 유연하게 열어놓음으로써 낯선 이미지와 감각을 산출하고 있다. 사물이 움직이는 대로 따라가자 그것은 무수히 변화하고 증식하며 새로운 세계를 펼쳐 보인다.

고정된 시선과 역할을 고집하지 않고 사물의 자기 확장성을 인정하면 기존의 세계와 전혀 다른 미지의 세계가 열린다. "눈은 시대를 거스르는 것이다. 눈은 더 커다란 눈에 속해 있다. 눈은 언제나 이 거대한 눈을 바라보는 것이다. 자신을 향하고 있는// 우주의 부서진 시선을"(「시각의 완성」)에서처럼 시선의 진폭은 무한하다. 눈이 속해 있는 더 커다란 눈은 "우주의 부서진 시선"이며 이 사이에는 무수한 눈들이 존재한다. "나는 내가 본 어떤 것이며 내가 보지 못한 어떤 것이다." 내가 본 것이 전부라고 생각하는 것은 커다란 착각에 불과하다. 나의 눈을 넘어서는 더 큰 눈의 존재는 현실의 시공간을 넘어서는 다른 차원의 세계를 연상하게 한다. 이수명의 시에서 본다는 것은 고정된 주체의 시선에서 벗어나 다른 사물이나 세계의 시선을 받아들이는 것이다. 주객의 전도를 자연스럽게 받아들이는 역할 놀이는 활성화된 사물을 포착할 수 있게 하고 무한한 우주의 시선과도 마주할 수 있게 한다. 시인은 주체의 중심적 위치를 의심하고 사물과 세계의 무한성에 다가감으로써 미지의 세계를 확장한다.

5. 조용한 전위

놀이로 파악해 본 이수명의 시는 현실의 질서를 벗어나는 새로운 방식으로 미지의 세계를 열어 보였다. 언어와 시공간, 그리고 사물을 대하는 데 있어 시인은 독자적인 방식을 고안하고 지속적으로 실험해 왔다. 이수명의 실험이 그 급진성에 비해 크게 조명되지 않았던 것은 조용히 자족적으로 행해졌기 때문일 것이다. 이수명의 시는 멀리는 1930년대의 이상으로부터 시작되어 1950-60년대의 김춘수, 김구용, 그리고 1980년대의 해체시로 이어지는 실험적인 시의 계보를 잇는다. 이수명의 실험적인 시는 1980년대 해체시와 2000년대 '미래파' 시 사이에 놓이며 정치적인 실험시가 개인적인 실험시로 변화되어 가는 과정에 해당한다. 1980년대의 해체시가 강한 정치성을 띠며 주목을 받은 것에 비해 1990년대 이후의 개인적인 실험시에 대해서는 상대적으로 관심이 적었다. 2000년대 등장한 일명 '미래파'의 시는 이전의 실험시들에 비해 다수의 시인들이 함께 조명되면서 큰 관심을 불러일으켰다. 이수명을 비롯해서 1990년대 등단한 실험적인 시인들의 시는 1980년대의 해체시와 2000년대의 미래파 사이에 '끼어서' 그만큼 주목을 받지는 못한 셈이다. 그러나 이수명은 미래파 이전에 이미 기표와 환유를 통한 의미의 확장, 실재하는 역동적 이미지, 주객전도의 독특한 시선을 드러내는 등 다양한 실험을 선구적으로 행한다. 이수명의 진지하고 전위적인 실험은 미래파를 비롯한 후배 시인들에게 적지 않은 영향을 끼쳤을 것으로 짐작된다.

이수명이 행한 '조용한 전위'는 시에서 언어가 갖는 무한한 가능성으로 관심을 되돌린다. "파괴와 전복을 꿈꾸기 전에 먼저 이 세계를 읽어야 한다. 세계를 읽어 내는 것이 세계를 파괴하고 전복하는 것보다 더 파괴적이고 전복적이기 때문이다"[7]라고 시인은 말한다. 시의 행동은 언어로 이루어지는 것이며 세계를 새롭게 읽어 내는 것이 변혁의 출발점이 된다. 이수명의 시는 세계를 새롭게 읽어 내는 다양한 놀이를 발견해 낸다. 이 놀이는 현실에서는 닫혀 있는 미지의 시공간을 펼쳐 보인다. 이수명의 '조용한 전위'는 미지의 무한한 세계를 확장하는 창조적인 놀이로서의 시의 가능성을 극대화해 왔다.

7 이수명, 같은 글, p.28.

경계의 시학
—송준영의 시 세계

송준영 시인이 시를 쓰기 전 오랫동안 불가와 깊은 인연을 맺고 있었다는 것은 그의 이력에서 빠뜨릴 수 없는 사실이다. 법사로서 그는 『반야심경 강론』을 저술할 정도로 심도 있게 불도를 연마하였다. 시인으로서의 본격적인 출발은 그보다 훨씬 나중의 일이다. 연륜에 비해 그리 길지 않은 시력(詩歷)이지만, 그동안 그가 보여 준 왕성한 창작과 문단 활동은 괄목할 만하다. 더욱 주목할 만한 것은 그의 시에 나타나는 다양한 실험성이다. 선시로부터 모더니즘 시에 이르기까지 그의 시는 매우 너른 진폭을 드러낸다. 물론 그 안에는 감각적인 연시나 감상적인 자기 고백의 시, 자연의 아름다움을 그린 서정시 등이 혼재한다. 첫 시집 『눈 속에 핀 하늘 보았니』 이후 시인은 더욱 다양하고 예리하게, 독자적인 경지를 이루어 가고 있다. 선취가 강한 첫 시집에 비해 이후의 시들은 선 사상을 내재화하며 일상적 체험에서 깨달음을 이끌어 내는 변화를 보여 준다. 선사와 시인의 경계에서, 선시와 모더니즘 시의 경계에서 선과 시의 일치를 도모하면서 그는 우리 시의 경계를 확장하고 있다.

> 퍽 다행한 일이다
> 물 난 뒤 담장 너머, 성난 물줄기를 본다는 거
> 물결 마디마디 제자리로 간다는 거
> 본디 아무거나 있다는 거
> 산은 강을 키우고 하늘은 구름 반짝이는
> 무수한 공화(空華)의 알갱이를 넘겨본다는 거
>
> 하늘 깊은 곳 새가 곤두박질치며 꼽히고 있다
> 낯선 풍경
> 번득이는 외눈알조차 아늑하다
>
> 저 활달한 침묵.

—「절집 이야기 Ⅱ」 전문

첫 시집에 실려 있는 이 시에서 송준영 시의 출발점을 찾아볼 수 있다. 물 난 뒤, 담장 '너머'에 있는 화자의 위치를 눈여겨볼 필요가 있다. 그는 경계 너머에서 집요하게 외계를 관조한다. 성난 물줄기가 제자리를 찾아가는 자연의 본성에서 만유의 이치를 발견한다. 그가 "넘겨본" 세계는 "무수한 공화(空華)의 알갱이"로 이루어진 색즉시공, 공즉시색의 경지이다. 묘오의 순간을 꿰뚫는 시인의 직관은 하늘 깊은 곳을 곤두박질치는 새의 움직임처럼 날카롭고 선연하다. 공화와 같은 하늘에서 새가 일별한 것은 "활달한 침묵"의 세계이다. 색즉시공, 공즉시색의 오묘함을 압축해 놓은 이 뛰어난 역설은 시인이 도달했던 공고한 돈오의 경지를 암시한다.

"활달한 침묵"은 언어와 그것을 넘어서는 깨달음의 경계를 내포하는 말이다. 어쩌면 시인으로서의 임계점이라고도 할 수 있는 이 위험한 경계에서 시인은 "침묵"의 심오한 경지로 빠지지 않고 "활달한" 언어의 세계를 지향하게 된다. 첫 시집 이후 그는 언어의 묘의에 더욱 심취되고 시인으로서의 자의식이 강화되는 커다란 변화를 보여 준다.

칸나가 있던 남대천 둔치에
칸나가 없고
칸나가 없는 자리엔 낮은 포복을 하던 짙은 구름 한쪽이
칸나의 작년을 생각하고
칸나는 흔적이 없고
칸나가 피던 작년은 흔적 없고
칸나의 생각만 피어 있고
칸나가 핀 자리는 없고
칸나만 피고

—「칸나」 부분

첫 시집에서 주로 산사의 체험과 득오의 순간을 향해 집중된 시상을 보여 주던 것에 비해 이후의 시에서는 한결 다양한 소재와 사유의 자유로운 흐름을 드러낸다. 이 시에서는 칸나라는 외래종 꽃을 통해 존재의 의미를 탐문한다. 여름철이 되면 도로변에 강렬한 붉은색으로 피어 있는 칸나는 그 분명한 자태로 인해 있음과 없음의 경계를 각성시킨다. "칸나가 있던" "칸나가 없고" "칸나는 흔적이 없고" "칸나의 생각만 피어 있고" "칸나가 핀 자리는 없고" "칸나만 피고" 등 어지럽게 반복되는 진술은 칸나의 형상이 암시하는 존재의 난해한 의미를 환기한다. 초현실주의의 자동기술방법

을 연상시키는 이러한 진술은, 의식의 범위를 규정하고 제한하려는 언어의 속성을 거부하고, 의식을 자유로운 상태로 개방한다. 이 시에서 칸나에 의해 촉발된 의식은, "칸나가 핀 날은 아무 일도 일어나지 않고 다음 날 소나기가 왔고"(오규원의 시 「칸나」 변용), "또 너무 많은 하늘이 남의 집 울타리에 하릴없이 다리 하나를 걸치고"(김춘수의 시 「칸나」 변용), "칸나에 대한 시나 쓰고"(이승훈의 시 「칸나」 변용) 등 다른 시인들의 시와 만나기도 한다. 관련된 시인들의 면면은 언어에 대한 관심과 실험성이 강한 편이어서, 송준영 시인의 변화를 이해하는 데 도움이 된다. 고정된 사유와 형식을 벗어나 언어 자체의 가능성과 한계를 탐구하는 실험시의 계열에서 그는 새로운 시의 향방을 발견한다.

그런데 선시와 모더니즘시의 친연성을 생각한다면 이러한 변화가 그렇게 갑작스러운 것이라 할 수는 없다. 이들은 모두 '무형식의 형식'이라 할 만한 파격으로 기존 시의 전통을 과감하게 넘어선다. 이미 굳어 버린 표현이나 형식으로는 존재의 본질에 닿을 수 없고 그 피상적인 현상에만 집착하게 된다는 근본적인 비판을 행하기 때문이다. '언어'에 대한 이들의 철저한 반성적 태도는 사유와 언어의 불가분리적 관계에 대한 이해에서 비롯된다. 선시에서 언어는 '사벌등안(捨筏登岸)'의 '뗏목'처럼 진리의 피안에 도달하기 위해 필요한 도구이다. 언어의 경지를 넘어서는 진리에 도달하기까지 언어는 필요 불가결한 매개체이다. 불완전한 언어로 절대적인 깨달음의 경지를 표현하기 위해 선시는 불가피하게 일상 언어의 논리와 상상의 폭을 과감하게 초월하는 파격을 수행한다. 모더니즘 시에서도 현상과 본질의 격차를 유발하는 언어의 상투성에서 탈피하기 위해 끊임없는 파격과 실험을 행한다. 동일한 대상을 두고 집요하게 반복되거나 충돌하는 진술은 최대한 자유롭게 모든 언어의 가능성을 탐색하려는 의도를 반영한다. 선시가 언어의 경계 넘어 돈오의 경지를 궁극의 지향점으로 삼는 것에 비해 모더니즘 시는 좀 더 집요하게 그 경계에 머물면서 언어 자체를 문제 삼는다. 송준영 시인의 경우 전자보다 후자의 경향이 강화되면서 언어와의 대결이 보다 치열해지고 있다.

앞의 시에서도 칸나에 대한 사유는 있음과 없음을 분별할 수 있는 인식의 기준에 대해 회의와 반성을 거듭한다. 칸나가 지금 없다고 해서 과연 없다고 말할 수 있는 것인가라는 존재에 대한 근본적인 의문이 행해진다. 칸나가 피었던 '흔적'은 아이러니하게도 칸나의 부재를 증명한다. 다르게는 칸나는 부재함으로써 존재한다. 데리다 식으로 말하자면 칸나는 '차이'로서 존재하는 것이다. 작년에 피었던 칸나와 올해의 칸나는 다르므로 칸나는 계속 연기됨으로써 존재하는 것이다. 이러한 사유는, 있고 없음이 다르지 않고 하나라는 불교의 '불이사상(不異思想)'과 상통하는 것이다. 그러나 더 중요한 것은 시상의 전개가 이러한 깨달음에 도달하는 데서 그치지 않고 자의식의 흐름을 따르고 있다는 사실이다. "시나 쓰고 시나 쓰는/ 가을은 기침만 하는 나의/ 가을은 머리카락만 날리고 덩달아 부는 바람에 속눈썹만 날리고/ 아내도 없는 빈방 칸나는/ 팔방 무늬 천장에 펄럭이고/ 국화꽃 무늬 벽에도 펄럭이고"라는 진행형의 서술로 끝나고 있는 이 시는, 칸나를 통해 존재의 의미를 묻는 데서 시인으로서의 자의식을 확인하는 데로 나아가고 있다. 깨달음을 우선시하는 선승보다 언어와의 대결에 몰입하는 시인에 더 가까운 그의 변모를 엿볼 수 있는 대목이다.

시인으로서의 자의식이 두드러지는 시들에서는 언어에 대한 실험 정신이 강하게 표출된다. 「또 다른 토끼에 대한 검색」에서는 분류의 기호와 빗금(/)을 과감하게 도입하여 '토끼'라는 대상의 다양한 존재 양상을 거론한다. 우리의 의식 속에 존재하는 토끼는, "b) 집에서 기르는 집토끼, 산에서 사는 산토끼/ 보름달 속에서 방아 찧는 옥토끼, 조선 금사리 백자에 도공이 그린 청토끼"처럼 '현실/상상'의 구분을 포함할 뿐 아니라, "c) 내 유년기의 토끼, 월장하여 서리해 삶아 먹던 토끼/ 싸리 광주리 어깨 메고 아카시아 꽃잎 밟으며 순아와 같이 가던 내 수음의 길 위에 아론대던 토끼"와 같은 기억 속의 장면들을 함유하고 있다. 여기에 갖가지 체험과 정보가 더해진다면, "h) 기타에 드는 토끼/ 기타 너머의 토끼. (/를 물고 사라진 토끼)"로 매듭지을 수밖에 없는, 무한한 토끼의 순열이 생겨날 것이다. 토끼에 대한 무한한 '검색'이 가능한 포스트모던 시대의 시인은 언어가 더욱 무한대의 자장으로 확대되는 것을 인식한다. 끝없이 경계를 허물며 확장되는 언어를 상대로 시인은 "아무 생각 없는 글 한 줄/ 쓰고 돌아보니/ 이건 벽보도 낙서도 아니오"(「구두」)라는 회의에 빠지기도 하고, "내 이승과 저승에 걸쳐지는/ 그 어디에도 떨어지지 않는"(「요놈 봐라」) 득의의 경지를 맛보기도 한다. 득오의 순간을 그리는 경우에도 그의 시는 선도의 시가 주는 한고(寒苦)한 느낌에서 벗어나 일상의 체험과 감각을 통해 그것을 재현해 낸다. 좋은 선시일수록 선가의 풍취가 강하지 않다는 사실로 미루어 볼 때 그의 시는 더욱 진전된 양상을 보인다고 할 수 있다.

기차보다 한 뼘 앞에 검은 바람이 지난다 낫과 톱을 어깨에 맨 갱부의 환한 장화발이 소리도 없이 지난다 하얀 이빨이 이빨을 마주 보며 바삐바삐 떠간다 역사 안 드럼통 난로에 괴탄이 이글거린다 플랫폼엔 급행열차가 잠시 멈춘다 이곳은 철암, 산이 떠나가고 산보다 먼저 사람이 캐고 버린 버력만 산이 되어 어둠에 배를 깐다 무개적재함에는 우리의 일용할 양식이 검게검게 볼록한 이마를 내민다 금세 어둠이 꺼먼 버력에 엎친다 바람이 검은 철사줄에 머리에서 발끝까지 꽤달려 윙윙 강철 소리를 낸다 저탄장의 탄가루를 업고 간혹 분간 어려운 칠흑 뚫은 별빛 같은 마을을 휘몰아친다 어둠의 사타구니 속으로 돌진한다

형광등과 네온이 창백한 통리 역사엔 괴탄이 이글거리던 드럼통 난로가 없다 이빨과 눈이 유난히 빛나던 갱부들도 없다 탄가루와 긴 쇠꼬챙이가 콱콱 내리찧으면 빨갛게 흘러내리던 불티들도 없다 바람이 분다 멍멍한 하늘 사이 머얼건 땅 위로 바람이 분다 영화 속 같은 사람들이 파리한 형광등 대합실에서 앉거나 서 있다 유령처럼 땅을 밟지 않고 미끄러진다 빛깔을 분간하기 어려운 칠흑 어둠 사이로 파리한 눈이 온다 나는 오늘 통리역에 내리다

—「철암 지나 통리에 내리다」 전문

사실적 묘사보다 의식의 흐름을 드러내는 경향이 강한 이 시인으로서는 드물게 사실적이고 감각적인 언어가 돋보이는 시이다. 우리 시에서 드문 탄광촌의 묘사로서 주목할 만한 깊은 인상을 남긴다. 이 시의 선명하면서도 역동적인 느낌은 탄광촌에 휘몰아치는 바람의 움직임에서 비롯된다. 바람은 카메라의 빠른 움직임처럼 속도감 있게 탄광촌의 구석구석을 포착한다. "머리에서 발끝까지 꽤달려 윙윙 강철 소리를 낸다" "칠흑 뚫은 별빛 같은 마을을 휘몰아친다" "어둠의 사타구니 속으로 돌진한다" 등에 나타나는 강한 어감도 거칠고 황량한 탄광촌의 정경을 실감 있게 환기시킨다.

시간적 전개에 따라 구분된 이 시의 두 번째 연은 철암 다음 역인 통리의 묘사로 이어진다. 여기서는 앞의 연에서보다 더 적막한 광경이 펼쳐진다. 이곳은 빛과 색채가 사라진 무명의 적요한 세계이다. 역시 카메라 앵글처럼 담담하고 명료한 묘사가 독특하고 감각적인 장면을 만들어 낸다. 끝까지 숨어 있던 화자는 마지막 순간에 결정적으로 모습을 드러낸다. "나는 오늘 통리역에 내리다"라는 단조롭고 객관적인 진술은 오히려 이 적막한 광경과 필연적으로 결합될 수밖에 없는 그의 존재를 강조하게 된다.

이 시는 '철암'과 '통리'라는 오지에 대한 구체적인 묘사로 읽어도 충분

히 인상적인 시이다. 그러나 조금 더 의미를 부여하자면 '철암'과 같은 고난과 번뇌의 삶을 지나 도달하게 될 '통리'와 같은 무명의 적요한 세계를 그린 것으로 볼 수도 있다. '내린다'가 아니라 '내리다'라는 기본형의 서술어는 이를 우리 모두가 거쳐 가야 할 삶의 경로로서 인식하게 한다. 이 시는 평이한 언술로 삶에 대한 실감과 통찰을 드러낸다. 이는 파격적이고 비일상적인 언어가 아니어도 존재의 본질을 포착하고 돈오의 경지에 도달할 수 있음을 보여 준다. 일상의 범주를 벗어나지 않음으로써 이 시는 보다 넓은 공감대를 형성할 수 있고 감각과 관념이 조화되면서 깊은 인상을 남긴다. 이로써 시인이 도달한 득오의 경지를 공감의 영역으로 확장할 수 있는 방편을 찾을 수 있다. 일상에서 벗어나는 것이 아니라 일상을 수용하는 방식을 통해 각성의 기쁨을 공유할 수 있는 것이다.

1호선 지하철 분실물신고센터에 있는 건
하얀 차돌 두어 개와 나를 따라온
청태 사이로 비치는 오대산 맨가슴 그리고
가부좌 틀고 있는 청량선원이네 그곳엔
내가 주워 온 금빛 옷을 걸친 늙은 부처 아니
법당 왼쪽에 단정히 앉아 있던
이마 말간 문수동자가 있네 아니 이날
툇마루에 졸고 있는 하늘 한 자락과
푸른 솔잎 입에 문 물총새 한 마리 그리고
솔바람이 있네 아니 지하철 분실물센터
알림판엔 깔깔 웃음 웃던 습득물이 붙어
있네 동굴 속으로 고함지르며 사라진
습득이 붙어 있네 습득이 보이네

*습득은 당나라 때 사람. 국청사 풍간 선사가 주워 키웠다. 한산과 늘 같이 한암 깊은 굴에서 지냈고 절에서 허드렛일하여 밥을 얻었고 미친 짓하면서도 선 도리에 맞았고 시를 잘했다. 태주자사가 한암으로 찾아가 옷과 약을 주니 '도적놈아 도적놈아 물러가라'하며 웃으면서 한암 속으로 사라졌다.

—「습득」 전문

이 시에서는 일상적인 공간인 지하철 분실물신고센터를 배경으로 범상치 않은 발견의 순간을 그려 내고 있다. 지하철 1호선은 근대화와 문명의 대명사이며 여전히 가장 많은 사람들이 드나드는 복잡다단한 일상의 공간이다. 이 시에서는 특이하게도 지하철 1호선의 객차가 아닌 분실물신고센터의 광경에 주목한다. 분실물신고센터라면 복잡한 일상 속에서 잃어버린 것들의 집합소이다. 시인이 그리는 분실물들은 "하얀 차돌 두어 개" "오대산 맨가슴" "청량선원" 같은 상징적 물상들이다. 지하철 1호선이 물질문명의 상징이라면 이는 그에 떠밀려서 가장 멀어진 자연과 정신을 암시한다. 물질문명이 번창할수록 잃게 되는 것들도 많다. 이 시에서도 분실물의 목록은 한참이나 계속된다. 목록은 뒤로 갈수록 오랫동안 잊혀졌던 소중한 존재들을 상기시킨다. "금빛 옷을 걸친 늙은 부처"보다도 "이마 말간 문수동자"보다도 "물총새 한 마리 그리고/ 솔바람"이 더욱 진귀한 존재인 것이다. 그런데 가장 나중에 놓이는 것은 '습득'이라는 이름이다. '습득물'의 습득과 '당나라 때 사람' 습득을 의미하는 동음이의어를 활용한 이 대목은 재치 이상의 심오한 뜻을 담고 있다. 시인의 설명에 의하면 당나라 사람 습득은 한산과 같이 한암에 거주하며 시를 짓던 사람이다. 세상에서 벗어나 한거하며 허허실실 속세를 비웃던 시인인 셈이다. 한산만큼 후대에 이름을 남기지도 못했으니 참으로 적적한 한생을 살다 간 사람이나, 미친 듯 거침없이 행동해도 선 도리에 맞았다 하니 활달한 기상과 예리한 지혜를 갖추었던 듯하다. 이 시의 맨 끝에 그의 이름이 놓인 것은, 날로 증대되어 가는 문명의 유실물 중에 세속적인 욕망을 비웃고 자족할 수 있는 시의 정신도 들어 있음을 암시한다. 이때의 시는 자연보다도 더 뒷자리에서 문명을 근본적으로 반성할 수 있는 자유와 저항의 표상이다. 지하철 분실물신고센터에서 '습득'한 것은 현대 문명이 상실한 인간 본연의 자유롭고 자연스러운 삶의 자취이다. 당나라 때의 기이한 시인 '습득'에게서 제도에 얽매이지 않고 정신의 자유를 누릴 수 있는 삶을 엿볼 수 있다. 이는 일상 속에서 정신의 자유를 견지하려는 시인의 예지가 발견한 새로운 차원이다. '서옹 선사' '동암 스님' '김시습' '달마' 등 선사들과 관련된 많은 시에서 시인은 제도를 초월한 자유롭고 분방한 그들의 정신을 되살리고 있다.

"시심마(是甚麼)" 즉 "이것이 무엇인가?"라는 화두에 붙들려 시인은 오래도록 많은 대답을 찾아왔다. 선시를 통해 돈오의 순간을 포착하기도 하고, 언어 실험 속에서 그것을 집요하게 추구하기도 했다. 최근에 증대되고 있는 일상 속의 의미 있는 깨달음들은 그의 시가 세간의 중생들과도 공명할 수 있는 가능성을 열어 놓고 있다. 그가 견지해 온 경계의 시학은 시와 선, 언어와 침묵, 문명과 자연, 자아와 비아, 일상과 초월의 모든 경계를 직시하며 그 모든 분별마저도 무화시키는 새로운 차원의 경계를 열어 가고 있다. 독자로서 나는 그가 좀 더 오랫동안 시의 영역에 머물기를, 평범한 일상 속에서 깨달음을 얻고 함께 나눌 수 있는 세간의 시를 보여주기를 바란다.

제4부 삶과 꿈

메멘토 모리

—이영광 시집『그늘과 사귀다』

이영광은 첫 번째 시집에서 직선이나 고드름, 빙폭 등 곧고 날카로운 이미지들을 통해 한계에 대한 자각과 적멸의 성찰을 인상 깊게 드러낸 바 있다. 그렇지만 '깊이'를 추구하는 시인으로 그를 성급하게 규정해서는 안 될 것이다. 그의 감수성은 경험과 기억이 닿는 무엇이든 풍부하게 직조하는 능력을 갖추고 있다. 시집『그늘과 사귀다』에서 '죽음'에 천착하게 된 것은 육친의 잇단 죽음을 겪으면서 무감할 수 없었던 사정이나 광릉 숲에서 칩거하듯 생활하면서 체질화된 고요한 사색의 작용이 클 것이다. 삶의 한복판에서 죽음의 지난한 의식을 치루면서 그의 시는 '깊이'의 모험을 행하게 된다. 그토록 많은 문학을 통과해 갔던 '죽음'의 탐구에 그 역시 무관할 수 없게 된 것이다.

죽음을 성찰하면서 시인은 삶의 중심에 대한 물음을 새롭게 던진다. 사람은 죽음을 예감하고 사유할 수 있는 존재이며 죽음은 삶의 어떤 순간에도 침투할 수 있다. 삶 속에 죽음이 그토록 집요하게 자리 잡고 있다면 삶의 중심에 그것이 놓여 있음을 어떻게 부인할 수 있을까? 죽음이 삶 속에 버티고 있다는 움직일 수 없는 증거는 죽은 자가 살아 있는 기억의 위력이다.

> 사람이 떠나자 죽음이 생명처럼 찾아왔다
> 뭍에 끌려 나와서도 살아 파닥이는 銀빛 생선들,
> 바람 지나간 벚나무 아래 고요히 숨 쉬는 흰 꽃잎들,
> 나의 죽음은 백주 대낮의 백주 대낮 같은
> 번뜩이는 그늘이었다
>
> 나는 그들이 검은 기억 속으로 파고들어 와
> 끝내 무너지지 않는 집을 짓고
> 떵떵거리며 살기 위해
> 아주 멀리 떠나 버린 것이라 생각한다
>
> —「떵떵거리는」 부분

아버지의 죽음에 뒤이은 형의 죽음. 가족의 잇따른 죽음은 삶과 죽음의 경계를 혼란스럽게 한다. 멍한 상태에서 산 자가 죽음의 공허에 빠져 있는가 하면 죽은 자들은 기억의 지층에 견고한 집을 짓고 들어앉는다. 기억에서 사라지지 않는 한 죽음은 완성되지 않는다. 기억은 죽음을 키우는 집이다. 기억 속에 오롯이 살아 있는 죽은 자들을 만나며 시인은 "너거 부모 살았을 때 잘하거라는 말"을 "잘한다는 것은 죽은 자를 영원히 잊지 못한다는 것"(「호두나무 아래의 관찰」)으로 수정한다. 무대 위에서 잠깐 어른거리는 단막극 같은 생보다 기억의 집 속에 자리 잡고 떵떵거리는 죽음이 더 막강한 것 아닌가.

그의 시에서 꽤 상세하게 묘사되는 장례나 제사 의식은 죽은 자가 산 자의 삶에 깃들이는 방식을 보여 준다. 김열규는 우리의 전통적인 상례가 전체적으로 위기와 동요의 수용과 고조, 그리고 그것들의 극복을 자연스럽게 그 절차 속에 내포하고 있음을 주목한다. 전통적 의식 속에서 죽음은 또한 영영 떠나가는 것이 아니라 다시 돌아감이라는 복귀의 절차로서 의미가 크다고 본다. 물론 외래 종교의 영향으로 '돌아가는 죽음' '복귀하는 죽음'에서 멀어진 것이 현실이다. 이영광의 시에서는 재래의 장례 절차가 비교적 상세히 그려지면서 그 각각의 절차가 지니는 상징적 의미가 살아난다. 「황금 벌레」에서 입관 의식은 "고통이 나가자 멎어 버린 몸을/ 근본적으로 다시 치료하듯" 한 재생을 위한 시술과 흡사하게 묘사된다. 습과 염의 절차와 더불어 마을에서 처음 보는 황금빛 벌레들이 뿌옇게 반짝이며 날아가는 모습은 재생의 표상이다. 죽은 자의 몸을 정성스럽게 닦는 것은 죽음 뒤에 이어질 또 다른 삶을 준비하는 것이다. 그런 면에서 죽음 후에 맞는 제상을 돌상에 비유하는 것은 자연스럽다. "제상은 그의 돌상,/ 뼈에 붙은 젖을 물려주고/ 숟가락 쥐어 주고/ 늙은 집은 이제 처음부터 다시 그를 키우리라"(「음복」)에서처럼 죽음으로 다시 태어난 자는 기억이나 제의와 더불어 산 자들의 삶에 자리 잡는다. "과묵이 침묵으로 바뀌"고 생전의 집이 "문도 빗장도/ 못질도 없는/ 천의무봉의 독채"(「성묘」)로 바뀌었을 뿐 죽은 자의 존재는 여전히 삶 속에 뿌리를 내린다. 그의 시에서 그려지는 전통적인 제의의 과정은 죽음의 충격을 극적으로 수용하면서 극복하던 재래의 방식을 재현한다. 전통적인 삶에서 상례의 절차와 상징적 의미 속에는 죽음과 삶이 스며들 듯 통합되어 있다. "산기슭의 마을,/ 집들은 어둑어둑 흐린 빛인데/ 무덤과 인가 사이/ 억새를 흔들고 가는 바람은 累代의 것,/ 사람들은 집에서 무덤으로/ 사람들은 다시금 무덤에서 집으로 영원히"(「나의 살던 고향」)에서처럼 삶과 죽음은 함께 깃들어 순환해 왔다.

죽은 소나무 둥치 아래서 새싹들이 돋고 무덤과 인가가 한 마을을 이루는 것이 삶의 본 모습이다. 산 자의 편의에 따라 대폭 변화된 오늘날의 장례는 삶과 죽음을 격절케 한다. 삶과 죽음의 친연성은 사라지고 죽음은 공포의 대상으로 기피된다. 그러나 삶 속에 내재해 있는 죽음을 의식하지 않는 한 그 삶은 온전할 수 없다. 죽음은 삶의 치명적인 핵심을 차지하고 있어 누구든 피해 갈 수 없기 때문이다.

삶에서 죽음을 몰아내는 현대의 삶은 스스로 죽음 이후의 삶을 영점으로 만드는 무화의 기획이라 할 수 있다. 메멘토 모리(memento mori), 즉 '죽음을 기억하라'는 뜻의 라틴어는 죽음의 기억으로 삶의 근원을 상기하고 영원을 추구했던 재래의 습속을 내포한다. 죽음을 기억함으로써 삶의 의지는 더욱 강렬해진다. 죽음을 의식함으로써 인간은 자신의 존재를 섬뜩하고 낯선 것으로 자각한다. 하이데거가 말하는 '불안'이 바로 그러한 이질감을 뜻한다. 불안은 삶 밖의 거대한 공허를 감지함으로써 고통을 불러일으키지만 그것을 받아들이는 과정을 통해 새로운 차원을 열어 준다. 하이데거는 죽음의 불안을 회피하지 않고 그것을 향해 자각적으로 앞서 달려 나가는 것이 우리를 본래의 실존으로 비약하게 한다고 보았다. 이러한 적극적 기투를 통해 막연한 두려움이 개체적 실존의 결단을 수행하는 기쁨으로 치환된다. 죽음을 향해 앞서 달려 나가면서 자신을 열어 보임으로써 모든 고유한 존재가 개시되는 근원적인 세계를 펼칠 수 있게 된다. 그러나 대개의 인간들은 죽음의 심연을 회피하며 현재의 평안만을 추구하려는 '퇴락'에 빠져든다. 퇴락에 머물지 않고 죽음을 선구하며 근원적인 세계를 열 수 있기 위해서는 존재를 엄습하는 죽음의 강력한 힘, 즉 무(無)를 경험해야 한다. 무의 근원적인 개시를 통해 현존재는 자신을 비롯한 모든 존재자가 고유한 존재를 형성하고 소통하는 자유를 획득할 수 있다. 이러한 자유는 퇴락의 대상인 세상에서 멀어지게 하지만 내적으로 충일하면서 세계를 향해 열린 상태를 보장한다. 죽음을 의식하고 그 앞에 자신을 열어 놓는 것이야말로 삶을 더욱 자유롭고 충만하게 살아가는 방식인 것이다.

죽음의 기억에 충실하고 죽음을 향해 열린 시선을 보여 주는 시인은 좁다란 세상과 그 너머의 또 다른 세계를 구분 짓는 경계의 지점을 의식한다.

황새는 꿈꾸듯 생각하는 새,
다시 어두워 오는 누리에 불현듯 남은
그의 외발은 무슨 까닭인가
그는 한 발 마저 디딜 곳을 끝내
찾지 못했다는 것일까
진흙 세상에 두 발을 다 담글 수는
없다는 것일까

저 새는 날개에 스며 있을 아득한 처음을,
날개를 움찔거리게 하는 마지막의 부름을
외발로 궁리하는 새,
사라지려는 듯 태어나려는 듯
일생을 한 점에 모아
뿌옇게 딛고 서 있었는데

사람 그림자 지나가고,
시린 물이 제자리에서 하염없이 밀리는 동안
새는 문득, 평생의 경계에서
사라지고 없다
백만 평의 어둡이 그의 텅 빈 자리에

밤새도록 새까맣게 들어앉아야 한다

—「경계」 부분

경계에 서서 꿈꾸듯 생각하는 새의 자세는 시인의 그것을 연상시킨다. 가늘고 위태로운 다리 하나로 버티고 선 새는 "진흙 세상"과 "아득한 처음"의 경계에서 불안하게 멈춰 있다. "진흙 세상"에 편안히 두 발을 담그지 못하는 새는 필경 자신의 몸에 새겨진 "아득한 처음"과 "마지막의 부름"이 유발하는 힘겨운 질문을 고뇌하고 있으리라. 외발로 버티고 선 새의 자세는 좁은 세상에 안주하지 않고 존재의 처음과 끝을 대면하겠다는 용기와 의지에 기인한다. 평안과 퇴락을 거부하는 새는 "사라지려는 듯 태어나려는 듯/ 일생을 한 점에 모아" 자신의 전 존재를 기투한다. 평생의 경계를 밀쳐 내고 새가 향한 것은 거대한 무(無)의 세계일 것이다. 새가 사라진 자리를 힘겹게 채우고 있는 어둡고 광대한 들이 그것을 암시한다. 평생의 경계를 박차고 날아오름으로써 새는 충만한 자유를 얻는다. 그것을 "진흙 세상"의 척도로는 잴 수 없다. 새는 마지막 장면에서 홀연히 사라져 버리며 부재를 통해 그것을 입증한다.

위 시의 새가 그러하듯, 시인은 일상적인 삶과 근원적인 삶의 경계를 직시한다. 그에게 있어 일상의 삶은 삭막하고 폐쇄적이다. "미로도 개구멍도 하나 없는,/ 뚫린 길 뚫린 길 없는 길 끝에/ 눈부신 사막이 있다"(「굴」)의 사막이나 "어떤 사자후로도 벗어날 수 없는 광활한 감옥"(「광활한 감옥」) 같다. 한생을 마치고 흙으로 돌아가는 망자를 위하여 "저 나무 金剛 로켓을 흙으로 봉인하여/ 몸도 숨도 有情도 없는 곳으로 탈옥시켜 다오"(「나무 金剛 로켓」)라고 하는 데는 이승의 고통을 다시는 반복하지 말라는 간절한 축원이 담겨 있다. 그는 일상적 삶의 퇴락과 고통을 단호하게 선언한다. 그것은 개선의 여지가 없이 끈질기게 지속되기 때문에 더욱 혹독한 것으로 드러난다. 「소리 지옥」에서 천 년 전의 마야 인형이 천지에 가득한 울음을 견디며 몸부림치다 굳어진 형상처럼 고통은 최후의 순간까지 그치지 않고 삶을 엄습한다. 우리는 살아 있는 한 고통을 안고 살얼음판을 디디듯 힘겹게 나아가야 한다. "아픔에는 어김없이/ 가시 무지개가 뻗어 가고,/ 세상의 망극한 마음도/ 제 무게를 떨며/ 그 위를 또 맨발로 디디고 가야 할 때가 있다"(「물 위를 걷다」)고 할 때 "가시 무지개"는 고통이 우리 삶에 새겨 놓은 뼈아픈 상징이다. "눈먼 몸은 저를 떠난 나를 증오하여/ 상처를 꿰매고 달래어 이렇게/ 흉터를 길러 냈으리라/ 제 속에 뿌리 깊이 새겨 주었으리라"(「흉터」)며 처연히 바라보는 흉터도 마찬가지이다. 삶은 고통을 안고 흉터를 새기며 힘겹게 디뎌 나가야 하는 살얼음판인 것이다. 그러나 시인이 정작 몰두하는 것은 그러한 끔찍한 고통조차 꿈결처럼 잠재우는 아득한 시간의 깊이이다.

무대 위에서 잠깐 어른거리는 것은
幕 뒤의 오래고 넓고 깊은 어둠에 잠기기 위한 것,
산다는 것은 호두나무가 그늘을 다섯 배로 늘리는 동안의 시간을
멍하니 앉아서 흘러가는 것

그 잠깐의 시간을 부여안고 아득히 헤매었던 잠깐의 꿈결을 두 손에 들고
산다는 것은, 苦樂을 한데 버무려 짠 단술 한 모금 같은 것
흐르던 물살이 숨 거두고 강바닥에 말라붙었을 때
사랑한다는 것은, 먼지로 흩어진 것들의 흔적 한 톨까지도
끝끝내 기억한다는 것
잘한다는 것은 죽은 자를 영원히 잊지 못한다는 것,

—「호두나무 아래의 관찰」 부분

한바탕의 짧은 연극 뒤에 긴 침묵의 시간이 이어지듯이, 꿈결 같은 삶의 뒤에 남는 것은 "오래고 넓고 깊은" 죽음의 시간이다. 죽음을 겪어야 하는 존재로 자신을 기억함으로써 우리의 삶은 새롭게 열린다. 단술 한 모금 같은 짤막한 삶 뒤에 자리 잡은 죽음의 깊이를 인식함으로써 우리는 더 커다란 세계에 포섭돼 있는 자신을 발견할 수 있다. 한바탕 삶의 난장에 일희일비하지 않고 막이 끝난 후의 오랜 침묵을 받아들임으로써 더 넓게 열린 새로운 세계를 만날 수 있는 것이다. 이런 거대한 침묵의 시간을 받아들이는 것은 허무감에 함몰하는 것과 다르다. 이는 삶에 대한 부정이 아닌 더 큰 삶에 대한 발견으로 이어지기 때문이다. 이제 삶을 판별하는 기준은 세속적인 부귀와 영화가 아니라 모든 유일무이한 존재가 대등하게 세계 속에 놓여 있다는 점이다. 모든 존재가 도구적 관계에서 벗어나 신비한 현존으로 우리의 가슴에 와 닿는 것을, 하이데거는 "존재자가 임재한다"고 말했다. 이때 침묵이 존재자와 우리 사이를 지배하는 것은, 말로 표현할 수 없는 고유한 깊이와 충만감이 자리하기 때문이다. 이러한 존재 경험의 풍요로운 깊이는 허무감과는 달리 현재의 삶을 더욱 열정적으로, 충만하게 고양한다. 죽음의 깊이를 체감하는 것은 삶이 협소하게 대상화되는 데서 벗어나 절실하게 감응하게 한다. 그러므로 목적과 수단에 의해 맺어지는 관계를 넘어서는 깊은 이해와 교감이 가능하다. 유한한 존재로서의 삶과 사랑을 회의하는 것이 아니라 세속적인 기준을 넘어서는 영원성을 희구하게 된다. '사랑한다는 것'은 관계의 소멸로 인해 정지되는 것이 아니라 그 모든 사랑의 기억을 다시 살면서 모든 존재가 자신을 열어 보이는 더 큰 세계를 향해 나아가는 것이다. "잘한다는 것"은 죽은 자를 기억하며 그와 함께했던 시간들을 다시 산다는 것이다.

죽음의 깊이에 그토록 골몰하는 시인이 간절하고 애달픈 심사를 거침없이 토로하는 것은 놀라운 일이 아니다. '메멘토 모리'는 곧 삶에 대한 의지를 강화시키는 주문이기 때문이다. "흙탕물이 맨발을 적시듯이/ 全力을 다해 사람은 찾아오고/ 全力을 다해 가는 비 내리고/ 대문은 집을 굳게 열고/ 한 지친 그리움이 더욱 지친 그리움을 알아보리라"(「빗길」)에서처럼 전력을 다해 살고 그리워하는 것이 죽음을 기억하는 자들의 마땅한 몸짓이다. "물밑으로 흘러왔다/ 물밑으로 돌아가는 뒷모습/ 흰 푸른 가슴뼈에/ 탁본하듯"(「탁본」) 새기는 간절함마저 없다면 그것이야말로 죽은 삶이 아니겠는가.

> 나무들은 굳세게 껴안았는데도 사이가 떴다 뿌리가 바위를 움켜 조이듯 가지들이 허공을 잡고 불꽃을 튕기기 때문이다 허공이 가지들의 氣合보다 더 단단하기 때문이다 껴안는다는 것은 이런 것이다 무른 것으로 강한 것을 전심전력 파고든다는 뜻이다 그렇지 않다면 나무들의 손아귀가 천 갈래 만 갈래로 찢어졌을 리가 없다 껴안는다는 것은 또 이런 것이다 가여운 것이 크고 쓸쓸한 어둠을 정신없이 어루만진다는 뜻이다 그런데도 이글거리는 포옹 사이로 한 부르튼 사나이를 有心히 지나가게 한다는 뜻이다 필경은 나무와 허공과 한 사나이를, 딱따구리와 저녁 바람과 솔방울들을 온통 지나가게 한다는 뜻이다 구멍 숭숭 난 숲은 숲 字로 섰다 숲의 단단한 골다공증을 보라 껴안는다는 것은 이렇게 전부를 다 통과시켜 주고도 제자리에, 고요히 나타난다는 뜻이다
>
> —「숲」 전문

이영광의 시에서 자주 쓰이는 묘사법이 대상에 대한 단순한 소묘에 그치는 경우는 없는 듯하다. 그것은 대개 주체의 심사와 병치되는 객관적 상관물로 드러난다. 주체의 개입을 최대한 차단했는데도 여전히 강렬하게 전달되는 그것으로 인해 그의 시는 뜨거운 상징을 이룬다. 그는 관조를 통

해 세계를 내면화하기보다 내면의 사색과 열정을 외계에 투사하는 데 능하다. 어떤 풍경으로도 들끓는 내면을 외현하게 되는 그의 시는 강렬한 주관성의 산물이다. 나무의 형상에서 바위처럼 단단한 공기를 전력으로 껴안고 있는 모습을 떠올리는 것은 그리 흔한 상상이 아니다. 여기에는 무른 것으로 강한 것을 전심전력 파고드는 간절한 삶의 체험이 깃들어 있다. 삶의 고통에 시달리면서도 "크고 쓸쓸한 어둠"을 포용하는 나무에는 시인 자신의 모습이 겹쳐진다. 전력을 다해 포용하면서도 또 어떤 존재도 구속하지 않고 놓아주는 나무들이야말로 시인이 지향하는 삶의 자세를 구현하고 있다. 저녁 들녘의 황새에게서 일상의 삶과 근원적 삶의 경계를 목도했던 시인은 숲을 이룬 나무들에서 전력을 다하면서도 다른 존재를 구속함이 없이 자유로워지는 경지를 발견한다. 나무들에게 그것은 지극히 당연한 자세일지라도 사람에게는 쉽지 않은 일이다. 전심전력으로 사랑하면서도 구속하지 않는 것은 도구적 존재에서 벗어나 충만하게 살아가는 방식이다. 바위보다도 단단한 죽음과 허무를 체감함으로써 시인은 오히려 더 깊고 넓게 대상과 소통하는 방식을 깨닫는다.

의자에게도 의자가
소파에게는 소파가
침대에게도 침대가
필요하다

아니다, 이들을
햇볕에 그냥 혼자 버려 두어
스스로 쉬게 하라

생전 처음 짐 내려놓고
목련꽃 가슴팍에 받아 달고
의자는 의자에 앉아서
소파는 소파에 기대어
침대는 침대에 누워서

—「휴식」 부분

의자에게도 의자가, 소파에게도 소파가, 침대에게도 침대가 필요하다는 주장은 오랫동안 사물을 도구화해 온 인간의 관점에서 보면 엉뚱하기 그지없다. 의자나 소파나 침대는 인간의 필요에서 벗어났을 때는 이미 효용력을 상실하고 죽음을 맞이한 상태로 간주된다. 모든 존재가 새롭게 인식될 수 있는 것은 바로 이러한 도구적 관계에서 놓여날 때이다. 의자나 소파나 침대도 저마다 존재한다는 단순한 사실을 인정함으로써 우리는 우리 자신 또한 자유롭지 못했던 도구적 존재의 그물에서 벗어나 소박하면서도 풍요로운 기쁨을 누릴 수 있다. 부서진 몸을 하고 그 덕분에 햇볕에 나와 앉아 조용히 쉬고 있는 사물들을 보며 시인은 모든 사물이 내포하는 독자성을 발견한다. 의자가 그러하듯 모든 존재는 도구적 관계에서 벗어날 때 비로소 자유롭고 온전하게 자신을 현현할 수 있는 것이다. 죽음의 불안을 직시함으로써만이 인간은 도구적 삶을 넘어서는 더 큰 세계 속의 자신을 감지할 수 있다. 죽음은 우리가 태어났고 되돌아갈 근원적인 세계를 떠올리게 한다. 죽음을 사유함으로써 시인은 모든 존재에 내재해 있는 고유성을 확인하고 소통과 교감의 활로를 열어 놓을 수 있게 되었다.

그렇게 나는 멀리

나갔다 왔다
멀리 들어갔다 나왔다

어디에도 닿을 수 없는데
멈추지 못하는 길이 있었던 거다
불끈거리며 몸속을 달리는 정맥혈관처럼

—「詩는」 부분

죽음에 관한 투철한 탐구로 인해 이영광의 시는 한 차원 새롭게 도약한다. 그는 경험하지 않은 사실을 쉽사리 거론하지 않으며 자신의 내면에서 용해되지 않은 발견을 발설하지 않는다. 그럼에도 그의 몸과 마음을 온통 충격한 죽음과 사랑의 고통으로 인해 그의 시는 형질 변환을 일으키지 않을 수 없게 되었다. 세상의 일에 속수무책으로 멍해진 반면 그의 시는 불끈거리며 달리는 정맥혈관처럼 삶과 숨의 곳곳으로 파고든다. 삶의 중심을 차지하는 죽음을 경험하며 그는 죽음과 더불어 더욱 확장되는 삶을 받아들이게 된다. "멀리 들어갔다 나왔다"는 고백 속에는 죽음에 대한 사유로 존재의 깊이에 몰입하게 된 사정이 내재해 있다. 그의 시는 "기억나지 않는 어둠을 만지던/ 더듬이 한 쌍"처럼 예민한 촉수로 존재의 시원을 탐구한다. 시인은 죽음의 불안을 대면하면서도 허무에 함몰하지 않고 그것을 삶의 의지로 환원한다. 모든 존재가 저마다 지니고 있는 고유한 깊이와 충만함을 발견하면서 그의 시는 더 넓게 세계를 감수하고 있다. 그는 삶 속에 드리운 죽음의 짙은 그늘을 기억하면서 삶을 더욱 절박하게 호흡한다. 메멘토 모리, 고대인들의 산 자들에게 다짐시켰던 주문을 실천하면서 그는 시와 더불어 드넓은 고해(苦海)를 헤쳐 나가고 있다. 경계의 불안을 견디며 오래 숙고하고 오감을 열어 사물의 소리와 소통함으로써 그의 시는 "오래고 넓고 깊은 어둠"이 선사하는 광활한 시간을 향해 활짝 열릴 것이다.

보석, 빛이 된 어둠

—문정희 시집 『나는 문이다』

문정희 시인의 화려한 시적 출발에 대해서는 잘 알려져 있다. 진명여고 시절 전국의 백일장을 휩쓸었으며 미당 서정주가 발문을 쓴 첫 시집을 간행했던 것이다. 그런데 정작 놀라운 것은 이렇듯 조숙하게 문재(文才)를 발휘하는 시인들이 조로를 면치 못하는 것에 비해 문정희 시인은 지칠 줄 모르는 창작열을 보여 준다는 점이다. 사십여 년 간 수십 권의 시집을 내놓은 그녀의 삶은 시와 떼 놓고 생각하기 힘들다. 문정희 시에서 창작의 원동력은 저 낭만주의 시인들이 그러하듯이 시를 통해 분출되는 시인의 정열과 의지이다. 넘치는 에너지를 내장한 그녀의 정념과 최선의 언어에 도달하려는 미학적 열정은 지난한 시의 행로를 이끌어 왔다. 존재의 고통과 비애를 감각적인 언어에 담아내던 초기 시를 지나 여성으로서, 자유인으로서 용납하기 어려운 현실의 허위를 질타하는 활달한 발언을 거치면서도 그녀의 시는 언어예술로서의 시의 범주를 벗어나지 않았다. 미학적 엄격성을 고수하는 그녀의 시는 거친 파괴와 실험 정신을 내세우는 시들이 쉽사리 선점하는 문단의 시선과는 거리가 있다. 부분으로 돋보이는 시인과 전체로 돋보이는 시인을 구분한다면 그녀는 후자에 속한다. 문단의 유행에 휩쓸리지 않으면서 일관되게 밀고 온 그녀의 시 세계는 한 문학적 인생의 진경을 보여 준다.

시집『나는 문이다』에는 유난히 시인으로서의 자의식이 드러나는 시들이 많아 오랜 시력(詩歷)의 동력을 확인할 수 있게 한다. 서시에 해당하는 「화살 노래」에서는, "너는 물보다도 불보다도/ 돈보다도 더 많이/ 말을 사용하다 가리라/ 말이 제일 큰 재산이니까"라며 계시처럼 시인의 일생에 드리웠던 말이 나온다. 그녀의 시 인생을 열어 준 스승의 것으로 짐작되는 이 말에 대해 시인은 경건한 슬픔을 토로한다. 말은 늘 화살처럼 날아가서 다시는 돌아오지 않는, 영원한 그리움의 대상이기 때문이다. 「늑대」에서는 말을 찾아 늑대처럼 배회하던 세월을 반추한다. "사뿐사뿐 언어의 발자국을 찍는/ 황홀한 시인, 지상의 무희"(「프리댄서」)라는 독특한 비유에는 언어예술에 대한 그녀의 순수한 열정이 고스란히 반영되어 있다.

시로 쓴 시론에 해당하는 몇 편의 시들은 대개 언어의 완성을 위한 고통스러운 과정을 그리고 있다. "당신의 손가락에 보석이 빛날 때/ 시인이 흘린 핏빛 눈물은/ 제발 잊어도 좋습니다"(「당신의 손가락에 보석이 빛날 때」)에서 "핏빛 눈물"과 "보석"의 절묘한 비유는 예술적 완성에 이르는 지난한 과정을 함축한다. 이 시집에서 주목할 만한 이미지는 '물'과 '불'이 통합된 "보석"같이 단단한 물질적 이미지이다. 문정희의 시에서 생명의 수난과 순환을 상징하며 반복적으로 등장하던 '불'의 이미지와 '물'의 이미지가 여기서는 "핏빛 눈물"로 결합하며 그것이 다시 오랜 시간의 단련 끝에 단단한 "보석"으로 변화하고 있다. "보석"은 고난을 극복해 낸 영원한 생명이다. 보석처럼 단단하고 빛나는 언어. 그녀의 언어는 불멸을 꿈꾼다. '씨앗' 역시 자주 시 생명의 맹아가 되는 언어의 상태를 비유한다. "속 깊이 꿈틀거리는 씨앗을 품고/ 깊은 향기를 내뿜어야지"(「웃는 법」)에서는 아름답고 빛나는 언어의 꽃으로 피어나기까지의 인고와 염원을 그리고 있다. "시인은 씨앗 도둑/ 꽃이 될 만한 말은 모두 털어 간다"(「도둑 시인」)고 할 때 시인은 언어에 관한 한 어떤 금기조차 넘어서는 자이다. 언어에 관한 지칠 줄 모르는 탐욕을 시인은 "아름다운 도벽"이라고 한다. 도벽이 끊을 수 없는 충동인 것처럼 시의 씨앗을 탐닉하는 시인은 "불멸을 꿈꾸는 황홀한 밤"을 지낸다. 언어에 절대적인 가치를 두는 이런 태도는 언어에 대한 불신과 부정이 당연지사로 여겨지는 요즘 시의 경향과는 크게 다르다.

시의 질료로서의 언어에 대한 시인의 경외감과 염결성에는 언어의 신비와 신성에 대한 절대적 믿음이 내재한다. 시인은 오염되지 않은 시의 언어로 본래의 투명한 세계에 도달할 수 있다고 본다. "끝내 지상에 내려놓을 수 없는/ 하늘의 나신을 납작하게 누르며/ 겨울 아침, 새 햇살 투명한 시 한 편이/ 나의 생을 환하게 들여다보고 있었다"(「겨울 유리창에 매달린 시」)에서처럼 시는 "끝내 지상에 내려놓을 수 없는" 신성한 빛이다. 그것은 '보석'의 빛이 그러하듯 상처가 승화된 고귀한 결과이다. 묵언수행 끝에 득도하는 경우처럼 시인은 '침묵'을 주문한다. 세공하지 않은 보석이 제 빛을 다 발산하지 못하는 것처럼 절제하지 않은 언어는 미숙하다. 시인은 "무더기로 벌목당한 나무들의/ 비명을 숨기고 무엇보다/ 별들과의 반짝이는 소통이 중요하다"(「숲 속의 창작 교실」)고 하여 언어 절제의 과정에 이르는 지고한 상태를 강조한다. 그녀에게 시란 현재의 상태를 승화시키는 행위이다. 그러므로 시는 결코 타락한 현실과 협잡할 수 없다. 세속적 욕망의 결정판인 선거 행태를 겨냥해 '시의 도끼'를 내리친다는 과격한 발언은, 시의 기능을 현실에 대한 부정과 정화로 보는 데서 온다.

타락한 현실에 대한 시인의 거침없는 부정은 순수하고 건강한 생에 대한 열망의 반작용이다. '시'와 함께 시인이 가장 열렬하게 추구하는 가치는 '사랑'이다. 그녀의 시에서는 오염된 언어와 정결한 언어의 분별이 뚜렷한 것만큼이나 속된 쾌락과 신성한 욕망이 뚜렷이 구분된다. 그녀의 시는 사랑을 논할 때 가장 활기차고 매혹적이다. 사랑은 폭발적으로 발현되는 생의 에너지이다. "사랑은/ 짧은 절정, 숨소리 하나 스미지 못하는/ 순간의 보석"(「아침 이슬」)에서 사랑은 가장 순수한 절정의 상태를 가리킨다. 시인에게 사랑은 절정의 순간에 기적적으로 체험하는 몰입과 도취의 순수성 그 자체이다. 여기서도 역시 '보석'의 이미지로 최고로 완전한 상태를 비유하고 있다. 시인은 언어와 마찬가지로 영원히 도달할 수 없는 사랑의 완전성을 각인하려는 낭만적인 열정을 드러낸다. "그 무엇에도/ 진실로 운명을 걸어 보지 못한 것이 슬플 뿐/ 나 아무것도 아니어도 좋아"라는 말에는 운명을 거는 만큼만 생은 의미를 지닌다는 생각이 깃들어 있다. "모든 언어를 버리고/ 오직 붉은 감탄사 하나로/ 허공에 한 획을 긋는/ 단호한 참수"(「동백꽃」)에 시인이 전율하는 것은 그런 절명의 순간에서 가장 순수한 생의 의지를 발견하기 때문이다. "홀로 죽기!/ 입에 꺼내 발음하고 나니/ 이상한 힘이 몰려온다"(「홀로 죽기」)는 느낌은 자신을 온전히 내던질 때 혼연히 나타나는 새로운 경지를 드러낸다. 시인은 자신을 내던지면서 오히려 새로운 자신을 찾게 되는 존재의 형질 변환을 꿈꾼다. 절정의 상태에서 사랑은 그것을 가능하게 한다.

저 오묘한 얼음꽃이
천 도의 불길을 견디고 피어난
진정 화염의 피조물인가

날카로운 슬픔이 살짝만 부딪혀도
쉽게 부서지는 것을 보면

누군가 그 속에 사랑의 절정을 새기려 했음도

금방 알겠다

—「유리병」 부분

유리는 부서지기 쉬운 보석이긴 해도, '불'과 '얼음'의 지난한 결합을 내포하고 있는 경이로운 존재이다. 시인이 유리에서 반야(般若)의 지혜를 만나는 것은, 자신의 전모를 내던져야 다른 경지에 이를 수 있다는 명백한 증거이기 때문이다. "얼음의 자손"으로서 "천 도의 불길을 견디고 피어난" 이 "눈부신 꽃 한 송이"는 시인이 그토록 열망하는 존재의 기투(企投)가 낳은 산물이다. "뼛속까지 살 속까지 들어갈 걸 그랬어/ 내가 찾는 신이 거기 있는지/ 천둥이 있는지, 번개가 있는지/ 알고 싶어, 보고 싶어, 만나고 싶어"(「뼈의 노래」)에서처럼 시인은 자신의 전 존재를 던져서라도 자신을 넘어서는 세계에 도달하고 싶어 한다.

집착에 사로잡히지 않는 무애(無碍)의 지혜와 희생과 배려의 자세야말로 자신으로부터 벗어나 새로워질 수 있게 한다. 「사막에서 만난 꽃」에서 묵언수행을 하던 정화 스님의 다비식 때 내리는 눈은 '흰 꽃'을 연상시키고, 「낙산사」의 불타는 절은 소신공양을 결행한 후 동해 바다의 연꽃으로 그려진다. 신비롭고 아름다운 꽃의 이미지는 극한의 고행 끝에 도달하게 되는 해탈의 경지를 보여 준다. 씨앗의 어둠을 뚫고 눈부신 빛으로 피어난 꽃들처럼 반야의 지혜는 고통의 시간을 통과해서야 얻을 수 있는 것이다. "천대받고 모욕 받는 기쁨"(「모욕」)이라는 역설은 어둠이 예비하는 더 큰 빛에 대한 믿음에 의거한다.

무애와 자비의 지혜는 자신을 지우며 새롭게 열리는 더 큰 사랑의 가능성을 실현한다. 「아침에 받은 편지」는 존폐 위기에 몰린 알바니아의 작은 도시 살란다가 재생하는 과정을 담고 있다. 절망이 침식한 피폐한 도시를 살린 것은 “우리가 빛이다”라는 한 줄의 시이다. 이 시가 도시 전체로 퍼져 나가면서 “당신이 빛이다”며 서로를 불러 주는 아름다운 광경을 연출한다. 사람이 눈부신 꽃으로 만개하는 장면이다. 진흙을 뚫고 올라오는 연꽃이 그러하듯 어둠을 넘어선 빛은 더욱 눈부시다.

> 나무들이 지상에 초록 등뼈를 세우고
> 물속에 수초들이 유리 성을 짓는 동안
> 그녀는 낮은 땅에 얼굴을 대고
> 떠나간 사람들이 땅속에서 보내오는
> 소리를 들으며 깊은 슬픔에 잠겼었다
> 어느 나이가 되면
> 결혼도 자식도 버리고 집을 떠나
> 마치 부처처럼 가벼운 몸을 만든다는
> 천산고원의 사내들처럼
> 봄이 무르익을 즈음
> 그녀는 꽃도 의자도 버리고
> 노랗고 오묘한 미소를 호흡 속에 모르고
> 가벼이 일어섰다

—「민들레의 혼」 부분

이 시에서는 가장 낮게 엎드린 꽃인 민들레가 도달하는 해탈의 경지를 그리고 있다. 나무나 수초가 헛된 욕망을 쌓아 올리는 사이 민들레는 가엾은 영혼들이 소리에 귀를 기울인다. ‘그녀’ 민들레는 남성들이 구축하는 세속적 욕망의 반대편에서 타인의 고통과 상처를 위로하는 자비로운 여성을 대변한다. 사랑의 실천에 바쳤던 생을 마감한 채 흔적도 사라지는 민들레의 모습은 다비를 마친 수도자와 흡사하다. 수도 행위마저도 남성들의 전유물인 듯 여기는 통념에 반하여 이 시에서는 여성의 삶이 오히려 얼마나 그것에 가까운지를 신선하게 각성시킨다.

「달팽이」에서는 "코흘리개 동생들 오글오글 등에 업고/ 진흙 같은 생을 느린 걸음으로 걸어"가는 달팽이의 삶을 희생과 배려로 일관하는 여성의 삶에 비유한다. 남편의 뒷바라지에 헌신하는 아내나 자식들에게 전적으로 희생하는 어머니로서의 여성의 삶은 자신을 버리고 인내한다는 점에서 고행의 과정과 크게 다르지 않다. 어머니로서의 여성의 삶에 대한 시인의 시선은 너그러운 편이다. 사랑과 인고의 결실인 아기는 "인간이 다듬어/ 처음 생겨난 보석 같은/ 빛나는 선물"(「처음 생겨난 보석」)이라고 본다. 시인은 아기에게 고통으로 일궈 낸 가장 빛나는 결실인 '보석'의 이미지를 부여한다. 이는 생명에 대한 근원적인 경외감과 순수성에 대한 동경에 기인한다.

그러나 시인이 여성의 모든 희생적 삶에 대해 동의하는 것은 아니다. 아직까지 여성들의 주 무대인 가정을 "날마다 사랑을 파 내려가는/ 길고 긴 인내와 습관의 밭고랑/ 행복을 실습하기 알맞은/ 어쩌면 가장 민감한 정치 1번지"로 규정한다. 관습의 힘으로 여성들에게 일방적으로 부가되는 희생의 미덕은 앞으로 여성들이 치열하게 저항해야 될 그릇된 이념이다.

시와 사랑은 세속적 욕망의 반대편에서 우리가 잃어버린 본연의 생명과 가치를 길어 올린다. 탐욕과 거짓이 망가뜨리는 삶을 시와 사랑이 구할 수 있을까? 온전히 버리고 벼릴 때 그것은 불가능하지 않다. 시인은 자발적인 희생과 자신을 넘어서는 사랑이 도달하는 견고한 상징을 제시한다. 시인의 '보석'은 무수한 견인의 과정에서 탄생하는 새로운 빛의 이미지로서, '물'의 지속적 생명력과 '불'의 격정을 아우르는, 더욱 단단하고 투명한 상징이다.

따뜻한 기억의 저편
—심재휘 시집『그늘』

시인에게 있어 기억은 창조의 기본 동력이라 할 수 있다. 기억을 좀 더 직접적으로 인용하거나 많이 변용시키는 정도의 차이는 있겠지만 기억은 언제나 시상의 질료로 작용한다. 시인이 기억을 행할 때는 종종 예기치 않은 왜곡이 일어난다. 그들에게 필요한 것은 사실의 정확한 기록이 아니라 기억이 야기하는 절실한 감흥이기 때문이다. 기억과 현재의 사유가 삼투하면서 오랫동안 망각의 지층에 묻혀 있던 사건들은 새로운 심상으로 단장한 채 등장한다. 시인들은 기억의 연금술사인 양 그것에 또 다른 새로운 가치를 부여한다. 기억은 고양이와 같아 늘 쓰다듬어지기기를 요구하며 때로는 털의 결을 거슬러 워석거릴 정도로 쓰다듬을 필요가 있다는 귄터 그라스의 말처럼 기억은 항시 떠올려지길 기다리며 주인의 손길에 따라 그 빛깔을 달리한다.

기억의 창고가 풍성하다는 것은 시인에게 복된 일임에 틀림없다. 그만큼 언제든지 시상이 되어 줄 원료가 넉넉하기 때문이다. 나이가 들수록 정확한 기억은 줄어들지만 심층부에 묻혀 있던 원초적인 기억들은 여전히 퇴색하지 않고 다채롭게 재생된다. 기억의 심층을 이루는 유년기의 기억들은 대개 사고보다는 감각의 차원에서 환기된다. 충만한 행복감이나 막연한 불안감으로 각인되는 유년의 기억은 삶에 대한 인식이나 태도의 결정적인 근거로 작용할 수 있다. 결정적인 외상이 없는 경우라면 유년기의 기억은 쾌감과 만족의 상태로 자각되는 것이 보통이다. 아직 경쟁과 분별이 작동하기 전의 순수한 시간 속에 놓여 있기 때문이다. 유년 시절에 대한 지속적인 애착과 그리움은 그와 상반되는 현실에 대한 불만을 내포한다. 행복했던 유년의 기억이 강한 경우 낭만주의적 성향이 두드러지는 것도 그 때문일 것이다. 좋았던 옛날과 괴로운 현실의 괴리가 낭만적 우울을 낳는다.

심재휘의 시에 나타나는 낭만성의 근저에는 과거에 대한 애착과 그리움이 자리 잡고 있다. 그의 시에서 기억의 질료는 풍부하게 활용된다. 주로 고향에서 보낸 유년 시절을 회상할 때 그의 시는 감각적으로 활성화되고 풍요로워진다. 유년의 기억은 특히 음식의 맛이나 향과 관련되어 선연한 감각으로 재생한다.

> 그러니까 그 옛날 강릉 우미당을 나와 곧장 파리바게트로 걸어왔던 것은 아닌데, 젊어질 수도 없고 늙을 수도 없는 나이 마흔 살, 단팥빵을 고르기에는 너무 늦은 나이, 이제는 그 빵집 우미당, 세상에서 가장 향긋한 아침의 문은 더 이상 열리지 않네
>
> —「그 빵집 우미당」 부분

> 어린 남매가 뜨거운 찐빵을 사 들고
>
> 그 골목을 돌아 나올 때

늙은 벚나무 아래로 벚꽃 잎 흩날리고
봄은 떠나갔습니다 그 집의 주렴 소리
절그럭거리듯 이내 고요해지듯
세월은 늘 그런 식이었습니다

—「향미루」 부분

덕성장의 길고 어두운 복도 끝으로 걸어 들어갈 때 아버지는 젊었고 어린 사 남매는 행복했다 날로 번창하던 붉은 집, 혀에 미끈거리던 중국말 고함과 밀사처럼 속삭이던 자장면 냄새가 고향 마을에 낮게 깔렸다 그런 날 밤새 내리는 눈은 따뜻했는데 기억 속에서 다시 걸어 나오지 못한 전설처럼 가물거리던 홍등의 집, 언젠가부터는 시름시름 더러워지다가 마침내 헐렸다는 참 아름다운 폐허, 그날 아버지는 식은 군만두를 옆구리에 끼고 앞서 걸어갔는데 눈보라에 발자국도 금세 지워지더니

—「덕성장」 부분

누구에게나 어린 시절 먹었던 특별한 음식들은 가장 선명한 감각으로 각인되어 있다. 달콤한 빵이나 따뜻한 찐빵, 졸업식 날 먹었던 자장면의 기억들은 쉽사리 당시의 상황들을 환기시켜 준다. 프루스트가 마들렌 과자 한 조각을 계기로 그토록 두터운 기억의 지층 속으로 빠져들었던 것처럼 감각 속에 각인된 음식의 기억들은 당시의 시간 속으로 놀랍도록 친근하게 유도한다. 그러므로 음식을 기억한다는 것은 그 음식과 관련된 삶을 경험한다는 것이다.

심재휘의 시에서 반추되는 음식은 주로 행복감을 불러일으켰던 특별한 것들이다. 우미당이 제공했던 '단팥빵'이나 '도넛 위에 쏟아지는 초콜렛 시럽' 같은 달콤한 맛은 행복감을 주는 대표적인 맛의 기억이다. 그것

은 '강릉 우미당'이라는 고향의 특정 빵집이 갖는 독자성과도 밀접하게 관련된다. 이제는 파리바게트가 평정해 버린 빵의 제국에서 바게트 같은 손으로 바게트를 고르는 현재의 시인에게 그것은 되돌아갈 수 없는 어린 시절처럼 안타깝고 소중하다. '우미당'이나 '향미루' '덕성장'처럼 특정 음식점에 대한 시인의 애착은 유별나다. 장소애(場所愛)라고 할 수 있는 이 특별한 감정은 의식의 가장 예민한 부분을 형성하며 자신의 존재를 세계 속에 안착시킬 수 있는 근원적인 표지와 맞닿아 있다. 시인이 즐겨 떠올리는 어린 시절의 음식점들은 행복감과 풍요로움을 제공하는 대표적인 장소이다. 그에게 장소애를 불러일으키는 특별한 음식점들은 단지 맛의 기억뿐 아니라 혈연의 애틋함과 관련되어 있다. 어린 남매가 찐빵을 사 들고 나오는 향미루나 졸업식 날 온 가족이 자장면을 함께 먹었던 덕성장은 그 체험을 공유했던 혈연에 대한 그리움을 각성시킨다. 그의 시에서 혈연에 대한 그리움은 종종 음식의 체험으로 표현된다. "그곳에는 올해 추석 달이 뜨지 못하고/ 아버지의 손은 대추보다 조금 더 늙었다/ 형님이 좋아하는 송편이/ 작년보다는 조금 더 잘 되었다"(「이민」)에서도 음식은 멀리 떠나 있는 육친에 대한 그리움을 함축한다. 음식은 그만큼 가장 근원적인 삶의 체험과 결부되어 의식의 저변을 이루고 있는 것이다. 기억의 저층에 생생하게 살아 있는 음식의 감각을 끌어내어 거기에 밀도 높은 상징성을 부여한다는 점에서 이런 시들은 일견 백석의 음식 시편들을 연상시킨다. 이는 감각의 재현, 특히 음식과 관련된 감각에 있어 그다지 풍요롭지 못한 우리 시의 영역을 확장할 수 있는 지점을 보여 준다.

그런데 심재휘의 시에서 특징적인 것은 음식의 기억이 과거의 시간을 반추하는 데서 멈추지 않고 현재의 결핍감을 강조하게 된다는 점이다. 인용 시들에서도 행복감으로 충만했던 음식의 기억들은 결국, "세상에서 가장 향긋한 아침의 문은 더 이상 열리지 않네" "그 집의 주렴 소리/ 절그럭

거리듯 이내 고요해지듯/ 세월은 늘 그런 식이었습니다" "언젠가부터는 시름시름 더러워지다가 마침내 헐렸다는 참 아름다운 폐허" 등과 같이 그러한 감각이 더 이상 지속될 수 없는 현실을 확인하는 것으로 귀결된다. 충만했던 유년의 기억과 그것이 더 이상 불가능한 현실의 거리에서 기인하는 긴장감이 그의 시에 도저한 낭만성을 부가한다. 그의 시에서는 과거에 대한 그리움과 현실에 대한 쓸쓸한 관조에서 기인하는 우울함이 주조를 이룬다. 그의 시에 참으로 많이 등장하는 옛사랑에 대한 그리움 역시 연애시의 차원을 넘어 돌이킬 수 없는 시간에 대한 동경으로 읽힌다.

해 지고도 잠시 더 머무는 저 빛들로
세상은 우리의 눈을 잠시 미숙하게 하고
낮과 밤이 늘 서로를 외면하는 이 시간이면
강변대로의 갓길에 차를 세우고 싶었습니다
해 지고 어두워지기 전 흐르는 강물을
아직은 똑똑히 바라볼 수 있을 때
어디론가로 무섭게 달려가는 차들을 보며
이루지 못하였던 한때의 사랑을 생각합니다

그러나 지금은 해 지고 어두워지기 전
보이지 않는 빛을 머금고
자꾸만 멀어져 가는 저 구름들처럼
한 방향으로 흘러가는 것을 용서하는 것은
쉬운 일이 아닙니다 해는 졌지만
어둠 속으로 서서히 잠기는 세상이
눈을 뜨거나 혹은 감아도 자꾸만

어쩔 수 없이 환해지기 때문입니다

—「슬픈 박모(薄暮)」 부분

그에게 사랑이란 저무는 해처럼 필연적으로 어두워질 것이지만 중요한 것은 어둠 속에서도 붙들고 있는 빛의 기억이다. 사랑에 대한 그리움은 다가오는 어둠을 늦추려는 안간힘처럼 안타깝다. 자주 빛과 어둠의 비유로 그려지는 사랑의 속성은 그 미묘한 명도의 변화처럼 예리하다. 빛과 어둠의 사이에서 그것을 빛 또는 어둠으로 인지하는 것은 다분히 주관적일 수밖에 없다. "해 지고도 잠시 더 머무는 저 빛"을 보기 위해 시린 눈을 뜨고 있는 시인은 사랑에 대한 미련이 강하다. 무상한 구름들처럼 쉽게 한 방향으로 흘러가는 것과는 거리가 멀다. 각별했던 시간에 오래 머물고 머뭇거리는 것이 삶에 대한 그의 태도이다.

사랑은 빛 속의 그늘 같아서 그 안에 머물면서도 잘 의식하지 못하는 법이다. 젊은 날의 갈증 같은 사랑은 "8월 해변에 파라솔을 펴면/ 정오의 그늘만큼 깊은 우물 하나"(「그늘」)로 다가와 의식의 전부를 사로잡지만 시간이 지날수록 길고 넓어지면서 희미해진다.

물빛을 닮은 그늘은 넉넉하다
우물 안의 맑은 샘물처럼
그늘은 이제 바다에서 흘러나온다
바닷속의 넓은 고독으로부터
슬며시 빠져나온 손 하나가
내 발을 덮고 가슴을 덮는다 곧 있으면
제 빛의 영토로 돌아갈 찬 손 하나가

그러나 그늘은 큰 그늘 속으로 돌아갈 뿐
내 곁에서 사라지지 않으나
다만 내가 못 볼 뿐이니
밝았다 저무는 것은 내 안의 빛이었으니
넓고 넓은 바닷가에
내가 덮고 있는 그늘 하나
해 질 녘의 그늘 같은, 늘 그리운 사람

—「그늘」 부분

시간이 흐를수록 넓게 퍼지는 그늘을 희미해지는 사랑의 기억으로 간주하는 것이 통상적인 지각의 범주라면 시인에게 그것은 근원적인 고독과 연루된 사랑의 본성에 대한 발견으로 이어진다. 점점 길어져 바다로 이어진 그늘은 맑고 깊은 바닷물빛과 한 색을 이루며, 한 몸이었을 처음의 자리를 연상시킨다. 그늘처럼 고독은 자연과 인간에게 고유한 본성이라 할 수 있지만 그것을 인지하는 것은 각자의 몫이다. 사랑은 고독과 한 몸을 이루고 있지만 그것조차 애써 부인하려는 자들에게는 보이지 않는 비밀이다. 정오의 파라솔 밑에 진하게 드리워졌던 그늘만이 사랑이었다고 본다면 그 사랑은 한시적인 기억에 그칠 것이다. 시인은 그 그늘이 길어지며 가닿는 바다의 큰 그늘을 보며 사랑의 원래 자리가 고독임을 직감한다. 사랑이란 나의 고독이 근원적인 고독의 그림자인 그늘 속에서 위로받는 것이라고나 할까. 그렇다면 내 안의 고독이 사라지지 않는 한 사랑도 사라지지 않을 것이다. 그늘은 늘 드리워져 있으나 그것을 의식하는 것은 '내 안의 빛'이어서 때때로 망각하는 것뿐이다. 이 시는 사랑의 고독한 본질을 '그늘'로써 절묘하게 포착하고 있다. 사랑은 그늘처럼 늘 드리워져 있으나 그것을 의식하는 자에게만 느껴지는 것이다. 그의 시에서 그리움이 주조를 이루는 것은 그가 자신에게 깃든 사랑과 고독의 그늘에 유난히 예민하다는 사실을 반영한다.

섬세한 관찰과 유심론적 사유는 그의 시에 실존의 감각을 부가한다. 특히 내면 정서와 절묘하게 부합하는 자연의 비유는 특유의 미학적 정조를 이룬다. 가령 "먹구름이 주인을 잃은 스카프처럼/ 길게 땅으로 흩날립니다/ 만날 때부터 예견되는 이별이 있듯이/ 저것은 필경 다가오는 비입니다"(「소나기 그치고 그 무지개」)라고 할 때 먹구름은 걷잡을 수 없이 다가오는 이별의 조짐을 선명하게 암시한다. "빛나는 얼음의 결정을 가슴에 품고/ 높은 곳에 앉아 폭풍을 꿈꾸지만/ 늦은 밤 엘리베이터에서 내려/ 어두운 주차장 안으로 터벅터벅/ 쓸쓸하게 걸어 들어가듯/ 진창으로 떨어지는 한때 구름이었던 것들"(「무거운 구름」)에서 구름은 퇴락한 인생이 반추하는 젊은 시절의 꿈을 형용한다. 자칫 진부해질 수 있는 자연의 비유가 그의 시에서는 구체적이고 감각적인 체험과 결부되어 독자적인 표현에 이른다.

기억의 재현이나 자연의 비유가 미학적 동력을 이루는 그의 시는 삶의 근원에 대한 통찰이 구심점을 이룬 채 현실의 체험들을 견인하는 양상을 보인다. 적멸에 가까운 쓸쓸함은 그의 정서와 의식의 가장 깊숙한 지점에 자리 잡고 있다. 시집의 곳곳에서 볼 수 있는 폐허의 풍경은 그의 시선이 지나치지 못하는 삶의 진면목이다. 한때 막장이었던 폐광촌의 적막한 풍경을 응시할 때도 시인의 눈길이 가장 깊숙이 향하는 것은 자신의 내면이다. "생각하면 나에게도 그런 집 하나 있었으리라/ 검은 낯 씻으며 또 살아졌던 하루가/ 허리 숙여 들던 그런 집 누구에게나 있었으리라/ 오지 같은 마음에 세워졌던 집 하나가"(「허물어진 집」)라는 고백에서 드러나듯 시인에게 삶은 "오지 같은 마음"에 세워진 막장처럼 쓸쓸하고 막막한 세월이다. 연어 떼가 돌아오는 하천을 보면서도 힘차게 거슬러 오르는 연어 떼보다 "때 지난 옷으로 거리를 헤매거나/ 불 꺼진 계단에 앉아 혼잣말을 하는/ 텅 빈 바다의 몇 마리 연어들을 생각해야 할 때"(「몇 마리 연어」)를 더욱 의식하는 것은 어둡고 막막한 삶에 머무는 시선 때문이다. 적멸의 풍경은 외면할 수 없는 삶의 궁극적 지점에 닿아 있어 시인의 정밀한 눈길을 잡아끈다.

겨울 이른 아침
치악산 구룡사는 옆으로 앉아
종잇장처럼 개점휴업이었다
독경 소리 한 점 들리지 않았다
가끔 새소리 근처로만
빛깔들이 모여들다 이내 사라졌다

이런 것이 고요라면
소리의 정령들이 모두 숨어
추위에 떠는 헛걸음을 발끝의
식어 가는 온기를 염탐하는 것이
이른바 적멸이라면
나는 너무 말이 많았구나

언 땅을 밟는 발소리에 놀라며
자꾸 주위를 돌아보는 하산
다시 매표소를 지나
문 닫은 기념품 가게를 지나
비로소 멀리 개 짖는 소리
뽀얗게 밥 짓는 연기처럼 달았다

—「적멸에 대하여」 전문

이처럼 시인이 엿본 적멸의 감각적 인상은 너무도 고요하고 적막하여 말이 필요 없는 경지이다. 이 시에서 소리에 대한 세심한 감각으로 표현되는 적멸은, 이따금씩 들리는 "새소리 근처로만/ 빛깔들이 모여들다 이내 사라졌다" 하는 지극히 적요한 상태이다. 소리가 빛깔로 표현되고 이것이 또한 '색즉시공 공즉시색(色卽是空 空卽是色)'이라는 적멸의 원리와 연결되며 자연스럽게 그 현상과 본질을 간파하고 있다. "발끝의/ 식어 가는 온기를 염탐하는 것"처럼 적멸의 체험은 허탈한 것이기도 하다. "언 땅을 밟는 발소리에 놀라며" 감각적으로 직면했던 적멸을 통해 시인은 그것의 무섭도록 깊은 적막을 체감한다. 적멸의 풍경에 이끌려 더욱 깊숙이 들어갔더라면 그의 시는 관념과 감각이 아스라이 만나는 어떤 지점에 가까워졌을 것이다. 그러나 그에게 절실한 것은 소리가 있고 빛깔이 있고 말이 있는 색(色)의 세계이다. "멀리 개 짖는 소리"가 "뽀얗게 밥 짓는 연기처럼" 달게 느껴지는 색의 세계로 다시 들어서면서 안도하는 시인은 적멸의 깊숙한 안쪽보다 그 바깥에서 자신의 거점을 발견한다. 적멸이 삶의 궁극적 경지일지언정 그것이 닥쳐오기 전까지는 세상의 소리와 빛깔과 온기를 느끼려 한다. "언젠가 저 바다/ 더 물러설 곳 없을 때/ 한순간에 다시 몰려올 것도 안다 하지만/ 발바닥에 전해지는 온기가 차가움 쪽으로 건너가는/ 그 사소한 순간을 우리는 늘 알아채지 못해/ 천리포는 눈이 부시도록 아름답다"(「천리포」)고 하듯, 삶이 바닷가의 모래집처럼 미약할지라도 "밀물 쳐들어오기 전까지는 그 속에서 우리/ 한세상 잘 살고 싶다"는 소박한 인간적인 바람이 적멸의 탐사를 앞선다. 언젠가는 적멸이 압도해 오겠지만 그 앞에 놓인 한없이 여리고 아름답고 서글픈 삶을 한껏 살아내겠다는 다짐 아래 그는 삶에 켜켜이 자리 잡은 기억과 감각들을 밀도 있게 재현한다. 적멸 앞에서 너무 번다한 듯한 언어도 삶의 미묘한 기미들을 포착하기 위해 다채롭게 활용한다. 묘사와 성찰, 감각과 사유의 조화로운 표현에 능숙한 그의 언어는 삶의 미학적 차원에 대한 섬세한 배려의 산물이다.

유한하고 미약한 삶의 편에서 그 본질을 성찰하는 그의 시에는 생에 대한 연민과 동정이 스며 있다. 모든 생명은 미구에 닥쳐올 적막한 죽음을 벗어날 수 없으며 거칠고 어두운 삶의 파도에 직면해야 한다. "어둠보다 먼저 밝아 오는 슬픔/ 언젠가는 너도 이 지독한 어둠 속에/ 결국 혼자 서 있을 수밖에 없을 터인데"(「지독한 어둠」)에서처럼 시인은 누구든 벗어날 수 없는 지난한 삶에 대한 염려와 숙고를 행한다. 미약한 존재들끼리 행하는 위로와 배려는 그나마 차가운 생을 견디게 하는 힘이 되어 준다. "삼십 년 다 된 집들의 무너지는 소리 가까운/ 참 날 맑은 가을/ 플라타너스 큰 잎이 하나/ 곧 사라질 담 위로 스르륵 떨어진다"(「오래된 사이」)에서 오래도록 의지해 온 벽돌담과 나뭇잎은 함께 무너지면서 위안이 되는 소멸의 풍경을 이룬다.

그의 시가 소멸해 가는 것들의 풍경을 포착하는 데 남다른 것은 적멸과 마주한 미약한 존재들의 기미에 예민하기 때문이다. 소멸해 가는 것들은 그 미약함으로 인해 오히려 삶의 가장 내밀한 바탕을 드러내 보인다. 「어떤 꽃」에서는 눈부시게 피어나는 봄꽃들과 대조적으로 "헛꽃무늬 벽지 위에 핀/ 곰팡이 한 송이"를 그리고 있다. 남몰래 방 한구석에 피어 있었던 곰팡이꽃은 "평생을 일만 하시던/ 한 줌의 보릿겨 같고 밀기울 같던 외할머니의/ 두엄더미에서 잘 썩은 마음"을 떠올리게 한다. 평생을 가족의 거름으로 머물렀던 할머니 같은 꽃, 곰팡이꽃은 우리의 삶을 지탱하는 미미한 듯 강력한 존재를 환기시킨다. "지금은/ 뒤틀린 채로 굳어 있던 걸레가 따뜻하게/ 불 꺼진 난로를 닦아 주는 저녁/ 꽃이 지는 소리가 더 화사하다"(「꽃 지는 저녁」)에서도 굳어 있던 걸레가 불 꺼진 난로를 닦아 주는 뜻밖의 상황을 통해 삶의 미묘한 계기들을 연상한다. 북향집 같은 적막한 마음을 견디게 하는 것은 미약한 존재들끼리 서로 감싸 주고 배려하는 상태이다. 그가 생각하는 시의 역할 역시 이와 크게 다르지 않다.

> 그 옛날 외할머니는 어둑한 방 안에 드는 봄볕도
> 적당히 방문을 닫아 마당의 꽃들에게 나누어 주셨는데
>
> 산그늘이 쌀쌀해져서 짐승들 산으로 돌아가는 저녁
> 뒷방 문 하나 슬며시 열어 두고는 하셨는데
>
> —「시(詩)」 전문

그의 시정신의 뿌리에 놓여 있는 외할머니는 자신을 드러내지 않은 채 주변을 찬찬히 둘러보고 배려하는 마음을 보여 준다. 어둑한 방 안에 드는 봄볕마저 마당의 꽃들에게 나누어 주고 산짐승들을 위해 뒷방 문을 열어 놓는 지혜롭고 따뜻한 품성은 그의 시의 지향점과 상통한다. 그에게 시는 삶에 대한 지극한 성찰과 약자에 대한 배려를 내포한다. 주변 구석구석을 살피는 세심한 눈길이 삶에 대한 통찰을 가능하게 한다. 꽃이나 산짐승에게까지 가닿는 마음결은 모든 살아 있는 존재에 대한 연민을 불러일으킨다. 시는 연약하기 그지없는 존재들끼리 나누는 미묘한 생의 기미에 민감하다. 어떤 거창한 주장이나 심각한 회의에 몰입하기보다 미세한 삶의 정황에 충실한 그의 시는 그런 면에서 더욱 친밀하다.

심재휘의 시는 첫 시집부터 일관되게 현재의 시점에서 과거를 돌아보는 성찰의 거리를 유지하고 있다. 과거의 감각적 체험들과 감정의 미세한 명암들을 보다 풍부하게 활용하면서도 기억의 재현에 자족하지 않고 그것을 끊임없이 현재적 의미로 환원시킨다. 그의 기억 속에 살고 있는 따뜻하고 애틋한 체험들은 삭막한 현재와 적멸의 공허를 견디게 한다. 미약한 존재들이 힘겹게 나아가는 삶의 현장을 바라보는 시인의 눈길은 염려

와 연민으로 가득하다.

검은 새와 흰 새가 섞여 날아가고
그 아래 빈 논으로 성긴 눈이 까마득히 내려간다
축축 늘어진 실을 매달고
액막이 연 하나가 올라오고 있다
이렇게 흐린 날인데
가야 할 길은 얼마나 남았나
—「정월」 전문

정월 찬 하늘의 액막이연처럼 힘겹게 자신의 길을 찾아가는 것이 삶이다. 적막한 허공을 향해 가는 그 몸짓은 망설임으로 가득하다. 한사코 지상에 붙들린 채 또 다른 세계를 향하는 시인의 고뇌가 오래도록 지속될 것임을 이 시는 암시하고 있다. 하늘을 닮아 맑고 드높았던 '마음'에 대한 믿음과 생생하게 남아 있는 따뜻한 기억의 풍경들이 흐린 길을 비춰 주는 힘이 될 것이다.

한 낭만주의자의 겨울 노래

—우대식 시집『단검』

이 시집을 읽는 내내 나는 슈베르트의「겨울 나그네」를 듣고 있는 듯한 착각에 빠진다. 어느 시를 펼쳐도 눈보라가 몰아치는 겨울 들판을 홀로 걸어가는 한 사나이의 그림자가 떠오른다. 세상의 고뇌를 다 짐진 듯 그의 어깨는 무겁고 발걸음은 휘청거린다. 그 발걸음은 지상에서는 결코 안식처를 찾지 못하고 죽음이 그를 쓰러뜨릴 때까지 이어질 것이다. 고독과 방황으로 점철되는 그의 궤적은 전형적인 낭만주의자의 초상을 보여 준다. 현실에 대한 부정과 일탈의 충동이 잠재해 있는 대부분의 시들은 다소간 낭만주의적 취향을 내포하기 마련이지만 우대식의 시에서는 그것이 직접적으로 강렬하게 표출된다. 끝없이 방황하는 영혼은 낭만주의 가곡을 대표하는 슈베르트의「겨울 나그네」처럼 어둡고 스산한 분위기를 풍긴다. 「겨울 나그네」의 귀기 어린 단조의 선율같이 그의 시에는 무겁고 거친 호흡이 배어 있다.

내 입에는 날이 선 이빨이 가득 고여
입을 벌리면 한 마리 삵이 되어
눈 내린 험한 산을 떠돈다고 썼다
기차는 발해만을 떠나 극락강을 지나는 중이다
광포한 노래에는 눈물이 고여 있다고 썼다
너는 읽었는가
모든 근육이 일제히 발이 되어 걸어가는
한 마리 삵,
꽃무늬 발자국이 그대 젖은 분화구를
어지럽게 흩뜨려 놓았을 것이다

—「삵」 부분

그의 시에서 '삵'은 거칠게 방황하는 자아의 분신으로 자주 등장한다. 그 어감 자체가 더할 수 없이 스산하고 날카로운 느낌을 준다. '삵'의 동물성으로 표출되는 자아의 방랑벽은 그것이 본능에 가까운 것이어서 좀처럼 멈출 수 없는 것임을 암시한다. "한번 지난 길을 다시는 밟지 않는다는/ 삵처럼"(「예인」) 그의 방랑은 가없다. 위의 시에서도 "모든 근육이 일제히 발이 되어 걸어가는/ 한 마리 삵"은 방랑 그 자체가 목적이 되어 있는 삶을 드러낸다. 「겨울 나그네」와 마찬가지로 이 시집의 시들이 암울한 비가의 색채를 띠는 것은 낭만적 열정보다는 방랑에 집중돼 있기 때문이다. 시인의 영혼은 방랑으로 점철된 길 위의 삶에 매혹되어 있다. 체 게바라처럼 길에서 시작되고 길에서 완성되는 삶 말이다. 방랑의 운명에게 "달린다는 것은 생명을 이어 가는 일"(「혁명을 추억함」)이다. 죽음의 순간까지 달리는 것을 운명으로 받아들인 이에게 그것은 곧 존재의 이유이다. "나의 여행은 극단에서 노래 부르는 일/ 그 끝자리에서 다시는 돌아오지 않는 일"(「여행」)에서처럼 그는 극단까지 이어지는 길 위의 삶을 선택한다.

안주하는 삶은 거짓이고 방황을 통해 진실에 도달할 수 있다는 시인의 믿음은 낭만주의적인 발상에 근거한다. "무지개 속에 떠 있는 집으로 들어가며 나는/ 생각했다/ 나는 나를 더 이상 속이지 말아야 한다/ 무지개 속에 뜬 내 집을 나와/ 무정부주의자로 살아야 한다"(「권총」)에서 '집'은 무지개 속에 떠 있는 거짓 공간이다. 낭만주의자들에게 삶이 분열되기 이전의 조화로운 공간은 막연한 동경 속에서나 가능하다. 더 이상 진정한 고향이나 집은 존재하지 않고, 현실적 공간은 진실에서 벗어나 있기 때문에, 방랑은 필연적이다. 낭만주의자들의 무정부적인 성향은 그들의 방랑이 추구하는 자유의 정신과 상통한다. 어디에도 소속되지 않고 자유롭게 떠돌겠다는 선언은 협소한 현실에서 해방되고자 하는 의지의 표현이다.

안주의 삶을 거부하며 그가 극단에서 얻고자 하는 노래는 다음과 같은 것이다.

> 검수(劍樹)로 한 편 시를 쓰겠다
> 가지와 잎 그리고 꽃과 열매 모두가 칼인 나무
> 어딜 쥐어도 피가 철철 흐르는 그 나무
> 천년을 삶아 종이를 만들겠다
> 꽃잎 모양의 칼끝으로 철필을 새기겠다
> 저 땅으로부터
> 모든 부채와 소통에서 해방되어
> 칼로 된 꽃과 맞설 것이다
> 그가 나를 찌르면 나는 꽃이 된다
> 허공을 가로지르는 필살의 가지 끝에서

나는 참혹한 노래다

—「검수(劍樹)」 전문

검수는 가지와 잎, 꽃, 과실이 모두 칼로 되어 있다는 지옥의 나무이다. 나무와 꽃에 대한 모든 환상을 제거하면 검수가 될까? "어딜 쥐어도 피가 철철 흐르는 그 나무"의 상상은 처절하기만 하다. 억겁을 거듭하는 환상을 제거하고 진실과 대면하는 것, 그것이 자신을 찌르는 칼이 될지언정 물러서지 않겠다는 무서운 의지가 엿보인다. 땅 위의 헛된 약속에서 해방되어 참혹한 존재의 본질에 직면하려는 결연한 자세이다.

'삶'과 함께 '칼'의 이미지는 모든 구속으로부터의 해방을 꿈꾸는 시인의 강인한 집념을 상징한다. 「단검」에서도 칼은 현재와 과거의 시간적 경계를 가르며 꼿꼿하게 현실로 돌진한 진실의 단면을 보여 준다. '서울역 광장'에서 '한성역 광장'을 건너가는 듯 현실의 시간에 길들여지지 않는 할머니의 발걸음은 삶의 걸음이 그렇듯 거침없다. 할머니의 품속에 놓인 단검은 결코 길들일 수 없는 본연의 품성이 아닐까? 시인은 이처럼 자유롭게 현실의 경계에서 해방되는 정신을 동경한다.

세속적 영화나 안주의 욕망에서 벗어난 자를 끌고 가는 단 하나의 지침은 마음의 움직임뿐이다. 우대식의 시에서 유독 마음의 향방에 대한 사유가 많이 등장하는 것은 그 때문일 것이다. 그의 시적 자아는 이상과 현실, 초월과 집착의 자장을 오가는 자신의 내면을 무수히 성찰한다. 그의 시에서 낭만적 성향은 불교적 해탈의 의식과 만나면서 더욱 집요한 번민과 갈등을 동반하게 된다. "폐쇄와 해탈, 가슴 답답한 저 두 문자 앞에서 삼가 조아릴 때, 어느 보살님이 내 팬티를 저 맑은 물에 헹구어 마루를 닦는다. 나는 벌거벗고 서 있었다"(「생각의 구름」)에서처럼 그 방황은 현실적으로는 무기력하고 우스꽝스러운 행위일 수 있다. 그러나 그가 벌거벗은 채 대면하는 절대절명의 화두는 '폐쇄'와 '해탈'이라는 마음의 극점이다. 무문방(無門房)에 자신을 유폐시킨 채 정진하여 이를 수 있는 해탈은 번다한 사바에서 벗어날 수 있는 방도가 될 수 있다. "신(神)은 자꾸 내게 명상을 권한다. 어느 날 나는 이 지상에서 탈출할지도 모른다"(「탈출」)에서도 명상을 통해 도달할 수 있는 탈속의 경지를 암시한다.

그런데 그의 마음은 해탈의 경지보다는 지상의 삶에 더 많이 이끌린다. 그는 지상의 삶이 내포하는 자연의 감각적 매혹에 무심하지 못하다. "나는 평생 영원이라는 집 앞에서 서성거렸지만 언제나 지상의 삶을 그리워할 것이다. 어두워진 유월의 저녁, 뒤란에서 담배를 피우다가 어스름 속에 피어난 양귀비꽃을 보았다. 저 혼자 황홀하게 타오르는 우주의 거웃"(「탈출」)이라고 할 때 그의 마음은 자연의 황홀경에 한동안 도취되어 길을 잃는다. 어찌 보면 그의 마음은 '영원'이라는 집을 두고 '지상'의 길을 잊지 못해 떠도는 것이리라. "끝내 치유되지 못할 이 병(病)과/ 희미하게 밝아 오는 미명 속에서/ 화엄(華嚴)으로 돌아가지는 않으리라/ 발등에 먼지가 고여 수레처럼 쌓일지라도/ 아름다운 고통이었다/ 아름다운 고통이었다 되뇌며"(「상원(上院)에 서다」)에서도 지상의 "아름다운 고통" 속에 머무느라 "화엄"으로 돌아가지 못하는 "병"을 고백하고 있다. 미적 도취는 낭만주의자의 방랑을 지속시키는 강력한 동기이다. 낭만적 방랑자는 현실적 효용과 거리가 먼 미적 대상에 대한 몰입을 통해 정서적 해방을 얻는다. 보만(Bormann)이 자연을 "근원적인 자유의 보고"라고 했을 때, 이는 효용성으로 측정하기 힘든 자연의 신비와 근원적인 힘이 인간 주체에게 불러일으키는 영감과 무한성의 체험을 의미한 것이다. "아름다운 고통" 속에 머물려는 시인의 마음에는 이와 같이 자연이 선사하는 매혹에 이끌리는 낭만적 충동이 내재한다.

시인의 마음이 지상의 삶에 이끌리는 또 다른 이유는 그가 불완전한 언어를 운용하는 '시인'이기 때문이기도 하다. 언어는 명상과 달리 한순간 해탈의 경지로 인도할 수 있는 방편이 될 수 없다.

> 불완전타동사의 우리말은 모자란 남움직씨
> 모자란 채 움직여야 하는 언어의 운명
> 그 무언가를 만나야만 의미가 되는 쓸쓸함 앞으로
> 도원경(桃源境)이 흘러가고 기린(麒麟)도 지나가지만
> 무엇 하나도 잡을 수 없다
> 모자란 남움직씨인 내 필설로는
> 내 눈을 찌를 길밖에는 없다
> 모자란 채 흘러가야 하는
> 그러나 끝까지 움직임을 멈추지 않을
> 내 푸른 사상,
>
> —「모자란 남움직씨—불완전타동사를 위하여」 전문

불완전타동사뿐 아니라 모든 언어는 "모자란 채 움직여야 하는" 운명을 타고난다. 소쉬르에 의해 그 신비가 해체된 이후로 언어는 대상을 지칭하는 기호에 불과한 존재가 된다. "그 무언가를 만나야만 의미가 되는 쓸쓸함"은 언어가 갖는 불완전한 입지에서 기인한다. 언어는 "도원경"이니 "기린"을 은유할 수 있어도 결코 그것에 도달할 수는 없다. 언어와 본질을 육화하려는 시의 욕망은 언제나 좌절될 수밖에 없다. 그러나 불완전타동사가 그러하듯 시 역시 모자란 채 끝까지 움직임을 멈추지 않으며 나아갈 것이다. 쉼표로 처리되어 그 지속성이 더욱 강조되고 있는 "푸른 사상"은 멈추지 않고 지속되는 생각의 흐름을 의미한다. 언어는 사유의 본원에 좀처럼 도달하지 못하지만 멈춤 없이 그것을 좇아간다. 늘 진행 중인 움직임이

기에 "푸른" 생명력을 잃지 않을 수 있을 것이다.

게다가 버릴 수 없는 마음이 너무 많기에 그는 결코 지상의 삶을 쉽게 초월하지 못한다. "하염없다는 말/ 하염없다는 말/ 마음이지요/ 손에 든 심장이 녹아/ 물처럼 흐르는 일/ 하염없는 밤입니다"(「근황」) 할 때의 하염없는 마음이나, "눈 감고 이르는 은산철벽의 사랑을/ 그대는 아는가"(「가을이 오면」) 할 때의 맹목적 사랑에도 무감하지 못하다. "매일매일 생의 싸움터를 헤매인 것은/ 나라고 생각하며 살았는데/ 왜 저의 가슴에 저토록 선명한 상처의 보고서가 남아 있는가"(「빗살무늬 상처에 대한 보고서」)에서처럼 그는 싸움이며 상처인 생생한 삶의 현장에 자리하고 있다. 떨림도 없고 상처도 없이 평화롭기만 한 세상은 그가 거할 곳이 아니다. "마침내 다른 별에 당도하여 우주의 평화를 목격했을 때/ 스스로 이상하게 생각되었다/ 나의 신이여/ 이 별은 나의 별이 아닙니다"(「이상한 나라에서」)라는 고백처럼 꿈속이라도 "평화"는 어색할 정도로 그는 끊임없이 동요하는 삶을 겪어 온 것이다. "단 한 줄의 축복도 필요 없다/ 온몸으로 가면 된다/ 괜찮다"(「응시」) 할 때처럼 결연한 투지가 본연의 자세이다.

그에게 중요한 것은 삶의 헛됨을 깨닫는 순간보다는 거기에 이르기까지의 과정이다. "혹 들판에 낱낱이 뿌려지는 하찮은 눈발이라도/ 제발 내 헛것에 감각을 불어넣어 다오/ 하여,/ 소용없음을 진각하게 해 다오"(「살쾡이의 눈」)라는 바람처럼, 허무조차도 절실한 감각을 통해 깨닫고자 한다. 일상의 세목들에서 멀어진 채 존재론적인 고뇌에 붙들린 그에게 죽음은 삶과 다르지 않게 친숙한 사유의 대상이 된다. 그의 시는 특이하게도 삶만큼 죽음 쪽에도 근접해 있다. 그의 시에서 죽음의 이미지는 미학적으로 향유된다.

영월역으로 가다가 멈추어 선 자리

세상에서 가장 아름다운 장의사가 그곳에 있었다
오랜 건물에 대교약졸(大巧若拙)의 한글체로
다붓다붓 쓰여진 진달래 장의사
내 유언장을 깨진 얼음에 핀 매죽도(梅竹圖)처럼 새기나니
죽음 이후의 모든 일을 이곳에 맡긴다
모든 강이 끝나는 곳에서
백파의 잔해를 쓰다듬고
꽃 피는 피안의 강가로 천천히 인도하는 곳
진달래 장의사
노란 장의 불빛

—「진달래 장의사」 부분

이 시에서 죽음은 삶보다도 아름답고 따듯하다. "유언장을 깨진 얼음에 핀 매죽도처럼" 새기는 사람의 삶은 꽤나 신산했을 것이다. 그런 그가 죽음 이후를 전적으로 맡기고 싶을 만큼 이곳은 편안하다. 동강이 백파의 잔해를 쓰다듬듯 살아 힘겨웠던 삶을 위로하며 맞아 주는 이곳은 죽음이 시작되는 장소이다. "진달래 장의사/ 노란 장의 불빛"에서 보이는 감각적 색채의 어울림은 흑백의 구도를 넘어서는 죽음의 미학적 차원을 제시한다. 「천 마리 나비가 날아올랐다」에서도 "부추꽃에 손을 대자,/ 천 마리 호랑나비들이 가을 하늘로/ 날아올랐다/ 꽃밭이 비었다"는 환상적인 묘사로 죽음의 이미지를 아름답게 그려 낸다.

죽음에 대해 이러한 감각적 접근이 가능한 것은 그것을 삶과 절연되지 않은 하나의 과정으로 이해하기 때문이다. 「동행」에서는 죽음 앞에서 사투를 벌이는 잉어를 향해 고개를 끄덕이며 어여 가라고 팔을 내젓는 할머니들이 등장한다. 앞서거니 뒤서거니 시간적 차이가 있을 뿐 죽음에서

놓여날 수 있는 생명은 없다는 동류의식을 보이는 것이다.「허공의 절간」에 등장하는 제비도 "노을에도 울지 않는 깃털 하나가/ 끝없이 죽음을 연습하는 중"에서처럼 죽음을 친숙하게 수용하는 모습으로 그려지고 있다.

죽음에 관해서라면 시인은 할 말이 많다.『죽은 시인들의 사회』라는 저서에서 그는 젊은 나이에 요절한 시인들의 시와 삶을 치밀하게 추적하고 있다. 죽은 시인들의 영혼이 속삭인 듯 그는 죽음에 친숙한 정서를 보인다. "달의 표면에 그들이 가끔 나와서/ 손을 흔들다 들어가곤 하였다/ 그들의 유배지는/ 기차도 없는 목책의 풀밭/ 사람도 염소도/ 술을 마신다"(「달나라에서」)는 시에서도 죽은 시인들의 손짓과 이야기가 자연스럽게 출현한다.「기일」에서는 죽은 친척들이 오히려 살아 있는 그에게 "괜찮냐"고 묻는 상황이 그려진다. 죽은 자는 산 자의 마음속에서 살아 움직이며 산 자 역시 죽음을 상상하며 그것을 연습할 수 있다. 죽음은 친근한 곳에서 완성되며 삶과는 지극히 가까운 곳에 있다.

삶과 죽음의 경계를 넘나드는 시인의 상상은 자유롭고 활달하다. 낭만주의적 성향의 시인들이 대개 그렇듯이 그는 영원이라는 무한하고 선험적인 시간 체험에 익숙하다. 그에게 삶과 죽음은 일회적인 경험이 아니라 윤회와 환생의 순환 고리로 이루어진 무수한 반복의 과정이기도 하다. "죽자마자 살아나는 환생은 지겨워"(「멕시코 만(灣)에서의 전생」)라든가 "다시 천년을 살아가야겠다고/ 쓸쓸히 눈물을 짓다가 잠에서 깼다"(「열하(熱河)에서 꿈꾸다」)와 같은 선험적 시간관이 가능한 것은 그 때문이다. 그에게 중요한 것은 물리적 시간이 아니라 영혼이 깨어 있는 선적 시간이다. 스스로 깨어서 자신의 생에 전력으로 몰입하지 않고서는 진정으로 살아 있다고 하기 힘든 것이다.

'바람'은 끊임없이 살아서 움직이려는 시인의 의지와 일치하는 자연의 표상이다. "바람이 분다/ 내 발목은 집시처럼 가늘다/ 어느 먼 곳이든 갈 수 있다”(「청춘」)고 하는 발언은 낭만적 방랑벽을 표방한다. “더 강해져야 한다고/ 아름다움 이후에 올 그 무엇도 두려워해서는 안 된다고”, “바람의 지도를 역류해 근원으로 가야 한다”(「칠월의 꿈」)고 다짐할 때도 미적 가치를 지상의 목표로 삼고 거침없이 나아가는 시인의 낭만적 자아를 엿볼 수 있다.

‘바람’의 이미지가 시인의 낭만적 방랑의 궤적을 그려 보인다면 ‘눈’의 이미지는 낭만적 유폐의 상태를 보여 준다.

영혼의 북벽에서 일어난 눈사태가
하얗게 몸을 덮는 가을날 햇살 아래
하나님
왜 나는 욥처럼 아프지 않은가요

—「가을 햇살 아래」 부분

흰 예배당 같은 눈 더미를 온몸으로 받는다
사람 하나 보이지 않는 흰 예배당에서
그는 안식하고 있는 중이다

—「배웅」 부분

겨울에 이르면 당나귀와 함께
흰 눈에 인세를 지불하고 그 나라에 들어갈 것이다
밥도 없고 잠도 없는 곳에서
붉게 도도는 지평선의 노을을 바라보다
눈 속으로 푹푹 잠겨 갈 것이다

—「잠겨 간다는 것」 부분

온 땅과 온 하늘이 맞서는 밤이었을 거다

양철 함지박에 눈 쌓이고

플라스틱 챙에 눈 떨어지는 소리가 들렸다

나와 엄마와 재봉틀 소리가

좌르륵 좌르륵 머언 소풍을 가던 것

그곳에서 아주 살았던 것

—「소풍」 부분

그의 가장 아름다운 시들은 이같이 '눈'의 이미지를 동반하는 경우가 많다. 「가을 햇살 아래」에서 '눈'은 '빛'처럼 쏟아지는 영혼의 각성을 펼쳐 보인다. 「배웅」은 산악인 고상돈 대원의 추락사를 그리고 있다. 평생 산에서 살고 영원히 산에 묻혔으니 "가장 높은 곳에서/ 가장 깊은 곳으로 들어간" 순교와 같다. 예배당 같은 눈 속에 잠겨 안식 중인 그는 돌아갈 곳을 찾아간 셈이다. 「잠겨 간다는 것」에서는 당나귀와 흰 눈이 등장하는 낭만적인 풍경을 그리고 있다. "밥도 없고 잠도 없는" 그곳은 현실 바깥의 미학적 공간이다. "온 땅과 온 하늘" 가득 눈이 내리던 밤도 현실에서 아득히 멀어져 '소풍'을 떠난 듯한 특별한 느낌으로 남는다. 찬바람을 맞으며 떠돌던 겨울 나그네가 도달할 궁극의 공간도 이와 같이 방황 끝에 다다른 적요할 정도로 평화롭고 아름다운 세계일 것이다. 거친 방랑을 거쳤기에 이 같은 유폐는 축복이요 안식이 된다. 그의 시 전체에 산재하는 '바람'과 '눈'의 이미지는 유랑의 삶과 안주의 꿈 사이에서 끝없이 흔들리는 낭만적 자아의 궤적을 그리고 있다.

첫 시집 『늙은 의자에 앉아 바다를 보다』에 이어 이 시집에서도 그는 일관되게 '길의 시'를 보여 준다. '길 위의 인생'이 그렇듯 '길의 시'는 끝없이 움직인다. "모자란 채 움직여야 하는 언어의 운명"을 안고 가야 하는 시인의 길은 끝이 없다. 「시인」에서 시작되어 「시인」으로 끝나는 이 시집에는 시인으로서의 자의식이 충만하다.

> 어린 날 시골 분교의 방과 후
> 슬프고 깊은 풍금 소리 양식 삼아
> 시인이 되었지만
> 한낱 떠도는 자의 운명으로 태어났으니 헛되다
>
> —「시인」 부분

> 별 아래
> 별사탕을 집어먹던 놈들이
> 별별 소리를 다 쓰다가
> 새벽에 잠들다
> 밉지도 예쁘지도 않다
> 원래 거기 있었다
> 산 같은 거다
> 없어질 것이다
>
> —「시인」 전문

시집의 앞뒤를 열고 닫는 이 두 편의 시를 시의 과거와 미래로 읽어도 될 것이다. 슬프고 아름다운 것에 대한 낭만적 이끌림으로부터 시인의 운명은 시작되었다. 한순간 시인의 영혼을 사로잡았던 "슬프고 깊은" 소리를 찾아 헤매었지만 "헛되고 헛되다"는 탄식과 유리표박하는 스산한 삶을 지나왔을 뿐이라는 회한이 넘쳐난다. 시인으로서의 삶은 영원히 본질에 도달할 수 없는 언어와의 싸움이다. 그것은 절대적 한계에 대한 도전이기에 허무한 것이기도 하고 그렇기 때문에 해 볼 만한 것이기도 하다. 그런 면에서 시는 "말의 촘촘한 저인망에 걸려 죽어 가는/ 한 시인에 대한 보고서"(「고래와 시인」)라고 할 수 있다. 그러나 그에게 시는 죽는 순간까지 떨쳐 버릴 수 없는 유혹이기도 하다. "혁명이란 길이 아니다/ 섬광처럼 터져 잠시/ 길을 밝히는 것"(「시론」)일지라도, 한순간의 빛이 되고 싶은 것이 시이다. 시에 관한 시인의 보다 솔직한 고백은 다음과 같은 것이다. "시가 내 몸에 정착한 후/ 영 떠나지를 않는다/ (…중략…)/ 한 오백 년만 살아라"(「한 오백 년」), "오늘도 꿈은 노래고// 노래는 굽이굽이// 칠십 리 길// 그 길 아래 노래로 살아// 노래로 죽을 터이다"(「거리의 악사」). 시와 더불어 영원히 살고 싶다는 것이다. 마지막 시 「시인」의 "산 같은 거다/ 없어질 것이다"는 예언은 시가 없어질 수 없다는 단정일 뿐이다. 저렇듯 시에 사로잡힌 영혼들이 존재하는 한 시가 사라지기는 어려울 것이다.

「겨울 나그네」의 잔향처럼 떠도는 우대식의 시들은 근래 보기 드물게 고독한 낭만주의자의 방황과 우수를 인상 깊게 드러낸다. 그의 시에서 낭만적 비애의 정서는 불교적 허무 의식과 절묘하게 결합하여 삶과 죽음, 방황과 해탈 등의 근원적 의문에 천착한다. 그의 시가 무채색의 풍경과 통주저음의 무게로 다가오는 것은 이 때문이다. 그의 다음 시들을 예측해 보건대 허무 의식을 파고드는 깊이의 시학을 추구하거나 낭만주의자로서 미적 경험을 확대하는 방향이 가능할 것이다. 나로서는 눈 속에 돋아난 파란 싹처럼 청신한 다음과 같은 시를 더 많이 맛볼 수 있기를 바란다.

> 양철 물조리개를 하나 샀다
> 5월의 햇살 아래 은빛 물조리개는 찬연히 빛났던 것
> 고추 모종을 들고 산밭으로 올라 물조리개에 물을 한가득 받았다
> 더할 수 없는 빛이 물조리개에서 번져 나왔다

싱그러운 샘물을 받아 놓고

'싱'하고 발음을 하니 물조리개가 '싱싱'하고 답했다

멀리 자전거 바퀴는 '싱싱싱' 들판을 달리다,

하늘로 올라가고

—「싱싱싱」 부분

말(言)이 절(寺)에 들 때

—이선영 시집 『하우부리 쇠똥구리』

『하우부리 쇠똥구리』는 이선영 시인의 다섯 번째 시집이다. 이선영 시인은 등단한 지 이십 년이 넘었지만 시에 대한 열도가 남다르다. 이 시집에는 특히 시인으로서의 자의식을 드러내는 시들이 많아서 창작의 새로운 전기를 마련하려고 하는 강한 의지를 엿볼 수 있다. "어둠의 섬뜩한 손톱으로 피가 나도록 시의 봉창을 크윽큭, 할퀴어 대는 저이!"(「아, 이 청승맞은」)로 묘사되는 시인 자신의 모습에서 시를 향한 치열한 집념을 확인할 수 있다. "시의 봉창"은 기대만큼 활짝 열리지 않는 시의 진경 앞에 놓인 답답한 장애물일 것이다. 시인은 "제 머리카락으로 글자의 획을 삼아 머리 꼬듯 글자의 획을 꼬"(「시인 폐인」)며 만신창이가 될 정도로 시에 사로잡혀 있다. 무엇이 "바늘잎 같은 詩"(「소나무 시나무」)에 바작바작 몸살이 나도록 시인을 시에 묶어 두는 것일까? "궁기 든 맛"(「뱅어포 시집」)이 쉽게 잊히지 않는 것처럼 점심 값을 아껴 가며 사서 읽었던 시집의 감동은 여전히 남아 있고 아름답고 감동적인 시를 쓰고 싶은 욕망은 지칠 줄 모른다.

창조의 가장 큰 에너지는 열정이다. 열정은 변화를 희망하고 실천한다. 시에 대한 강한 열정으로 인해 시인은 이전과 다른 생각과 방법들을 시도한다. 대상에 관한 섬세한 관찰과 내적 성찰에 주력하던 이전의 시들에 비해 대상과의 교감과 호응이 활발하다. 주체로서 객체에 대한 판별을 주도하던 경향이 변하여 주체가 객체에 동화되고 동시에 객체가 주체에 의해 충만해지는 양상을 보인다. 이는 슈타이거가 말하는 서정성의 핵심에 가깝다. 슈타이거에 의하면 서정시의 주체는 정체성을 의식적으로 유지하는 '목적격 나'가 아니라 정체성을 유지하지 못하고 매 순간 흐트러지는 '주격 나'를 의미한다. 서정시에서는 주체가 고정되어 있지 않고 객체와 끊임없이 영향을 주고받으며 상호 주체적인 관계를 이룬다는 뜻이다. 이때 주체와 객체는 대등한 위치에 놓이며 부단한 소통을 통해 융화한다. 객체의 존재를 동등하게 인식할 때 주체는 자신을 열어 객체와 더 활발하게 교감하며 주객이 소통하는 창조의 과정에 참여할 수 있다.

> 파출소 앞 작고 앙상한 나무
> 비좁은 나뭇가지 사이에
> 까치 한 마리 내려앉아 울고 있다
>
> 다프네를 좇아 헤매 다녔던가
>
> 너는 내가 지켜 줄게 너는 내가
>
> —「까치와 나무 한 그루」 전문

서시에 해당하는 이 시는 우선 간명한 형태가 눈에 띈다. 서술형의 긴 시가 많았던 이전의 시들과 차이를 느끼게 한다. 짧은 시이지만 연마다 달라지는 시선과 어조의 변화가 흥미롭다. 1연은 객체를 바라보는 주체의 시선을 담고 있다. 사실적인 관찰을 전개하는 담담한 어조이다. 관찰이나 묘사의 시에서 주로 보여 주는 객관적 진술에 가깝다. 2연에서는 객체에 대한 주체의 상상이 나타난다. 작고 앙상한 나무의 가지에서 울고 있는 까치에서 다프네를 쫓아다닌 아폴론을 연상한 것이다. 1연에서 객체와 거리를 유지한 채 객관적 묘사를 행한 것과 달리 2연에서는 객체에 다가가 공감을 꾀하며 적극적인 상상을 행한다. "다프네를 쫓아 헤매 다녔던가" 하는 주체의 주정적인 어조는 객체와 밀착된다. 마지막 연에서는 객체가 중심에 놓인다. 나뭇가지가 다프네라면 까치가 들려줄 법한 말이 직접적으로 진술된다. 주체와 객체는 어느새 혼융되어 자리를 바꾸고 있다. 이 지점에서 주체와 객체는 구별이 무의미할 정도로 서로 넘나들며 합치된다.

주체와 객체가 소통을 이루며 서로를 향해 민활하게 열리면서 이 서정의 세계는 확장된다. 서로 교감하면서 상상력은 증폭된다. 주체와 객체의 거리가 유지될 때 나타내기 힘든 감정의 표현이 활발해진다. 파출소 앞에 자리 잡은 작고 앙상한 나무를 보며 측은지심을 느낀 주체는 그 가지 위에서 우는 까치와 공감의 상태에 이른다. 까치와 위치를 바꾸어 보니 자신이 느꼈던 감정의 정체를 더 뚜렷이 알 수 있다. 이렇게 상호 주체적인 서정시에서 상상과 감정의 폭은 한층 넓어진다.

주객의 소통이 활발한 시들에서는 배려나 이해와 같은 긍정적인 감정이 두드러지게 나타난다. 서로가 화합을 이루며 충만한 상태가 되기 때문이다. 가령 「진부마을 감나무골」에서 "사회복지사 청년의 말랑말랑한 연시 같은 목소리// 저는 다이어트 안 해요,/ 할아버지 할머니들은 저같이 푹신해야 좋아하거든요// 감나무, 마을이 온통 환하다/ 밤을 모른다" 고 할 때 주체와 객체는 구분이 무의미하며 서로를 투영하면서 공감대를 형성하고 있다. 주체와 동등한 위치에 놓여 소통을 행하는 객체는 주체의 일방적 시선으로 포착하기 힘든 풍부한 통찰과 감정을 이끌어 낸다. 「암」에서 "꽃들에게도 한때의 재난은 있잖아요. / 꽃이 아니라고 하면 또 어때요. / 가시로라도 살면 되지요"와 같은 진술은 암에 대한 부정 일변도의 생각에 새로운 각성을 일으킨다. 주체의 위치에서 행하는 '암'의 발언을 통해 그것 또한 우리 몸을 구성하는 존재의 한 국면이라는 사실을 감지할 수 있다. 주객의 활발한 교류를 통해 객체에 대한 이해와 감응이 고취된다.

주체의 일방적 우위를 고집하지 않는 상호 주체성의 바탕에는 이성 중심의 근대적 사유와 다른 사유 방식이 작동한다. 영감이라는 감응의 능력이 그것이다. 영감은 주체를 인식의 근본 조건으로 설정한 근대적 사유와 달리 객체와 거의 구분할 수 없는 투시의 방식에 가깝다. 김소월이 자신의 시론에서 영혼에 대해 "반향과 공명을 항상 잊어버리지 않는 악기"이며 "모든 물건이 가장 가까이 비춰지는 거울"이라고 한 것도 이와 같은 의미로 이해할 수 있다. 이선영의 이 시집에서는 주체의 이성적 시선을 거두고 객체를 직관적으로 투시하며 감응에 주력한 시들이 많다. '마음' '영혼' 같은 시어가 많이 등장하는 것도 이와 무관하지 않다.

> 무엇에 굶주려 낮은 세상 몰려 내려오는
> 집 없는 영혼들인가
> 지붕으로 나무로 유리창으로 무덤으로
>
> 사람살이가 거느린 옹기종기 세간의 조밀한 구도 속으로
> 한때는 탄탄한 감촉을 누렸던 제 발바닥 찾아 날아드는,
> 육체의 옛 무게가 그리운 영혼들!
>
> —「눈발 날린다!」 부분

대상을 향해 열린 시인의 눈은 영감으로 가득하다. 내리는 눈발에서 "집 없는 영혼"을 본다. 안착하려는 눈발의 몸짓에서 영혼의 거처를 찾으려는 간절한 바람을 읽는다. "사람살이가 거느린 옹기종기 세간의 조밀한 구도 속"에서 "육체의 옛 무게"를 발견한다는 생각에는 물론 지극히 인간적인 감정이 깃들어 있다. 그러나 눈의 영혼을 좇으며 감응하는 태도는 주객의 소통을 향해 활짝 열려 있는 사고를 반영한다. 눈의 육체와 영혼에 대한 상상은 곧 주체 자신에 대한 것이기도 하다. 세상 만물이 육체와 영혼을 지니고 있으며 끝없는 변화 속에서 생멸을 거듭한다는 생각은 주체와 객체를 동등한 존재로 받아들이게 한다. 영혼은 불멸하며 다른 주체로 거듭날 수 있기 때문에 주체와 객체의 분별을 넘어설 수 있는 것이다. 영혼에 대한 상상은 주체와 객체의 거리를 무화하며 감응을 일으킨다. "그대는 몇 백 살을 이승에서 빌어먹고 있는 고단한 혼인가/ 나는 몇 백 살을 이승에서 굴러먹고 있는 여물지 못한 혼인가"(「전생」)라고 할 때 전생을 넘겨다보는 직관 속에서 주체와 객체는 고단하고 미숙한 영혼이라는 동질감으로 인해 공명한다. 모든 존재가 서로 다르지 않고 끊을 수 없는 관계 속에 놓여 있다는 생각은 교감의 정도를 높인다. 만물에 영혼이 깃들어 있다고 생각하면 감응하지 못할 대상은 없다. "태양은 짝이 없는 낱별!/ 연인 별이 없는 대신 태양은/ 수십억 광년 무주고혼의 외로움을 1인무(舞)하는/ 은하계의 제왕이니"(「낱별」)에서 태양은 "무주고혼"으로 파악된다. 절대 권력의 이면에 내재한 고독한 영혼을 상상해 보면 태양 역시 외로운 존재라는 공감이 가능하다.

이렇듯 감응의 능력이 강화된 것 외에 언어미학에 대한 자각이 더욱 예리해졌다는 점도 서정시의 근원을 환기하는 듯한 변화를 실감하게 한다. 무엇보다도 절제를 의식한 듯 간결해진 시의 형태가 눈에 띈다.

몸이 절을 찾아 나서다

마음이 절을 만나 스미다

말(言)이 절(寺)에 들어 말문을 잃다

詩가 태어나다

소리 내어 詩를 읽으면

절간 처마 밑 빗소리

눈에 보이게 詩를 그리면

절간 툇마루 위 비 풍경

—「泉隱寺 빗소리」 전문

시(詩)는 '말(言)'과 '절(寺)'로 파자할 수 있다. '사' 자의 옛 소리가 '시'였다니 표음부와 표의부가 합쳐진 형성자이지만, 이 시에서는 '절'의 의미를 한껏 부각시키고 있다. 말이 절에 들어 말문을 잃고 시가 태어난 것이라면 시는 지극히 절제된 언어여야 마땅하다. "바닥을 들여다보는 마음/ 움푹하게 덜어지는 마음/ 객식구 몸까지 보태/ 절에 다 털리는 마음"(「절에 가는 마음」)이라고 하듯 절은 많은 것을 내려놓고 비우게 하는 곳이다. 말이 절에 든다면 수다함이 줄어들고 최소의 소리만이 남을 것이다. 시의 소리가 절간 처마 밑 빗소리 같고 시의 형태가 절간 툇마루 위 비 오는 풍경 같다는 말도 시가 그처럼 조촐하고 담백해야 한다는 뜻이다. 뺄 것도 더할 것도 없이 맞춤하며 소리와 풍경이 조화를 이루는 것으로는 자연을 따를 것이 없다. 자연은 비교할 바 없는 최고의 시인이다.

봄, 참 고얀 봄,

봄이 오니 어쭙잖은 시인의 혀끝은 놀릴 일이 없다네

봄 햇살이 숨어 있던 산수유와 동백을 캐내고 복수초 꽃망울을 서둘러 틔워

겨울잠에서 채 깨나지 못한 시인은 미처 첨삭할 겨를조차 없어 멀뚱 빈둥거리느니

다 차려진 밥상에 숟가락 할끔 빨아 대며

봄꽃 속에 늘어져라 들어앉은 이 천하의 게으른 혀,

세 치 혀와 짧은 미각, PC로 쓰는 시는 물러가라

시에도 러다이트?

봄이여, 꽃으로 피는 네 시가 가장 빼어나구나!

—「봄, 참 고얀」 전문

꽃이 자연의 언어라면 자연은 자신의 언어를 가장 잘 구사하는 시인일 것이다. 적재적소에 천의무봉의 언어들을 배치해 놓기 때문이다. 이 시에서는 봄이라는 천재 시인의 솜씨 앞에 망연자실하는 시인의 심사를 재미나게 드러내고 있다. 감춰져 있던 언어의 뿌리들을 하나씩 끌어내어 생명을 부여하고 아름다움을 창출하는 자연에 비해 자신의 시가 보여 주는 얕은 솜씨를 자책한다. 더구나 컴퓨터에 의존해서 쓰는 시는 세 치 혀만 움직이려 하는 게으름을 더욱 부추길 뿐이다. 시에도 기계 파괴를 외치는 러다이트 운동이 일어나서 컴퓨터를 몰아낸다면 좀 더 나은 시를 쓸 수 있을까? 봄 시인의 손길이 하나하나 닿아 있는 꽃들을 보며 시인은 찬탄한다.

세상이 아무리 변해도 잘 변하지 않는 것들이 있는데 좋은 시도 그러하다. 해마다 새로운 감동으로 다가오는 자연의 시가 그런 것처럼 인간의 시도 그러하다. 시인은 세태의 변화를 좇아 부지런히 변하기보다는 오히려 오래도록 남아 시간을 역행하는 것이 시의 역할이라고 생각한다.

나는 철철이 늙어 가고
세상은 뱅글뱅글 젊어지네
낯설고도 새로운 젖살을 불쑥 내미네
지금 어린 내 아이들은 장차 그들보다 어린 새끼를 치겠지
뱅글뱅글 세상은 돌아가겠지
그러나 쇼팽을 듣고 김수영을 읽는 것처럼
세상엔 오래돼도 한사코 지워지지 않는 것들이 있다네
그래서 나는 세상이 마치 그 안에 다 들어 있는 듯 옴짝 않고
사각의 빈 종이를 붙들고 앉아 고적한 손목을 바들거리기도 한다네
펜이여 종이를 타라, 세상을 멈춰라
시여, 물살 센 표주박 안에 살짝 띄우는 한 잎 유유한 버들잎이기를

—「나는 철철이, 세상은 뱅글뱅글」 전문

이 시집에서 유난히 시인으로서의 자의식이 많이 나타나는 이유는 시간의 흐름에 대한 민감한 각성과 무관하지 않다. 자신은 쉼 없이 늙어 가는데 세상은 어지러울 정도로 새로워지는 데서 오는 혼란스러움이 정체성에 대한 점검을 요청한 것이다. 이 지점에서 선택의 방향은, 세상의 속도에 맞추어 부지런히 전진하며 원심력을 따르는 것과 변하지 않는 중심에 머무르며 구심력을 따르는 것이 있다. 시인은 구심력 쪽으로 이끌린다. 쇼팽이나 김수영처럼 오래돼도 한사코 지워지지 않는 것들에 대한 확신이 있기 때문이다. 세상의 속도를 앞지르며 현란한 변화를 주도하는 삶도 있을 수 있지만 자신은 오래된 중심에 머물며 그것을 지키는 방식을 택하려 한다. 음악이나 문학 같은 예술에서는 오래된 중심의 가치가 쉽게 사라지지 않는다. 시인은 사각의 빈 종이와 마주하는 고독하기 짝이 없는 시업이, 거칠게 내달리는 세상의 속도에 브레이크를 걸 수 있기를 바란다. 이

시대의 시는 목마른 나그네에게 버들잎 띄운 물을 건네는 우물가의 사려 깊은 처자처럼 무한한 속도전을 제어해야 한다고 본다. 펜과 종이로 쓰는 시는 컴퓨터로 쓰는 시와 달리 오랜 전통을 상징한다. 자연의 시가 오래된 방식으로 쓰이지만 탁월한 것처럼 인간의 시도 오래된 방식이 갖는 장점이 있다. 속도에 역행하는 느림의 미학과 여유로운 삶의 태도를 견지할 수 있는 것이다.

시 역시 속도전의 세상에 맞추어 빠르게 변해 가야만 하는 것이라면 "철철이 늙어 가"는 시인이 끼어들 여지는 별로 없을 것이다. 그러나 시가 "물살 센 표주박 안에 살짝 띄우는 한 잎 유유한 버들잎"으로 의미가 있다고 한다면 느린 것이 문제되지 않는다. 끈기 있게 지속하는 것이 중요하다. "늦었지만 감자의 성난 뿔을 꺾고/ 열심히 날개를 달아 줘야겠습니다// 감자에서 못난 뿔이 줄기차게 돋아 나오는 한/ 그 뿔을 꺾어 주는 것이 제게 주어진 일이기 때문입니다"(「감자의 뿔을 꺾고 날개를 달아 주자」)라는 시인의 다짐은 오래도록 시작을 지속하려는 의지를 보여 준다. 무언가 하고 싶은 말이 있어 감자의 성난 뿔처럼 자꾸 돋아난다면 그것을 다듬어 세상에 내놓는 것이 자신의 소임이라고 여긴다. 시인의 일이 고된 것은 끝없이 돋아나는 못난 뿔을 쉬지 않고 다듬어 주어야 하기 때문이다. 이 시집에서는 시업이 곧 언어와의 무한한 대결이라는 생각이 단단하게 자리 잡고 있다.

언어의 절창이자 언어의 진창인 시의 두엄밭이여!

언어를 담지 않고서는 시가 아니더구나
언어의 영욕을 품어야만 시가 되더구나
말 없이도,
말이 없기에,

한량없이 가볍고 깊고 맑다란
음악이 아니더구나

언어이기에 시였지만
언어이기에 때로 지치게 하는 것이 시이더구나

—「없더구나, 아니더구나」 부분

언어는 시의 영원한 화두이다. 그것을 풀어 절창에 이를 수도 있고 그것 때문에 혼돈의 진창에 뒹굴 수도 있다. 깨달음의 순간 언어도단에 이르는 종교적 화두와 달리 시의 언어는 끝끝내 함께해야 한다. 언어 없이 시는 없다. 언어의 영욕을 품지 않고서는 시가 되지 않는다. 말이 없기에 한없이 가볍고 깊고 맑을 수 있는 음악과 달리 시는 그럴 수 없다. 시에는 "세상과 함께/ 사람의 눈과 귀와 입과 더불어/ 오래도록 섞이고 뒹굴어 온" 고단함과 서글픔이 어려 있다. 시의 언어는 세상살이의 영욕과 떨어질 수 없다. 사람들이 쓰는 언어와 시의 언어는 결코 다르지 않다. 시인이 지치는 이유는 시가 세상의 끈과 유리될 수 없는, 세상과 영욕을 함께해야 하는 일이기 때문이다. 세상의 언어와 함께 뒹굴며 그것을 넘어서는 경지에 이르기는 지난하다. 시인은 언어의 진창에서 절창을 뽑아내는 이 고되고 지치는 일을 계속해 가겠다고 거듭 다짐한다. 시집의 마지막에 다음의 시를 배치한 것도 이러한 다짐과 무관하지 않다.

아름다운 것은 내게 시를 쓰라 하지 않는다
다만 오랜만의 대청소처럼 몸에서 시어들을 털어 낸다
아름다운 것은 말을 버리게 한다

그러나 언젠가는 정말로 아름다운 시를 쓰고 싶다

당신의 어려움을, 아픔을

치유해 주었다고 당신에게서 오래 회상될 수 있는

그런 아름다운

시

—「어느 날의 문답」 부분

시인이 쓰고 싶어 하는 최고의 시는 '아름다운 시'이다. 그러나 시인은 자신의 시가 아름다움에서 거리가 멀다고 생각한다. 아름다운 시를 위해서는 말을 버려야 하지만 자신은 아직 너무도 잡다한 말들에 둘러싸여 있기 때문이다. 이제 시인은 대청소를 하듯 불필요한 언어들을 털어 내려 한다. 이 시집은 그런 면에서 중요한 전환점을 이룰 것으로 보인다. 많은 상념들이 차지했던 시의 공간을 비워 내려는 결심이 시작되었기 때문이다.

시인이 쓰고 싶어 하는 '정말로 아름다운 시'는 말을 버린 상태에 그치는 것이 아니라 타인의 어려움과 아픔을 치유해 줄 수 있는, 그래서 오래도록 회상될 수 있는 시이다. 온갖 번뇌를 내려놓게 하는 절처럼 세상 사람들의 고통과 상처를 덜어 주는 그런 시이다. 이를 위해서는 번다한 자신만의 언어를 버리고 타자와 공명할 수 있는 언어를 발굴해야 할 것이다. 주객의 교감에 대한 관심이 크게 확장된 이 시집의 변화는 그러한 시도로 읽을 수 있다. 주체 중심의 사유에서 벗어나고 속도에 반해 느림의 미학을 추구하는 등 시인은 근대의 방식과 상반되는 새로운 가치를 실천하기 시작했다. 이러한 시도가 진정 아름다운 시로 발전하기 위해서는 언어의 영욕을 함께 살며 세상살이에 대한 뜨거운 관심을 잃지 않는 마음이 지속되어야 하리라 본다.

시간의 흔적을 그리는 활자들

—김화순 시집『시간의 푸른 독』

살바도르 달리의 유명한 그림 「기억의 고집」은 제각각의 시간으로 고정된 채 축 늘어져 있는 시계들의 이미지로 강렬한 인상을 남긴다. 이 그림 속의 시계들은, 정확하고 지속적으로 시간을 분절하는 장치라는 시계에 대한 일반적인 관념을 벗어난다. 달리의 늘어지고 휘어진 시계들은 시간과 관련되는 주관적인 체험의 개별성을 떠올리게 한다. 달리가 그랬듯이 우리 모두는 저마다에게 특별한 기억에 사로잡혀 있다. 삶에서 그런 시간들이 갖는 비중을 고려해 본다면 엄밀하고 객관적인 기계적 시간의 관념을 고집하기는 어렵다. 시간은 균질하게 인식된다기보다 개인적 체험과 감각에 의해 가변적으로 수용된다. 평생 동안 지속 반복되는 기억이라면 발생의 순간을 훨씬 초과하는 많은 시간을 차지하게 될 것이다. 시간 의식을 결정짓는 것은 시간의 물리적 양보다는 체험과 감각의 정도이다. 시간 의식의 주관적 특성은 예술에서 특히 자유롭게 드러나며 개성적 표현을 얻는다.

김화순 시집『시간의 푸른 독』에는 시간의 이미지들이 압도적으로 많이 나타나며 특이한 양상을 보여 준다. 이 시집에서 시간은 어둡고 답답하기 그지없다. 특히 굳거나 갇힌 형태의 시간들이 자주 나타나는 점이 각별하다. 이는 흔히 '강물'에 비유되는 시간의 유동적이고 지속적인 속성과 전혀 다른 이미지를 형성한다. 의식과 삶 전체를 지배하는 고착화된 시간과 압도적인 기억의 이미지들이 단단하게 굳은 형태로 그려진다.

1
햇살의 닻줄에 칭칭 감긴 폐닻 하나 동막 갯벌에 곤두박여 있다 몸의 바깥으로 서서히 번져 가는 시간의 푸른 독, 양 날개가 기우뚱, 꺾여 있다 갈매기로 치솟아 창공의 속살 엿본 죄 얼마나 크기에 개펄 한구석에 무기수로 수감되었나

2
한 번도 그의 얼굴 제대로 본 적 없지
한 번도 그의 마음 꽉, 잡은 적 없지

지상에 머물 때마다
발치 아래 쪼그린 채 기다렸지

몇 톤의 쇳덩이로도
잡아 두지 못한 가라앉은 사랑

닻줄마저 끊어져 펄 속에 곤두박여
날개 찢긴 풍뎅이마냥 퍼덕이고 있지

분오리 돈대(墩臺) 바라보며

난해한 자세로 하소연하고 있지

—「폐닻」 전문

김화순의 시에서 흐름을 잃고 굳어 버린 시간의 이미지는 대개 소통이 단절된 적막한 관계를 반영한다. 위의 시에서 '폐닻'은 전형적인 짝사랑의 양상을 비유하고 있다. 닻은 배를 사랑하고 함께 있고 싶어 하지만 좀처럼 마음을 얻지 못한다. 늘 바다로 떠나고 싶어 하는 배에게 닻은 성가신 존재일 뿐이다. 닻은 항상 배 밑에 가려져 있기 때문에 사랑하는 이의 얼굴 한번 제대로 본 적이 없고 배가 뭍에 머물 때도 멀리 떨어져서 기다리고 있어야 한다. 그마나 닻줄마저 끊어져 폐닻이 되어 버린 상태에서는 한없는 기다림의 자세로 삭아 간다. 소통을 거부당한 채 기다림의 몸짓으로 유폐된 닻은 "시간의 푸른 독"에 휩싸여 간다. 기다림으로 일관한 닻의 시간은 하나의 자세로 고정된 채 부식을 거듭할 뿐이다. 이러한 시간은 흐름을 멈추고 부패하면서 독소를 뿜어내는 자멸의 과정을 보여 준다. 이해와 소통에서 멀어진 관계에서 시간이 얼마나 폐쇄적이고 황막한 것인지를 알 수 있다.

이 시는 바닷가에서 흔히 볼 수 있는 폐닻 주변의 쓸쓸한 정경에 상상을 담아 관계의 단절과 그로 인해 유폐된 시간의 이미지를 그려 낸다. 1에서 폐닻의 풍경을 비교적 객관적으로 담고 2에서 폐닻의 사연에 심층적으로 접근하는 시선의 변화가 흥미롭다. 시인은 시간이라는 관념적인 대상을 시각화하는 데 있어 남다르다. "시간의 푸른 독"이라는 시각적 은유는 오래도록 버려져 자기 자신을 부식시키기에 이른 시간을 감각적으로 표출한다. 닻과 갈매기의 형태적 유사성에 착안하여 "창공의 속살 엿본 죄"를 이끌어 낸 것이나 개펄에 버려진 폐닻의 풍경을 "무기수로 수감"된 상태에 비유한 것 모두 시각적인 인상이 작용하고 있다. 시인은 시간이 부식되어 가는 양상을 그림을 그리듯 선연하게 포착한다.

시간의 시각적 표출은 김화순의 시에서 개성적인 영역이다. 시인은 그림을 위해 물감을 활용하듯 각종 활자로 시각적 이미지를 표현하는 데 주력한다. 시인에게 시는 활자로 그린 그림이다. "버려진 시간 흐르고 흘러/ 떠도는 언어가 되"고 "수리 안 된 기억의 기찻길에/ 삭제가 슬어 놓은 적막한 말들"(「그리고 내게 아무 말 말라」)이 정지된 기억의 풍경을 덧칠하며 떠돈다.

떠나지 못한 잎들 가지를 움켜쥐고 있다
바짝 마른 여름이 서걱거린다
외로운 것들은 추위를 타나
벌어진 후박나무 가지에
푸릇한 소름 돋아 있다

너를 만난 게 실수다
박제된 시간이 정수리에서 버석거린다
주어와 술어는 호응하지 못하고
반복되는 환유는 모호하다
문장이 되지 못한 비문의 행간 사이
오소소 소름 돋는다

비행운이 팽팽한 하늘을 분탕질한다
코발트가 상처를 재빨리 꿰맨다

구름이 머리 싸쥐고 이동 중인 계절
타이레놀 빈 곽만 쌓여 간다

—「편두통의 겨울」 전문

이 시에서도 시간의 이미지는 바짝 마르거나 박제된 사물의 양태로 나타난다. 역시 소통을 이루지 못하고 일방적으로 집착하고 있는 관계로 인해 시간은 삭막한 풍경을 이루고 있다. 상대에 대한 일방적인 관심과 집착은 여름의 기억을 떨치지 못한 잎이 바짝 말라붙은 채 나뭇가지에 매달려 있는 것과 흡사하다. 그 잎은 "박제된 시간"을 움켜쥔 채 단일한 기억에 고착되어 있다. 만남은 소통할 수 있는 관계로 발전하지 못하고 일방적인 집착으로 치달아 "박제된 시간"이 되어 갈 뿐이다. 언어로 보자면, 주어와 술어가 호응하지 못하고 모호한 환유만이 떠돌고 있는 난맥상을 이루고 있는 것이다. '나'와 '너'가 서로 다른 방향을 향하고 있는 관계는 주어와 술어가 호응하지 못하는 문장처럼 이해하기 힘들다. 이들의 관계는 이해의 지평을 나눌 수 있는 은유와 달리 맥락에 따라 달라지는 환유와 흡사하다. 비문의 행간만큼이나 공허하고 소통이 불가하다. "박제된 시간"에 붙잡혀 있는 머릿속은 비행운이 분탕질 쳐 놓은 하늘처럼 혼란스럽고 불안하다. 불화와 집착으로 삭막하게 말라 가는 시간의 이미지가 겨울나무와 하늘의 풍경으로 선명하게 그려진다.

시간을 풍경으로 시각화하는 것은 시간을 공간적으로 표현하는 방식이라고도 할 수 있다. 시간에 대한 공간적 표현은 모호하고 불명확한 시간의 이미지를 보다 구체적이고 분명하게 보여 준다.

치매 든 바닷속으로 노모와 나는 깊이 가라앉는다
어안이 벙벙한 채 아가미 헐떡이는

심해어들 망망대해 향해 흘러, 흘러간다
뿌리 뽑힌 신경이 부유하는 곳
시간의 밑바닥이 미끌거린다

—「외래병동」 부분

순장된 시간이 나날이 새로움을 낳는
공간과 시간이 무한히 축소된 거대한 관
밖으로 나오자
아득한 시야 너머 짙푸른 초록들
와락, 빨려든다

—「낙양고분박물관」 부분

「외래병동」에서는 치매 상태에서 느끼는 시간이 밑바닥이 미끌거리는 심해로 표현된다. 시간에 대한 현실적 감각이 사라지고 방향을 잃고 부유하는 듯한 멍한 상태를 연상할 수 있다. 빛이 전혀 들어오지 않는 심해처럼 기억이 완전히 방전된 정신의 상태가 "시간의 밑바닥"이라는 공간 감각으로 그려진다. 전기 플러그가 뽑히듯 뿌리 뽑힌 신경들이 해저 식물처럼 부유하고 이끼가 잔뜩 껴 있듯 혼탁해진 기억 장치를 심해의 풍경으로 묘사한 것이다. 모든 기억의 끈이 사라지고 나면 아무 기억도 축적되어 있지 않은 시간의 밑바닥에 도달할 것이다.

「낙양고분박물관」에서 이천 년 전 낙양의 "황실 여인"이 겪었던 세월은 "공간과 시간이 무한히 축소된 거대한 관"으로 압축되어 있다. 순장되어 하나의 공간으로 축소되었던 여인의 일생은 현대적 기기들의 출현으로 점차 복원되고 있다. "과학은 그녀의 뱃속에서 아기의 흔적을 읽어 내고/ 이천 년 전 먹은 위 속의 참외씨도 찾아냈다". 「외래병동」에서 그려지는 암

전에 가까운 기억과 달리 이 시에서는 첨단 기기에 의해 점차 정교하게 복원되어 가는 기억을 펼쳐 보인다. 순장으로 한순간에 압류되었던 기억이 새롭게 거듭나고 있는 것이다. 이천 년 전 한 여인의 온갖 기억을 함축하고 있는 고분은 기억의 거대한 저장소이다. 그곳에서 나왔을 때 천연색으로 다가드는 자연은 기억 속의 시간과 대비되는 현실의 시간을 드러낸다.

시인에게 익숙한 시간의 풍경화는 버려지거나 고여 있는 시간의 편린들을 담고 있다. 기억의 고집에 묶여 단단하게 고정된 풍경을 정밀하게 펼쳐 보이는 데 시인은 능란한 솜씨를 보인다. 반면 붙잡고 싶은 순간은 순식간에 사라지고 좀처럼 포착하기 힘든 것으로 파악한다. 사랑의 시간이 대표적이다.

> 언젠가 한 번쯤 만난 것 같은 너와 나,
> 처음과 끝을 찾을 수 없는 폐곡선의 너에게
> 아주 잠깐, 들어갔다 나온 것같이
> 살짝 스친 것
>
> —「사랑을 스치다」 부분

> 기억하렴
> 뜬구름 잡으며 떠돌던 내가
> 바람을 안은 천 근의 빗소리로
> 네 발치에 잠시 머물렀다는 걸
>
> —「한때 나는 구름이었다」 부분

> 사랑은 수족관의 평형을 위해
> 잠시 넣어 두는 파일럿 피시처럼 사라지는 것

물풀 사이 둥둥 떠다니는 야마토누마 담수새우처럼

여러 번의 허물을 벗는 것

—「파일럿 피쉬」 부분

사랑의 시간은 한결같이 순간적인 것으로 그려진다. 「사랑을 스치다」에서는 폐곡선을 살짝 스치는 것 같은 짧은 인연으로, 「한때 나는 구름이었다」에서는 발치에 잠시 머문 빗소리 같은 우연으로, 「파일럿 피쉬」에서는 잠시 머물다가 사라지거나 변화하는 속성으로 인식된다. 사랑에 대한 열망의 정도에 비해 사랑의 시간은 지극히 짧다. 시인은 사랑하는 순간의 도취나 열정보다 사랑의 영속 불가능성에 대한 확인과 사랑이 남긴 미련이나 애착을 드러내는 데 치중한다.

사랑과 욕망의 결말이 그와 같이 명백한데도 그 집착의 사슬을 끊지 못하고 계속 반복하는 삶의 패턴은 시인에게 중요한 탐구 대상이다. "연분홍 치맛자락 휘날리던 봄날 어디로 갔나/ 허물어질듯 휘청거리는/ 당신의 물음표!"(「할미꽃 물음표」), "어라, 크고 실한 ?들 무덤가에 수두룩하다/ 미혹을 끌어안고 떠난 사람일까/ 죽어서도 풀지 못할 짱짱한 물음들/ 年年世世 구름처럼 피었다 진다"(「물음표를 줍다」)에서 포착하듯, 물음표를 닮은 할미꽃이나 고사리의 형상은 모두 평생토록 미망의 늪에서 벗어나지 못하는 삶의 은유로 쓰이고 있다.

시간의 틀에 매어 굳어진 습관을 수동적으로 되풀이하는 상태에서 벗어나기 힘든 현대의 일상은 덧없는 욕망에 구속된 삶을 더욱 부추기는 것으로 그려진다. 현대인들 대부분이 무의식적으로 반복하는 "생활의 자장에 갇힌 시간들"(「그 여자의 오후 4시」)은 좀처럼 벗어나기 힘든 삶의 사슬이다. 나날이 발전하고 있는 통신 장비들은 삶의 패턴을 더욱 억압하고 진정한 소통을 어렵게 한다.

일상의 지루한 약관을 통과해야 너에게 갈 수 있다 낯선 문자에게 반복 동의하다 보면 수시로 카운트다운되는 눅눅한 시간들, 너와의 약속은 익명의 리플 굴비 엮듯 매달고 끝없이 차연되고,

—「너에게 가는 길」 부분

현대적 기계장치들을 통과해야 하는 새로운 소통의 방식은 편리한 이면에 무수한 허위와 장애를 내포한다. 종이봉투에 담긴 편지와 최첨단 통화기기로 주고받는 문자를 비교해 보자. 단 하나의 수신자와 단 하나의 발신자가 오랜 기다림의 시간을 공유하며 주고받았던 편지에 비해 첨단의 통신 방법은 빠른 속도와 함께 익명의 리플까지 동반한다. 정작 원하는 대상과의 소통은 계속 지연되며 혼선을 이루는 문제가 발생한다. 낯선 문자들이 수시로 침투하는 시간들은 일상을 눅눅하게 감겨들고 너에게 가는 길은 꼬여만 간다. 진정한 소통은 더욱 어려워지고 익명의 문자들이 내뱉는 위력은 점점 커진다. "또 하나의 거짓을 먹어 치운 우리의 오후는 배부른가 (…중략…) 진실의 머리를 내어놓는 순간 누군가 꿀꺽, 구워 먹을 말머리여"(「신구지가」)에서처럼 익명의 다수가 주도하는 소문의 여파는 위협적이다. 진실과 상관없이 다중의 목소리는 강하고 위압적이다. 작고 약한 개인의 소리나 섬세한 소통과는 거리가 멀다. 문제는 이러한 새로운 기기의 압도적인 우세로 인해 소통의 방식 자체가 변화하고 있다는 점이다. "터치, 터치 가볍게 반복되는 하루/ 시간은 무한정 풀려나가지/ 맞잡은 손의 체온 잊은 지 오래/ 꿈에서도 저린 손 멈출 수 없지/ 기계가 돌리는 내 차가운 피/ 손끝에 돋아난 고감도 레이더는/ 익명의 일상까지 속히 퍼 나르지/ 바이러스처럼 빠르게 번지는 생각/ 면역 없는 대화는 쉽게 감염되지/ 나날이 늘어나는 얼굴 없는 친구들/ 얼키설키 늘어나는 관계의 네트워크"(「스마트 라이프」)에서 경쾌한 리듬에 실어 내고 있는 것처럼 새로운 통신 기

기는 이전과 전혀 다른 인간관계를 만들어 내고 있다. 스마트폰의 터치로 시작되는 하루는 끝없이 그것을 반복하는 방식으로 이루어진다. 인간관계에서 개별적이고 직접적인 접촉이 사라지고 기계를 매개로 한 간접적인, 익명의 소식들이 떠다닌다. 근거도 없고 신뢰도 할 수 없는 정보들이 바이러스처럼 떠다니고 그물망처럼 연결된 집단 속에서 새로운 관계가 형성된다. 기계와 한 몸이 되어 잠시도 떨어질 수 없을 정도로 의존도가 높은 이런 사람들은 기존의 방식과 전혀 다르게 소통을 행한다. 기계를 벗어나면 아무것도 없이 단절된 인간관계는 반복적이고 공허한 기계적 시간의 산물이다. 그러나 세상은 새로움을 향해서만 달려간다. "이 도시에서는 오래된 것들은 죄악이다 눈 밖으로 밀려난 추억이 황사와 몸을 섞는다"(「재건축아파트 2」)고 할 정도로 오래된 것은 빠르게 퇴출되어 시간의 변방으로 밀려난다. 속도전에 밀려난 삶은 낡은 추억이 되어 현실에서 멀어진다.

그러나 시인에게 집착과 욕망의 끝 간 곳에 대한 사유는 늘 물음표처럼 따라다닌다. 새로운 소통의 장에서는 그토록 강력한 다수의 소리가 진실을 담지 못해 공허하고, 그토록 넘쳐나는 인맥이 어떤 친밀한 관계도 이루지 못해 소원하다. 모든 미련이나 집착은 허망하며, 강력하고 새로운 현실에 대한 열망일수록 더욱 그러하다. 원거리에서 시간의 자취를 조망할 수 있는 포괄적 시선과 삶과 죽음의 관계에 대한 존재론적인 성찰이 이러한 인식을 가능하게 한다. "발효된 시간들 스멀스멀 이어지고/ 너는 기억의 책갈피에 마른 꽃잎으로 누워 있다"(「냄새는 죽음을 수납한다」)에서처럼 시인은 자주 삶의 면면에서 죽음의 흔적을 발견한다. 가령 자동차 문을 열자 다가드는 모과 냄새에서 "발효된 시간들"을 연상하면서 죽음을 상기하는 식이다. 죽음이 삶으로 전환되는 발효의 현상처럼 "삶은 누군가의 손실 혹은 죽음이 가져다준 에너지"(「화장(火葬)—카투만두 통신 1」)일 수 있다는 사유는 삶과 죽음의 긴밀한 연관성을 드러내 보인다. 시인은 욕망이

들끓는 현실의 시간을 넘어서 근원적인 존재의 시간을 탐사하려 한다. 이를 위해 명상보다는 사색을 행하고, 침묵보다는 언어와 씨름하면서 끝없이 질문을 던진다. "산소 가득한 선홍색 언어 먹을 때마다/ 판에 박은 하루 발그레 화색 돌고/ 바닥을 밑돌던 생각 게이지 쭈욱, 올라가지"(「수혈하다」) 할 때 시인은 어쩔 수 없이 활자 탐식가로서의 정체를 드러낸다. "나는 말머리 붙들고 엎치락뒤치락 끙끙대는 시치(詩痴)/ 하루라도 쓰지 못하면 손바닥에 가시가 돋는다"(「시치(詩痴)」)는 고백 역시 말의 매혹에 붙들려 놓여나지 못하는 "시바보"임을 입증한다.

후두둑, 후두둑, 빗방울 난타 속에
두리번거리며 날개 접는 백로 한 마리
노아의 방주에서 정찰 나온 새 같다
여윈 다리로 빗방울의 체온을 재 본 후
긴 부리로 물의 백지에 글을 쓴다
까딱까딱 생각에 잠긴 저 물음표는
사유의 무게로 흔들리는지도 모르지만
흙탕물에 비친 자신의 실체를 기웃거리는지도 모르지만
물 안에서 펄떡이는 지느러미를 찾는지도 모르지만
로댕의 〈생각하는 사람〉보다 더 상징적이다
세빛둥둥섬 둥둥 떠 있는 한강변에서
온몸으로 강줄기를 탐문하는 백로
아라베스크의 자세로 힘겹게 타전해 보지만
해독 불능의 메시지만 출렁인다

—「젖은 물음」 부분

이 시의 백로는 시인의 모습을 연상시킨다. 물로 행한 최후의 심판 날처럼 위태로운 지경에서도 백로는 날개를 접고 두리번거린다. 살기 위해 본능적인 몸짓을 행하기보다는 상황을 찬찬히 살피고 기록한다. "긴 부리로 물의 백지에 글을 쓴다"는 문장에는 그처럼 절박한 상황에서도 사색을 멈추지 않고 글을 쓰고자 하는 시인의 의지가 투사되어 있다. 날개를 접고 빗방울의 정도를 가늠하고 있는 백로는 위기 상황에서도 사유의 방식을 포기하지 않는 현자와 같다. 당장 몸을 숨길 장소를 찾아내기보다 "온몸으로 강줄기를 탐문"하는 것은 근본적인 방향을 모색하려는 시도이다. 시인은 언어와 서책으로 이루어진 지혜의 보고에 인류의 운명이 달려 있다고 보는 것 같다. "해독 불능의 메시지"가 범람하는 상태에서도 사유의 물음표를 거두지 않고 거듭 탐문하는 것만이 삶을 개진하는 방법이 될 수 있다.

김화순의 시에는 다채로운 비유들이 등장한다. 시 전체가 비유의 구조로 짜여 있기도 하고 부분적으로 비유적 표현이 쓰이기도 한다. 비유는 언어로 그리는 그림과도 같다. 모호한 관념도 비유의 거멀못을 거치면 눈에 잡힐 듯 선명한 형상을 이루게 된다. 시간이라는 가장 난해하고 본질적인 대상에 대해서도 시인은 무수한 활자들의 붓질로 풍경을 부여한다. 시인이 포착해 놓은 이색적이고 선연한 시간의 이미지들은 삶에 대한 근원적인 질문으로 우리를 이끈다.

환각과 상상

—이인철 시집 『회색병동』

병과 문학은 친연성이 깊다. 고통과 친숙하며 예리한 감각을 동반한다. 특별한 체험과 감각을 결코 외면하지 않는 문학에서 병은 오랫동안 익숙한 소재였다. 문학에서 병은 일상의 경계를 넘어서는 특별한 체험으로 인간 존재와 한계에 대한 뚜렷한 자각을 부여한다. 병은 건강한 몸과 마음이 감지할 수 없는 고통과 감각을 지각하게 한다. 그 자신 병약했던 토마스 만의 소설에서 주인공 토니오 크뢰거가 한 이야기처럼 "예술성이란 건강이 악화될수록 그만큼 날카로워진다." 건강한 상태에서 느낄 수 없는 첨예한 감각이 병적인 상태에서 발현되는 경험을 반영한 말이다.

대개의 병이 이럴진대 정신의 병으로 인한 감각의 특이성은 더 말할 나위가 없다. 환각은 정신의 병과 연관되는 특별한 증세로서, 예술가들에게는 꽤 오랫동안 관심의 대상이 되어 왔다. 때로는 환각제가 일으키는 정신적 작용을 몸소 실험해 보는 경우도 있었다. 보들레르는 환각의 특별한 느낌을 인정하면서도 그것이 인간의 의지와 존엄을 해친다는 이유로 신랄하게 비판했다. 앙리 미쇼의 환각 실험은 보다 공공연하고 지속적인 것이었다. 자신을 실험 대상으로 한 인간의 내면 탐구를 통해 그는 일상과 다르지만 분명히 존재하는 정신의 공간을 발견한다. 환각의 심연을 탐험한 끝에 그는 자아의 감각과 관념이 고정된 실체가 아니라 잠정적이고 변화무쌍하다고 증언한다.

이성적인 사고의 영역을 벗어나는 환상이나 직관은 미메시스와 함께 문학의 본질적 충동으로 거론되어 왔다. 코울리지 이후 상상력은 인간의 비이성적 감각과 이성적 사유를 연결시켜 주는 힘으로 인정을 받고 있다. 혼돈 상태의 환상 또는 환각은 상상력을 자극하는 질료이다. 그것은 익숙하고 고정된 사유의 울타리 너머에서 개척되지 않은 사유의 신개지를 제공한다. 환각은 병적 징후와 창조적 영감이 혼효되는 위태로운 지점에서 이러한 가능성과 맞닿는다.

이인철의 첫 시집『회색병동』이 흥미로운 점은 병적인 환각이 문학적 상상으로 발화되는 현장을 풍성하게 담아내고 있다는 것이다. 이 시집에는 군대에서 행해지는 폭력과 그로 인해 군 병원에서 치료를 받고 있는 화자가 경험한 정신적•육체적 증세가 상세하게 묘사된다. 군대와 병원이 암시하는 권력의 구조와 처벌과 훈육의 대상이 되어 있는 화자의 상황은 자발성에 기인하는 환각의 체험과 또 다른 특수한 사례에 해당한다. 이 경우 억압이나 금기의 폭력성에 대한 반동으로서의 환각의 의미는 더욱 강화된다. 증상의 치료를 위한 투약이 일으키는 무기력증과 환각은 현실과 더 멀어지는 거리를 환기시킨다. 시인의 예리한 감각에 포획된 이러한 특수한 체험은 시적인 표현들로 환치된다.

환상 속에서 가닿는 현실 저편의 아득히 먼 세계는 종종 별의 이미지로 그려진다.

상무대 610동 정신병원에서
대가리 없는 말들이 끄는 마차를 타고
말머리성운 속으로 도망친다
거기서 숨바꼭질을 한다
뿌연 성운 속에서 무엇으로든 몸을 바꿀 수 있다
번지는 마리화나 냄새
우리는 싱싱한 별을 뜯어 먹는 망아지들이 된다

—「말머리성운」 부분

언어의 교착 없이 명료한 묘사는 화자의 머릿속에 펼쳐지는 환각을 뚜렷하게 재현한다. 환각 속에서 그는 아득히 먼 말머리성운까지 가닿는다. "대가리 없는 말들이 끄는 마차를 타고/ 말머리성운 속으로 도망친다"는 표현은 환각의 묘사이자 정신의 상태에 대한 인상적인 상징이다. "대가리 없는 말"처럼 방향도 없이 무서운 속도로 탈주하여 그가 닿는 곳은 1,400광년 너머의 "말머리성운"이다. "대가리 없는 말"과 "말머리성운"의 거리만큼이나 육체와 정신의 괴리는 크다. "대가리 없는 말"은 결핍을 딛고 온전한 하나를 이루기 위해 "말머리성운"을 향해 달려간다. 그곳은 정신을 압박하는 금기나 처벌이 부재한다. 그곳에서만은 자유로운 몸으로 뛰어놀 수 있는 상태가 된다. "싱싱한 별을 뜯어 먹는 망아지들"은 그의 정신이 지향하는 자유롭고 활달한 경지를 드러낸다. 그런데 이런 정신적 방임의 상태는 약 기운이 작용하는 시간에 한한다. 그는 각성의 과정 또한 환각의 상태만큼 또렷하게 인지한다. "또다시 군번을 외우는 아침/ 우리는 말 울음소리로 운다"(「말머리성운」)라든지 "하프를 뜯던 손가락에서 뚝뚝 떨어지는 핏방울/ 새벽노을에 번지고 있어"(「갇힌 별」)에서처럼 환각에서 깨어나는 느낌도 선명한 이미지로 감각화된다.

자의적으로 행하는 환각은 아니지만 그는 이러한 특수한 상태를 회피하기보다는 오히려 정면으로 부딪치고 극한까지 가 보려 하는 투지를 보인다. "나는 그림자를 키우려고 걸어 다니는 나무의 뿌리/ 내게서 그림자가 더 자라지 않으면/ 나를 뽑아내고 새로운 그림자나무를 심을 거야/ 오늘도 나의 몇 그루가 뽑혀 나갔어"(「끝없이 자라나는 그림자나무」)에서 암시하는 것처럼 실상 너머의 그림자, 의식 너머 무의식의 세계를 늘 자각한다. 그에게 이 그림자의 세계는 말이 아닌 생각, 논리를 넘어서는 무서운 힘으로 증식한다. "너는 입이 없다/ 잎만 있다/ (…중략…)/ 생각은 꽃으로 피었다 지고 있다/ 너는 명령도 규율도 없다/ 꿈꾸지 않아도 된다/ 뿌리가 바위를 뚫고 깊이 들어간다/ 용암에 다다를 때까지// 페가수스자리가 바로 코앞이다"(「콩꽃」)에서처럼 동화 속 콩나무처럼 무한대로 자라나 별의 거리에 이른다.

이 행성엔 무기수들만 보낸다
영혼을 꽁꽁 싸맨 살덩어리 수갑을 채워서
탄생이라 한다
생명이라고 부른다
소중한 것들
이젠 모두가 그렇게 알고 산다 살아간다
간혹 전생의 기억을 찾은 자들은
수갑을 풀려고 높은 곳에서 뛰어내리거나
수갑의 목을 수갑 채운다
나는 운 좋게 이 감옥에서 글 쓰는 노역자로 선택되었다
그렇지 못한 이들은
제 수갑을 반짝반짝 빛나게 닦거나

머릿속에 지식을 꽉꽉 채워 신의 앵무새가 된다

—「글 쓰는 노역자」 부분

시인의 생각에 모든 인간은 "무기수"로 지구라는 행성에 보내진 존재들이다. 이 무기수들의 행동 양태는 세 부류이다. "전생의 기억을 찾은 자들"은 자신의 운명을 벗어나려 스스로 생명의 줄을 놓거나 몸부림치다 또 다른 감금의 상태에 빠지기도 한다. 자살자와 범죄자는 지구 감옥에서 말썽을 일으키는 불량한 무기수들이다. 반면에 모범 죄수들도 있다. 생명의 수갑을 반짝이게 닦으며 건강한 수감 생활을 영위하는 자들과 지식을 갈고닦아 "신의 앵무새" 노릇을 하는 자들이 그들이다. 전자이든 후자이든 허망하고 어리석어 보이기는 마찬가지다. 나머지 한 부류는 "글 쓰는 노역자"이다. "나는 운 좋게 이 감옥에서 글 쓰는 노역자로 선택되었다"고 하는 것으로 보아 이 부류가 가장 나아 보인다. 그 이유는 그들이 "신의 앵무새"로 머물지 않고 "전생의 기억을 찾"는 노력을 하기 때문일 것이다. 자신의 존재를 뿌리까지 의심해 보면서도 주어진 운명을 묵묵하게 감내해 나가는 것이야말로 지구별에서 운 좋게 글 쓰는 노역자로 선택된 자로서 시인이 지키려 하는 삶의 자세이다.

인간의 삶을 "무기수"와 같은 감금의 상태로 인식하게 되기까지 시인이 경험한 고통의 무게는 만만치 않다. 직접적으로는 군대에서의 폭력이, 근원적으로는 아버지의 폭력이 작용한 것으로 보인다. 이 시집에서는 군대 체험이 대부분을 차지하지만 다른 몇 편에 녹아 있는 어린 시절 체험에서 눈여겨보게 되는 것은 시인의 예민한 자의식에 상처를 준 것은 가난이 아니라 모멸이라는 점이다.

양푼에 곰삭은 해 한 수저 떠 넣고

붉은 밥을 비비면
칼칼한 입맛
고추씨 같은 별빛과
왕대나무 숲 붐비는 바람 소리
담 넘어 우리를 부르는 어머니의 가는 손
들린다

—「순창고추장」 부분

여름까지
묵은지 도시락 반찬을 싸 갔다
더럽다며
도시락에 침을 뱉어 버린
반장 홍섭이

군동내를, 가난을 싫어하는
부유한 그의 침 저항할 수 없었다

나는 그날부터 점심을 먹지 않았다

—「은어와 나」 부분

그의 시에서 가난한 가족의 밥상을 묘사하는 대목들에는 애틋하고 낭만적인 정취가 서려 있다. 「순창고추장」에서 오로지 고추장 맛에 의지하는 가난한 밥은 "고추씨 같은 별빛과/ 왕대나무 숲 붐비는 바람 소리"와 함께 독특한 미각으로 상기된다. 「들깻잎 3장」에서는 가난한 재수생 시절 사촌 누이들과 함께 먹던 깻잎조림이, 「조각달을 보면 홍두깨로 밀고 싶다」

에서는 어머니와 할머니가 만들어 주던 칼국수가 가난하지만 따뜻한 기억으로 그려진다. 이에 비해 「은어와 나」에서는 어린 시절 도시락 때문에 당했던 치욕스런 경험이 드러난다. 가난이 아닌 가난에 대한 멸시와 모욕이 트라우마로 자리 잡는 장면을 엿볼 수 있다. 타자에 대한 부당한 시선과 폭력은 씻을 수 없는 상흔을 남긴다. 어린 시절의 고통스러운 체험은 그의 무의식 깊숙이 잠재돼 있다가 군대 생활에서 겪은 극심한 폭력으로 인해 더 이상 제어되지 못하고 표면으로 솟아오른 것이다.

고통과 상처의 표현에 있어 그는 남다른 차원을 획득하기에 이른다. 극한의 고통 속에서 환각이 일으키는 육체와 정신의 해리 상태를 선명하고 감각적인 이미지로 구체화하여 문학적 상상의 폭을 넓혀 놓았다. 그의 시는 병적인 환각을 창조적 상상으로 치환하는 데 성공한다. 이에는 시인으로서의 자의식과 균형 감각이 긴밀하게 작용하고 있다. 그의 시는 또한 폭력과 환상이 첨예하게 결부되는 지점을 탐사하여 억압과 금기의 사회적·존재론적 의미를 환기시킨다.

이러한 성과와 함께 앞으로 이 시인이 감당해야 할 새로운 도전의 부담도 적지 않아 보인다. 이 시집에 가득했던 '회색병동'의 자취는 더 이상 반복하기 힘든 소재로서의 특성이 강하다. 소재주의의 한계를 벗어나 시작을 계속하기 위해서는 새로운 시선과 방법이 확충되어야 할 것이다. 다행스럽게도 '회색병동'에서 빗겨나 있는 몇몇 시편들에서 그러한 가능성을 확신할 수 있다. 「천수만에서」와 같이 범상해 보이는 자연의 묘사에 상처의 깊이를 결합해 내는 범상치 않은 공력이 앞으로 태어날 그의 시에서 더욱 빛나리라고 본다.

무거운 생의 은밀한 꿈

—이화은 시집 『미간』

이화은 시집 『미간』은 『이 시대의 이별법』 『나 없는 내 방에 전화를 건다』 『절정을 복사하다』를 잇는 네 번째 시집이다. 첫 시집의 자서에서 "단 한 명의 독자도 나에겐 너무 많다"며 더할 수 없는 겸양의 태도를 보였던 시인은 실제로는 누구보다 소통이 잘 되는 시를 써 왔다. 그녀의 시에는 누구나 공감할 만한 삶과 자연에 대한 성찰이 친숙한 언어들로 표출되어 있다. 이화은의 시는 외계에 대한 주체의 정서적 반응이 중심을 이루는 서정시의 근본적인 특질에 부합한다. 가족, 자연, 일상 등 시인이 접촉하는 모든 대상은 주관의 필터를 통해 변형되고 서정의 색채를 입으면서 '시적' 상태가 된다. 어떤 대상과 경험이든 강력한 주관에 의해 통합되어 일관성을 띤다. 그녀의 시가 속도감 있게 읽히며 활달한 느낌을 주는 것은 그 때문이다.

대상의 관찰에 치중하는 시도 있고 주체 내면의 성찰이 주를 이루는 시도 있지만 이화은의 시는 대상과 주체의 부단한 교섭이 특징적이다. 대상에서 촉발된 사유는 곧 주체의 의식과 한 몸을 이루고 내면의 성찰은 반드시 밖으로 확산되어 간다. 이 시인은 울림통 좋은 악기와도 같이 어떤 소리이든 거둬서 자신의 것으로 만들고 또 공명하며 널리 펼쳐 놓는다. 그녀의 시에서 좋은 울림통의 역할을 하는 것은 풍부한 상상력과 낭만적 감성이다. 시인은 무엇이든 닿으면 순식간에 증식시키는 상상력의 촉수를 지니고 있다. 그 상상력을 움직여 가는 것은 분방한 낭만적 기질이다. 「미간(美間)」이라는 시를 보면 시인 자신도 이러한 성향을 잘 파악하고 있는 것으로 보인다.

> 눈썹과 눈썹 사이가 멀어 시인이 된 여자
>
> 눈썹과 눈썹 사이를 평생 걸어가는 여자
>
> 눈썹에서 눈썹까지
> 한 번도 당도하지 않은 여자
>
> 잃어버린 황금 눈썹 한 포기를 찾아
> 끝없이 방황하는 여자
>
> 상상의 구름 떼가 그녀의 눈썹을 뜯어 먹는다
> 흰 이마에 푸른 번개가 뜨고
>
> 별을 보고 점을 치는 예언자처럼
> 가장 뜨거운 시의 심장을 훔쳐 도망쳐 온

눈썹과 눈썹 사이 광활한 미간(眉間)

*미간이 넓으면 상상력이 풍부하여 문인의 기질이 있다 함.

—「미간(美間)」 전문

이화은 시인의 시원한 눈과 눈썹은 한번 보면 기억될 정도로 인상적인데 시인 자신도 그런 눈썹에서 시인으로서의 운명을 발견한 듯하다. 관상은 스스로 그것을 받아들일 때 비로소 운명이 된다. 이 시에서는 그 눈썹만큼 뚜렷한 시인으로서의 운명을 확신하게 된 시인을 만날 수 있다. 거부할 수 없는 징표처럼 자신에게 각인되어 있는 특별한 눈썹을 인정하며 그녀는 시인으로 살아갈 것을 다짐한다.

이 시에서도 그녀의 활달한 상상력과 낭만적 기질은 여지없이 확인된다. 미간의 넓이와 문인의 기질을 연관시키는 속설에서 촉발된 상상은 "눈썹과 눈썹 사이를 평생 걸어가는 여자"로 이어진다. 미간의 넓이가 상상력과 비례한다면 시인으로서 자신이 가야 할 길도 거기에 놓여 있다고 여기기 때문이다. "눈썹과 눈썹 사이 광활한 미간(眉間)"에 시의 길이 있다면 시인으로서 그녀는 아직 "한 번도 당도하지 않은" 길을 걷고 있는 셈이다. 그 길을 부단히 걷는 이유가 "잃어버린 황금 눈썹 한 포기" 때문이라는 상상은 다분히 낭만적이다. 잃어버린 황금시대에 대한 향수와 지향이야말로 낭만성을 추동시키는 근본적인 힘이기 때문이다. 불가능한 꿈에 대한 갈망으로 인해 낭만적 상상은 격렬하다. "상상의 구름 떼가 그녀의 눈썹을 뜯어 먹"고 "흰 이마에 푸른 번개가" 뜬다. 이 격렬한 상상의 순간 시인은 "가장 뜨거운 시의 심장을 훔쳐" 낼 수 있다. 넓은 미간(眉間)에 새겨진 시인의 표지를 의식하며 시의 미간(美間)을 펼쳐 가고자 하는 그녀는 열정의 시인이다.

장자의 '호접몽'은 현실과 꿈의 모호한 경계에 대한 절묘한 비유를 내포하고 있어 시인들이 즐겨 인용하는 이야기다. 시인들은 대개 현실과 꿈 사이에 가로놓인 장자의 후예들이 아닐까? 낭만적 성향의 이화은 시인 역시 현실과 꿈의 긴장 관계를 예리하게 포착해 왔다. 이 시집을 여는 서시에 해당하는 「나비」는 장자의 '호접몽'과 긴밀하게 연관되어 있다.

저 가벼운 터치를
시라고 말해도 되나

저 단순한 반복을
시라고 말해도 되나

저 현란한 수사를
시라고 말해도 되나

허공을 즈려밟는 위험한 스텝을

꽃에 얽힌 지루한 염문을

한 번쯤
하루쯤
한 生쯤은 몸을 바꾸고 싶은

저 미친 외출을 시라고, 시인이라고 말해도 되나

—「나비」 전문

"가벼운 터치" "단순한 반복" "현란한 수사"로 속도감 있게 이어지는 나비의 자태는 시의 언어를 연상시킨다. 이 모든 것이 의미와 가치를 지향하는 현실의 언어와는 거리가 멀다. "허공을 즈려밟는 위험한 스텝"과 "꽃에 얽힌 지루한 염문"에서 나비 혹은 시의 존재는 더 한층 현실원칙에서 멀어진다. 현실원칙과 쾌락원칙의 긴장 관계에서 쾌락원칙 쪽으로 기꺼이 이끌리는 것이 시라는 생각을 엿볼 수 있다. 그리하여 현실원칙의 막강한 지배 속에서 "한 번쯤/ 하루쯤/ 한 生쯤은 몸을 바꾸고 싶은" 욕망이 시 또는 시인의 생리라 한다. 현실의 자장을 가볍게 넘나들 수 있는 시 또는 시인 특유의 어법과 상상을 의식한 말이다. 시 또는 시인은 현실의 규범적 언어를 벗어나는 잉여의 형식으로 자유로운 사유를 실현하고 무용하고 허황한 행위로 세상의 규범을 일탈한다. 장자는 '호접몽'을 통해 우리가 갇혀 사는 현실의 무상함을 충격적으로 제시한다. 꿈에서 잠시 벗어나 본 세상이지만 돌이켜 보면 꿈과 다를 바 없이 헤어나지 못해 갇혀 있는 것이 아닌가. 시인들은 유연한 상상력으로 현실의 경계를 쉽게 넘어 삶의 다양하고 광활한 층위를 펼쳐 보인다. 그리하여 견고한 현실의 장벽을 의심하고 다른 세상을 꿈꿀 수 있게 한다. 현실의 관점에서는 "미친 외출"에 불과한 일탈적 상상이 시를 어떤 구호보다도 자유의 편에서 앞장서게 한다.

현실원칙과 쾌락원칙 사이의 긴장과 갈등이 인간의 삶을 추동해 가는 것처럼 꿈과 현실은 삶을 견인하는 상보적인 힘이다. 꿈 또는 상상은 삶에서 무익한 잉여에 불과한 것이 아니라 현실을 견딜 수 있게 하는 근본적인 작용이다. 더 이상 꿈꿀 수 없는 자는 삶의 욕망을 급속도로 상실하게 된다. 이화은 시인은 삶의 활력소가 되는 꿈과 상상의 기능을 간파하고 있다. 시인은 '호접몽'이나 '무릉도원' 같은 친숙한 동양의 서사를 활용하여 꿈의 중요성을 환기시킨다.

무릉도원이 없는 자두는
은밀한 자두 맛이 나지 않고 한 생이
한 저녁만큼 더디 간다는 생각을 오래 하네

—「은밀한 자두」 부분

시인이 어렸을 적 놀았던 자두 밭은 무릉도원처럼 비밀스럽고 행복했던 장소로 기억된다. 그곳에서 맛본 은밀한 쾌감과 풍부한 상상은 잊을 수 없는 열락의 감각으로 남아 있다. 이런 충족감이 없다면 삶은 황량한 사막에 불과할 것이다. 오랜 세월이 지나 그때의 자두 밭은 망가지고 "무릉도원이 없는 자두는/ 은밀한 자두 맛이 나지 않"는다. 무릉도원 같은 꿈의 공간에서 만날 수 있는 "은밀한" 생의 맛은 황량하고 지루한 삶을 견디게 하는 신약이다. 무릉도원과 현실의 시간은 반비례한다. 은밀한 맛을 잃은 한 생은 "한 저녁만큼 더디 간다". 꿈은 현실의 소모품이 아니라 충전제여서 현실의 활력을 강화한다. 시의 "미친 외출"은 헛된 망상에 그치지 않고 현실을 견딜 만한 것으로 만든다.

이화은 시에서 상상은 현실과 분리되어 있지 않고 끊임없이 길항하면서 작동한다. 그녀의 시에서 나타나는 활달한 상상은 기실 현실의 막강한 중력에 대한 반작용으로 볼 수도 있다. 현실의 압력에 매몰되지 않기 위해 광활한 상상의 공간으로 비약하는 것이다. 시인은 생로병사에서 헤어날 수 없는 고해로서의 삶을 직시하고 비애를 근본 정서로 삼는다. 여러 편의 시와 산문에서 시인은 자신이 유난히 눈물이 많다고 고백한 바 있다. 눈물이 많다는 것은 삶에 대한 감수성이 풍부하다는 증거이기도 하다. 「아는 병」에는 썩은 어금니를 치료하면서도 눈물을 주체하지 못한 경험이 드러나 있다. 아파서가 아니라 "오래 친한 병"이어서 "너무 친해서 썩은 병"이라는 생각에 운다. 아는 병 하나를 통해 "모르는 병 백 개 천 개"를 떠올리며 병고에서 헤어날 수 없는 육신의 굴레에 대해 운다. 어쩌지 못하고 짊어져야 하는 삶의 무게에 대해 시인은 예민하게 자각한다.

그녀의 시에 심심치 않게 등장하는 가족사도 삶에 대한 묵직한 체험을 드러낸다. "뿌리를 뿌리째 제거한 우리 가계는 드디어 뿌리로부터 자유로워져 마침내 뜬구름이 된 것이었는데, 뿌리 없는 生이 왜 이리 무겁냐고 누군가 내 생각의 뿌리를 찬찬히 뜯어내고 있다"(「근성(根性)」)에서 가족이라는 뿌리는 무거운 생의 근원을 이룬다. 가족이 대표하는 인연의 사슬에서 벗어나는 것은 나무뿌리를 제거하는 것처럼 수월하게 되는 것이 아니다. 사람 사이의 관계와 인연의 질긴 사슬은 고통과 슬픔이라는 생의 무게를 벗어나기 힘들게 한다.

슬픔은 이화은 시에서 익숙한 정조이다. 그녀의 시에서는 자연도 관찰의 대상이기보다는 시인 자신의 내면을 반영하는 양상을 보인다. 주정적으로 포착된 자연의 비애는 그것을 바라보는 자의 비애와 다르지 않다. "그늘 수만 평이 따라온다/ 늙은 바람이/ 갈대의 몸속에서 꺽꺽/ 울음을 꺾는다"(「금강 하구언 갈대밭에 갔을 뿐」), "같이 죽자/ 장대 같은 아들의 멱살을 움켜잡고/ 새벽 얼음물 속으로 끌고 드는 아비와/ 두 다리 한사코 뒤로 버팅기는/ 아들/ 그날 강물은 소뿔에 받혀 퍼렇게 멍이 들었더니"(「또, 겨울강」) 등 시인이 자연에서 발견하는 격렬한 슬픔은 지극히 인간적인 시선을 드러낸다. 시인은 자신의 "진흙 같은 슬픔"(「춤추는 소문」)을 투영할 수 있는 대상을 예리하게 포착한다. 슬픔과 슬픔이 만나 증폭되며 신명나게 확장되는 장면을 기대한다. "동백아가씨도/ 연분홍 치마도 2절이 좋더라// 1절에서 겨우 목청 푼 슬픔이/ 2절에 가서야 시리게 늑골로 스며들지요"(「세상의 모든 2절」)에서 알 수 있듯 시인은 감정이 농익어 풍성하게 발화하는 상태에 이끌린다. 이런 상태에서는 주객의 경계가 흐려지며 하나로 어우러지는 일체감을 느낄 수 있기 때문이다. 슬픔도 공명하면서 따뜻해지는 감정의 마술을 그녀는 알고 있다.

시인은 연륜이 쌓일수록 대상을 바라보는 시선이 열리며 관계의 양상에 주목하게 된다. 대부분의 현상은 절대적인 것이라기보다 상대적인 것이며 관점과 의식에 따라 달라지는 것이다. 시간에 대한 의식이 대표적이다. 어린 시절 그리도 지루하던 시간이 나이가 더할수록 빠르게 느껴지는 것은 시간에 대한 감각이 변했기 때문이다.

권현형 시인의 딸 네 살박이 眞이
마루 끝에 올라앉은 햇살을 밀어내며
할머니 하루가 왜 이리 기나
강원도 사투리로 푸념을 하였다는데

眞아
네 따뜻한 무릎 아래서 가르릉거리는 그 하루가
꼭 약삭빠른 고양이 같아
네 붉은 뺨의 단물을 다 핥아먹고 나면
언제 꼬리를 감출지 모른단다
후딱 담장을 뛰어넘어
저 어두운 골목 끝으로 사라져 버릴지도 몰라

(…중략…)

지금 네 곁에서 너와 놀고 싶어 하는 그 하루
당기지도 밀지도 말고 그냥 친하게 지내려무나
단! 하루가 얼마나 슬프고 애틋한 이름인지 말해 주기엔

진아

하루가 왜 이리 짧나

—「긴, 하루」 부분

"하루가 왜 이리 기나"라는 어린 진의 물음에 대한 화답처럼 쓰인 이 다정한 시에서 시인은 변화무쌍한 시간에 대한 감각적인 성찰을 드러낸다. 시간은 약삭빠른 고양이 같아 한없이 느긋해 보이다가도 느닷없이 사라져 버린다는 것이다. "붉은 뺨의 단물을 다 핥아먹고 나면", 그러니까 어린 시절이 끝나 갈 때쯤이면 어느새 멀리 달아날 것이다. 그러면 지금은 지루할 뿐인 하루가 얼마나 슬프고 애틋한 이름이 되겠는가. 이런 시간의 비밀을 말해 주기에도 하루가 너무 짧다는 말에서 시간의 상대적 길이는 역설적으로 강조된다.

시간의 길고 짧음이 상대적으로 감지되는 것처럼 삶의 여러 국면들이 그러하다. 심지어 삶과 죽음조차도 서로의 관계 속에서 비로소 분명히 파악할 수 있는 것이다. 「저 저 밤고양이」에서는 밤마다 자동차 앞에 도사리고 앉아 삶과 죽음이 교차되는 장면을 즐기는 것처럼 보이는 특이한 고양이가 등장한다. 눈을 감고 어둠 속에 잠겨 있다 자동차가 급브레이크를 밟아야 비로소 눈을 번쩍이며 어둠 속에서 사라지는 이 고양이는 목숨을 담보로 삶을 확인하는 게임에 익숙하다.

어둠의 무대에서는 누구나 까닭 없이 절박해져

제 목숨을 맹렬히 몰아붙여 달려오는 죽음 앞에 웅크려 보고 싶은 것이다

죽음이 급브레이크를 밟아야 겨우 제 삶을 확인하는,

싱싱한 파열음 몇 개가 오늘도 약용으로 식용으로 급하게 흩어지고 있는,

밤

—「저 저 밤고양이」 부분

러시안 룰렛게임이나 이 고양이의 특이한 반응에서 극단적으로 표출되는 것처럼 삶은 죽음과 마주할 때 가장 분명해진다. 죽음이 급브레이크를 밟는 순간 삶은 선연한 자신의 몸피를 감추지 못한다. 죽음 없이 삶은 잘 감지되지 않고 죽음과 바짝 마주한 순간에야 그 전모를 드러내 보인다.

삶과 죽음이 예리하게 맞붙어 있는 장면에 대한 시인의 관심은 각별하다. 위 시의 특이한 고양이처럼 죽음을 통해 살아가는 또 다른 존재들이 있다.

> 한 죽음을 두고 원래 설(說)이 분분한 법이지만
> 저 주목의 사인(死因)에 대해 나는 자살 쪽에 무게를 둔다
> 나무는 자기의 죽음을 예감하고 있었을 것이다
> 불빛에 쫓긴 붉은 지네처럼
> 저 나무도 제 몸에서 목숨이 빠져나가는 걸
> 오랫동안 지켜보았을 것이다
> 희고 성성한 머리칼부터 한 다발 밀어 올리는 갈대도
> 태어나면서 이미 자살을 꿈꾸고 있다
> 한번 죽은 자들, 죽음의 맛에 길들여진 자들은
> 그 꿈을 아주 접진 못한다
>
> —「싸인(Sign)」 부분

주목의 말라붙은 몸이나 나면서부터 성성한 갈대의 머리칼은 그 자체 그들의 사인(死因)에 대한 사인(Sign)이라고 시인은 말한다. 그들의 특이한 생리에서 만성 자살의 경향을 발견한 것이다. "죽음은 또 몇 천 번의 윤회를 되풀이해도/ 끊을 수 없는 중독"이어서 막을 수 없다고 한다. 살아서 이미 죽음의 맛에 길들여진 이들에게 삶은 죽음과 다르지 않다. 이들

이 추구하는 욕망은 삶의 테두리 바깥을 향해 있다. 라캉은 이러한 충동이 안전한 쾌락이 아닌 고통스러운 희열을 향하며 이전의 삶과는 다른 새로운 삶의 공간으로 진입하게 한다고 했다. 형상 그 자체가 강렬한 죽음의 욕망을 표출하고 있는 존재들의 사인에서 시인은 삶과 죽음의 다층적인 면모를 발견한다.

이 시집에서는 하나의 현상에서 삶의 아이러니한 면모를 포착하는 예리한 시선이 두드러진다. 경계에 민감한 시인이 삶과 죽음이 맞닿아 있는 극적인 장면을 놓칠 리 없다. 죽음이 바짝 다가왔을 때 삶을 확인하는 고양이나 나면서부터 죽음을 실현하는 주목이나 갈대의 독특한 이미지는 단순한 이분법으로 규정하기 힘든 '관계'의 문제를 제기한다. 삶과 죽음이 그러하듯 주체와 타자 역시 서로 틈입하고 작용하며 긴밀한 관계를 형성한다.

> 밤중에 전화를 걸어
> 누 구 세 요
> 나더러 누구냐고 묻는다
> 그 목소리가 늦은 골목의 깊은 발자국처럼
> 빗물에 고인 불빛처럼 눅눅히 귓속으로 스며든다
> 전생을 오래 걸어온 듯 먼
> 전생을 묻는 듯
> 하마터면 내가 대답할 뻔했다
> 나도 모르는 내 전생을 말해 버릴 뻔했다
>
> —「물음표가 없는 질문」 부분

이 시에서 시인은 밤중에 걸려온 전화로 '누구세요'라는 황당한 질문을 받고서 주체와 타자가 혼융되는 특이한 경험을 한다. 주체와 타자의 역할이 바뀐 통화로 인해 시인은 신선한 충격을 받고 과연 나는 누구인가라는 질문에 휩싸인다. 주체를 타자화하면서 자신을 새롭게 돌아보는 계기를 얻은 것이다. 멀리서 들려오는 듯 작은 목소리, 대답을 기다리지도 않고 잦아드는 소리에서 시인은 마치 전생의 자신을 만나는 듯한 느낌을 받는다. 며칠 동안 뇌리를 떠나지 않는 그 전화가 다시는 걸려 오지 않자 "유리창에 스며든 산 그림자처럼/ 나도 그에게 스며들었던 것일까/ 그래서 내가 누군지/ 누구의 몇 번째 生인지 다 알아 버린 것일까"라고 상상한다. 나의 그림자인 듯 한밤의 고독과 슬픔을 투영하는 그 목소리에서 시인은 어느새 주체와 하나가 되어 버린 타자를 발견한다.

이분법적 사고에서 자유로울 때 주체와 타자는 쉽게 경계를 벗어나고 자리를 뒤바꾸기도 한다. 위의 시에서는 타자의 미약한 목소리에서 주체를 만나며, 「나, 일백 개의 무덤」에서는 어머니의 강력한 목소리가 주체의 자리를 차지한다. "내가/ 어머니의 무덤인 줄 몰랐습니다/ 어머니에게서/ 힘껏 도망쳤을 때 그때도/ 어머니는 내 안에 있었습니다"에서 볼 수 있듯 어머니는 나를 잠식하고 주체의 위치에 놓여 있다. 이런 주객의 전도로 인해 죽은 어머니가 차지한 나는 곧 어머니의 무덤이라는 아이러니가 발생한다. 시인이 어머니에게 느끼는 복잡한 심리는 앞으로도 흥미로운 탐구 과제가 될 만한 것으로 보인다. 여성 시인에게 어머니는 '아버지의 이름'과 또 다른 상징적 질서로서 주체의 인식에 결정적으로 작용하기 때문이다.

아이러니 또한 시인이 개척해 갈 만한 시의 영토이다. 특유의 직관과 역동적 사유는 대상의 본질을 꿰뚫고 모순이 혼재하는 존재의 양태를 포착하는 데 유리하다. "내 두통과 같은 계절에 피는 자목련 한 그루/ 이마에 서리꽃이 박힌 청교도의 푸른 피와/ 창녀의 붉은 피가 만나/ 저렇듯 아픈 보라로 피었는지/ 내 살 속에서 숨죽여 우는/ 꽃의 울음소리를 들은 이후 나는 다만 저 꽃을 곁눈으로 훔칠 따름이다"(「아픈 보라로 피다」)에서 자목련의 빛깔을 절제와 정념의 처절한 대결의 흔적으로 상상하며 더 나아가 그것이 모든 생명의 업이라는 사실을 자신의 두통과 연결시키는 풍부한 감성은 차가운 아이러니의 정신에 인간적 온기를 더한다.

이화은 시인은 이제 더 이상 시인으로서의 운명을 의심하지 않고 광활한 시의 미간(美間)을 횡단하려는 의지로 충만하다. 활달한 상상력과 풍부한 감성에 더해져 현상의 이면을 포착하는 예리한 지각이 그녀의 시를 더욱 다채롭게 분화시키고 있다. "지구의 비밀을 훔치는 호기심 많은 아이"(「귀여리 마을을 지나다」)처럼 "은밀한 소리"를 좇는 시인의 밝은 귀는 존재의 비의를 향해 활짝 열리고 있다.

삶과 서정의 뿌리

—최서림 시집『버들치』

1. 세상의 가시와 말의 혀

최서림 시인이 등단한 지 20년 만에 여섯 번째 시집을 내놓았다. 그는 시론가로서도 활발하게 활동하면서 시의 창작과 이론 사이에서 절묘하게 균형을 유지해 왔다. 시 창작과 이론에서 그는 일관된 관점과 태도를 보여 준다. 그는 우리 시의 본류에 해당하는 서정시의 힘과 아름다움을 탐구해 왔고 자신의 시를 통해서도 그것을 추구해 왔다.

20년 간 지속된 그의 시 세계는 하나의 축을 중심으로 반복과 변화를 거듭하며 나선형으로 진행되는 양상을 보인다. 그의 시에서 변하지 않는 중심축은 삶과 말에 대한 관심이다. 그가 관심을 두는 삶은 대개의 서정시에서 중심을 이루는 개인적 차원에 한정되지 않는다. 그는 첫 시집『이서국으로 들어가다』에서 집중적으로 보여 주었던 바와 같이 고향 사람들에게서 발견한 삶의 원형에 대한 탐색을 지속해 나가고 있다. 고대 부족국

가였다는 이서국의 흔적이 옛 문헌의 한구석에만 흐릿하게 자리 잡고 있는 것처럼 유토피아는 부재한다고 보며 거칠고 궁핍한 삶을 현실로 직시하는 것이 시인의 기본적인 시선이다. 그러면서도 이서국의 후예인 고향 사람들이나 살아오면서 만난 많은 불우한 인생들을 끈끈하게 지탱하고 있는 삶의 저력이 무엇인지에 대한 탐문을 그치지 않는다.

시인으로서 그리고 시론가로서 그는 언어에 대해서 남다른 관심을 보인다. 언어는 시의 질료일 뿐 아니라 의사소통의 기본적인 방법이다. 그는 가시처럼 거칠고 험한 말로 가득한 세상의 언어를 관찰하는 데서 그치지 않고 시의 언어는 그러한 말을 감싸고 어루만지는 물렁물렁한 혀의 역할을 해야 한다고 생각한다. 서정시야말로 삶의 상처와 비애에 공감하면서도 그 본바탕을 탐구하고 치유와 각성의 언어를 실현할 수 있는 저력을 지닌다고 보고 그 가능성을 추구해 나가고 있다.

2. 시간의 원근법

최서림 시가 삶과 말에 대한 관심을 중심축으로 하여 나선형으로 전개되었다고 볼 때 그 차이는 주로 연륜에 따른 관점의 변화에서 발생하는 것으로 보인다. 시간의 변화에 따른 관점의 차이가 확연하지 않던 이전 시들에 비해 점점 기억의 원근법이 작용하는 경우가 많아지고 있다.

1급수에서만 산다 개울로 흘러드는 샘물을 먼저 마시려 떼를 지어 욜욜거린다 물정 모르는 어린애들처럼 순진해서 곧잘 낚인다 어망에 갇히면 가슴이 답답해서 곧장 죽어 버리는 녀석들도 있다 성(姓)이 송씨여서 초등학교 때부터 송사리, 송사리라 불린 진짜 송사리같이 맑고 여린 친구가 있었다

> 탁류 같은 서울은 겁이 나서 못 살고, 대구쯤에서 그것도 한적한 변두리에서 겨우겨우 숨을 몰아가며 살고 있다 초등학교를 떠나지 못하고 문구점을 하며 커다란 두 눈 껌벅이고 있다 고향 떠나 잡어가 다 되어 버린 친구들 사이에서 전설이 되어 가고 있는 친구, 인터넷에다 '송사리'란 카페를 열어 놓고서 여기저기에다 샘물을 퍼 나르는 친구, 나같이 눈이 퇴화된 잡어들을 불러 모으고 있다 그 방에 들어가면 누구나 금방 이마가 둥글고 눈이 순한 송사리로 변해 버리고 만다
>
> —「송사리」 전문

이 시에서 볼 수 있듯이 화자의 진술에서 시제는 시간의 원근법에 따라 정확하게 구분된다. 첫 부분은 송사리의 생리에 대한 사실적 진술이기 때문에 현재형으로 쓰여 있다. "성(姓)이 송씨여서 초등학교 때부터 송사리, 송사리라 불린 진짜 송사리같이 맑고 여린 친구가 있었다"는 부분은 초등학교 시절의 기억이기 때문에 과거형으로 나타낸 것이다. 초등학교 이후부터 현재까지의 시간은 현재형으로 진술해 놓았는데 그 안에서도 미묘한 시간차를 드러내고 있다. "되어 버린"과 "되어 가고"의 차이 같은 것이 그러하다. 수십 년 세월 동안 "고향 떠나 잡어가 다 되어 버린 친구들"이 있는가 하면 여전히 고향을 지키며 "전설이 되어 가고 있는 친구"가 있다. 마지막 부분에서는 그 친구가 열어 놓은 인터넷 카페를 드나드는 현재의 심경에 대해 "그 방에 들어가면 누구나 금방 이마가 둥글고 눈이 순한 송사리로 변해 버리고 만다"며 한결 세심한 현재형 시제로 표현하고 있다. 산문체로 이루어진 시의 몇 개 문장 안에서도 시간의 편차가 분명하게 드러나며 입체적으로 작용한다.

시간의 원근법에서 중심이 되는 것은 단연 현재의 시인이다. 위의 시에서 "나같이 눈이 퇴화된 잡어들"로 표현된 시인 자신이 현재로부터 시간

의 거리를 가늠하는 기준이 된다.

바람이 흔들지도 않는데
목련꽃이 저 홀로 떨어지고 있네

마른 우물이 들어앉은 가슴 안에서도
꽃잎이 철렁, 철렁, 떨어지고 있네

우물 안에 쪼그리고 한숨짓는 초로(初老)의 사나이,
버석거리는 손바닥으로 떨어지는 봄을 받쳐 드네

—「봄날 1」 전문

현재형 시제로 일관하는 이 시에서 시간의 중심은 "초로(初老)의 사나이"로 표현된 시인 자신이다. 바람이 흔들지도 않는데 저 혼자 떨어지는 목련꽃은 생명의 유한성에 대한 명백한 상징이다. 마른 우물 같은 가슴속마저 흔들어 댈 정도로 유한성의 자각은 선연하다. 이 사나이는 지금 우물을 들여다보며 자아를 성찰하고 있다. 우물을 통해 자신의 생애를 회고하고 있는 사나이의 자세는 편치 못하다. 고작 "쪼그리고 한숨짓는"다. 회한 가득한 삶 앞에는 냉혹한 조락의 시간이 대기하고 있다. 가슴만큼이나 버석거리는 손바닥으로 그는 안타깝게 저무는 봄의 한 자락을 받쳐 든다.

나이 들어가는 자신을 의식하기 시작하면서 시인은 시간에 대한 예리한 각성을 드러낸다. 오래된 기억과 현재의 시간적 편차를 가시화한다. 「검은등뻐꾸기」「모래무지」「가물치」「동사리」 등 유년의 체험이 주축을 이루는 시들에서는 뚜렷한 장면 묘사와 과거형 시제가 어울려 기억 속에 각인된 과거의 시간을 환기한다. 유년 체험은 기억의 원형을 이루며 시간의 원근법에서 까마득하게 먼 과거의 지점에 자리 잡고 있다. 주로 놀이의 체험으로 가득한 유년의 기억은 천진하고 충만한 삶의 원형을 재현한다.

유년의 기억을 지나면 불만과 불안이 가득했던 젊은 시절이 스쳐 간다. "우리는 안개보다 모호한 적개심과/ 맨홀보다 어두운 패배감 사이를 갈팡질팡하며/ 잔디밭에서 엉겨 김밥말이 놀이를 하곤 했다"(「고래사냥」)와 같은 회고를 통해 젊은 시절의 어둡고 흐린 기억을 엿볼 수 있다. 이 시집에서는 젊은 시절의 기억이 드러나는 시가 거의 없고 유년이나 현재의 삶을 그린 시들이 주를 이룬다. 최초의 기억과 최근의 기억이 축을 이루며 시간의 지층을 형성하고 있는 셈이다. 현재의 시인은 자신이 초로에 접어들었다고 느끼며 회한에 젖는다. "삶의 피멍들이 스르르 풀려나온다"(「자화상」), "괄호 속에 끼인 십일월같이 우울한 생(生)"(「십일월」), "울퉁불퉁한 내 생(生)의 실개천"(「야생화병(病)」)에서와 같이 현재의 시인은 지나온 삶의 굴곡을 돌아보며 쓸쓸한 정서에 사로잡힌다. 시간의 유한성을 예리하게 자각하며 삶의 근원적 의미를 파악하려 한다.

3. 황량해서 아름다운 생

시인이 자신을 비롯한 사람들의 삶을 유심히 들여다보며 느끼는 삶의 본질은 고달프고 쓸쓸하다는 것이다. 그의 눈길은 대개 가난하고 힘겹게 살아가는 사람들을 향해 있다. "사람은 보이는 것만 본다/ 흙탕물이 휩쓸고 지나간 집 같은 내면은/ 자세히 들여다볼 때만 겨우 보인다"(「처마가 길바닥에 닿는」)는 것을 그는 안다. "지리한 인생의 장마 끝에나/ 슬쩍 보이는 법"이라는 황막한 삶의 풍경에 그는 일찌감치 친숙해져 있다. 이서국이었던 고향 마을 사람들의 다채로운 삶을 추적하는 데서 촉발된 타인들에 대한 남다른 관심은 현실에서 마주치는 많은 이웃들에 대한 관심으로 이어지고 있다. 그의 눈길은 특히 "길바닥보다 낮은 동네"의 적나라한 광경에 머문다. 삶의 끝자락에 내몰린 가난하고 소외된 사람들에게서 그는 자신이 보고자 하는 것을 본다. 그것은 꾸미지 않은 삶의 맨얼굴이다.

가난 속에서 표출되는 삶의 근원적 국면들은 더욱 강렬하다. 「감자 먹는 사람들」에서는 시간과 공간의 차이를 넘어 가난한 사람들이 공유하는 삶의 풍경을 그리고 있다. 왜정 때 배삼식 씨가 온종일 황장목을 나르고 받아먹던 물감자, 봄베이의 불가촉천민 핫산이 허리도 펴지 못하고 먹는 꿀꿀이죽 같은 카레, 영국의 탄광촌 테버셜의 광부들이 허기를 메우던 돼지감자, 누에넹 들판에서 농부들이 갈고리 같은 손으로 먹던 설익은 감자, 한겨울에 난방도 못 하는 가난한 독거노인이 하루 끼니를 때우는 라면 등 가장 가난한 자들의 음식이 나열되면서 황막한 분위기를 이룬다. 음식이 생존의 위기와 직결될 정도로 참담한 가난은 삶의 적나라한 본질을 들추어 보인다. 시인은 포장이 뜯긴 삶의 모습을 통해 그 본래의 바탕을 만나려 한다.

가장 낮은 곳에서 볼 수 있는 처절한 삶의 양태는 일종의 비장미를 발산한다. 고흐의 그림 「감자 먹는 사람들」에서 거칠고 투박한 손으로 감자를 먹는 데 몰입하고 있는 가난한 사람들의 모습은 삶의 핍진성과 결합된 숭고미를 불러일으킨다. 시커먼 어둠을 버티고 있는 램프 불은 그들의 삶을 이끄는 끈질긴 의지를 연상시킨다. 어둠이 짙을수록 빛이 두드러지는 것처럼 삶이 궁핍할수록 생존의 몸짓은 치열하다. 막중한 삶의 무게를 견디며 지속되는 끈질긴 생존의 몸짓은 비장하다.

> 대낮에 켜진 가로등처럼
>
> 벚꽃이 너무 눈부셔 쓸쓸한 봄날,

모래 먼지 풀풀 날리는 그녀의 봄날이
삽날에 잘린 지렁이처럼 그렇게
말라비틀어지며 기어서 간다
길이 보이지 않는 가슴속에서
이리 비뚤, 저리 비뚤, 서둘러서 지나간다
천지사방을 할퀴며 간다
그녀의 봄은 칼날을 품고 있다 때론
아플 정도로 황량해서 아름다운 생(生)도 있다

—「봄날 2」 전문

눈부실 정도로 화사한 봄날과 대비를 이루어 '그녀'의 누추한 삶은 더욱 처연하게 느껴진다. 최서림의 시에는 길이 보이지 않을 정도로 막막한 상태로 살아가는 밑바닥 인생이 자주 등장한다. 도깨비상의 얼굴로 길가에 좌판을 펼쳐 놓고 있는 여자는 "저 얼굴로 살아왔을 한평생은 캄캄한 동굴 속일지도 모른다"(「오뉴월 달구어진 콘크리트 바닥을」)는 생각을 불러일으킬 정도로 황량한 모습을 하고 있다. "쪼그라든 바위떡풀을 닮은 노인들이/ 더덕을 내다팔고 있다"(「풍각장」)에서 떠올릴 수 있는 장면도 쓸쓸하기 그지없다. 시인은 가난, 고독, 죽음과 같은 감당하기 버거운 상대와 대면하여 고군분투하는 삶의 현장에 이끌린다. 그곳에서 칼날처럼 빛나는 생의 투지를 보며 전율한다. 처절한 비애와 고독이 내포하고 있는 비장미를 발견한다. "아플 정도로 황량해서 아름다운 생"이란 삶의 비의이자 절묘한 아이러니이다. 아름다움은 필연적으로 삶의 유한성과 결부되어 있고 불멸의 욕망과 필멸의 운명이 맞닿는 날카로운 모순 속에서 더 빛나기 때문이다. 거센 운명의 격랑 끝에 겨우 존재하고 있는 생명들의 간절한 몸짓에서 시인은 가장 절실한 삶의 미학을 발견한다.

4. 비애의 감각

시인으로서 그는 소외된 삶에 내재하는 핍진성에 이끌리지만 늘 그것과 유리되어 있는 자신에 대한 자괴감에 휩싸이기도 한다. "내가 결코 들어갈 수 없는/ 입구도 모르는 이 동네가 뜯기면/ 끽 소리도 못 하고 짓뭉개져서/ 어디로 흘러가 사라지나"(「입구도 모르는」)에서 토로하고 있는 것처럼 이방인으로서 관조하기만 했던 누추한 이웃들의 불안한 미래에 대해 안타까워한다. "지도에 점 하나 찍지 못하는 마을처럼 남겨진"(「설한(雪寒)」) 사람들의 미미한 존재와 간절한 삶의 자세에 자꾸만 이끌린다. 소외된 자들의 애환이 드러나는 삶의 장면들은 무엇이든 그의 마음을 사로잡는다. 비록 이방인에 지나지 않을지라도 시로서, 또 예술적 표현으로 그들의 삶을 살려 내려 한다.

그의 시에서는 그림을 통해 소외된 자들의 삶을 표현하는 방식이 자주 활용된다. 이전의 시집에서도「박수근」 연작을 통해 그림과 시의 융합을 시도한 바 있다. 이 시집에서는 더욱 다양한 그림을 시 속에 끌어들이고 있다. 고흐, 고갱, 마티스, 렘브란트 등의 그림이 여러 가지 방식으로 시와 결합한다.「밀짚모자를 쓴 남자」「사이프러스」「렘브란트의 어둠」「나부(裸婦)」에서는 그림의 장면이나 특징이 중심을 이룬다. 고흐 그림의 강렬한 색상, 렘브란트 그림의 절묘한 명암, 마티스 그림의 생동감 있는 구도에서 받은 인상이 감각적으로 표현된다.「우체부 김판술」「고갱 2」에서는 그림과 현실이 한자리에 섞인다.「우체국 김판술」에서는 고흐가 그린 우체부 룰랭과 청도의 우체부 김판술 씨가 고단한 삶을 균형감 있게 이끌어 가는 모습이 병치를 통해 더욱 부각된다.「고갱 2」에서는 고갱의「타히티 풍경」이 걸려 있는 길벗다방 레베카의 이야기가 주를 이룬다. 그림 속 타히티 여인과 현실의 화산리 여인의 삶이 미묘하게 중첩된다.「감자

먹는 사람들」「나부(裸婦)를 보는 나부(裸婦)」「고갱 1」「고갱 3」 등은 그림 속 정황에 현실이 덧씌워진 양태를 보인다. 가난하고 외로운 사람들이 등장하는 삶의 현장이, 밑그림 같은 원화의 분위기와 겹쳐 독특한 정조를 만들어 낸다. 시인은 그림에서 받은 강렬한 인상을 실제 삶의 국면과 결합하여 실감을 부여한다. 시에 끌어들인 그림들이 대부분 페이소스가 강한 구상화라는 점은 삶의 핍진성에 대한 시인의 관심을 반영한다.

그에게서 고급예술과 대중예술의 경계는 없다. 중요한 것은 인간의 삶을 핍진하게 담아내는 능력이다. 삶의 비애를 간파하고 어루만질 수 있는가 하는 것이 좋은 예술의 기준이 된다. 이 시집에서 대중가요와 시의 결합을 적극적으로 시도하고 있는 것에서 이런 추측을 해 볼 수 있다. 시인은 어둡고 험난했던 지난 세월 대중과 함께하며 그들의 비애를 달래 주었던 가요의 힘을 주목한다. 대중가요가 지니고 있는 공감과 위안의 능력을 시와 함께 끌어낸다. 또한 유행가로서 동시대의 보편적 삶의 체험을 내포하고 있는 대중가요의 특성을 간과하지 않는다. 「과거를 묻지 마세요」에서 동명의 노래를 식민지와 전쟁 체험이 할퀴어 놓은 가족사의 배경음으로 활용한 것이나, 「고래사냥」을 어두웠던 군사정권 시절과 연결시킨 것, 「목로주점」에서 대학 시절과 현재의 변모된 모습을 대비시킨 것이 그러하다. 시에다 귀에 익은 노래 가사를 병치시키면서 애상적 정조가 훨씬 고조된다. 시와 노래가 중첩되면서 동시대의 분위기가 실감 나게 전달된다.

> 오늘도 마포를 떠나지 못하고 용강동 식당에서
> 허드렛일이나 하고 있는 누나,
> 쭈글쭈글한 잿빛 욕망조차 놓아 버린 나의 누나,
> 타박타박 인생의 종점을 향해 가고 있다

추억의 먼지 자욱한 유리창 너머로
강 건너 영등포의 불빛이 모괏빛으로 아른거린다

비에 젖어 너도 섰고 갈 곳 없는 나도 섰다
강 건너 영등포의 불빛만 아련한데

—「마포종점」 부분

대중가요와 결합된 시에서는 시인의 가족사나 개인적 체험이 많이 드러난다. 대중가요 특유의 애상적 정조가 시인의 내밀한 감성을 자극한 것이리라. 이 시에서는「마포종점」이라는 노래와 마포에 사는 누나의 고달픈 삶을 연결시키고 있다. 상경 이후 마포에 머물며 온갖 허드렛일에서 벗어나지 못한 누나의 애환이 고스란히 펼쳐진다. 끝에 덧붙인 노래 가사로 인해 누나의 삶은 비슷한 정황에 놓인 모든 고달픈 삶과 공명한다.「애수의 소야곡」에서는 이 노래를 들으며 갑자기 고향에 가고 싶어 하는 아내 이야기를 한다. 감성을 한껏 자극하여 무방비 상태로 만드는 노래의 위력이 드러난다. 고향에서 아내가 보고 싶어 하는 "헐렁해서 속이 꽉 들어찬 풍경"은 그 노래의 풍경이기도 하다. 그것은 텅 비어서 울리는 듯하면서도 공감할 만한 애상으로 가득하다.

시인은 비애를 삶의 근원적 정조로 느낀다. 자신을 포함한 가족과 가난한 이웃들과 그것을 공유하며 동질감을 맛본다. 비애의 감각으로 하나가 될 수 있는 장면들이라면 언제든지 감응한다. 자신의 시 또한 핍진한 삶의 풍경과 비애의 정조를 통해 공감할 수 있고 위로가 되는 예술로 추구해 가고 있다.

5. 말의 몸, 시의 집

시인으로서 그는 시의 근원적 질료인 말에 대해 지속적인 관심을 표명해 왔다. 자신을 "말에 붙잡혀 사는 자"(「욜랑거리다」)라고 할 정도이다. 사물에 새 이름을 붙여 주고 싶은 희망과 "때 낀 이름이나 붙여 주고 있다"는 자조를 반복하며 늘 말과 씨름한다. 그는 말의 온갖 형국을 간파하며 다양하고 실감 나는 비유로 이를 표현한다.

많은 경우 말은 가시 돋친 싸움에 앞장선다. "큰 말이 작은 말을 잡아먹는다 피가 흥건하다 비린내가 온몸 구석구석 파고든다"(「설겅거리다」)에서처럼 말은 약육강식의 살벌한 생존경쟁의 대상이 되기도 한다. "반들반들한 말의 벽돌로 빈틈없이 쌓아 올린 집 속에/ 손님으로 들어가 쉴 만한 방들이 없다/ 말이 너무 많아 말과 말이 섞일 공간이 없다"(「가시나무」)에서처럼 말은 저마다 두텁게 벽을 쌓고 소통하지 못하는 고립 양상을 보이기도 한다. "블랙홀 같은 말이 아기 엉덩이같이 동글동글한 말을 집어삼킨다. 죽은 말이 살아 있는 말을 부리려 무당 푸닥거리하듯 작두 위에서 날뛴다"(「미끌거리는」)에서 말은 삶을 향해서가 아니라 죽음을 향해서 거칠게 치닫는다. 보이지 않는 말이지만 실제로 일으키는 파장은 전쟁이나 죽음을 방불케 한다. 시인은 악몽처럼 현현하는 거친 말의 형상으로 인해 고통스러워한다. 말은 인간사의 축도이고 살아 움직이는 현실이며 미래의 거울이기도 하다. "내 아들의 말 속에는 세심해서 상처투성이인 나의 말이 들어 있다 거간꾼으로 울퉁불퉁 살아온 내 아버지와 내 아버지의 아버지의 꺼칠꺼칠한 말이 숨 쉬고 있다 조선 후기 유생 최서림(崔瑞林)의 한시가 들어 있다"(「내 아들의 말 속에는」)에서처럼 말에는 그것과 연관되는 모든 삶의 자취가 자리 잡고 있다. 거친 말은 그것과 다를 바 없는 세상의 척도인 셈이다. 속도전의 세상에서는 "정신없이 말을 뱉어 내기 바쁜 시인"(「가시

나무」)들이 넘쳐난다. 거친 말에 상처받고 새로운 말에 허기진 시인은 자신의 말이 나아갈 방향에 대해 끊임없이 모색한다.

속이 텅 빈 말의 배를 눌러
시를 게워 내게 하고 싶지 않다
사물의 껍질에서 끝없이 미끄러지고 마는 말로
시를 주물럭거리고 싶지는 않다
염통이 팔딱팔딱거리는 말로
구멍투성이 말랑말랑한 말로
통통하게 살이 오른 말로
참꽃 같은 시를 낳고 싶다
참말로 먹을 수 있는 시를

—「참꽃 같은」 전문

말에 대한 시인의 집요한 탐색은 결국 좋은 시를 짓기 위한 것이다. 말은 좋은 시를 짓기 위한 기본적인 요건이다. 속이 텅 빈 말이나 껍질만 번지르르한 말은 우선적으로 실격이다. 그가 쓰고자 하는 시는 화려하게 빛나는 공허한 말놀이와는 전혀 다르기 때문이다. 그는 살아 팔딱거리는 언어로 쓴 먹을 수 있는 시를 원한다. 허기진 배를 채워 주던 참꽃 같은 시로 외롭고 헐벗은 사람들의 마음을 위로하고 싶어 한다. “사람 때문에 무너지지 않는/ 사람의 이야기가 지붕이 되고 서까래가 되어/ 견고히 서는 집”(「말의 집」)을 지으려 한다. 사람 냄새가 나지 않는 말들의 향연보다 사람의 이야기로 쌓아 올린 든든한 말의 집이 그것이다. 가시 돋친 말들의 폭력으로 구멍투성이가 되면서도 “바보처럼 웃기만 하는/ 위대한 소성(塑性)”을 지니고자 한다. 본래의 상태로 돌아가려는 탄성을 포기하고 구멍투성이가 되더라도 저에게 가해지는 모든 폭력을 수용하는 가없는 사랑을 실현하려는 것이다. 이것이 오래전부터 시인이 추구해 온 "둥근 구멍의 힘"(「시인」)이다. 그는 가시마저 삼키며 부드럽게 그것을 감싸는 "말랑말랑한 말의 혀"야말로 시에 필요한 몸이라고 본다.

시인이자 시론가로서 서정시의 뿌리를 탐색해 온 그는 말의 위력을 누구보다도 잘 안다. 무서운 상처를 낼 수도 있고 크나큰 위안이 될 수도 있는 말을 다루는 데 있어 이제 그는 누구보다도 뚜렷한 기준을 세울 수 있게 되었다. 외롭고 굶주린 이웃에게 한마디의 위로와 한 그릇의 밥이 될 수 있는 말로 시의 집을 지으려 한다. 그것은 화려하고 공허한 말들이 일으킨 신기루가 아니라 상처와 사랑으로 다져진 견고한 집이다. 서정시의 견고한 뿌리가 자리 잡고 있는 핍진한 삶의 거처이다.

수록 글 출전

제1부 자유의 이행

자유의 이행으로서의 시—김수영의 시: 시와 정신, 2013.봄.

새로운 천사와 시민들의 합창—허수경•심보선•이영광의 시: 문학에스프리, 2013.봄.

유토피아, 현실의 원근법: 시와 시, 2012.가을.

고통에 대한 질문으로서의 시: 신생, 2008.겨울.

사막을 건너는 사랑: 시작, 2007.여름.

환상의 시적 가능성—김혜순, 서대경의 시: 시와 세계, 2014.가을.

시적 창조의 혈맥: 시인세계, 2011.봄.

제2부 시간의 이미지들

존재의 잔상에 대한 애착: 현대문학, 2009.6.

죽음을 사는 언어: 한국문학, 2011.여름.

시간의 이미지들: 한국문학, 2011.가을.

상상력은 힘이 세다: 한국문학, 2011.겨울.

관계의 탐구: 한국문학, 2012.봄.

사라지는 것들의 흔적: 문학과 의식, 2013.봄.

시의 꿈과 삶: 문학과 의식, 2013.가을.

낯선, 시적 순간: 문학의식, 2013.겨울.

제3부 감각의 깊이

순은(純銀)의 감성과 자유의 정신—오탁번의 시 세계: 시와 세계, 2003.봄.

경계를 탐사하는 뜨거운 눈—이하석의 시 세계: 작가세계, 2011.여름.

낭만적 비애와 희망의 윤리—정호승의 시 세계: 작가세계, 2009.가을.

감각의 깊이, 상상의 자유—송재학의 시 세계: 열린 시학, 2008.여름.
떨림의 시학—장석남의 시 세계: 서정시학, 2012.여름.
미지의 세계를 향한 진지한 놀이—이수명의 시 세계: 시작, 2014.겨울.
경계의 시학—송준영의 시 세계: 제6회 박인환문학상 수상작 작품집, 도서출판 예맥, 2005.

제4부 삶과 꿈

메멘토 모리: 이영광 시집『그늘과 사귀다』해설, 랜덤하우스코리아, 2007.
보석, 빛이 된 어둠: 문정희 시집『나는 문이다』해설, 문학에디션 뿔, 2007.
따뜻한 기억의 저편: 심재휘 시집『그늘』해설, 랜덤하우스코리아, 2007.
한 낭만주의자의 겨울 노래: 우대식 시집『단검』해설, 실천문학사, 2008.
말(言)이 절(寺)에 들 때: 이선영 시집『하우부리 쇠똥구리』해설, 서정시학, 2011.
시간의 흔적을 그리는 활자들: 김화순 시집『시간의 푸른 독』해설, 천년의 시작, 2012.
환각과 상상—이인철 시집『회색병동』: 시와 세계, 2012.겨울.
무거운 생의 은밀한 꿈: 이화은 시집『미간』해설, 문학수첩, 2013.
삶과 서정의 뿌리: 최서림 시집『버들치』해설, 문학동네, 2014.